网络时代的民俗学与民间文学

吴新锋　主编

學苑出版社

图书在版编目（CIP）数据

网络时代的民俗学与民间文学 / 吴新锋主编. -- 北京 : 学苑出版社, 2020.6

ISBN 978-7-5077-5953-2

Ⅰ. ①网… Ⅱ. ①吴… Ⅲ. ①民俗学－中国－文集②民间文学－文学研究－中国－文集 Ⅳ. ① K892-53 ② I207.7-53

中国版本图书馆 CIP 数据核字（2020）第 096969 号

责任编辑： 洪文雄　乔素娟
封面设计： 陈四雄
出版发行： 学苑出版社
社　　址： 北京市丰台区南方庄 2 号院 1 号楼
邮政编码： 100079
网　　址： www.book001.com
电子邮箱： xueyuanpress@163.com
销售电话： 010-67601101（营销部）、010-67603091（总编室）
印 刷 厂： 北京建宏印刷有限公司
开本尺寸： 787mm×1092mm　1/16
印　　张： 22
字　　数： 330 千字
版　　次： 2020 年 9 月第 1 版
印　　次： 2020 年 9 月第 1 次印刷
定　　价： 86.00 元

代序

新世纪以来的学术史及学术精神
——以“民间文化青年论坛”为中心

陈泳超

各位青年朋友们，大家好！

其实我非常不愿意在大会上讲话，因为我生性腼腆，尤其在“民间文化青年论坛”这样的背景下，像我这个“美丽的花季已经过去”的人，站在这里太像是“白头宫女说玄宗”了，处处显得不合时宜。

新锋特别指定我说说当初办这个论坛的过程和想法，我想也好，学术史并非遥远的过去，对21世纪以来的学界动向，也该有一点回顾和反省了。我今天就想以“民间文化青年论坛”的创建和传承为中心，来讲一下21世纪以来民间文学、民俗学——我们将之总称为“民间文化”——的研究是怎样一个学术走向，以及我对学术精神的理解。

各位，从比较宏观的学术史角度来说，21世纪以来的民间文化研究，我觉得有两件事最为重要。第一件是学科外部的，就是国家主导的非遗思潮、非遗政策。大家知道，21世纪之前中国还没加入联合国非遗公约组织，民间传承的民俗文化，相当一部分老是承载着低级、落后、迷信等等之类负面评判。

非遗思潮最大的贡献是更换概念，因而也带来了价值观的变动，好多被污名化、被异化甚至被禁止的民俗现象可以得到正常的呈现，这为我们民间文化研究的各个面向提供了新的生机和较好的发展空间。这是学科外部的事件。

从学科内部来说，我认为，新世纪最重要的事情就是“民间文化青年论坛”的开创和建设。为什么这么说呢？我把我们当初动议建立这个论坛的前因后果跟大家仔细交代一下。各位，在 2000 年前后，我个人刚刚从南京回到北京，开始做博士后，做完博士后又面临着择业的切实问题。当时民间文学、民俗学研究正处于颇为危险的地步，非但在教育部的学科表上已被置于极不重要的位置，甚至还有一个传言说，当时中国最好的 15 所大学中文系主任联席会议决定取消民间文学学科。后来证明这只是一个传言，但传言其实蕴含着极其真切的现实元素。

事实上，当时我们这些从业者本身也很迷茫：我们深爱的民间文学、民俗学学科，到底应该怎样发展？一方面，我们在努力宣传这个学科取得了多么伟大的成绩；另一方面，我们当时较为年轻的一辈人，非常清楚“对外说成绩、对内说问题”的现实策略，那么，我们的问题在哪里？为什么我们不受许多强势学科的待见呢？不客气地说只有一句话：我们的学问就是没做好！主要体现在哪里？首先，我们的学术里存在着很多非学术的因素。自中华人民共和国成立以来民间文学就被提拔到了一个夸张的位置，把所谓“劳动人民”当作天经地义的先进文化的唯一代表，甚至不惜以政府主导观念来筛检、裁割民间文学自身的存在，这是观念上的问题；其次表现在学术方法上，当时民间文学研究充斥着感想式的表达，对基本的学术规范了解很少，老是自说自话，缺乏在理性平台上与人公开对话的学术素质。

我举个最有切身感受的例子——当时很多人都有类似的感受，只不过我表现得比较剧烈——2001 年岁末，我们到中山大学开一个国际学术会议，同时也为钟敬文先生预祝百年生辰。当时在中山大学还有一个人类学的学术会议，正好楼上楼下。我有个朋友两边都参与了一下，很不客气地对我说：“陈泳超，你们这个哪是学术会议啊？都是一帮老人在谈感想。那边都是一群年轻人在辨析理论、争论问题，讨论得很热烈！”他说得没错，我也早已厌烦了我们学界总是一群年轻人在听几个老人无休止地相互表扬与自我表扬。当时有几个跟我年纪差不多的人不约而同地说：“我们造反吧，不陪那些老人家玩了。”所以，“民间文化青年论坛”根本就是一个“造反”的产物。

当天晚上，我和钟宗宪、施爱东、萧放几个人就在宾馆里密谋，说要搞一个自己的论坛，不跟老人们走，说好各自再去联络更多同行。到了2002年的下半年，正好中国民俗学会在首都师范大学召开全国代表大会，各地的青年才俊会聚北京，同样的情形再次给我们带来了巨大的冲击。会议大部分时间都在争论着如何改选领导班子，没有人在争论学术。即便是例行的学术讨论时间，总有几个老资格的先生特别爱说话，他们自己毫不守时的长篇大论也就罢了，好不容易轮到别人发言，他们又随时插话，一插就不知插到哪里去了，弄得发言者再也讲不下去。最后快结束时，轮到我发言，就规定每人只能三分钟，再后来规定只有一分钟了。一位外地来的学者直接表示了愤慨：“我从某地辛辛苦苦赶来，只给我一分钟发言的时间！”

我们几个会后把去年“造反”的念头一说，当场获得一大批年轻学者的热烈响应。当晚由叶涛做东，我们就在首都师范大学附近一个叫作“茗仁茶社”的地方开起了小会，后来论坛的八个发起者就是这么来的。其实这八个人并非事先约定，更没有任何选择，纯属偶然，比如朝戈金、陈岗龙、陈连山等本来也都要参加的，只是临时有事走了，不然我们发起者可能有十几个。我们八人后来还签了个“茗仁协议”，不光要建立一个自己的阵地，还要开展学术批评，因为我们学界太缺乏正常的批评机制了，这是绝对不健康的。我们设想首先向学界“大腕”们开火，否则没有力度，但一定是遵守学术理性的批评，不要博取眼球的“酷评”，更不准人身攻击。大家很兴奋，直接分人头去准备，我不记得我领的是谁了。但第一炮就没打响！吕微是我们八人中的老大，他自愿打头阵批评袁珂先生的神话研究。吕微的学术风格大家都知道，他想问题总是越想越复杂，再加上他又心地善良，会考虑很多人的感受，这样就下不了笔，我们这个“向大腕开火”的宏伟计划最终胎死腹中了。

但另外一个计划我们一直在坚持，就是开自己的学术会议，相互之间展开学术批评，不要任何老先生莅临指教，也不要任何组织的帮助，完全自费，随便找个适意的地方，有一个集中的话题就可以了。那么第一个由谁来做呢？我那时候比较有干劲，素来看不惯许多知识分子“立意高扬、从不行动”的习性，就主动请缨担任第一期负责人。为了把学术话题讨论透彻，我设想会前几个月就把所有论文放到网上，大家认真阅读后再来讨论才可能有深度，问题是怎么建设网页呢？那时候我们几个的电脑知识都很有限，正好有个学生陈永钊精通 IT 技术，他管理着北京大学中文系的服务器，就帮我们建立了一个空间，“民间文化青年论坛”的大纛，就这么正式树立起来了。为此，我还代表八位发起人写了一篇檄文贴在首页——

代拟开坛白

2002-9-22　21:05

民间文化研究，积千百年民众文化之丰厚底蕴，乘五四新文化运动之凌厉罡风，一日破土而出，遽成洪波之势。其间随时局变化，亦坎坷浮沉，运命多舛。赖数代学人黾勉同心，穷达以之，终二十世纪，昔日濯濯童山，竟作平川绣野，芳草萋萋矣。吾辈其生也晚，瞻仰前贤，不胜唏嘘屏营感佩之至。星转斗移，世纪新矣，学术根脉，薪火相传。吾辈身当此时，敢不激扬高蹈，磨砺以须，续先辈已创之业，发后劲新啼之音。唯是今日之民间文化学坛，学术阵地颇见萎缩，青年之声尤难聚鸣。吾辈数人，感斯困局久矣，思有以匡之，遂递相商榷，决联合自身之力量，创“民间文化青年论坛”，俾有志于此之青年学人，得一切磋砥砺之空间，化零为整，聚蚊成雷，众所努力，或可藉此有所汇聚，流播广远。抑且值此寰宇倏忽、全球一村之势，尤愿以此绵薄，为团结同人、沟通中外而芹献微劳，“海内存知己，天涯若比邻”，其庶几乎。

噫吁！学问性情之事，嘤嘤求其友声。光风霁月，岂甘袖手。论知求道，勿作调人。牛刀新发于硎，未可小觑；沧海不捐其流，终成大观。青梅煮酒，惟使君与操耳；华山论剑，舍我辈其谁欤。熠熠髦士兮正慷慨，龙骧凤翥兮盍乎来！

吾辈数人者，叙年齿如下：

吕　微（中国社会科学院文学研究所民间文学室研究员）

陈建宪（华中师范大学中文系教授）

萧　放（北京师范大学中文系民间文化研究所副教授）

叶　涛（山东大学民俗学研究所副教授）

刘晓春（暨南大学中文系副教授）

钟宗宪（台湾辅仁大学中文系副教授）

陈泳超（北京大学中文系民间文学教研室副教授）

施爱东（中山大学中文系讲师）

现在看来，虽然很有点卖弄文字的恶习，但那种激扬慷慨、不可一世的烁烁锐气，还是真实体现了当时那群年轻学者的整体面貌。开设网页本来只是为了传递消息，没想到里面功能很多，还可以聊天、征友、打情骂俏、争论吵架……我们那时候都还年轻，不知疲倦地去拉这个、拉那个上来说话，那些被拉上来的人都有一种“终于找到了组织”的感觉，于是一下子热闹起来，大家都把“民间文化青年论坛”当作自己的精神家园。

第一期论坛我们本来准备得很充分，遗憾的是正好碰上了 SARS，不准开会了。那怎么办？这又要拜网络科技之赐了。我们约定在“民间文化青年论坛”网页上开网络会议，规定一段日期，每天晚上八点到十点讨论一篇文章，谁都可以自由发言，这需要非常强大的后台技术支撑。整个会议期间大家都像过节一样热烈讨论，群情激昂，一不留神造成了很大的影响，后来据说算是整个中国人文学科的第一例网络会议，实际上只是被逼无奈。

这次学术会议下来，我们总结认为基本达到了最初的目标：一是我们终于在规范层面上把民间文化当作学术来讨论，不再夹杂许多非学术的个人感想；二是我们绝不依傍任何一个机构，因而也不受任何的制约；三是我们充分强调学术平等，提倡学术批评。我们花两小时讨论一篇文章，不再是你捧我、我捧你，经常出现非常尖锐的对话。比如讨论我文章的那一场，我写的是钟敬文先生的学术思想研究，现在看来，它或许是新时期以来第一篇批评钟敬文先生的文章，我本意并非专门批评，但要梳理其一生业绩，自然有好话也有坏话。我说的那些“坏话”是对事不对人的，大家摆事实说道理嘛。各位都知道，我们民间文化研究的队伍中一大批都是钟门弟子，他们当然会有很多不同意见回击过来，于是我就“舌战群儒”了啊（笑）。但是我们在坛上“战”归“战”，下坛来还是好朋友，包括钟老女儿钟宜老师，后来见到我也格外亲切。总之，整个会议之后，我们都很兴奋，也很欢快，大家闹出了革命感情，恋恋不舍，久久不能平静。

这个论坛其实也体现了新一代学者对老一代学者的接续，只是我们要接续的不是上一代的传统，而是再上一代的传统，也就是五四以后以顾颉刚先生、刘半农先生、闻一多先生、周作人先生为代表的传统，这是我们当时非常明确的集体意识。后来，我们非常惊喜地发现，整个民间文化研究界的话语权正在逐步地向年青一代转移。随着论坛的影响日益扩大，那些老先生也陆续穿着“马甲”悄悄上来说话了，他们的技术显然比较初级，网页权限也没我们大，他们以为是蒙面说话，其实我们通过 IP 地址等路径是可以逐渐破译其“马甲”的。慢慢的，我们发现那些老先生在现实中也开始放下身段，变得越来越和蔼，两代人之间的关系反而越来越和谐，大家真的形成了一个比较平等交流的学术共同体。我们对许多老一辈学者也开始发自内心地尊敬起来，原先的尊敬只是表演。

我们八个人各自当了一次坛主，加上敖其老师和田兆元老师各一次，连续坚持了十届，其中还有一件事值得特别提出：就在第三届时，钟宗宪老师倡议要设一个民间文化研究的新秀奖。我们的革命或者可算成功，也逐渐有一定权力和资源了，我们希望让更年轻的一代能更好地成长，所以钟宗宪老师真的是功德无量。开始都是他独自出资奖励，包括这个关防大印也是他亲自去做的。新秀奖办了几届下来，他有点不堪重负了，加上台湾跟大陆的经济差距已经逐渐平衡，他就非常善意地将其功德平分给我们八个人了。

但到了第十届之后，情况发生了变化。“民间文化青年论坛”的发起人大多成了中国民俗学会的中坚力量，尤其在巴莫的统领下，中国民俗学会建起了一个强大的官方网站，其功能完全可以覆盖原先的“民间文化青年论坛”，网页已经没有存在的必要了。更要紧的是，我们也自认为不再年轻了，当令季节已经过去。到 2013 年，吕微都隆重退休了，我们这些“未休”之人也没脸再混迹于“青年”堆里。所以，在吕微的退休纪念会上，我们光荣地宣布“民间文化青年论坛”退出江湖，从此封闭网页。但是我们始终没有把“民间文化青年论坛”的名号完全丢弃，与中国民俗学会还保持一定的界限感。中国民俗学会是不断更替的，不知道将来会是什么样子，一旦学会与我们的宗旨离得太远，我们也可以揭竿而起，重出江湖嘛。

但是，在那次会上一群年轻人忽然站起来说：“你们不能退出江湖，你们的精神我们接下来吧。”我们当时其实并不很愿意，理由是：你们这些年轻人应该起来造我们的反、革我们的命才对，可以另打一个响亮的旗号，不必沿用我们的名称嘛。他们过于尊老了，这对学术界来说未必是好事，年老不是受人尊敬的天然条件，学界比拼的只是成果。最后他们还是接过去了，加了个“第二季”，我们于是就被“第一季”了。

“民间文化青年论坛”的大致过程就是这样，至于第二季，大家可能比我更加熟悉。第二季的好几届“坛主”习惯性地拉我们这些“过季”之人去站台，比如这次新锋就热情洋溢地邀我，我也只好“犹抱琵琶半遮面”，出场说这么几句话了。

最后，我想说一点严肃的话题，或许也是最不想说的：革命真的成功了吗？以下完全是我个人的想法，不代表“民间文化青年论坛”的任何其他人。我始终坚持学术本位，什么叫学术本位？在我看来就是独立意志、兼容并包和批判精神。现在的民间文化研究，还有许多值得忧虑的倾向，比如非遗就是一把双刃剑。前面我已经说了，非遗政策为民间文化研究带来了极大的改观和推进，这是不容抹杀的，但它根本上只是一个政策的、操作的概念，而不是学术命题。如今，一大批学者热衷于此，将主要精力投放到非遗的各项具体操作过程中，忙于参与国家级、省市级的各种诸如申报名录、保护策略、试点检查甚至资料归档之类事务，把原先好不容易建设起来的知识谱系和问题序列统统搁置了，再也坐不住冷板凳，也不再有学术本身的创造力召唤，更让人担心的是这一风气影响了相当一批初入学界的青年人。我不是说学者不该参与当下的文化建设，事实上我本人从未置身事外。我想说的是，这些现实应对只是学术之“用”，而非其“体”。学术的本质在于求真（当然也包含善与美），在于对知识、思想的创造性传承，在于对人类世界丰富存在的无尽探索。即便致用，也不能放弃自己的独立思考，否则就等于公务员了。老实说，我做的田野工作也不算少，不能算是完全脱离现实吧，但我仍然坚持学院派的学术理念，即在现实面前永远保持独立和批判的姿态。所谓批判，并不是说我们有比现实更高明的智慧和妙计——事实上多数情况下我相信“百无一用是书生”——而是相信世界具有无限可能性，现实永远只是多项选择中的一项，故永远未臻完美，学者只是试图站在无限的立场上，对有限的选择进行某种审视、观照和对话罢了。

最后的最后，我想跟大家重温一遍陈寅恪先生为王国维先生纪念碑撰写的一段文字，这个纪念碑就矗立在清华园里面，离我家很近，我时常出入其间，对着碑文默诵过无数遍了。这里我把最后几句读一下，与大家共勉：

先生之著述，或有时而不章；先生之学说，或有时而可商。惟此独立之精神，自由之思想，历千万祀，与天壤而同久，共三光而永光。

谢谢大家！

2017年7月8日会议发言

2019年7月13日文字修订

目 录

第十四届民间文化青年论坛主题论文

“第十二届民间文化青年论坛奖”获奖论文

第十四届民间文化青年论坛
主题论文

生活事件的媒介呈现
与生活事件研究的民俗学介入

宣炳善[①]

摘要：中国传统民俗学习惯于从复杂且互为关联的生活中抽取出模式化的文化事项展开研究，但在日益复杂分化的现代社会，这一传统研究范式因脱离生活语境逐渐失去了对现代复杂生活的学科分析能力。在日益发达的媒介时代，从文化事项研究到生活事件研究的转变，已成为实践民俗学的重要探索路径。本文在概括中国民俗学学科三大路径的基础上，将媒介呈现的新闻事件还原成生活事件，从而为民俗学学科引入生活事件的民俗学分析方法。现代范式的民俗学更关注生活事件对民俗发展及社会发展的影响。在高度分化的媒介时代，民俗学学科需要发出自己的声音，关注生活中的当事人，并为实践民俗学的发展拓展方向。

关键词：媒介时代　生活事件　新闻事件　民俗事件　民俗学介入

引言

自从1918年北京大学成立歌谣征集处并在《北京大学日刊》上刊载全国

① 宣炳善，浙江师范大学国际文化与教育学院。

征集的歌谣选开始，中国民俗学经过了近100年的学科探索与发展。钟敬文先生指出，中国现代性质的民俗学学科发端于1918年北京大学的歌谣运动。[①]中国民俗学经过将近100年的学科探索与发展，呈现出人文科学与社会科学融合的学科发展趋势。吕微进一步指出，许多中国民俗学者愿意合并使用“人文科学”与“社会科学”的学科概念来形容民俗学，也就是一般理解的民俗学学科的“人文科学”与“社会科学”双重学科属性，但是在继承哲学家康德的理论理性与实践理性区分的基础上，民俗学已成为一门实践科学，并发展出其实践范式的学科路径。在实践范式与实践主体的公民生成与公民社会建设的意义上，民俗学作为一门与其他学科平等对话的伟大学科的基本格局已经基本清晰。[②]当然，吕微引入德国哲学家康德的理论理性与实践理性的区分对于中国民俗学学科建设的重要学科意义，需要另文详细讨论，这里不再展开。

在吕微的民俗学伟大学科性质论述的基础上，笔者认为中国的民俗学实际上已经形成了三种研究路径（或者说三种研究模式）：民俗文化学、民俗主体学、民俗生活学。未来，这三种研究路径将发展成为中国民俗学学科的三大流派。三大流派将三足鼎立，并互为影响，从而呈现民俗学学科的内部丰富性与内在张力。而这三种研究路径正好呈现中国民俗学学科完整的时间意识，既关注过去，也关注当下，但更关注未来。

第一种研究路径是民俗文化学。民俗文化学的研究路径是将民俗作为文化事象进行研究，这一研究路径侧重的是民俗的“俗”，即民俗的文化属性。民俗文化学经由钟敬文先生倡导，早已成为中国民俗学的主导学科模式，大量的民俗研究集中讨论的是民间文学这一文学文本本身、风俗这一文化文本本身及其历史变化。这一研究模式具有强烈的历史感，其民俗事象一般具有文化遗留

---

① 钟敬文：《钟敬文文集·民间文艺学卷》，合肥：安徽教育出版社，2002年，第177—188页。

② 吕微：《民俗学：一门伟大的学科：从学术反思到实践科学的历史与逻辑研究》，北京：中国社会科学出版社，2015年，第七章、第十三章相关内容。

物的特征，更强调对中国传统文化的再认知，是通过民俗研究的方式研究中国传统文化的一种路径，强调的是对传统文化的认知与传承。这一研究路径往往将“事象”与“事项”这两个概念混为一谈，更没有“事件”的民俗学学科概念，也没有意识到更为复杂的生活语境。这一路径是对于过去的中国历史文化的研究，是向后看的民俗学研究方式。

第二种研究路径是民俗主体学。民俗主体学的研究路径侧重民俗的“民”的问题，也就是说，反复追问民俗主体问题，即是谁在创造、组织、传承、发展、分享、研究民俗。这一研究路径侧重的是“民”的主体性问题，涉及主体间的伦理问题，而在非遗保护的国家文化行政语境下，又涉及普通民众向非遗代表性传承人文化身份转化的研究。英语世界中的“folklore”译成汉语在民俗学界曾有多种方案，江绍原曾译成“民学”，没有译成“民间学”或“民众学”，但后来“民学”的译法没有被钟敬文与汪馥泉采用。[①] 民俗学对“民”的概念思考经历了民间、农民、民众、人民、公民、非遗传承人等不同的学科定位与反思，并逐渐聚焦于“公民”这一法律话语与“非遗传承人”这一文化话语上。

顾颉刚先生在《圣贤文化与民众文化》（《民俗》周刊发刊词，1928 年第 5 期）中认为民俗学就是要将民众文化从贵族的圣贤文化中解放出来，并表明自己就是民众。在中国民俗学界，对民俗学学科的“民”的系列思考以高丙中的积极探索为代表，这一研究路径实际上为公民民俗学的发展指明了方向。高丙中指出民俗的实际表演主体与声称的名义主体存在差别，谁被认定为民俗的主体而被学术之眼盯住，其日常生活就会成为民俗学的调查对象，而吊诡的是民俗学学者与民俗主体的伦理关系，即被研究者作为民俗主体在民俗学学者的研究视野中，往往沦为否定改造的对象，而民俗学者却通过这样的研究，提升了自己的学术地位，这样民俗主体的主体性就无法建构。因此，要反思民

---

① 江绍原:《江绍原民俗学论集》，上海：上海文艺出版社，1998 年，第 33—34 页。

俗学者的职业伦理问题。[①] 实际上，高丙中说的是民俗主体的互为主体性的问题。民俗学学者也是民俗主体，与被研究者之间存在互相影响，结成命运共同体，即互为主体性的问题。陈泳超对于民间的卓越知识分子使用了一个“民俗精英”的概念，并界定为仅限于在特定民俗事象中发挥支配性作用的人，如老支书于占辉，虽然只有中专学历，但他在接姑姑迎娘娘仪式活动中是重要的当事人。[②] 民俗学学者是精英知识分子，善于书写，而“民俗精英”也善于书写。“民俗精英”概念的提出，对于提升民俗主体的文化主体性地位具有相当的积极意义。

自2004年以来，对非遗传承人本身的民俗主体研究也是未来民俗学的一个重点的发展方向。在“民”上面，有如此众多的民俗学学科机遇，这确实是钟敬文时代的民俗学学科所无法想象的。

民俗主体学研究路径是朝向未来的公民民俗学，是现代公民的生活方式的研究，也是实践民俗学的主要发展路径。这一路径是向前看、向未来看的民俗学研究方式。

同时，这一研究路径揭示了民俗组织学与民俗伦理学两个分支学科的发展方向。民俗由于是群体的生活方式，因此，民俗活动的开展往往需要形成一定的社会组织，如香社、进香团、谒祖团、观音会等信仰型组织，这就涉及社会团体的合法性问题，如社会合法、行政合法、政治合法、法律合法的社会团体的四种合法性。[③] 民俗组织也是民俗主体，只是以群体的面貌出现，因此，这一研究方向将极大地推动中国社团组织的健康有序发展，为公民文化与公民社会建设提供智力支持。

---

① 高丙中：《日常生活的现代与后现代遭遇：中国民俗学发展的机遇与路向》，《民间文化论坛》2006年第3期。

② 陈泳超：《背过身去的大娘娘：地方民间传说生息的动力学研究》，北京：北京大学出版社，2015年，第152—153页。

③ 高丙中：《日常生活的文化与政治——见证公民性的成长》，北京：社会科学文献出版社，2012年，第229—242页。

民俗伦理学研究的是不同主体之间的伦理关系，如民俗学者与民众的伦理关系，民众与动植物以及自然界的伦理关系，民众与神灵之间的伦理关系的研究，等等。

第三种研究路径是民俗生活学。民俗生活学的研究路径是将民俗置于复杂的生活语境中展开分析，主要是对当下的生活语境的关注。无论是在日常生活中发现民俗还是在仪式生活中发现民俗，都是从生活的视角分析民俗，从而考察民俗与生活的复杂关联，并进一步丰富对生活本身的理解。中国民俗学界将“表演”“语境”“生活世界”“日常生活”“民俗事件”等概念引入学科话语分析时，实际上是把民俗活动当成具体的民俗事件来处理，特别是美国表演理论的引进。也就是说，民俗学学科通过近百年的发展，中国民俗学在民俗表演与民俗事件方面的研究已取得丰富的成果。[①] 当然，需要指出的是，这一路径主要是面向当下的民俗学研究方式，但是“语境”的概念并不局限于当下的日常生活，回到历史现场的历史语境，也是语境使用的一个方法。也就是说，民俗生活学并不局限于当下，也可以回溯历史，在历史生活中发现民俗。

但是，现代社会日益复杂的日常生活不断受到技术、媒介、意识形态等因素的渗透。因此，民俗学在原有的概念的基础上，还需要进一步发展更为复杂的分析方法，本文将简要分析将民俗事件进一步还原成生活事件（life event）并与媒介世界相关联的必要性，在此基础上，指出关联分析法的必要性。

---

① 高丙中的《民俗文化与民俗生活》（北京：中国社会科学出版社，1994 年）一书已提出“民俗事件”的概念，并批评将复杂的民俗事件简化成民俗事象的民俗学处理方法，要恢复被民俗事象抽取掉的人和情境的本来位置，主张以生活为中心的民俗整体研究。另外，刘晓春的《从“民俗”到“语境中的民俗”：中国民俗学研究的范式转换》（《民俗研究》2009 年第 2 期）、杨利慧的《语境、过程、表演者与朝向当下的民俗学：表演理论与中国民俗学的当下转型》（《民俗研究》2011 年第 1 期）两篇论文都讨论了民俗学的生活语境的研究，也就是对民俗研究的生活维度的关注。王杰文的《表演研究：口头艺术的诗学与社会学》（北京：学苑出版社，2016 年）指出，表演研究是跨学科的研究方法，具有多元化实践特点，并讨论了民族志书写的生成呈现问题，意识到文化是主体间创造，这对民俗志的书写同样具有启发意义。

一、生活事件研究的关联分析

自从1994年高丙中在《民俗文化与民俗生活》一书中提出“民俗事件”概念[①]以来，中国的民俗学日益朝着日常生活的研究路径方向发展。由于现代社会日常生活的日新月异，特别是移动互联网与智能手机在最近五年内的兴起，日常生活存在由周星指出的因为新的App软件的手机应用与手机新功能的使用均在不断定义新的生活体验现象，日常生活于是不断被“刷新”，而且这一科技生活方式与中国中产阶级的崛起是同步的。[②]因此，使用智能手机应用新的App软件实际上已成为技术生活事件。这一技术生活事件在生活场景中不断被反复应用，就逐渐形成了现代智能生活方式，也就是科技新民俗的形成。因此，生活事件概念的引入将直面复杂的生活本身，日本爱知大学的周星教授通过手机这一生活革命的个案研究向现代民俗学介入日常生活研究提供了一个范本，也展示了现代民俗学者介入复杂的现代社会的学科分析能力。生活革命则是建立在生活事件的基础上，正是大量的科技生活事件促成了科技生活方式的形成。

“生活事件”概念不同于“政治事件”“军事事件”，“生活事件”是一个中性化的概念描述。民俗学所确定的生活事件是与民众的日常生活息息相关的，是生活中发生的重要活动并对当事人产生一定的影响，并进而影响相应民俗的活动。生活事件体现日常生活变异性的一面，而这一切入点正好为民俗学观察民俗的变异与发展提供了一个分析的方式。高丙中指出，日常生活具有未完成

---

① 高丙中:《民俗文化与民俗生活》，北京：中国社会科学出版社，1994年，第114—115页。在论述文化事象与生活整体的两种不同的民俗研究学术取向时，高丙中列了一张清单式的对比列表，如民俗事象研究侧重文化、历史传统、事象等，而民俗整体研究则分别侧重生活、社会现实、事件等。将民俗事象与民俗事件作为一组对比而存在。

② 周星:《信息机器（手机）的普及与贴身的生活革命》，2016年9月3日在北京大学社会学系发表的学术演讲。

性与开放性，生活具有变化的特性，日常则是一种常态，所以要充分认知“日常”与“生活”的内在紧张关系。[①] 因此，生活事件概念可以成为民俗学分析日常生活中的民俗变化的一个方法。

在民俗学学者看来，只有生活事件成为民俗事件，这个生活事件才会纳入民俗学学者的分析视野。也就是说，生活事件与民俗事件也是互相关联的。民俗学研究民俗事件，一般是将民俗事件置于当下的生活语境中展开分析，但这一分析方式也具有其局限性。因为当下的生活语境中的民俗事件的分析方式，有两个问题，第一是忽略了复杂的民俗事件的长时段的历史语境考察，第二是对于生活中的当事人的利益关系缺少应有的关注。杨利慧与周福岩都曾注意到这一问题，但是其提出的解决方式还可以再复杂一些。[②]

当民俗学开始讨论“民俗事件”“生活事件”时，其实对原来的民俗定义也会发生一定程度的变化。原有的民俗定义一般表述为民俗是模式化的生活文化，但这一定义没有把生活中的生活方式凸显出来，而是笼统地用“生活”一词来概括。由于生活的复杂性，当现代民俗学面向整个生活时，我们其实主要讨论的是民众的生活方式。国内已有学者就民俗的生活方式属性进行讨论。陈华文曾采用历史维度的发生学分析民俗的产生，认为民俗发生层次是指民俗在生成过程中的先后次序和构成问题。第一层次民俗的发生总是直接与人的生活紧密联系，它表现为物质生产民俗和自身生产民俗。民俗的产生首先是为了生存和生活，因此民俗的生活性始终是第一性的。但当社会的政治、经济结构发生变化时，第一层次的民俗也会相应地发生民俗变异，这种由于社会的变化从而导致原有民俗发生变化就属于第二层次的民俗，而正是第二层次的民俗才带有文化的影子，因此民俗的生活性是第一性的，文化性则是第二性的。因此陈华文将民俗的生活性界定为民俗的本质属性，并引申为民俗是独特的生活方式

---

① 高丙中:《日常生活民俗学的未来维度》，2016 年 9 月 3 日在北京大学社会学系发表的学术演讲。

② 周福岩:《表演理论与民间故事研究》，《鞍山师范学院学报》2001 年第 1 期。

的观点。[①]生活方式其实也需要与生产方式关联起来认识。因此，当现代民俗学转向日常生活研究时，还需要进一步整合国内民俗学学科已有研究成果，形成一个新的民俗的定义。

在中国学术界，主要是社会心理学学科在研究生活事件，民俗学还没有在这方面形成一个研究的传统。社会心理学对生活事件的定义是在个人生活中，如亲人死亡、结婚或者经济损失等使个人社会状况发生变化的事件。Holmes和Rathe将其定义为任何使生活方式发生变化的事件，它有希望性与不希望性、预料到的和意外的事件之分。[②]因此，可以看出社会心理学与民俗学对“生活事件”的定义基本相同，而且十分契合。不过，中国的社会心理学主要集中研究中小学生、大学生一类青少年群体日常生活中的生活事件对其心理的影响问题，由此展开评估，并提出介入方式，其研究方法主要是现场调查与数据统计分析。社会心理学也有将生活事件的分析对象拓展到少数民族人群的，如分析傣族村民生活事件对其快乐感的研究，并提出了“周期性生活事件”的概念，并揭示让傣族村民感到快乐的周期性生活事件最多，多达21次，其中女性17次，男性4次。这些周期性生活事件就是节日，如傣族村民参加了泼水节、关门节、三八妇女节等，正是因为参与了周期性生活事件，这些傣族村民感到非常快乐。[③]

社会心理学中使用的“周期性生活事件”概念相当于民俗学学科中的岁时民俗节日。当然，“事件”概念的使用更强调生活中发生的变化，如傣族村民中尤其女性村民参与地方节日这一周期性生活事件，使她们比男性更快乐，有更多的事件的快乐体验，也就是节日的快乐体验。

---

① 陈力（陈华文笔名）:《论民俗本质——再论民俗是一种独特的生活方式》,《民俗研究》1992年第2期。

② 刘贤臣、王均乐:《从生活事件与疾病看因果规律》,《医学与哲学》1988年第5期。

③ 尹可丽、罗鸣春:《阿昌族、傣族村民的压力与快乐——一项关于生活事件及相应行为策略的调查研究》,《楚雄师范学院学报》2012年第8期。

在社会心理学研究的基础上，民俗学也可以提炼出相应的生活事件的分类。根据是否可以预期，可以分为突发性生活事件与周期性生活事件，在很多时候，这一分析方法是重合的。生活事件的分析方法一般适用于当事人还健在的生活场景，这样研究者可以就事件当事人进行调查，从而达到主体间的互动。但是，有些特殊的研究情境，需要采用更为复杂的关联分析法才能解决。

生活事件的分析方法也可以用于当下乃至古代的民俗研究。如人类选择死亡的方式具有民族与宗教的差异性，死亡方式问题也是一个生活方式问题，因此一直是民俗学的传统研究内容。日本东京大学岩本通弥教授重点讨论了日本社会的老龄化状态下的自杀事件，如父子一起自杀、母子一起自杀、全家人一起自杀等自杀事件，并将日本、中国台湾、韩国的自杀事件进行跨区域比较。但由于自杀事件的特殊性，研究者无法在自杀现场开展相应调查，而事件当事人已经去世，因此岩本通弥教授主要采用政府部门的统计数据与媒体的报道。[①] 但这仍然属于民俗学的研究。由此，我们也可以看出，日本的民俗学已发展出自己的生活事件研究的民俗学方法，而且大量采用政府部门发布的数据，但这一精确化的数据分析方法对于中国民俗学学者来说还需要一个接受的过程。

死亡方式及其相关问题研究在古代也同样存在，因此，可以就此开展长时段的历史民俗学的考察。研究古代社会，由于研究者无法在历史现场，也无法见到当事人，这给相关研究带来困难，但是仍然可以使用“生活事件”的视角来分析死亡方式问题，因为“语境”从来都不只是指当下生活的生活语境，也可以是指历史语境，就是回到历史现场，回到历史情境本身。所以当下的生活语境与过去的历史语境也可以关联起来研究特定的对象。

在我国古代的南方少数民族中由于许多民族没有自己的文字，只有口头语

---

① 〔日〕岩本通弥:《异化的“日常”与作为“日常”的大众媒体——围绕“男孩森林失踪事件”和“介护杀人/自杀事件”的新闻报道》，2016年9月4日在北京大学社会学系发表的学术演讲。

言，所以其民族的历史与文化就多由传说来传承。在上古时期的苗族等民族因为经济的原因曾有杀去世的老人食其肉的习俗。这在传说中多有表现，如苗族的一则《子更易俗的传说》说的是年轻人站出来改变传统民俗的生活事件。这则传说说的是在很久很久以前，苗家有个风俗：死人不兴埋葬，大家都来分着吃了才好。那时候的人说，吃了死人肉，死者的亲属繁荣昌盛，大家也都长命安康，人财两旺。因此，这古怪的风俗就一代代往下传。可是不晓得是哪一年，传到子更这户人家就传不下去了。因为子更爹死得早，妈妈守着寡，风里来雨里去，辛苦挣扎，才把子更拉扯成人。子更从小就懂得疼妈妈。后来，妈妈去世，子更就不同意村里人吃他妈妈的肉，后来经过与村民的反复抗争与沟通，并在卜卦的天意帮助下，最后改用杀牛吃牛肉代替吃他妈妈的肉。从此以后，吃死人肉的民俗就消失了。①

这则传说其实讲的是妈妈突然去世的突发性生活事件，但同时也是一个周期性生活事件。因为按照当时的习俗，老人死了，就要在寨子里放三支响箭，让大家来吃死人肉，这是可以预期发生的行为，也就是说，突发性生活事件变成了周期性生活事件。

食人肉的习俗作为民俗文化现象，其实需要与经济分析相关联。这则传说中说到人死后要放三支响箭，让大家来吃死人肉，而子更平时都是上山打猎，拿野物给妈妈吃，这说明在当时的社会中，狩猎是主要的生活来源。文中虽然说到养牛，但没有说明是用来耕种的，而南方山区数千年来长期实行刀耕火种

---

① 燕宝:《苗族民间故事选》，上海：上海文艺出版，1981 年，第 38—46 页。该传说流传在云南文山州麻栗坡、马关一带，由苗族人杨正方讲述，刘德荣搜集。此篇文章另见文山州文化局、文山州民族事务委员会编《苗族民间故事》，云南：云南人民出版社，1988 年，题目为《吃死人的风俗是怎样改变的》，这则记载与《子更易俗的传说》内容基本相同。关于这则传说，笔者在 2001 年第三次去贵州调查苗族鼓藏祭祖民俗时，为了证实其可靠性，曾在贵阳市省文联宿舍请教过编写人燕宝先生，他说在平时也听说过类似的传说，并非后人编造，特别是其中提到的射三支响箭和打卦民俗是苗族一些地区的老传统。燕宝先生是贵州凯里人，也是苗族人。据贵州凯里《苗侗文坛》的主编扬鬃先生告知，土家族也广泛流传老人年老以后，要被自己的子女杀死并分吃其肉的传说。

是不需要牛耕的。因此，养牛在苗族中最初是作为一种畜牧业来看待的，后来才用于牛耕稻作。这则传说提及的食死人肉的民俗其实是狩猎社会的特点。因为在狩猎社会食物来源不稳定，没有持续的食物供应，因此人经常处于挨饿的状态。如《后汉书》中也记载东汉时南方“九真俗以射猎为业，不知牛耕，民常告籴交趾，每致困乏”①。正由于狩猎社会食物来源不稳定，因此人们就要食用一些动物的尸体——包括食死人肉——以求生存。

另外，更为重要的是苗族打卦这一民间占卜方式对于改变传统风俗所起的关键作用。当子更要求众人不要割他妈妈的肉时，最后的决定权并不在于子更的理性的劝说，而是决定于打卦的结果。如果卦打开了，那么就按照子更说的办，用牛肉来代替他妈妈的肉。如果卦打不开，则还是按生老定下的老规矩办，众人还是要割他妈妈的肉。这实际上说明传统习俗的改变非常困难，往往要借助一些本民族神圣的仪式由天意来最后确定。但也正是子更易俗这一生活事件改变了传统的死亡习俗。其实，吃老人肉的习俗这不是苗族特有的现象，壮族也有。汉族也有类似的因经济原因在上古时代吃老人肉的问题，因为汉族至今还遗留有寄死窑的遗址，也引起民俗学者的关注和研究。②所以，研究民俗往往需要与经济关联，在一定意义上，生活方式往往是由生产方式决定的，在上古社会尤其如此。也就是说，民俗学作为对生活方式进行研究的学问，与生产方式的关联是不可避免的。由于生活本身的复杂性，因此分析生活也需要以复杂的分析方法才能揭示生活的复杂性。在这一方面，钟敬文先生做了初步的研究示范。

1931 年，钟敬文先生在《金华斗牛的风俗》的论文里对中国的金华斗牛与西班牙斗牛的起源进行了比较，也就是从经济的角度分析斗牛民俗的起

---

① 《后汉书》卷 76《循吏列传·任延传》。

② 刘守华:《走进“寄死窑”》,《民俗研究》2003 年第 2 期；陈淑卿、陈昌珠:《多学科视角下的古代贱老习俗——从湖北“寄死窑”谈起》,《民俗研究》2005 年第 1 期。

源。[①]钟敬文先生认为，西班牙的斗牛与中国式的斗牛，产生于两种不同的经济背景之下。西班牙斗牛是狩猎时代的产物，中国式斗牛是农耕时代或畜牧时代的产物。[②]笔者在1993年从事金华斗牛的调查与研究时，也注意到民俗与经济的关联关系。而且，最出人意料的是，在论述歌谣学与五四新文化运动时，钟敬文先生首先是从经济的角度分析歌谣学与五四新文化运动，并指出这是资本主义经济对中国社会的影响，而且是歌谣学与五四新文化运动产生的主要原因。[③]

钟敬文先生将歌谣与经济及资本主义制度相关联，这与一般学者的学术路径是不一样的。因此，将生活方式与生产方式相关联的学术传统其实有待民俗学界进一步的认知与传承，从而丰富我们对复杂生活的全面认识。

二、新闻事件还原成生活事件的民俗学介入

之所以要将新闻事件还原成生活事件，这是因为当代媒介已经强势介入日常生活，试图通过媒介呈现日常生活，并在一定程度上改变日常生活。媒介作为文化产业，由于要营利生存，在市场经济的法则下，就要吸引读者的注意力，夺人眼球。社会上戏称的“狗咬人不是新闻，人咬狗才是新闻”在一定程度上道出了媒介试图营造日常生活中的戏剧效应从而引来读者围观的新闻本性。媒介作为非专业机构，其提供的信息多流于平面化、表面化、戏剧化，往往将生活中的事件放大处理，而且将生活与文化当成消费来处理。高小康指出，人们看电视，不断地换频道，只是为了看看，似乎看到了很多，知道了很

① 钟敬文:《钟敬文文集·民俗学卷》，合肥：安徽教育出版社，2002年，第333页。

② 同上，第242—243页。

③ 钟敬文:《钟敬文文集·民间文艺学卷》，合肥：安徽教育出版社，2002年，第354页。

多，然而观众并不因此对世界获得日甚一日的深入了解，却始终停留在无所不知而又所知无多的两可境地，于是电视只成为看的对象。[①] 只满足于看的行为就是大众消费的行为。因此媒介为提高收视率或者发行量或者流量或者点击量，其关注的焦点是“事件”而不是“事象”。正如民俗事件与民俗事象的区别，民俗事件具有人与事的复杂关联的特点，具有文化主体的个人魅力与事件本身的传奇性，而民俗事象则是文化知识层面，相对客观，往往难以引起大众的共鸣。在经济全球化与文化全球化的语境下，按照新闻传播学的理论，现代社会是一个奇观社会，特别是出现了媒体奇观现象。媒体奇观就是引导个人适应现代生活方式并将当代社会中的冲突和解决方式戏剧化的媒体现象，媒体奇观包括媒体制造的各种豪华场面、政治事件等。[②] 媒体奇观现象往往是通过对日常生活中的事件的大面积报道，或者负面式的夸张报道，从而迎合受者的奇观期待心理。

生活事件因为有当事人，而且是不同性格、不同性别、不同利益、不同族群、不同背景的人，有故事情节，有利益相关方的博弈，所以生活事件具有一定的戏剧效应。因此媒介就某一生活事件进行报道，特别是热点社会事件的报道，就会吸引人们的注意力，甚至引导社会舆论，引导社会价值观。在这个意义上，“生活事件”概念是联系日常生活与媒介的桥梁，因为媒介关注的是日常生活中的突发事件，而且渴望爆炸性的生活事件，从而营造媒体奇观，而民俗学意义上的生活事件概念强调事件对民俗发展及当事人的影响。因此，研究媒介世界中呈现的生活事件，也有一个民俗学的学科规范，就是这个媒介世界中呈现的生活事件必须也是一个民俗事件，或者与民俗事件相关，只有这样才能进入民俗学学者的分析视野。

日常生活中的生活事件被媒介化之后，媒介会本能地有意识地选取其中

---

① 高小康：《大众的梦》，北京：东方出版社，1993 年，第 105 页。

② 〔美〕道格拉斯·凯尔纳：《媒体奇观——当代美国社会文化透视》，史安斌译，北京：清华大学出版社，2003 年，第 2 页。

最具戏剧效应的一部分事件内容进行报道，引起围观效应，而真正的民俗生活方式往往会被媒介遮蔽。在对象与材料的选取上，其实民俗学的传统做法与媒介的行事风格没有根本区别。高丙中回忆1993年在青海省互助县、民和县调查土族的民俗生活时，他注意到了农家院落的电视天线，但还是习惯性地将其排除在民俗生活之外，因此高丙中对这一民俗学的传统研究盲点进行了深刻反思。[①] 民俗学学者长期以来挑肥拣瘦，其实研究的主要是民众的仪式生活部分，而不是日常生活部分，也就是说只是选取了生活中最光彩夺目的部分，这和媒体整天焦虑地寻找新闻大线索、渴望报道重大事件如出一辙。但是现代民俗学却主张面向整个复杂的生活本身，既关注仪式生活，也关注日常生活。关于日常生活与仪式生活中的不同民俗呈现，需另文讨论，此处略过。

因此，对于民俗学学科来说，将新闻事件还原到日常生活的生活语境中并与事件当事人沟通是开展现代民俗学研究的重要方法。还原法是指语境的转换，如将媒介语境转换到日常生活语境。还原法作为现代民俗学的一个学科方法，在高丙中的《民俗文化与民俗生活》一书中论述民俗之“民”与生活中的人的关系问题时就有所论述。高丙中指出民俗之“民”不等于生活中的人，因为生活中的人是完整的，而民俗之“民”只是生活中的人的局部或片面。[②] 吕微就此发表进一步评论，指出民俗之“民”能否被还原成生活中的充分、完全意义上的整体的人，仅仅凭借经验科学的努力，总是一件值得怀疑的事情，因为我们总是将“生活”作为经验现象来对待，而不是将其思想为本体或本原。[③] 高丙中与吕微对经验科学局限性的反思实际上是为民俗学引入现代哲学的基本思维方式，现代哲学强调从科学世界向生活世界的回归，生活世界于是

---

① 高丙中:《民俗学对象问题的再讨论——一项建设的后现代性的硕果》,《民俗研究》2013年第4期。

② 高丙中:《民俗文化与民俗生活》，北京：中国社会科学出版社，1994年，第28—29页。

③ 吕微:《民俗学：一门伟大的学科——从学术反思到实践科学的历史与逻辑研究》，北京：中国社会科学出版社，2015年，第294页。

成为一个生活本体的哲学概念。现代哲学重视人作为生活主体的自由创造，重视生活的生生不息的创造过程，这也正是民俗学学科的先验目的论。从经验科学到先验哲学，民俗学作为社会科学的现代哲学基础才得以建立。在这个意义上，民俗学真正的学科灵魂是属于未来的。所以吕微才会说，要看到抽象的概念的在场，不仅仅有传统的在场，还有未来的在场，未来的在场是更普遍的在场。①

吕微强调未来在场的理念，这也是实践民俗学的理念。国内具有现代学科自觉意识的民俗学学者已经在开展关于媒介呈现的生活事件的研究。中国社会科学院的户晓辉研究员研究了2016年春节期间上海女孩逃饭这一网络评论事件的网民参与社会公共话题的个案。事件的起点在2016年2月6日，上海的篱笆网下属的篱笆社区发布了一篇题为《有点想分手了……》的帖子。发帖人称，自己作为上海女孩，不顾父母阻力来到江西农村男友家过年，但看到男友家脏兮兮、黑乎乎的惨不忍睹的饭菜后决定逃离江西，与男朋友分手，并贴出所拍的晚饭照片。这一帖子后来引来数万条的网络跟帖，截止到2月21日，评论达到16000多条，网民们就上海女孩逃饭的生活事件纷纷发表评论与意见，无意间成为观察网民作为理性的公民参与公共社会事件的能力及其公共理性成长的过程。②户晓辉的这个选题相当有眼光，因为涉及城乡二元结构的社会问题，涉及春节饮食习俗问题，涉及年轻人婚姻习俗问题，涉及文化冲突与心理调适问题，而且1万多条的海量网络评论对于开展研究也是一个现代新挑战。但由于这一生活事件是否是生活中的真实存在还存在疑问，难以确认，因此，这一新闻事件就无法还原成真实的生活事件，只能就网民作为理性的公民参与过程进行研究。因此民俗学界还需要不断地寻找合适的研究个案，也就是要找到能够将新闻事件还原成真实的生活事件的个案。

① 吕微：《实践民俗学的提倡》，《民间文化论坛》2016年第1期。

② 户晓辉：《网络公共领域的目的论追求：以有关“上海女孩逃饭”的网评事件为例》，2016年9月3日在北京大学社会学系发表的学术演讲。

这里只举一个个案，就是中国的十二生肖的生肖信仰与媒介关联的个案。每逢马年年底，各地的媒介都会纷纷报道一些产妇抢在羊年之前生下马宝宝的生肖信仰这一马年生育事件。因此，会引起短时间内的产房紧张现象，而至于究竟有多紧张，记者往往并不深究，而是抓住民众信仰深处的生肖问题大加发挥，把民众视羊为不吉祥的民间信仰叙述一番，或者渲染一番，有时候在一定程度上反而是对民众的舆论误导。媒介作为非专业机构，主要是信息的传播者，但涉及民俗与信仰等生活事件时就会出现很多问题，因此需要民俗学界从学术角度分析羊为不吉祥的民间信仰其实是现代西方信仰的产生过程，而羊为吉祥物的中国本土传统信仰却被国人遗忘的历史事实。由于社会的西化与信仰断层，导致中国民众对于传统生肖文化的民俗传承发生偏离。对马年生育事件与羊年生肖的媒介呈现的个案，笔者将另文分析，此处不再展开。

采用还原的方法，将新闻事件返回日常生活与中国历史的双重语境，由此观察现代社会日常生活乃至民俗生活被过度媒介化的现代性遭遇，这将是民俗学的一个重要课题。

当然，如果一则生活事件没有被媒介注意，也没有被媒介报道，但这则生活事件对民俗发展有重要影响或者与民俗有密切关联，那么民俗学学者仍然需要直面生活，积极介入这一生活事件研究，只是关于这方面的研究民俗学界目前还在探索中，尚需民俗学界积极应对。

网络时代民间文学的界定与特征
——以晋江文学城“鬼月鬼话”活动为例

吴新锋①

摘要：学界对网络民间文学这一新形态已有一些富有前瞻性的讨论。笔者认为，网络民间文学是特定群体以网络新媒介形式创作、传播和传承的文本，是基于人机互动的特定群体之间的一种艺术性或功能性的交流表达。这类文本既符合传统意义上对民间文学的一部分界定，又体现出网络时代民间文学文本的独特性。晋江文学论坛“鬼月鬼话”活动是一种典型的网络民间文学交流活动，这些“鬼月”期间被讲述的鬼故事具有网络民间文学的典型特征。网络时代民间文学体现出了匿名性、交互性、发散性、封闭性、全息性等新特征，而传统的集体性、口头性、变异性和传承性也发生了某种新的变化，这是民间文学批评面临的新课题。

关键词：网络民间文学　晋江文学论坛　“鬼月”活动　特征

媒介可否作为民间文学的本质属性，这是一个值得讨论的问题。众所周知，民间文学是一种口头文学，以口头媒介创作、传播和传承是其根本属性之一。当我们传统的口头文学面对互联网信息爆炸这样一个媒介变迁时代，它如何自处？传统意义上“集体性、口头性、变异性和传承性”的四大特征似乎已经无法精确概括那些新的民间文学文本形态。人们体知、理解和使用那些被

① 吴新锋，石河子大学中文系。

湮没在海量的不同网络媒介信息中的民间文学（民间文化）的方式也发生了变化，这种变化的根本原因在于网络信息技术的进步，而这种变化背后民间文学的文本特征正是本文所关注的。

一、网络民间文学的界定与特征

的确，在如今的网络时代或自媒体时代，当许多人抱怨现代技术媒体冲击并瓦解了许多传统生活方式时，当许多传统的民间文学现象在现代生活中逐渐淡出甚至退出历史舞台之时，当民间文学的有些研究者为研究对象（实际上也是为自己的“饭碗”和专业）朝不保夕的命运而忧心忡忡甚至捶胸顿足之时，民间文学其实早就在明修栈道，暗度陈仓了。这是民间文学的一贯“伎俩”——它在没有文字的时代主要依靠口头，在有了文字的时代仰赖文字，在电子时代又少不了搭上多媒体的顺风车，甚至让口头、文字和电子媒体一道为它效力。①

户晓辉在其新著《民间文学的自由叙事》中集中梳理并讨论了网络民间文学的问题。他认为网络民间文学体现了“民间文学的被扬弃的历史”；从民间文学的主体性、媒介、环境、集体性与公共空间以及体裁形式等五个方面比较全面阐述了网络民间文学的“扬弃”问题。

首先，户晓辉研究员认为，“网络民间文学扬弃了下层的‘民’，使民间文学的创作、欣赏和消费群体变成了包含社会各个阶层的网民”。但是这个“网民”群体非常复杂（存在着精英化和“屌丝化”的情况），且具有特定的利益诉求，他们一方面在网络上传播传统民间文学样式，但更多的是以其新的民间文学样式呈现他们的生活，这部分“新的民间文学”（网络民间文学）并未引起传统学界的重视和深入研究。同时，“网民”意味着一种新的话语与权利，这些“网民”实质上将没有能力参与其中、生活在乡村边缘群体的传统民间文

① 户晓辉:《民间文学的自由叙事》，北京：社会科学文献出版社，2014年，第75页。

学讲述者抛入历史的废墟之中；而这些“网民”之中，至少有相当一部分人是从传统村落文化语境窜入现代网络信息社会的，他们的父辈或祖辈讲述的传统民间文学在他们那里遭遇了微妙而尴尬的境地：一方面，他们或许可以熟练地传承着那些村落文明的故事，同时又在网络上“涂鸦”创造性地传播那些故事；另一方面，他们或许已经丧失了精彩的口头讲述能力，而只是偶尔在某个乡愁萌发的时刻，复制、粘贴一些家乡故事，遥远而忧伤。造成这种结果的主要原因正是社会剧变之下的媒介技术变革，村落文化被部分地抛出或区隔在网络技术之外，这本身就是一个民间文化被技术政治边缘化的过程。这是我们讨论网络民间文学的主体参与者时必须考虑到的。

因此，媒介变革必然给传统民间文学的传播和新民间文学的产生带来改变。这种改变给传统民间文学特征（口头性、集体性、变异性和传承性）赋予了新的内涵。首先是口头性（口头创作、口头传播）的丧失与重建，这种变化对民间文学的集体性、变异性和传承性带来相应的变化。

一方面，基于网络社区（或虚拟或真实）存在的网络民间文学电子文本形态代替了那些日常生活中的口头创作和口头传播。“文学网站、博客、论坛、微博、手机短信一些传统的民间文学样式，如神话、传说、史诗、长篇叙事诗、说唱文学、民间小戏、俗谚等，因无法适应网络时代的知识观念与文化生活方式的改变明显趋于式微；而另一些更短小、更灵活的形式，如故事、歌谣、笑话、谜语、对联、绕口令、歇后语等，则仍然通过手机短信与各类网帖保持着它一贯的活力。”[①] 这样，所谓的集体创作与集体传播也发生了变化，集体性由虚拟的网络集体性替代，网络民间文学的集体既可能是一个有着相似诉求的“小群体”，有时也会是一个因迅速传播而急剧膨胀的“大群体”，而不单单是传统意义上的民间文学地域集体性。网络民间文学的变异性向两个极端发展，很多时候网络民间文学的生产或传播只需要“Ctrl+C”然后“Ctrl+V”，这就导致网络民间文学有时会变得千篇一律；而另一个极端是变异的面目全

---

① 邵宁宁：《网络传播与新民间文学的兴起》，《文艺争鸣》2011 年第 5 期。

非，失去了传统民间文学有迹可循的故事类型学形态，这是创作和传播媒介工具造成的。传统民间文学传承性也出现了新的变化，过去一贯所传承的习俗、思想、知识、价值伦理、民间谐趣，会因网络的碎片化、狂欢化倾向而导致民间文学内涵内蕴的消解，或者说具有了更加多元的传承内涵。

另一方面，传统民间文学还会以各种新的形态出现在网文、网络论坛、即时聊天工具以及网络游戏等各种网络媒介中，从而表现出匿名性、交互性、发散性、封闭性、全息性等网络民间文学的新特征。首先，匿名性特征。所谓匿名性是指网络民间文学文本的讲述者（或表演者）与听众（受众）之间存在着匿名交流的情况。有时，这种交流是完全匿名的，相互之间完全不知道对方的主体身份信息。有时匿名则是相对的，尽管都穿着“马甲”，但各参与主体大致可以猜到对方的身份信息。这种匿名交流的方式改变了传统民间文学面对面的交流方式，对参与主体传承、传播民间文学的形态产生了重要的影响。其次，交互性是指参与网络民间文学活动主体之间的交流是一种超越时空的交互式互动，这与传统民间文学截然不同，各参与主体对民间文学文本的交互式参与，使得网络民间文学交流活动更加多元和不可预测。网络民间文学的发散性是指内容和传播形式方面的双重发散特征。从内容上讲，参与主体交流网络民间文学的内容具有发散、跳跃的特征，这是由参与主体的匿名多元主体身份决定的，与传统民间文学相比，参与网络民间文学交流的网友并没有义务按照特定主题展开民间文学交流活动，多元主体使得网上交流变得非常发散，讲述者和听者的身份界限也是模糊不确定的。再次，发散性特征。从传播形式上讲，网络民间文学交流传播具有极强的发散性特征，如果我们将首个网络民间文学文本的发生作为原点，其传播路径一定可以描绘出一幅优美的网络发散图，至于发散到了什么地方，只有 Wi-Fi 知道。又次，封闭性的特征，这似乎与发散性是矛盾的，但在一个论坛或即时聊天工具的小群体内部，民间文学文本的讲述或表演确实具有封闭性的特征，得具有共同“趣味”或背景的主体身份才能参与进来，的确是一种封闭的“小群体之间的艺术性交流”。最后，全息性的特征，“当前的虚拟现实技术慢慢进入网络，艺术的现实形态和感受方式也由此前的视、听、读的形式开始转向视、听、触、味、嗅等全息型，视听感官开始向其他感官分权”。[①]从某种意义上说，一方面这种继承了传统民间文学基因的“全息型”网络民间文学的确拓展了原有的表现方式和话语权力，但另一方面看似“全息”背后却透露出某种对传统的“浅薄”（尽管有时不是主观上造成的）、碎片甚至歪曲的理解，这恐怕是我们需要思考的：是媒介变革的一种必然结果，还是可以实现一种可持续的“文明引渡”——从“口头文明”到“网络文明”的有效引渡？

因此，为了更好地理解和阐释这些网络民间文学所呈现的匿名性、交互性、发散性、封闭性、全息性特征，笔者试图以晋江论坛网友交流区（即所谓的“兔区”）“闲情区”的“鬼月”活动为例，从鬼故事的这一传统民间文学文类在网络社区的新变化来理解网络民间文学的这些新旧特征。这种基于个案的考察可能并不全面，但我们至少可以从某些侧面理解媒介技术变革给民间文学带来的变化，以便更加清晰地认知网络时代民间文学的特征及其批评的可能性问题。

二、以晋江论坛网友交流区闲情版的“鬼月鬼话”活动为例

晋江论坛是晋江文学城的一个网络论坛。晋江文学城创立于 2003 年 8 月 1 日，是中国大陆著名的女性文学网站，以耽美、爱情等原创网络小说而著名。主要提供由网友独立创作的小说。一般而言，我们把晋江论坛看作一个女性社区论坛。这个论坛有一套独特的“黑话”系统，没有几个月的认真学习很难参与真正意义上的对话，网友均以匿名方式发言[②]，大多数网友习惯用“==”作为昵称。因为晋江论坛的页面是粉红色，所以论坛又被称为“小粉红”，这就是“小粉红”的“黑话”啦，这种黑话与传统民间流行的行业黑话传统非常

① 徐钊:《从网络民间文学看民间文学的发展与回归》，暨南大学，硕士学位论文，2006 年。

② 在“净网 2015”行动之前，晋江论坛都是真正意义上的匿名，现在必须要实名制注册用户才能发言，但论坛里呈现出来的留言与讨论仍是匿名的，只有具有足够权限的管理员和监管者才可以看到发言者的真实身份。

相像，体现了某种“民”的立场。这些“黑话”是媒介革命的一部分，是对传统语言形式的一种符码的转换。肖映萱同学曾给我举例说明“黑话”系统的存在：“我给师兄举个例子，‘兔区’非常喜欢用‘黑称’，就是给人冠上难听的称呼。比如她们最近热衷讨论的明星，陈伟霆的英文名是 William Chan，缩写就是 WC，所以兔区称呼他为‘厕厕’（尴尬表情）。”这里的“兔区”也是“黑话”，指网友交流区，“兔区”是女性粉丝、网友的八卦集散地和吐槽区，而闲情版的话题也都是女性关注的主题。

就“鬼月鬼话”活动而言，这个活动似乎与整个晋江论坛不搭，但却是一个有着“悠久”传统的重要“网友虚拟聚会活动”。这个活动至少从 2006 年就开始了，每年农历的七月份，闲情版都会有固定的版主或志愿者主持活动，活动主要内容就是在鬼月讲鬼故事，根据笔者的考察，多是将自己听来的鬼故事或看的鬼故事贴在固定的板块上，有时会有格式的要求。下面主要以 2014 年的“鬼月鬼话”活动[①]为例，来阐述网络时代民间文学的特征。

——XQ 今年的夏天仍自带背后凉

今夏月正好，妙不戏鱼惟戏鬼。虽时下艰难，但逢七月再至，还是决定延续鬼月传统。今年的鬼话活动将由 XQ 接力，分为写文与朗诵 AB 两个项目，欢迎大家自由挑选。

活动时间　　整个鬼月

7 月 27 日 0：00 至 8 月 24 日 24：00

活动形式

A. 怪谭新赋——DM 鬼故事原创征文

1. 主题：

Ⅰ. 夏季清凉鲜美水果蔬菜：文中必须至少出现 1 款水果蔬菜（例如西瓜、荔枝、莲雾等）。

Ⅱ. 鬼怪：指中国传统鬼怪文化中默认的鬼怪，西方的各种鬼皆不符合要

① http://bbs.jjwxc.net/showmsg.php?board=3&boardpagemsg=1&id=726547.

求，例“摄魂怪”“吸血鬼”等。

以上两点要求同时具备，缺一不可。

2. 要求：字数限定714字（以Word 2003版字数统计为准，字符数不计空格，多一或者少一都不可）。

3. 发帖格式：[14鬼话]标题。

例：[14鬼话]剁掉的手还在买买买

B. 鬼哭狼嚎——鬼故事朗读

……

该帖由“XQ”于2014年7月26日发在闲情版，共有163楼回帖（含笔者的一个回帖），互动性较高。从回帖内容分析，回帖者都是论坛的常客，对“鬼月鬼话”传统非常了解，都能通过活动找到“背后凉”的感觉。之所以选取2014年的“鬼月鬼话”活动，是因为它与之前和之后的相比，设置了创新的玩法，主要体现在对主题的规定（Ⅰ、Ⅱ）、字数的要求、发帖格式的规定以及形式（可发音频，这个是之前没有且之后也没有的）的选择。这些看似复杂的规定要求并没有影响兔区网友参与活动的热情。新增加的“鬼哭狼嚎——鬼故事朗读”是非常有趣的尝试，鬼故事文本以录音的方式呈现在网络论坛里，但鬼故事毕竟再次以“口头”的方式被讲述。口头性以这种方式被“引渡”到网络民间文学中并没有显得生硬，网友们听着不同女性朋友音频格式的鬼故事，体验着夏日那种群体的“自带背后凉”。这是一种典型的现代网络社区的“艺术性交流”，和往日夏夜里大树下老人给孩子们讲鬼故事有异曲同工之妙。

根据“XQ”的统计帖，本次活动共有134篇符合要求的“怪谭新赋——DM鬼故事原创”和20段“鬼哭狼嚎——鬼故事朗读”。为了使读者有更直观的认识，笔者把内容引述如下[①]。

---

① http: //bbs.jjwxc.net/showmsg.php?board=3&id=731011%20%20%20%E9%A1%BA%E6%89%8B%E6%8A%8A%E9%9A%94%E5%A3%81%E6%B1%87%E6%80%BB%E8%B4%B4%E6%89%94%E8%BF%9B%E6%9D%A5.

14 鬼话汇总

001 [14 鬼话] 转折 BY：大脸滚着小键盘

002 [14 鬼话] 双向替身 BY：=w=

003 [14 鬼话] 人类真是太过分了 BY：TangleBee

004 [14 鬼话] 送终 BY：一个病娇辛酸史

005 [14 鬼话] 切片吧 BY：鬼风 KK

006 [14 鬼话] 一次失败的救援记录 BY：疯了的阿臻

007 [14 鬼话] 监控器 BY：moyu

008 [14 鬼话] 我家的仙人球竟然会说话？ BY：阿三仔

009 [14 鬼话] 小苹果 BY：憋尿中

010 [14 鬼话] 镜子里有猫 BY：镜子里的猫

011 [14 鬼话] 夜聊 BY：==

012 [14 鬼话] 重九 BY：aoe

013 [14 鬼话] 对不起，没关系。 BY：甜食爱好者

014 [14 鬼话] 钉子户真是太过分了 BY：TangleBee

015 [14 鬼话] 不写作业 BY：坑底有鱼

016 [14 鬼话] 招魂 BY：小手手

017 [14 鬼话] 妃子笑 BY：救命

018 [14 鬼话] 春夜宴 BY：磨磨蹭蹭

019 [14 鬼话] 书生与葡萄藤 BY：加勒比海带

020 [14 鬼话] 售后 BY：==

021 [14 鬼话] 青门绿玉房 BY：取名无能星人

022 [14 鬼话] 墓碑 BY：墙角蹲着猫

023 [14 鬼话] 老宅 BY：酱歌油

024 [14 鬼话] 树阴照水爱晴柔 BY：==

025 [14 鬼话] 画室奇谭 BY：一条腿上七个包

026 [14 鬼话] 听说这里闹鬼 BY：百合可以发吗

027 [14 鬼话] 分桃 BY：罅隙

028 [14 鬼话] 我的世界 BY：Minecraft

029 [14 鬼话] 陈宝 BY：好奇怪

030 [14 鬼话] 骚包的杏树要开花 BY：好奇怪

031 [14 鬼话] 导演难当 BY：这只 doge 被你承包了

032 [14 鬼话] 电梯里有什么 BY：好奇怪

033 [14 鬼话] 冥生 BY：疯了的阿臻

034 [14 鬼话] 等着你 BY：好奇怪

035 [14 鬼话] 生路 BY：==

036 [14 鬼话] 李代桃僵 BY：无脸人

037 [14 鬼话] 阴阳路 BY：好奇怪

038 [14 鬼话] 偷秤砣的小鬼 BY：好奇怪

039 [14 鬼话] 三年三梦 BY：求圆梦

040 [14 鬼话] 啊破了 BY：也是可以修好的哟

041 [14 鬼话] 放在桌上的那盘荔枝 BY：你猜不到

042 [14 鬼话] 鬼影重重 BY：西红柿

043 [14 鬼话] 引路人 BY：好奇怪

044 [14 鬼话] 吃梨 BY：hong

045 [14 鬼话] 西瓜田 BY：傻西瓜

046 [14 鬼话] 夏生 BY：莲蓬头

047 [14 鬼话] 弃 BY：咚下留人!

048 [14 鬼话] 白和尚 BY：好奇怪

049 [14 鬼话] 他来找我 BY：今人不见古时月

050 [14 鬼话] 苹果 BY：克

051 [14 鬼话] 小明和我 BY：不要打脸

052 [14 鬼话] 葫芦娃和许仙 BY：hong

053 [14 鬼话] 龙眼 BY：...

054 [14 鬼话] 未尽 BY：好奇怪

055 [14 鬼话] 祭奠 BY：书彦

056 [14 鬼话] 鬼担西瓜 BY：死傲娇

057 [14 鬼话] 山行 BY：咩哈哈 ~~

058 [14 鬼话] 偷声 BY：桃花

059 [14 鬼话] 青梅 BY：哎

060 [14 鬼话] 桃 BY：格式没错吧?

061 [14 鬼话] 心想事成 BY：猫

062 [14 鬼话] 卖面的小店 BY：在你背后

063 [14 鬼话] 尝还 BY：台风把猪刮跑了

064 [14 鬼话] 未眠 BY：桌上有人

065 [14 鬼话] 土豪 BY：凹

066 [14 鬼话] 国手与香烟 BY：==

067 [14 鬼话] 闹鬼 BY：CXS

068 [14 鬼话] 鱼鱼鱼 BY：一只水饺

069 [14 鬼话] 补品 BY：凹

070 [14 鬼话] 拼图 BY：我是钢笔

071 [14 鬼话] 地震 BY：荔枝布丁

072 [14 鬼话] 青苹 BY：一朵菊

073 [14 鬼话] 新房客 BY：克

074 [14 鬼话] 潮信 BY：一只水饺

075 [14 鬼话] 这是一个看了以后很想吃西瓜的文 BY：==

076 [14 鬼话] 朝内 81 号院 BY：吃货鬼

077 [14 鬼话] 这是一个看了以后很想去 cj 展的文 BY：==

078 [14 鬼话] 这是一个看了以后很想喝花茶的文 BY：==

079 [14 鬼话] 小傻子 BY：素白

080 [14 鬼话] 这是一个看了以后想养只乌鸦的文 BY：==

081 [14 鬼话] 一场谋杀的剧本 BY：荔

枝布丁

082 [14 鬼话] 绿豆莲子白糖糕 BY：这味道会怎么样?

083 [14 鬼话] 不死之身 BY：暮死

084 [14 鬼话] 老公 BY：雷放标题

085 [14 鬼话] 菌人 BY：小学毕业

086 [14 鬼话] 先生，请给我起个名字吧 BY：慢腾腾

087 [14 鬼话] 钓鱼 BY：<。)#))) ≦

088 [14 鬼话] 勾魂使 BY：书尚道

089 [14 鬼话] 植物大战僵尸 BY：==

090 [14 鬼话] 噬 BY：土豆泥

091 [14 鬼话] 清明后 BY：==

092 [14 鬼话] 兔子和红雨伞 BY：今年属马

093 [14 鬼话] 棋 BY：==

094 [14 鬼话] 假发 BY：道长你放葱吗

095 [14 鬼话] 美味葡萄 BY：XX

096 [14 鬼话] 美梦 BY：有可能是反的

097 [14 鬼话] 虚惊 BY：香菜也是蔬菜吧

098 [14 鬼话] 过敏 BY：ms

099 [14 鬼话] 晚餐的爱意 BY：乌拉拉

100 [14 鬼话] 冥冥有鬼 BY：杀刀的西瓜

101 [14 鬼话] 一缕烟 BY：希朝

102 [14 鬼话] 渣攻贱受 BY：豆腐脑

103 [14 鬼话] 河灯 BY：卫宫苹果

104 [14 鬼话] 壁虎 BY：XX

105 [14 鬼话] 嫉妒是一种病 BY：希朝

106 [14 鬼话] 色拉 BY：凑个热闹

107 [14 鬼话] 心荒凉 BY：一间屋

108 [14 鬼话] 桃生 BY：0 0

109 [14 鬼话] 替死 BY：XZ

110 [14 鬼话] 缠 BY：一间屋

111 [14 鬼话] 幸好还有杨梅汤 BY：一间屋

112 [14 鬼话] 含桃 BY：菠萝

113 [14 鬼话] 冰柜 BY：玄子

114 [14 鬼话] 云深不知处 BY：炸薯片

115 [14 鬼话] 夜闻嘀嗒声 BY：哎嘿嘿

116 [14 鬼话] 狐祟 BY：图穷匕见

117 [14 鬼话] 自来猫 BY：大海

118 [14 鬼话] 引魂幡 BY：==

119 [14 鬼话] 闲话 BY：半夜三更鬼闹♁房

120 [14 鬼话] 陈年旧事 BY：==

121 [14 鬼话] 成精 BY：！人留下咚

122 [14 鬼话] 珍珠奶茶 BY：封夜简

123 [14 鬼话] 灼灼其华 BY：(ω)

124 [14 鬼话] 渡劫 BY：XXXL

125 [14 鬼话] 水喜 BY：巨鹿

126 [14 鬼话] 玄机 BY：一只水饺

127 [14 鬼话] 听说你爱睡觉? BY：(ω)

128 [14 鬼话] 你还想养式神？！ BY：（ω）

129 [14 鬼话] 桃花仙 BY：LZ

130 [14 鬼话] 梨花 BY：百合

131 [14 鬼话] 种瓜得瓜 BY：恋物癖

132 [14 鬼话] 他不知道 BY：第三发

133 [14 鬼话] 爱到与你融为一体 BY：黑小黑家的小黑

134 [14 鬼话] 投我以木桃 BY：LZ

不符合活动要求需要修改的：

字数不符 [14 鬼话] 童年 BY：==

字数不符 [14 鬼话] 爱你还是爱我 BY：xyz

没有蔬果 [14 鬼话] 电话线 BY：老板来碗扁食

14 讲鬼汇总

01 [14 讲鬼] 一次失败的救援记录 BY：马甲大法好✿

02 [14 讲鬼] 夜聊 BY：马甲大法好✿

03 [14 讲鬼] 春夜宴 BY：马甲大法好✿

04 [14 讲鬼] 老宅 BY：请输入内容

05 [14 讲鬼] 我家的仙人球竟然会说话 BY：请输入内容

06 [14 讲鬼] 镜子里有猫 BY：没有人

07 [14 讲鬼] 书生与葡萄藤 BY：Echo

08 [14 讲鬼] 夏生 BY：Echo

09 [14 讲鬼] 葫芦娃和许仙 BY：马甲大法好✿

10 [14 讲鬼] 山行 BY：我也想吃青梅 =L=

11 [14 讲鬼] 闹鬼 BY：keyi

12 [14 讲鬼] 闹鬼 BY：没有人

13 [14 讲鬼] 不死之身 BY：没有人

14 [14 讲鬼] 河灯 BY：马甲大法好✿

15 [14 讲鬼] 菌人 BY：一只水饺

16 [14 讲鬼] 菌人 BY：幼儿园毕业

17 [14 讲鬼] 先生，请给我起个名字吧 BY：一只水饺

18 [14 讲鬼] 双向替身 BY：诶嘿嘿嘿

19 [14 讲鬼] 骚包的杏树要开花 BY：袋鼠打杏树 .gif

20 [14 讲鬼] 一次失败的救援记录 BY：_（：з）∠）_

从论坛这个“鬼话”活动整体考察并结合 134 个主题帖分析来看，此活动非常经典地体现了民间文学在网络时代的新旧特征。

一方面，口头性、集体性、变异性和传承性这些民间文学的传统特征在这里以不同的方式呈现。除了上文已经讨论的以“音频”鬼故事呈现“口头性”，网友在兔区论坛里热烈讨论 134 个主题鬼故事的互动交流行为，建构出了某种微妙的虚拟口头氛围。以录音方式呈现的鬼故事共有 20 段，其中有 5 段为“马甲大法好”的网友贡献。笔者在网络上追踪，发现“马甲大法好”共发布了 6 段录音，版主选取了其中 5 段，唯独第一段“梨花”未被列入。而笔者觉得，这第一段“梨花”的鬼故事更有意思些，讲述的是梨花（丫鬟）和玉娘（厨娘）的“爱情”故事。这本应非常符合论坛气质的鬼故事，怎么会被版主滤掉呢？这一段人气“143”（在 6 段中最低），故事讲得很哀怨，传统且很有意境。我揣测这是技术的原因被版主滤掉吧……

图 1　论坛 2014 鬼月活动截图

而同是“马甲大法好”录制的一段“[14 讲鬼] 一次失败的救援记录”却以“2649”的人气排列第一。这则鬼故事内容创意较好，与当下生活有联系，且构思巧妙地以机器记录的录音来营造鬼故事的恐怖氛围，这或许是得到好评的主要原因。听这些录音的故事，的确比只看文字生动些，传统民间文学的口头性以新的方式回归了，这或许就是对网络时代民间文学口头性的一种重建。无论是论坛的鬼故事文本还是录音方式呈现的鬼故事，传统母题融入了新的内容，论坛多样的跟帖讨论，多元、跳跃式的文本介入，以及不同个人体验的渗透，都使得网络民间文学具备了新的艺术审美特征。集体性在这里也得以以新的面貌体现，成为一种更加虚拟、匿名的集体性，体现了兔区网友相同的审美趣味，这里的鬼故事传承集体便是众多相同的“= =”马甲背后的“小粉红”们。我们讲的传统意义上的变异性在这里体现的并不明显，绝大部分鬼故事确属网友自编新创，虽然一些内容也能体现出一些鬼故事母题，但毕竟由于2014 年鬼月活动的主题内容和形式方面的设定，使得传统鬼故事在主题帖中表现并不明显，反而在互动交流帖中激发出“兔区”网友儿时的某些听鬼故事的记忆。从内容上看，这些“鬼话”的确非常符合本论坛的女性特质。而有些鬼故事也的确“萌”且“狗血”，从这一点上，这种“狗血”的鬼故事的传承性值得怀疑，至少笔者并不看好，网友的回帖也能集中体现这一点。以“002 [14 鬼话] 双向替身 BY：=w=”[①] 为例：

西瓜，荔枝，莲雾。

我把称好的水果递给顾客。

我是一只死要钱的鬼，临死前我跟人签了最后一个合同，让上面的人定时给我烧纸水果。

这生意在地府里是独一份，独到的眼光让我赚得盆满钵满。

水果店关门之后我回到我的四合院里休息。

---

① http: //bbs.jjwxc.net/showmsg.php?board=3&id=726582%20.

没想到回到我房间时白天那位顾客居然坐在里头。

我认识他，他是传说中冷酷无情的地府之主。

我满脸敬畏："您怎么来了？"

他说："我心上人的魂魄很弱，我没办法跟他做－爱。你很像他，而且看起来很耐□。"

我被他近乎粗俗的直白惊到了。

地府之主想要"临幸"一只鬼，哪有我拒绝的余地。

我们一拍即合，每晚都酣畅淋漓地来几发。

不过有句话我一直没敢跟他说。

其实他也长得像我哥们儿。

出乎我意料，我哥们儿下来得比我想象中早。

我只好千方百计托关系给我哥们儿找户好人家。

我还没张罗好，这事不知怎的就传到了他耳里。

他脸色阴沉："你一直喊的人就是他？"

看来他知道了我哥们儿的名字——我经常□□□喊出来的名字。

我老老实实地说："是。"

他愤怒地掐着我脖子。

我明白他的感受，白白被人当替身□□这么久，多憋屈啊！

我没有反抗。

他松了手，冷冷地说："我会让他永堕畜生道。"

我背脊发凉："你不能这样！"

他把我领回了他的地盘。

他指着那个跟我很像的魂魄，说："他爱极了我，甚至还妄想对我下禁术让我爱上他。我关了他五百年，以示惩戒。"

"哦。"

"他逃了，只留下一魂一魄在这里迷惑看守的人。"

"哦。"

“你再哦一声试试看，信不信我□□你！”

他把我的一魂一魄还给了我。

我想起了所有事，我那时确实爱他到极点，两份记忆一融合，连我自己都分不清我到底拿谁当替身了。

他以帮我哥们儿找户好人家为条件把我留在他身边。

□□□□□□□□□□□□□□□□

□□□□□□□□□□□□

不必多言，内容的确够“狗血”，倒也符合“小粉红”这个论坛的部分气质。恰恰这样的内容，网友讨论却甚是激烈，讨论帖共有 42 楼，引述 27 楼网友评价：“艾玛，狗血萌！霸道阎王爱上我各种戳 HHP[①]。”但对笔者而言，HHP 并未被戳中，兔区网友之乐未能完全体会到。毕竟我似乎只是“兔区”的一名过客而已，不是“兔区”中人。因此，笔者也就很难理解这些“狗血”的表达。但这正是丰富的网络时代民间文学的存在样态。

因此，另一方面，我们确实应该认真了解和理解网络时代民间文学的匿名性、交互性、发散性、封闭性、全息性等特征。晋江文学城“兔区”的“鬼月鬼话”活动为我们呈现出传统鬼故事如何以新的方式——一种基于人机交互的虚拟特定群体间的交互匿名的艺术性交流方式。这种交互性、虚拟性、匿名性显然与传统的现场交流不同，一个个“= =”马甲之间、一台台屏幕背后隐藏着虚拟的兔区群体之间的约定、智慧、忧伤、快乐和性情。兔区“= =”曾经代表了一个时代的虚拟论坛匿名身份，这种虚拟性、匿名性给民间文学的传播与传承既带来了很多新的可能性，又同时带来了很多不确定性。然而，虚拟的交流仍然是人与人之间的交流，交流行为背后的人性依旧是人性，“狗血”的鬼故事背后仍然隐藏着某种人机交互空间的人性诉求。

这种人与人的虚拟交互空间是经由机器的符码转换被建构起来。技术的进

---

① 笔者注：HPP，Ha Ha Point，意思为笑点。

化、媒介的变迁给我们这个时代带来了革命性的影响，深刻改变了或正在改变着人类的交流方式。民间文学作为人类最古老的交流方式之一，也以自身的特点部分地融入这个媒介变革的时代。晋江论坛“鬼月鬼话”活动便是民间文学以新的方式链接起一部分日益重新部落化的群体，它固定在每年传统农历鬼月期间举行，成为晋江论坛“网友交流区”（兔区）休闲版一个“小传统”。这些“鬼月”期间被讲述的鬼故事、这些“小传统”，基本上不会引起学界的关注，但它却是互联网时代成长起来的年轻人乐于交流的一块新园地。这块新园地还以更加丰富的方式在各种移动互联网中被呈现。我们的民间文学批评应该关注这块新园地。在这块新园地上，笔者摇旗呐喊，但仍有很多问题有待更多青年学者共同思考，思考媒介本身给民间文学带来的新变化，思考技术背后民间文化如何自处，思考民间文学能给这样一个剧变的时代带来哪些值得珍惜和坚持的东西——那些曾给文明初始时代带来精神指引和快乐的东西。

是“交流”还是“认同”

——谈技术中的民俗

宋 颖[①]

摘要：在网络时代，技术的参与和表达使得民俗的定义发生转变，这种转变是无法逆转和无法阻挡的。民俗从“小群体内部面对面的即时性的艺术交流”（传统定义之一），转化成为“全球范围内的用户端间（C to C）的媒介化全息式交流”，这种转化意味着传统民俗的功能、结构、目的和意义在技术参与和影响下都同时正在发生着惊人的变化。依靠、借助或通过“民俗”而实现的“交流”与“认同”（群体、文化、身份等的）转向为实现“协作”（人机之间的，超人类的）。田野中借助技术而再现的表演实例等，表现出民俗在传统社群之中所面临的机遇和挑战。

关键词：交流　认同　技术　民俗协作

一、理念的讨论

20世纪60年代是研究领域和学界思想较为普遍表现活跃的时期。“民俗”的概念，曾经在西方学界引发了较大范围的讨论。其中，有一个定义，把“民

---

① 宋颖，中国社会科学院民族文学研究所。

俗”定义为“小群体内部面对面的艺术交流”（阿莫斯等）。定义表明，“民俗”首先是某种“交流”，这种交流是在群体以个人为基础的情景中交互进行的，这种交流是即时性的，“表演者”瞬间能够得到受众反应，并调整表达策略，以便实现交流的目的。这并没有什么问题，也没有遇到太多的阻力，相反，人们还很容易接受这个抛弃了用“传统”和“传承”，甚至“遗留物”等词语来定义的新概念。表演理论在这样的定义上发展起来，并推动着公共民俗领域的实践与兴盛。

几乎与此同时，加拿大原创媒介理论家麦克卢汉在《理解媒介：论人的延伸》（1961—1964 年）中指出，“媒介即讯息”，他以技术指标的“清晰度”和受众感知的“参与度”为标准，将媒介划分成“热媒介”和“冷媒介”，这样的两个概念及其所指向的内容物，冲击了人类原有的口头传统和印刷世界，包括电台、电报、电话、唱机、电视、电影等电子产品作为人脑或人四肢的延伸，改变了人类的生活方式。这个从事英美文学教育的先行思考者的言论，在当时遭到了同时代多位学者的严厉抨击。可是在他去世前后的 80 年代，以及 90 年代、21 世纪等，引发了几番讨论的热潮。正如他所言，全球化、信息化、网络化、数字化的进一步发展，把他那些看起来胡说八道的怪论变成了通俗易懂的白话。

只略微早一点，鲍辛格在德国出版了《技术世界中的民间文化》（1961 年）。面对飞速发展和更新的技术世界，他提出了探寻“变化中的恒久”，即意识到每个人的“日常生活”都是在与时俱进的。既不追求“沉淀的文化遗产”，也不追求“民族之精魂”，而是反思日常，进而形成对日常生活的“自觉”。“日常生活”和“文化”等词语，相比“民俗”，都具有“流动的边际”，能够更好地开发旧领域，挖掘新领域。这种新的概念，打破了旧与新、传统与现代的对立，甚至包括了形成“民间”在内的乡村与城市的对立，现代媒体文化中，口头与书面的对立也随之变得模糊起来。种种“区隔”被创造性地打破了。鲍辛格通过研究指出，技术改变了旧的生活关系，原先狭窄的社会视域也随之突破，他进行了“时间”、“空间”和“社会”三个维度的讨论，指出新的社会结构、文化形式和思维方式也随着技术的发展而产生并变化着。数字化革命对此予以了强化。

技术作为一种生产力的根本变革，将改变甚至颠覆传统定义中的所有界分与“区隔”（布迪厄语）。20世纪90年代后半期，当我们这些在校的大学生逐渐放弃了用钢笔和稿纸一个字一个字来完成学位论文，而改用键盘、输入法和计算机同时出现可供选择的一个词甚至一个短语一句话地来打印出学位论文时，以互联网为标志的信息革命和数字时代真正来临了，并且迅速地进入我们的“日常生活”，从书写发送信息到传递和交换信息再到接收和存储信息。在这个过程中，计算机和互联网改变的不仅是个人的生活，还有群体的生活，全球变成了麦克卢汉所预言的“地球村”。

我们这些生活在东方的人们，似乎终于从键盘和光缆的发展脚步里跟上了时代的快车。“民俗”的概念，在30年又30年之后，仍然处于争执和讨论之中，并影响着学科的地位和学科研究领域的变化，同时这是不受任何个人意志影响地在发生着变化。我们越来越容易地感受到，“文化”“非遗”“日常生活”，乃至近些年来的“传统”等词语，都似乎比“民俗”更普遍地使用和被界定。

在全球化时代和技术冲击当中，笔者尝试这样重新定义“民俗”，考虑到技术世界的影响，民俗成了“全球范围内的用户端间（C to C）的媒介化全息式交流”。相较以往的定义，群体的范围扩大了，变得不可预知。主体的身份变化了，作为“人的延伸”的技术与人类似乎可以共处一端。面对面的即时反应，也随之变成了借助媒介的全息式交流。人们在一瞬间所接受到的“光子数”，远远超过了肉眼所能处理的速度。例如，（M时期的电视技术还比较落后，但是他还是超前指出）“电视每秒袭击收视者的光点约有三百万之多，而人只能在每一刹那接收几十个光点，他只能靠这少数的光点去构成一个图像”。“电视却不能被当作背景伴声来使用，它一定要使你介入，你只好与之合拍”。

人类以往交流中获取和处理信息的方式被彻底颠覆了。以往形成的序列感，被瞬间突破，让步给“同步感”，人在接触技术所传递的讯息的瞬间便被这些讯息征服。视觉与声音、感知与经验、书面形式和口头形式在瞬间爆发，而产生前所未有的冲突，人正身处其中。牵引人去追随和读取讯息的，不是讯息本身，而是人的反应。这并非什么好事，更加超越了人的感知能力和认知能力。这种情形往往意味着，同时在瞬间要处理的大量信息，使得信息无法在同时被瞬间处理，而人正身处其中。也即是说，面对海量和瞬间信息大潮时，我们用无法反应来反应，用无法处理来处理。而在人机交往当中，这种现象却是时常发生着的。麦氏用了“截除”（amputation）和“绝对离格”（ablative absolute）等来表达这种相互不适应和不协作。因此，所谓的传统式的交流，在这样的情境当中，恐怕是无法完成的交流，而认同，恐怕是在交流之外的某种妄想。因此，先要解决的问题，成为一个现实的问题，即人机之间的协作。机器和其背后隐含的技术，打破了人类世界的分工，强迫着形成、实现并建立起新的一种协作关系。

这里要多讨论一下技术和人类的关系。从面对面的人类交流转化为用户端之间的交流，是基于一个逻辑和认知的前提。即，在以往，人类所面对的世界，大致分为两类：自然界和人类世界。也就是非人类的世界，外在于人的世界和人类自身的世界，内在的世界。但是，自从技术迅猛地发展起来，起先，技术是内含于人类世界的，作为人类发明的工具而存在。但是这类工具逐渐加速发展，从人类可以控制的缓慢的速度，发展为能够反过来改善和影响人类世界，并逐渐越来越快，越来越深。这样的一个技术世界，逐渐脱离人类世界，直到人工智能（AI）的出现，产生技术取代人类、技术打败人类等标志性事件。可以预见到，人工智能的继续发展，将深刻地改变人类世界的分工与协作，最终，一个内含于人类世界的技术工具，发展为一个脱离并反过来影响人类世界的技术世界。而要掌握这个技术世界的全部知识，对于个人而言，几乎是不可能的，而要了解全部的人类历史，对于技术产品而言，却是可能出现的。

因此，传统中的两类世界，就这样形成三类世界：自然界、人类世界、技术世界。我们是在这样的一个基础上，来讨论民俗的定义。不仅要像以往的传统那样，认知到人类面对自然界，在人类世界内部而产生的“民俗”。在这两类世界之间，“民俗”可以视为，一种人与人之间相处的群体规则（《社会契约论》）。研究这样的“民俗”的民俗学，其实质上与社会学的差异，要远远小于与文学的差异，以至于不少学者忙于澄清或划出民俗学与社会学的界限，而不惮于陷入文学的旋涡。倘若以学科的视角，不那么自然地要切分和辨别各自的研究领域，就会发现，在中国，民俗学与民间文学、民族文学从学科诞生之初就纠结在一起，并不容易分开。而另一方面，在“面向当下”的实践探索中，民俗学走向了“日常生活”，更倾向于群体相处的“方式”和“规则”以及不成文的（约定俗成）的制度等，相对而言，社会学更倾向于“群体形成的某种组织，相互关系等等”。即便如此，21 世纪以来，学科间的平衡和制约也逐渐被打破了。

这种学科分立到跨学科或学科贯通的现象出现，其实伴随着时代的趋势和要求。与麦克卢汉提出的“部落化与重新部落化”相对应的是，技术世界的“整合化与重新整合化”。从他所主张的“媒介”视角来看，“任何一种新的发明和技术都是新的媒介，都是人的肢体或中枢神经系统的延伸，都将反过来影响人的生活、思维和历史进程”。而生活在这样的电子时代的人，应该是“感知整合的人，应该是整体思维的人，应该是整体把握世界的人”，在电子时代，人是“信息采集人”。“任何媒介施加的最强大的影响就是改变人的关系与活动，使其形态、规模和速度发生着变化”，因此，“知识必须整合为一体，而不是分割为彼此隔绝的专门化地盘”。统一的和整合性的组织形式势必在回应这种技术世界施加于人的影响，而无法无动于衷，或者对此视而不见。

近来，人工智能的发展使得技术世界与人类世界同样处于飘摇而前途不明的路口。当技术世界正在尝试打败人类世界甚至取代人类进行思考的时候，这种转化意味着传统民俗的功能、结构、目的和意义在技术参与和影响下都正在发生着惊人的变化。面对新生的技术世界，我们怀着憧憬，同时也怀着恐惧，认知到与技术世界重新界定相互关系而产生的“民俗”，以及，在这两种关联之间的“民俗”。

以往，我们借助民俗所进行的交流，尝试着实现和达到某些群体之间相处的功能和意义，诸如实现“群体认同”“文化认同”“身份认同”等，个体能够在群体当中寻找到生存的意义，群体也能够借助个体的整合实现功能上的效益最大化或者是价值上的某种取向，在深层结构上符合人类思维。然而，技术世界的突飞猛进，使得“交流”与“认同”，都无法在人类世界与技术世界之间进行，甚至已经冲击到人类世界内部的“交流”与“认同”的旧有模式。因此，人们不得不寻找一种新的路径，实现“人机协作”，实现人类之间借助技术和机器的“协作”，从而维持一个整体性的组织和架构能够继续繁衍和运转。

这种协作，突破了人类世界旧有的在群体内部之间的分工和合作，并对人类思维提出了挑战。面对这种挑战，则无法单纯地依靠人类自身，更加无法依靠有限的某些个体，甚至某些群体也不能应对。这种协作，其实是需要人类自身意识到个体的有限性，意识到人类的局限性（有限性）。在人与终端之间，意识到存在着某种真实的差异，从而能够实现相互之间的合作，并相互依赖形成某种内部的连接以及与外部的连接，这种内部和外部的区隔，不是人与机器的，在这种连接中，人首先要和终日面对的机器变成一个整体化的“用户端”，意识到这是缺一不可的。这种熟练的协作，按照既定程序进行，只要进入连接流程，便几乎不以人类意志为转移，正如我们所看见的和经历的，我们越来越难以把手机放在手之外的地方了。

这种连接所追求的协作，以视觉为第一优先，听觉为第二顺序，而触觉随着触摸屏的发展，也进入了“感知”和体验的序列。人类在这种情景中，成了丧失嗅觉与味觉的“感知残缺”群体，乃至形成了“虚拟”群体。这种组织和形式，是以往民俗没有研究或者不予关注的，之后，却成为研究者无法回避的生活现实。

有意思的是，《理解媒介：论人的延伸》和《技术世界中的民间文化》不约而同地引用了古老的东方智慧。麦克卢汉在《理解媒介：论人的延伸》中引用的是《道德经》第二十四章“企者不立，跨者不行；自见者不明，自是者不彰”①来谈论突变和转化下的断裂等。

鲍辛格在《技术世界中的民间文化》评议格林论及童话时说道，“因为只有在对钱财的贪欲和嗒嗒作响的机器轮子让其他想法变得麻木的地方，人们才能设想可以缺少它们”。鲍辛格在这里提及《庄子·外篇·天地》，“吾闻之吾师，有机械者必有机事，有机事者必有机心。机心存于胸中，则纯白不备”②。鲍辛格进一步指出，这句名言出于“弃世的文化”脱离自然，拒绝技术；而格林的思想则出于科技占领了世界的时代。

因此，不妨简要地探讨一些来自东方我们比较熟悉的田野案例，来说明技术还没有那么迅猛的发展的地区和人群所面对的已经逐步涌来的冲击和挑战。

二“表演”的田野③

曲调和文艺扣合着一个民族的气质与根本，为当地村民生活空间和行为言语等提供了最贴近文化品格的基底表达。因此，民间文学往往承载着民族传统与文化，在传唱中形成了族群、地域和国家等不同层面上的文化认同。十余年来的非物质文化遗产保护工作给民间文学的发展带来了前所未有的机遇，很多荒野中濒临消失的小群体交流艺术，一跃而为国家级代表项目，获得政府的重视和资助，进入国家主流话语的观照，成为文化软实力的形塑组成部分，但与此同时，民间文学样式和存在状况也面临着新的挑战和变化。

20世纪后半期，表演理论随着文化实践的发展而兴盛起来，在这种视角

---

① 意即：踮脚跟立不住，跨步走走不远。自我表现的人，没有智慧；自以为是的人，无法彰显。

② 我更喜欢西方作者没有引出的后半段，引用段偏于描述，后半段才表露观点，即“纯白不备，则神生不定。神生不定者，道之所不载也”。

③ 宋颖：《文类、技术与代际传承——民间文学在传统村落面临的机遇与挑战》，《美术观察》2016年第6期。

看来，民间文学的文类界定和传唱形式，都在每一次面对受众的互动过程中呈现出这一次独特的面貌，从而成为特定语境下的这一场表演。随着场景、事件和地域的变化，这样的表演在舞台的拓展变动过程中逐渐从乡野小村的面对面交流，变为代表国家文化特征并具有深刻意旨意义的文化符号。

因此，就不难理解，众多的民间文学样式，从传统村落中古老文化和民族精神的载体，变成表征民族精神内核的代表作。但是，展演的弊端和消极影响随着工作的开展和深化日益明显和突出，在民间传承的文类拥有了不同级别称号和名目之后，要逐一落实获得长久持续发展，面临着很多现实的问题。

这些现实的问题较为突出地表现在如下三个方面：表演、技术和人地关系等带来的语境变化。进入非遗保护名录的大多数民间文学样式，主要功能从民间的交流和教化，转向了表演和展示。一方面，表演和展示使得这些文类走向更为广阔的舞台和更为多元的大众，让更多的人了解了某一具体乃至偏远村落里世代传承的技艺和审美趣味，为这些文类赢得了更多的声誉和认可。另一方面，不可否认，尽管表演适应了新的时代和新的潮流，但在向外传播本土文化的同时，更快地造成了本地受众的流失。传承人忙于接待来自外界的采访和报道，热衷于或不得不更多地参加各种级别的演出和展览，以造成更为广泛的影响，而疏于对本地年轻人的培养和熏陶。

在表演的过程中，技术手段的利用也成了“双刃剑”。以赫哲族的国家级非遗项目“伊玛堪”为例。这一样式较早地得到了音像技术的介入，得以录制和保存，并能够为当地民众所获得。从现阶段看，这对于非遗项目的维护和传播非常有效。例如黑龙江街津口村的传承人吴宝臣，曾经通过学习音像资料来学唱伊玛堪，再请当地富有经验的居民和听众来纠正发音和节奏。在非遗保护的初期，使用技术手段能够大为提升某一文类的传播速度和效率，形成标准化、普及式的版本，经过精心的剪辑和制作之后，可以作为培训和教学的样片使用，有利于非遗项目的保护。而且标准化的技术所形成的数字化保存，优势明显，它突破了地域的限制，使得任何一个角落的人，只要使用电视或电脑，借助互联网，访问数据库或音像资料，就可以看到某一样式完整的说唱片段，享受到文类表演中相应的音乐、韵律和动作形态。

不过，音像和影视技术的介入，使得某一次特定的表演从此长久地同时也是无法再发生变化地保留下来，变成了每一次的样本，使得表演者失去了面对观众时的随机应变和即时交流，固化乃至僵化了文类的语境表达。标准化的剪辑和镜头衔接，也使得不少鲜活生动的即时反应，被当作影响画面和声音效果的部分而废弃不用，这些片段可能对于表演者和当地受众而言，却是具有重要的文化意义或承担某些实际交流的功能。例如西北“花儿”，在表情达意上大多是面对具体对象说唱的心里话，具有格外细腻的情感和随性的抒发，这种具有个人化的情感表达，在影像记录中不可避免地被遗漏或被遮蔽，更多的情况往往是由于表演的原因而变化成了根本无法表达的内容，这样也就无法实现真正的记录。在保安三村生活的马黑娃提及，作为野曲的“花儿”，不少是唱爱情的，不是在大众面前表演的。而成年有了家室后，便没有了演唱的对象。生活方式的变化导致年轻人也忙着搞生产，没有时间去上山放牛，失去了演唱的环境。年青一代的歌手马满素，有维持自己经济收入的工作，基本没有时间唱“花儿”，在面对镜头演唱的时候，颇为踌躇，只能唱些描写自然风物的一般曲令。这样一来，在民间生活中谈情说爱、互诉心曲的“花儿”，在镜头前不得不失去了最有韵味和最有生命力的部分，也无法得到有效的记录和传播。

即便如此，在某些层面上，技术在保存过程中确实能够轻易地胜过人。它不仅能够保证文类得到基本真实的再现，而且更重要的是，不少非遗项目的文类表演者，都是对于当地居民来说富有声望的、深受人们喜爱的老者，随着时间的流逝，在他们故去之后，人们仍然能够看到栩栩如生的画面，听到他们的富于感染力的声音。影像系统和技术充当了保存和传播的介质。然而，在另一方面，这同时打击着传承技艺的年轻人的表演欲望和表演能力的增长，当地居民可能对年青一代的表演者并没有那么大的信心和兴趣去聆听，这也使得年轻的继任者无法在说唱实践当中来磨炼和提升习得的技艺。当地居民可能更愿意选择访问熟悉的资源，一遍遍不厌其烦地观看，而不是到某个现场去接受一场并不知道精彩与否的年轻传承人的技艺考验。这也就使得，某一文类在技术传播层面上得到很有效的保存，但是却削弱或越发丧失了本地传承的能力。

表演和技术的“双刃剑”需要引起非遗保护工作者的重视和关注。技术一方面帮助了有意学习的后辈更为便利地接触到学习的资料，使他们能够一遍遍模仿高水平的说唱片段；另一方面，技术对于技艺的传承和受众培养所造成的冲击其实具有深远的影响，这些负面的影响在短期内反而不易发觉，却是会对某一文类在世代传承中造成长期的危害。

从行政立场出发的非遗保护工作也面临着业态复合的问题，旅游、出版、影视娱乐等，都是从事民间文学收集、整理和调研的文艺工作者以前没有面对的新境遇。这些新的变化，不言而喻，其实是新的挑战，显然传承人和非遗项目的申办者、组织者还缺少应对的经验和得以兼顾行之有效的方法。

口头传统中的世代沉淀和不知名作者的不确定性，往往是民间文学最为珍贵的源头活水。民歌小调、传统曲目向来被看作集体性和群众性较为突出的门类，其中个体创造性往往不被记录或不被重视。而在民间文学非遗保护过程中和影音作品制作过程中，曲子和歌词的署名往往容易出现争议。例如某一少数民族的民歌，演唱这几首作品的传承人认为，个人脱口而出的，就是个人的创作作品，调子虽然是世代流传的民间小调，但是词，是个人的创造，演唱这段即兴词的传承人就应当是词作者。但是在申报过程中，尤其是遇到从少数民族语言移译为汉语时，参与工作的人员在各自流程中对于最终的作品都有所贡献，因制度不完善或现实利益的纠葛，在署名问题上出现参与人员相互之间的埋怨隔阂，并不利于保护工作的后续开展。

尽管表演促进了民间文学的文类走向更为广阔的舞台，有的还走上了国际的舞台，承担文化交流的重任，但是不能忽视的是，民间文学与当地人的生活环境之间相辅相成，只有在当地人的仪式、节日和社会生活中，民间文学才能真正地发挥对当地人而言所具有的文化价值和传承意义。不少非遗项目中的文类，是传统村落的集体文化记忆，现实中承担着教化后辈和传承当地生活经验的重任，可是由于青年人的兴趣转移和生活方式的转换，不少年轻人离开了传统村落，从而使得民间文学成了留守村落的同辈人之间的娱乐和“游戏”，遭遇了代际传承的失落和危险。例如，撒拉族的玉尔是用本民族的语言唱的：“白土滩滩里，榆树叶儿展，河滩地里呦，麦苗绿油油，拔草的姑娘们，好像大雁排成行，手拿拔草铲，左手贴脸唱玉尔”。这些玉尔来自黄河边的三兰巴海村，这里海拔 1750 米，东西两侧的孟达山与吾土斯山挡住了北风，大河水汽充沛，人们在山间广阔的谷地上栽种绿树，修建庭院。撒拉族传承人韩占祥从 20 世纪 60 年代大学毕业起就专门走访老艺人，整理出 110 万字的资料。而如今不少三兰巴海村民都外出打工，河滩地里失去了劳动的人们，这样的玉尔也大多成了印刷的文本资料。

民间文学的代际传承，有赖于艺术养成的环境。这其中尤为值得注意的是人地关系。环境对于当地生活方式具有深远的影响。但是由于技术的介入，我们需要意识到，非物质文化成为表演之后，脱离了原有的演唱和传承语境，脱离了当地人真实生活场景。而只有传统村落中原本的仪式正常进行，民间文学所依赖的人和环境之间的关系存在，这些非遗项目中的文类才能继续得以在当地传承。例如，赫哲族的祭江仪式上，仍然需要在萨满法师的带领下，按照传统的程序进行。这种古老的仪式也传承着赫哲人的“伊玛堪”和他们对于民族文化的自尊与自信。街津口村的孙中馗作为“80 后”青年，是在抚远赫哲族四年一届的乌日贡大会上，感受到这个边境上的少数民族还有这么多人，有古老的口头传统，文化资源丰厚，正是这种直观的现场感受吸引了他辞职回家，传承伊玛堪的文化。他在村里的文化站学习曲调唱词、练习萨满舞蹈。

这样的人地共生的例子举不胜举。正是在这样边劳动边唱歌的过程中，才形成了民间文学的传承和存活的土壤。在四川桃坪羌寨，每年农闲时，人们会在下雨后修补房背，一边修补一边唱劳动歌：“大家都来帮忙，都来修房子，这样修出来的房子才牢固。打完了，休息了。”在广西高定村的侗族人，一直用当地的蓝靛草作为染料。染布的手法也流传了数百年，清洗和浸泡，蒸布和晒布，女人们同心协力，一边染布一边唱劳动歌，为过年的衣衫染上了最质朴温暖的色彩。贵州占里村与从江当地的村寨一样，都有种植杉树的传统，森林覆盖率达到了 70%。人们带着孩子，上山种植杉树时，一边传唱教习着《占里古歌》:“一棵树上一窝雀，多了一窝要挨饿，山林是主人是客，占里是条船，有树才有水，有水才有船。……祖先给我们开垦了田地，山林给我们赐予了礼物，我们要歌唱祖先，歌唱山林。”如果失去了这些生活内容，相应的民间文学样式只能成为无源之水、无本之木。

民间文学，总是在传唱中被不断地修改，不断适应着新的环境。之所以能够保持生命力，最重要的是，能够在当地传唱，能够实现代际传承，不断延续。古语讲，“靡不有初，鲜克有终”，非遗保护是道阻且长的工作，需要长期坚持做好。借助技术发展的便利条件，同时也要承受和面对技术带来的冲击和多元指向的复杂影响。我们这个时代能够把什么留给未来，值得深思和探讨。

自媒体与民间歌谣的复兴

胥志强[①]

摘要：随着网络技术的发展和普及，民间歌谣在网络空间尤其是自媒体中获得了新的发展机遇，正在呈现出复兴的趋势。网络媒介不仅存储了海量的歌谣资源，还呈现了歌谣的表演性，实现了表演的交流功能与生活属性。这种复兴的本质，是民间话语在网络媒介中的生成。

关键词：自媒体　民间歌谣　民间话语

引言

今天的流行看法是，随着现代化和城市化的发展，民间歌谣以及一般的民间文学的生存遇到了重大挑战，普遍呈现出衰落的态势，部分项目甚至濒临灭绝。这种整体趋势不容否认，但如果我们就民间歌谣发展与媒介的关系做一考察，则会发现相反的情形：现代媒介技术的进化和普及，为民间歌谣的发展提供了传统背景下不可想象的有利条件，因而极大地促进了歌谣的传承和传播。以西北的民间歌谣“花儿”为例。即使粗读徐治河的《中国花儿文化编年史略》，我们也能发现，20世纪以来影响“花儿”发展的最为重要的因素，一是政治形势，二是传播媒体。正是新的传播手段，从广播到电视，从唱片、盒式

① 胥志强，华中师范大学文学院。

磁带到DVD，不仅使得“花儿”从西北一隅向全国流传，也促进了它在原生地的发展。[①] 21世纪以来，随着网络的发展和普及，媒介在民间文学传承与发展中的意义更为凸显。本文的任务，即是从网络时代民间歌谣发展的新现象入手，讨论网络媒介尤其是自媒体对于民间歌谣传承与传播的影响与意义。

一、民间歌谣的复兴

我们的基本看法是，网络技术的发展与普及，极大地推动了民间歌谣的传承与传播，带来了民间歌谣的复兴。称之为复兴，一方面是说相对于口耳相传时代歌谣活动所受的主客观条件限制，网络时代的民间歌谣在日常生活中更为活跃；另一方面是说相对于单向传播媒介时代民间文化所受的强势主流文化与流行文化的限制，网络这一双向传播媒介极大地激活了民间歌谣的“民间”性。对于第一个方面，我们可以从以下几个方面来做具体说明。

第一，网络中的音频、视频网站提供了数量极其丰富的民间歌谣资源。

网络对于民间歌谣的意义，首先在于它储存了海量的歌谣资源，这是过去任何时代不可想象的。海量一方面自然是指数量的巨大。比如我们以关键词“信天游”在“百度”中搜索视频资源，并限定视频时长到10分钟以内，可以获得1.1万多条数据。搜索“花儿”，可以获得30多万条；具体到“青海花儿”，也有近15万条；搜索“云南山歌”，有7万多条；搜索“贵州山歌”，有1万多条；搜索“客家山歌”，有1万多条，等等。这自然不是全网的总数或确切数据，但相对于以百首、千首为计的传统书面媒介，是个几何级的飞跃，因为31卷的《中国民间歌曲集成》也只收录了4万首歌谣作品。[②]

数量之外，门类的齐全是另一个巨大优势。在前网络时代，即使是专家，

---

① 徐治河：《中国花儿文化编年史略》，兰州：甘肃人民出版社，2006年。

② 本文所有搜索数据，为2017年6月下旬的统计。

一生也见识不了太多歌谣的类别。但在网络中，我们能够搜索到各个地域、各个类别的歌谣。比如我们在百度视频中搜索“号子”，能获得各种门类的劳动号子 6000 多条；搜“小调”，有 16000 多条。可能民间说唱和小戏的数据更为直观。我国民间说唱和小戏的种类都在 300 多种，在前网络时代，即使该领域的专家，要想观看到所有的种类，也是一件不可想象的工作，遑论展开细致的比较和研究。但是，在网络条件下，这一工作正在成为可能。

因为，网络资源还有第三个优势，即便捷。网络超越了时空的限制，我们不必亲临演出现场，即能感受歌谣本身的魅力。而且，网络存储具有前所未有的开放性和民主性，它不同于档案馆和博物馆，对资料查阅者设置了各种人为的限制。

需要指出的是，网络中的民间歌谣多分布于各视频网站（如优酷、腾讯视频等）中的个人空间，依赖于个体爱好者的上传。资本控制的音乐网站中很少有歌谣类作品，视频网站的“头条”“精选”也不会让位给民间歌谣。所以，网络空间中的民间歌谣资源，绝大多数是自媒体之功。

第二，移动上网背景下的微信公众平台等使得歌谣的传播更为便捷。

使用电脑端上网仍然会受到客观环境的较大限制，但随着智能手机的普及，移动端上网用户持续增长。据统计，2016 年，网民和移动网民分别达到 7.3 亿人和 7.0 亿人，移动网民在网民中的占比已经达到 95.1%。[①] 移动端网络用户的增长大大推动了歌谣在民间的复兴，而社交软件与直播平台等自媒体在其中起了关键的作用。

在社交软件中，对传播歌谣最为重要的是“微信公众平台”或一般所谓的“公众号”。近期的报告指出，今年 5 月的统计数据显示，微信月活跃访问用户已达 9.38 亿人，较上年同期增长 23%。而且，中国智能手机用户使用微信的

---

① 《2017 年中国网络经济年度报告》，http: //finance.cngold.org/c/2017-05-27/c5047700.html. 2017 年 5 月 27 日。

时间，远超出其他任何移动应用。[①] 这可谓民间歌谣类公众号这一两年兴起的大数据背景。在人人都是自媒体的时代，要统计民间歌谣类的微信公众号，也是个不可能的任务。这里只以一些初步的统计显示一下自媒体时代民间歌谣的“火热”情形。

从去年以来，歌谣类公众号在微信中大量涌现。一方面，这些公众号覆盖了众多的民间歌谣类型。比如，涉及西北歌谣的“花儿民歌”“青海花儿大全”“西北民歌大全”，涉及西南歌谣的“云贵山歌”，涉及北方歌谣的“陕北民歌”“山歌酸曲”“二人台”“客家山歌”，以及涉及少数民族歌谣的“土家山歌”“傈僳音乐”“长调”“Mukam”（木卡姆）等。另一方面，一些具有深厚群众基础的歌谣类型，公众号也非常多。比如，我们以“花儿”为关键词进行搜索，可以发现“青海花儿 MV”“青海花儿大全”“花儿民歌”“河湟花儿”“花儿音乐”“花儿大全”“临夏花儿”“青海花儿”“西宁花儿”“河湟花儿 MV”“临夏花儿精选”“青海花儿小调”“花儿 903”“河湟花儿网”“西北花儿”“临夏花儿之乡”“甘肃花儿”“西北花儿民歌”“河湟花儿小调”“花儿本是心上话”等 20 多个公众号。当然，其中持续办刊且影响比较大的只有“花儿民歌”与“青海花儿大全”等少数，前者 2016 年 3 月 10 日上线，后者 2016 年 7 月 29 日上线，其余大多数是上半年创刊。

最让我们惊叹的，还是歌谣类公众号上编者与读者们的热情。“云南山歌”2016 年 2 月 13 日创刊，目前每天推送七八首歌谣，阅读量普遍在一两万人次以上。“二人台”主要推送二人台小戏及周边流行的山曲等，阅读量更多，而刊发的一些时事类短视频，竟能达到 10 万人次以上的阅读量，可见关注者之众。“土家山歌”是 5 月 2 日才上线的土家族民歌类公众号，短短数天内，阅读量即上升到 1 万以上。

不过，无论视频网站还是微信公众号，都是对歌谣表演的记录，是一种单向的、静态的呈现。但直播平台的出现，使得歌谣的实时表演或者交流成为可

① http: //news.pconline.com.cn/931/9318804.html.

能。以花儿为例，当下许多著名的民间歌手在平台“快手”开通了直播，并获得了很大的成功。比如年轻歌手童守蓉，每逢周三、六晚上定时直播，也偶尔直播乡下演出等活动，粉丝人数 13.5 万。另一位歌手马全也有 9.5 万的粉丝。甚至由于直播的火热，有不法之徒冒名吸粉，使得一些歌手如“胡汉三”（原名程世忠）不得不暂停直播。

使得网络时代歌谣重新活跃的因素还包括社交类 App，尤其是微信。如前引统计数据显示的，微信如今是国内使用最广、占时最多的手机 App，由于其便捷、便宜，并能传送文字、图片、音视频多种信息，使之成为最为流行的社交软件，也为人民群众进行民间歌谣的交流甚至对歌成为可能。笔者加入了一个广西平果地区的民歌交流群，成员有 200 多人，成员的物理空间可能相隔千里，但网络使他们的隔空对唱成了日常生活的一部分。

但是，网络尤其是自媒体对于民间歌谣而言，不仅是一个存储空间和传播手段，它还满足了歌谣发展的内在要求，激发了歌谣在传统条件下无从实现的潜能。我们可以概括为以下几个方面。

第一，呈现了歌谣的表演性。作为一种多媒体，网络传播超越了书面媒介只能传达文字的局限，最大限度地保留了歌谣的表演性和立体性。

第二，实现了表演的交流性。表演理论特别强调口头艺术的交流性质，网络直播、微信对歌等实现了歌谣的这种社会功能。

第三，满足了歌唱的生活性。以微信对歌为典型代表，自媒体时代的歌谣形态，告别了单向传播时代的单纯聆听，使歌唱回归了日常生活，回归了（网络）社群中的交流。

第四，提升了歌谣的艺术性。丰富的作品的呈现，自然会促进歌谣艺术的提升。而且，不同时代、地域、门类的歌谣形式的共时呈现，使得新的歌谣形态的出现正在成为可能。

二、民间话语的生成

我们之所以称自媒体带来了民间歌谣的“复兴”，是因为网络这种双向传播媒介极大地促进了民间歌谣“民间”性的发展。因此，民间歌谣的复兴，实质上是一种民间精神的复兴和民间话语的生成。

媒介本质上是一种话语空间，与权力尤其是政治权力息息相关。权力的大小又与媒介的辐射能力息息相关。媒介研究学者很早就注意到了国家的扩展与媒介发展之间的关系，这是就外在而言。内在地看，根据谁的话语更能传之久远，划分了不同群体在统治权力之中的不同位置。在这个意义上讲，民间历来是一种弱势话语，而这一弱势也源于它在传播能力上的弱势。在历史上，这是声音相对于文字的弱势，文字相对于广播、电视等媒介的弱势。由于掌握文字、广播、电视这类媒介所需要的苛刻条件，这类媒介本质上具有极大的排他性，民间的声音可能在其中被完全遮蔽。从这个意义上讲，网络媒介是一种巨大的进步，因为它至少为民间话语的表达提供了更大的可能性。

如古人所说，“饥者歌其食，劳者歌其事”，歌谣是民众的心声，是对自己生活的评判与诉求。开明的统治者历来重视歌谣中的民生，所谓“王者不出牖户，尽知天下所苦”。但声音、文字媒介以及电子媒介时代，民众心声的传达，有赖于采诗官或者文艺工作者之类。网络时代的进步之一，就是民众的自我表达有了更大的可能。在这里我们以网络中的“打工歌谣”为例做一说明。

中国今天有近3亿农民工，但他们的生活境况尤其感受如何，在主流媒体中是很难看见的，但网络媒介为他们提供了表达心声的可能。作为打工者，打工自然是他们日常生活的最重要方面。因此笔者选择“打工”为关键词，在“优酷视频”网站中进行全网搜索，获得了大量反映打工生活的歌谣（以下称打工歌谣）。从音乐或所用曲调的角度，这些歌谣可以分为以下三类。

第一类是传统调。即利用传统民歌曲调填词的新歌谣。利用传统音乐曲调和传统作词手法（如“十二月”调、“四季调”）创作是打工歌谣的常用手法，但歌词基本上是反映新生活的内容，此类歌谣有 50 余首。比如贵州山歌《十二月打工》（作词：吴显志），实际上就是贵州传统歌谣《长年歌》，只是把地主换成了老板等新式称谓，优酷播放次数达 31 万。但此类歌谣较少，绝大多数打工歌谣内容所反映的是今天的现实生活，比如贵州黔东南山歌《唱支歌送打工人》（词作者不详），播放次数 40 多万；“花儿”《打工累》（作词、演唱：尕麻乃），播放次数 40 余万。

从形式上看，这类打工歌谣有云南山歌（18 首）、贵州山歌（8 首）、花儿及青海小调（12 首）、内蒙古山曲（2 首）、安徽小调（2 首）、孟姜女调（1 首）、山西秧歌小调（1 首）、布依族山歌（3 首）、水族山歌（1 首）、贵州孝歌（1 首）和莲花落（2 首，其中一首《打工难》播放次数 55 万多）。

第二类可称为流行调。即利用流行歌曲的曲调重新填词的打工歌谣，大约有 50 首。其中被选用最多的曲调是歌手陈星演唱的《新打工谣》和牛朝阳演唱的《打工十二月》这两首反映打工生活的流行歌曲，以及迟志强演唱的《愁啊愁》《狱中十二月》等反映监狱生活的歌曲。使用的其他流行歌曲还有《天使的翅膀》（3 首）、《驿动的心》（1 首）、《爱拼才会赢》（1 首）等 12 种。

属于（陈星）“新打工谣”调[①]的有 12 首，而且大多数是用壮、苗、侗等少数民族语言以及广西钟山、重庆涪陵和海南儋州等地方言填词、演唱。其中一首壮语版播放次数 15 万。属于牛朝阳“打工十二月”调有 10 首，也包括彝语、东乡语版，广西贺州、广东肇庆、甘肃临夏等地方言版及普通话版。其中雷州方言《打工十二月》（作词、演唱：周阿惠）播放次数 13 万。迟志强的“愁啊愁”调有 3 首，其中一首《打工的日子好辛苦》（演唱：丑女）播放次数近 11 万。用流行歌曲《下定决心忘记你》填词的《下定决心回家种地》在“腾讯视频”中的播放次数达 886.3 万。属于“天使的翅膀”调的《打工心声》（作词：许华升）播放次数近 126 万；“让泪化作相思雨”调的《打工创业血泪

① 本文将利用流行歌曲填词的歌谣，模仿传统命名（如绣荷包、孟姜女等）称之为调。

史》（作词：许华升）播放次数 130 万；吴奇隆“祝你一路顺风”调的《离别的心语》（作词：草民、邱文献）播放次数 15 万多。总计播放次数上万的有 16 首，占全部作品三分之一以上。

第三类是自度曲调。即自己作曲、填词的打工歌谣。前述第一类毫无疑问属于民间歌谣，第二类的创作手法同于民间歌谣，这一类是值得注意的新现象，但能不能算作民间歌谣，是个需要思考的理论问题。我们这里只把内容上反映打工生活、情感基调与前述歌谣一致的做一统计，此类作品大约有 14 首，但播放次数普遍更高。一首名为《广东打工》的“心酸壮语歌曲”在优酷的播放次数达 60 多万，《打工的辛酸》（作词：林林）播放次数 30 万，《打工在外》18 万，《我就是个打工的》（作词、演唱：Mc 基仔）8 万，等等。

从内容上来看，打工歌谣主要反映了农村务工人员的日常劳动生活，他们工作与找工作的艰辛，讨薪的困难，爱情的挫折，抛家弃子的辛酸，对家乡、父母的思念，对自我处境的悔恨，以及对于出路的探索，等等。比如这首民谣《打工难》（表演：妞妞大王爸）所唱的：

上班苦，上班累，上班就想打瞌睡。上班烦，上班难，上班就想出去玩。远看中国像天堂，近看中国像银行。都说这里工资高，害我没钱买牙膏。都说这里伙食好，青菜里面加青草。都说这里环境好，雾霾撵得四处跑。都说这里靓妹多，混了几年没拍拖。工作辛苦工资低，有事请假很难批。

这首民谣播放次数 10 万以上，也有用“花儿”改编演唱的，播放次数也在 2 万以上。值得注意的还有一些反映打工女性生活的歌，比如云南山歌《深圳打工妹》（演唱：耿靖、蒋菲，播放两万多次）、《十二三岁打工妹》、《小妹打工十二月》，“花儿”《打工妹的艰苦》及《打工妹心里的寒苦》（作词均为王俊红），两首创作歌曲《打工妹》（词曲：秦望东）和《打工妹妹》（词曲：声振、颂今）也都有上万的播放次数。

无论是利用传统曲调、流行歌曲还是自度新曲，这些反映打工生活的新歌谣，在网络媒介背景下，有了表达的空间，虽然这一空间仍然很有限，但其意义也不容小觑。但相对于在视频网站这类“公共空间”中的被动“分享”，公众号等自媒体对于民间话语的表达要更为有利。比如，一些民间歌手可以利用自己的公众号，发出自己的声音，其影响力也不容忽视。比如，杨晓琼是山东菏泽一位年轻的莲花落艺人，他通过公众号“杨晓琼说事”，推送团队自编自演的作品。其中一首针对甘肃农妇因取消低保而全家服毒的新闻事件创作的莲花落《乞丐说唱农村低保，太解恨了》，被四川、恩施、咸阳等各地生活类公众号转载，在全网广泛流传，即是一个典型的案例。网络时代，为民间话语的生成，确实准备了媒介上的条件。

三、小结

总之，如上所述，网络媒介为民间歌谣的发展提供了前所未有的便利条件，某种程度上带来了民间歌谣的复兴。虽然，目前这种复兴仍然受到地域文化的很大限制，但也酝酿着不可预料的新的歌谣形态与民间文化样式。另一方面，网络空间中歌谣的复兴，也意味着民众表达心声的空间在增加，带来了民间话语的生成。但对这一点，我们保持谨慎的乐观。公共媒介并不是公共性的媒介，相反，其中充满流行文化、资本的霸权。这一空间确实为民间话语的表达提供了可行性，也为他们进行话语的抗争提供了可能。但这种话语的抗争也充满了悖论。民间歌谣很难在视频网站占取头条的位置，即使上百万的观看次数，在流行文化上亿的点击量（如电视剧《欢乐颂》）面前也是异常弱势的。微信公众号可以成为民众自我的、自在的空间，但这种自在性，也意味着放弃与主流话语的抗争。如何保持、增强民间话语的力量，是一个需要持续探讨的课题。

网络文学中的神话重述

——以丽端的《神殇》系列为例

王玉玊[①]

摘要：20世纪90年代以来，中国传统神话的故事、人物等元素大量出现在文学作品、影视作品与动画作品之中，重述神话成了一个不容忽视的文化现象。在重述神话的创作趋向之中，网络文学是一个不容忽视的组成部分。网络文学对于中国古代神话的借鉴具有普遍性的规律，如倾向于为零散的中国古代神话建立谱系，书写神话史，倾向于将神话时代想象为一个人、仙、神等级分明不容僭越的森严世界，同时对于具有反抗精神的炎帝一系（特别是蚩尤）寄予同情等。光怪陆离的古代神话，为网络文学注入了瑰丽的想象与壮大的气魄，而网络文学对神话的改写与重述，则包含着面对当下世界的寓言——权力与反抗、寂寞与恐惧、无法超越的死亡与永恒的爱。本文将以网络作家丽端的《神殇》系列小说为例，分析网络文学中重述神话的特征与意义。

关键词：神话重述　网络文学　丽端

---

① 王玉玊，北京大学中国语言学系博士研究生。

一、当古老神话邂逅网络文学

2017年初，改编自同名网络小说的电视连续剧《三生三世十里桃花》[①]一经播出便引起了收视热潮。与此同时，剧中（也是原著小说中）使用的一些中国传统神话元素也引起了关注。如搜狐公众平台、前瞻网等平台便发布了《看〈三生三世十里桃花〉，原来可以解锁这么多神话知识》[②]《〈三生三世十里桃花〉里的神话知识你都知道哪些？》[③]等文章，盘点《三生三世十里桃花》（后文称《三生》）中涉及的神话元素。《三生》中设定的上古三大神族中，除了龙族、凤族外，还有居于青丘的九尾狐族，这一构想实际上典出《山海经·南山经》：

又东三百里，曰青丘之山……有兽焉，其状如狐而九尾，其音如婴儿，能食人；食者不蛊。[④]

但《三生》中貌美而长于魅惑之术的九尾狐族显然与《山海经》中的吃人野兽大相径庭，当是糅杂了宋代以来被妖化的九尾狐形象，及《聊斋志异》一类野史志怪故事中的狐妖形象而来。

又如《三生》中女主人公白浅的婢女巴蛇少辛之名也都化用了《山海经》中的记载：

---

① 唐七公子:《三生三世十里桃花》，长沙：湖南文艺出版社，2009年。最初连载于晋江文学城，后改编为同名电视连续剧，于2017年在各大卫视播出，同名电影于2017年上映。

② 《看〈三生三世十里桃花〉，原来可以解锁这么多神话知识》，古典书城，http://www.sohu.com/a/127827420_398059，2017年3月3日，引用日期：2017年6月15日。

③ 青丘雪歌:《〈三生三世十里桃花〉里的神话知识你都知道哪些？》，前瞻网，http://qiwen.qianzhan.com/qnews/detail/428/170217-1918479a.html，2017年2月17日，引用日期：2017年6月15日。

④ 方韬译注:《山海经》，北京：中华书局，2009年，第5页。

又东三十里，曰浮戏之山。……其东有谷，因名曰蛇谷，上多少辛。[①]（《山海经·中山经》）

巴蛇食象，三岁而出其骨，君子服之，无心腹之疾。其为蛇青黄赤黑。一曰黑蛇青首，在犀牛西。[②]（《山海经·海内南经》）

因为蛇谷多少辛的缘故，唐七公子便给一条小巴蛇取名为少辛。当然这里的巴蛇形象也并非体型巨硕足以食象的大蛇，而更像后世文人笔下妖娆多情的蛇精。

除此以外，《三生》中的迷谷、毕方、昆仑虚、东荒俊疾山等人物、地名也都借自《山海经》。

实际上，网络文学自诞生伊始，便经常从中国古代神话、道教典籍、神魔小说中寻找灵感，《三生》只是许许多多此类作品中的一部而已。以萧潜的《缥缈之旅》为鼻祖的修仙类网络小说中便常常会出现伏羲、后羿等上古人神之间的战争，修真升级体系中的金丹、元婴等等级名称则来自道家典籍；梦入神机《佛本是道》开创的“洪荒流”小说则以《封神演义》《西游记》《山海经》等书中的神话传说为底本设计书中世界，盘古三清（太上老君、元始天尊、通天教主）、西方二释（接引道人、准提道人）、地母一皇（女娲娘娘），这六位天道圣人成了这类小说中的代表性人物，作为大道实体的鸿钧则是书中的最高存在；除去这些与古代神话关系密切的类型、流派之外，还有一些作者将重述神话作为自己的写作特色，如创作了《搜神记》[③]《蛮荒记》[④]《不周记》[⑤]等作品的树下野狐便被称为“中国新神话主义”的领军人物，仅从书名便可看

① 方韬译注:《山海经》，北京：中华书局，2009 年，第 139 页。

② 同上，第 207 页。

③ 树下野狐:《搜神记》，沈阳：辽宁教育出版社，2005 年。2001 年 7 月起在幻剑书盟连载，2005 年起由辽宁教育出版社出版。

④ 树下野狐:《蛮荒记》，沈阳：辽宁教育出版社，2006 年。

⑤ 树下野狐:《不周记》，沈阳：辽宁教育出版社，2009 年。

出，他的作品常常以上古神话世界为故事背景，讲述少年人的蛮荒奇遇。再如本文将重点讨论的丽端创作的《神殇》系列小说。该系列小说自2004年起在晋江文学城连载，2005年起开始纸媒出版，包括《神殇·倾天》《神殇·高唐云雨》《神殇·御月》《神殇·啼血无痕》《神殇·参商永离》《神殇·蜉蝣之羽》《神殇·赤地》《神殇·若即若离》《神殇·白云苍狗》等一系列中、长篇小说。《神殇》系列中的每一部小说都以某一神话故事为主干，同时连缀若干其他神话传说，形成一个完整的故事。丽端会在每篇小说的后记中附录小说所化用的全部神话材料。以《参商永离》为例，小说讲述了帝喾之子阏与实沈自小手足情深，却因为其中一人是祝融转世的预言而终于决裂、“参商永离”的故事。阏继承了祝融的野心，与精卫一道拯救被奴役的炎帝一族，继承了祝融力量的实沈却只愿与心爱的璇姬逍遥天地之间。阏以死胁迫实沈动用祝融之力修补天枢山水闸，精卫为救阏而被迫下嫁海燕，实沈则在死前许下了与阏“永生永世，再不相见”的愿望。丽端在这个故事的附录中提及如下神话材料：

《左传·昭公元年》：高辛氏有二子：伯曰阏伯，季曰实沈，居于旷林，不相能也，日寻干戈，以相征讨，后帝不臧，迁阏伯于商丘。

《山海经》：

1. 又西百八十里，曰泰器之山。观水出焉，西流注于流沙。是多文鳐鱼，状如鲤鱼，鱼身而鸟翼，苍文而白首，赤喙，常从西海，游于东海，以夜飞。其音如鸾鸡，其味甘酸，食之已狂，见则天下大穰。

2. 有鸟焉，其状如鹤，一足，赤文青质而白喙，名曰毕方，其鸣自叫也，见则其邑有讹火。

3. 又北二百里，曰发鸠之山，其上多柘木。有鸟焉，其状如乌，文首，白喙，赤足，名曰精卫，其鸣自叫。是炎帝之少女曰女娃，女娃游于东海，溺而不返，故为精卫，常衔西山之木石，以堙于东海。

《梦溪笔谈》：解州盐泽……卤色正赤……俚俗称之蚩尤血。

《皇览·冢墓记》：蚩尤冢，在东平郡寿张县阚乡城中，高七丈，民常十月祀之。有赤气出，如匹绛帛，民名为蚩尤旗。

《述异记》：昔炎帝女溺死东海中，化为精卫。偶海燕而生子，生雌状如精卫，生雄如海燕。今东海精卫誓水处，曾溺于此川，誓不饮其水。一名誓鸟，一名冤禽，又名志鸟，俗呼帝女雀。①

其他如《倾天》重述了弄玉吹箫与王子夜的故事；《御月》重述了《述异记》中“波月潭”的故事与望舒的故事；《啼血无痕》重述了望帝化为杜鹃的故事；《蜉蝣之羽》重述了南蛮巴氏务相的故事等。

20 世纪 90 年代以来，中国传统神话中的故事、人物等元素大量出现在文学作品、影视作品与动画作品之中，重述神话成了一个不容忽视的文化现象。在纯文学领域，较有代表性的作品是重庆出版社出版的“重述神话系列”小说，其中包括苏童的《碧奴》(2006 年)、叶兆言的《后羿》(2007 年)、阿来的《格萨尔王》(2009 年)、李锐与蒋韵合著的《人间》(2011 年)等重述神话题材的小说。在影视剧等大众文化领域，《西游记》《封神榜》及其他各种神话故事、神魔小说都被反复改编为影视作品。在相对精英化的纸媒科幻小说中，也有何夕的《盘古》②、刘以鬯的《盘古与黑》③ 等借用神话元素的作品。但对于古代神话最大规模、最充分的借鉴与重述无疑发生于网络文学领域，这与网络文学庞大的体量、天马行空的想象力以及对传统文化的考据冲动是密不可分的。光怪陆离的古代神话，为网络文学注入了瑰丽的想象与壮大的气魄。网络文学对神话的改写与重述，也使得这些古老的篇章重焕生机。

---

① 丽端：《神殇·参商永离》附录，晋江文学城，http://www.jjwxc.net/onebook.php?novelid=15535&chapterid=14 引用日期：2017 年 6 月 11 日（为阅读方便，在引用时对格式进行了修改）。

② 何夕：《盘古》，《科幻世界》1996 年第 6 期。

③ 刘以鬯：《盘古与黑》，《香港文学》1993 年 8 月第 104 期。

二、为叛逆者正名

不同媒介、题材的叙事作品，在重述神话的过程中也有不同的偏好和趋向。

从对神话故事、人物的选择上来讲，纯文学作品更热衷于重写那些神话故事中的正面英雄形象，如《后羿》中的后羿、《敦煌遗书》中的夸父、《格萨尔王》中的格萨尔王等。在这些作品中，神话英雄被剥离了神性、赋予了人性，那些原本与我们相隔遥远的伟岸人物便都具有了常人的爱欲情仇。纸媒科幻小说则更热衷于盘古开天、女娲造人、女娲补天等带有哲学思辨色彩的创世、末日神话，如刘以鬯的《盘古与黑》便将盘古塑造为一个对抗黑暗蒙昧、带来光明的普罗米修斯式启蒙英雄，古代神话与现代性的启蒙神话在这样的故事中交会融合，为现代价值赋予神圣的起源。网络文学则往往热衷于书写具有反叛力量的强大人物，绕过正面英雄形象，而把那些神话故事中的次要人物甚至反面人物作为小说的主人公。

如果将神魔小说也纳入讨论，那么孙悟空无疑是经网络小说改造的最为典型的反叛者的形象。在网络文学发展早期，今何在的经典作品《悟空传》[①]便因塑造了一个颠覆权威、向往自由、亦正亦邪的孙悟空形象而深入人心。此后，猫腻的《朱雀记》（2008 年）、蛇吞鲸的《重生成妖》（2008 年）、宅猪的《重生西游》（2008 年）等作品也都将不屈的反抗精神视为孙悟空的重要精神特质。那个护送唐僧去西天取经、虽顽皮却虔信的孙悟空似乎被所有网络文学作家极有默契地一齐忘却了，留在文字间令人击节赞赏的，只有那个石破天惊威风凛凛、大闹天宫无所畏惧的齐天大圣美猴王。

另一个在网络文学中被给予无限同情的人物则是蚩尤——或者说是在炎黄之战中战败的炎帝一系。丽端的《神殇》系列，便以炎帝战败后的世界为故事

① 今何在:《悟空传》，北京：光明日报出版社，2001 年。

展开的舞台，炎帝虽为五方天帝之一，却无实权，炎帝一系无论是在神界为神为仙，还是在人间寄人篱下，都受到猜忌、打压甚至奴役，《神殇》系列中《倾天》的主人公王孙史、《参商永离》的主人公阏与实沈皆是炎帝后裔。王孙史是炎帝之孙，却只因身负炎帝血脉，便在权力的倾轧之下痛失生父、以蜡塑身、永镇北维冰原之下。王孙史的满怀怨恨于是化为不顾一切地疯狂反抗。阏与实沈虽是帝喾之子却成祝融（与蚩尤一样被认为是炎帝一系）转世，阏不忍见炎族被圈禁于东海之滨，受海啸之苦，饿殍遍地，誓与炎帝之女琰姬（精卫）一道封住天枢山水闸的缝隙，解救炎族子民，虽得功成，心爱的琰姬却嫁为他人妇，弟弟实沈也与阏参商永离。

江南的小说《涿鹿：炎的最后王孙》[①]（以下简称《涿鹿》）是一部以少年蚩尤视角重述涿鹿之战的小说。《涿鹿》虽非网络小说，但其作者江南以网络作者的身份开始了自己的创作历程、深受网络文学影响却是毋庸置疑的。《涿鹿》延续了此前网络小说中对于炎黄之战的解读，其中的蚩尤形象也与此前网络文学中具有反抗精神的悲剧英雄形象一脉相承。炎的王孙、南方神农氏的少君被送往轩辕部做质子，原本单纯、善良，胸无大志却对世界充满好奇心的蚩尤却被命运逼至绝境，化身狂魔，绝望地举起了战斧。在树下野狐的《搜神记》中，蚩尤也是一个重要人物，他敢爱敢恨、光明磊落，在征战中成就“苗帝”威名，在涿鹿之战中惜败身死，终究未能成就霸业。后世历史却只记载了蚩尤的凶残，真正的蚩尤只能存在于人们的心中。

网络文学的民主化倾向在网络文学文本内外皆造就了众声喧哗的热闹景象，那些原本在神话中居于边缘的小人物登上舞台中心，发出了自己的声音；那些被正统、主流所压抑的反叛者以血与火的抗争，拒绝胜利者书写的所谓正史。

---

① 江南：《涿鹿：炎的最后王孙》，北京：新世界出版社，2009 年。

三、权力游戏与反抗悖论

从对神话材料的组织方式上来讲，网络文学作品往往不拘泥于重述某一个单一的神话故事，而是热衷于将零散的中国古代神话材料连缀在一起，构成一个完整阔大的神话世界，书写神话系谱。前文提及的“洪荒流”小说，实际上便是基于一个公共的神话世界设定而创作的小说，自“洪荒”设定由《佛本是道》首创以来，许多作者在创作中沿用这一设定，并不断使之丰富、完善，最终成为网络小说中极有影响力的流派。

在丽端的《神殇》系列中，每部小说的主人公虽各不同，但所有的故事都是在同一个神话世界中展开的。丽端在《神殇·赤地》的后记中写道：

> ……中国的传统神话传说虽不断被历史化和碎片化，我们还是可以大致将中国神话划分为四个体系：中土的炎黄体系、西域的昆仑体系、南方的湘楚体系和东方的蓬莱体系。①

《神殇》中的故事，便是在这样四个神话体系之中展开的。《神殇·啼血无痕》在东方的蓬莱体系中发生，神人居住于岱舆、员峤、方壶、瀛洲、蓬莱五座神山之上，归墟之外则为妖族管辖海域。岱舆、员峤沉没于海，这两座神山上的神人便被派遣至人间，管理人间诸国。《神殇·蜉蝣之羽》在南方湘楚体系中发生，神人瑶姬派蜉蝣瑶影前往巴人寄居之地，劝说信奉祖先的巴人改宗信神。《御月》《倾天》《参商永离》在中土的炎黄体系中发生。最高统治者是以中央天帝为首的五方天帝，其中，炎帝因战败而受到打压、猜忌，没有实权。五方天帝之下，神人分为神、仙诸等，有神力，灵魂永恒，各司其职。神界以下还有人间，人间诸国以翼州为中心，翼州归黄族帝喾管辖，后传位于稷，帝系绵延。炎族战败后被黄族圈禁于东海之滨；归墟之外，是妖族海域，

---

① 丽端：《神殇·赤地》，南京：江苏文艺出版社，2013 年，第 285 页。

受神界辖制；地府之下为鬼魂聚集之地，怨鬼堕入幽冥城，受无间之苦……这一以黄帝一族为正统的文化、权力格局直到周代仍未改变，《神殇·白云苍狗》中徐偃王徐诞作为徐夷与犬戎的后代，与周王朝的对峙也因而成了异族反抗黄帝正统的最后悲歌，成了神话时代的最后篇章。《神殇·赤地》则以不同地理区域分别对应于这四个神话体系，书写神系间的冲突与融合，从而将《神殇》中的各个故事世界连接为一个整体。

这样的写法，显然是丽端有意为之，同样是在《神殇·赤地》的“后记”，丽端写道：

> 将各种神话体系和神话人物有机组合在一起是个艰巨却又有趣的事情……上古的神话体系虽然凌乱，却也给作者留下了无数挥洒的空间。①

这样的创作方法，并非丽端独创，而是网络文学中普遍存在的现象。随着时间的推移，网络文学体量爆炸性增长，有限的神话故事很难持续为网络文学提供人物与故事，但由许许多多网络文学作家共同创造的、包含了大量神话元素的世界设定（主要存在于东方玄幻、修仙类小说之中）却留存下来，成为网络文学不可分割的一部分，不断催生着新的英雄、新的传奇。

网络小说中对于神话世界的构建，或是寄寓理想的乌托邦，或是现实世界的变形记，总是带有某种寓言性质。仍以《神殇》系列为例，权力与反抗构成了《神殇》系列的核心主题。

《神殇》中的神话世界等级森严，秩序井然。无论是由神到人的权力禁锢，还是由华夏到蛮夷的文化倾轧都显得残忍而冷酷。在《赤地》中，三个主人公渐函、绍原、泊钧分别是神人、凡人以及比凡人还要低贱的溟妖。身份不同的三人面对着各不相同的痛苦：渐函身处权力的顶点，却要面对冷漠的母亲与阴谋夺权的姐姐；绍原在人与神之间徘徊，时时承受着父亲、后母与哥哥的仇恨；泊钧处在社会的最底层，在狭小的铁笼中被示众嘲笑，成了他一生的噩

---

① 丽端：《神殇·赤地》，南京：江苏文艺出版社，2013年，第285—286页。

梦。然而，随着故事的发展，三人的身份发生了颠覆性的转变，渐函被封住灵力成为凡人，绍原是伪装为凡人的神人，最低贱的溟妖实际上是众神之神的后裔。

这样的转变并不能使三人跳脱权力秩序的囚牢，反而使他们更为深刻地感受到了被桎梏的痛苦。最终，绍原、泊钧走向了不同的反抗道路。身处社会最底层的溟妖相信绝对的力量将带来绝对的权力，因而泊钧选择获得众神之神的力量，复辟众神之神的统治。处于神人与凡人之间的绍原以神人的身份看到了凡人对于神的恐惧、憎恨与愤怒，又以凡人的身份感受到了神人的歧视与压迫，他选择了向凡人传授知识，使他们获得与神人同等的能力，最终建立只有凡人的世界。绍原与泊钧都是权力压迫下的反抗者，但他们最终的选择——无论是恢复众神之神的统治，还是只允许凡人生存——都不过是改朝换代、建立新的等级秩序，他们在反抗中也成了新的独裁者。

《神殇》系列最富魅力的地方便在于此，在这个神话世界中，权力的运行从不依赖于任何集权的个人，上至中央天帝，下至奴隶鬼蜮，所有人都被禁锢在权力机器的特定位置之上，如傀儡般生活。这一点，在《倾天》中表现得最为突出。掌管律法的西帝少昊囚禁王子夜、杀王孙史，弄玉、夏开、龙姨等人的命运权都被其控制在股掌之间。看似强大的天帝却又显得软弱和无能，他惧怕王子夜的怨气，也无法直面王孙史的反抗，直到凭借阴谋圈套，让王孙史“死得干干净净”，让王子夜的“怨气也化解了”[①]，他却仍旧在恐惧着：

“杀神不易，杀得想不留后患更是艰难。”西帝少昊感叹道，“可到现在还有一千多座山峰下压着怨气呢，真不知如何处置这些心腹大患。”[②]

在《御月》中，小仙望舒身边至亲之人皆因强权而遭受苦难，父亲身死，母亲被困幽冥城，心爱的姑娘化为桂树。但本该作为权力的象征而存在的天

① 丽端:《神殇·啼血无痕》，成都：四川美术出版社，2006年，第111页。

② 同上。

帝，唯一一次出场却显得颇为慈爱，不仅拯救了望舒的性命，还宽恕了望舒身负的罪责。

恰如《倾天》中所说，每个人心中都存在的恐惧与怀疑才是权力得以运行的真正法门。王孙史对弄玉、夏开的猜忌是他失败的根源；望舒手刃生父，固然是慑于西帝少昊的威压，但同时也源自对死亡的恐惧、对父亲的怀疑。

当权力不再具有一个具体的肉身，而是在每个人心底悄然萌发，反抗也就变得极为困难。因恐惧与怀疑而生怨恨，因怨恨而生反抗，于是反抗也就成为权力本身不可分割的一部分。王孙史以父亲的怨气为力量，妄图改变这恐惧与怀疑的命运，却终归失败；杜宇（《啼血无痕》的主人公）和徐诞以死亡为代价守住了家园却也无力改变神与人、中央与边缘的秩序结构；绍原与泊钧纵然成功，也不过是一次无伤大雅的始末轮回，压迫与奴役的梦魇仍将在新的时代复生。

《蜉蝣之羽》或许可以看作唯一一个主人公得以成功反抗既存权力结构的作品。巴人的首领务相至死都不曾服从瑶姬、皈依于对神的信仰，而是将对神祇的供奉当作权宜之计，换来巴人的乐土。但务相死后，巴人实际上仍旧成了神的子民。瑶姬以退为进，许给务相一人不信的权力，却赢得了所有巴人的供奉。务相不惜违背道德、伤害族人的所有坚持，也都因此失去了意义。

但在权力与反抗的无尽悖论中，丽端终究留下了希望的种子——那些凭借一腔孤勇便可撼动天地的少年们毕竟曾经存在过，也终将再次出现；那一千多座山峰下镇压的怨气毕竟未曾散去，而且有增无减。毕竟，“神殇”之后，便是人间。

事实上，在网络小说中，将神话世界想象为秩序森然的严酷社会的情况并不罕见，大部分玄幻、修仙小说都有这样的特征，《神殇》系列绝非孤例。在这些故事中，主人公们总在以各不相同的方式冲破牢笼、追求自由。他们或者不择手段获取力量，或者以理想与正义集结伙伴，或者坚信爱与善意可以超越磨难化作革命的星火……

网络文学的神话重述，虽然借用了神话的外壳，讲述的却仍旧是现代性的命题，是当代人的生存焦虑。但古老神话那浪漫而神秘的色彩、天马行空的想象力仍旧为网络文学注入了超越庸常的可能性，以及理想主义的乐观精神。就如同《神殇》的故事，就算再绝望，也会在尾声处生出希望，就如夏瑜坟上的花环，微小却真实。

“关公”何以战“秦琼”：从英雄召唤类电子游戏说起

项　蕾[①]

摘要：2017 年，英雄召唤类电子游戏《王者荣耀》成为社会关注焦点，它对神话传说和历史故事的取用更引发广泛讨论。本文针对此类游戏，梳理其历史，剖析其设定，通过对游戏世界中神圣场域和折叠空间的区分、游戏角色从原生环境到赛博空间的变迁，解答“关公战秦琼”在此处得以成立的原因，并展现其背后当代流行文化接受者的独特认知方式。

关键词：电子游戏　英雄召唤　设定世界　折叠空间　身体感知

2017 年，电子游戏《王者荣耀》因其现象级成绩成为社会关注的焦点。该作品拥有超 2 亿注册用户与超 8000 万日活跃玩家[②]，一度是全球注册和活跃人数最多的手机游戏。没有电子游戏经验的人也被裹挟其中，加之社会对青少年群体文化接受、历史认知问题的高度关注，各方面对该游戏中传统文化元素的取用进行了广泛讨论。《王者荣耀》在神话传说、历史故事的基础上进行戏说，让不同历史时期、不同地域的人物同场竞技，这被众多讨论者视为异想天开、混淆是非。“关公战秦琼”作为讨论者对这一做法的直观感受，以极高的

---

① 项蕾，北京大学中文系 2016 级创意写作硕士研究生。

② “玩家”是游戏业界及其受众间的术语，意指游戏的使用者，即 Player 或 Gamer。

频率出现在各类文章中，用以批评《王者荣耀》"毁掉中国历史"、陷入历史虚无主义泥沼。

讨论者言之所及多在该作品本身，未能联系同类型电子游戏的发展历程，这使众多评论只能在旧有文化接受模式下展开。《王者荣耀》是一款多人在线战术竞技游戏（游戏术语称之 MOBA，即 Multiplayer Online Battle Arena），同类型代表作有《远古遗迹守卫》（DOTA）、《刀塔 2》（DOTA2）、《英雄联盟》等。在此类游戏中，玩家被称为"召唤师"[①]，可供选择用以战斗的角色被称为"英雄"[②]。英雄召唤模式作为此类游戏的核心前提，亦凸显了游戏的文化属性，故本文将此类游戏称为"英雄召唤类电子游戏"。

以下将从英雄召唤类电游的世界观设定、原生环境与其人物的另类伴生关系、玩家与游戏开发者为陌生时空中的英雄赋予的意义等方面，说明作为该类型游戏基本语法的"关公战秦琼"为什么不同于传统语境下的"关公战秦琼"，以及在面对此类作品时，传统评论者与玩家产生的分歧所折射出的当代流行文化接受者独特的认知方式。

一、当英雄成为"棋子"：作为基本语法的"关公战秦琼"

（一）英雄跨时空交锋何以成立

在《王者荣耀》中，大部分英雄带有具体历史时期或国家地区的鲜明烙印，玩家对周瑜与妲己并肩作战、宫本武藏和马可波罗刀兵相向等场面早已司空见惯。对此，传统评论者以"关公战秦琼"表达了他们最直观的感受，该比

---

① 如《英雄联盟》中的琴瑟仙女娑娜在被锁定时，会有语音提示："只有你可以听到我的话，召唤师。今天我们演奏哪首曲子？"

② 如《守望先锋》的宣传语为"这个世界需要英雄！"

喻切中英雄召唤类电游跨时空交锋这一核心模式，更含有对这类做法混淆历史的批评。传统评论者根深蒂固的文化心理及其对英雄召唤模式的陌生，使其忽略了该现象背后网络时代新兴文艺形式带来的时空观念的变迁——时空的限制不仅可以被打破，而且这种打破还被赋予了合理性。

英雄召唤模式之所以能摆脱传统语境中“关公战秦琼”的贬义色彩而被广大玩家接受，主要得益于游戏世界观设定。游戏世界观设定是“由游戏设计者所设计和建构的对虚拟世界设定及规则的系统化描述，是游戏世界中各个角色设定及故事发展的依据”[①]，其首要功能是让英雄跨时空交锋在逻辑上自洽。

以《风暴英雄》的世界观设定为例：

宇宙里有两只空虚寂寞的神，一个红的，一个蓝的，俩人无聊就说要下下国际象棋来比试比试。

神仙消磨时光的掐架怎么会只用平凡的棋子，于是，他们俩合伙绑架了宇宙各个位面的许多英雄来做棋子，命他们在两位大神创造的棋盘世界中厮杀，而这些英雄全部来自暴雪公司。

于是这些英雄们，就被迫分成红蓝两个阵营，为了天梯积分，展开了永无休止的战斗……[②]

开发者以神祇对弈解释游戏中的对战：红蓝二色的神代表对战双方，棋盘为战场，棋子为英雄。因英雄身处神祇的棋盘，且本就是被从“宇宙各个位面”绑架而来，其跨时空对战得以自圆其说。

《风暴英雄》的世界观设定简洁直观，对弈的比喻直击模式核心：棋盘

① 包媛媛：《中国神话在电子游戏中的运用与表现——以国产单机游戏〈古剑奇谭·琴心剑魄今何在〉为例》，《云南师范大学学报》2014年第4期。

② 暴雪DOTA（Blizzard DotA）世界设定，见多玩网风暴英雄专区“游戏资料”，2011年12月9日。

（游戏世界）是开发者为棋手（玩家）创造的独立时空，它可以因故事的差异而嵌套进不同的世界、拥有不同的名字（如《风暴英雄》中的时空枢纽、《英雄联盟》的召唤师峡谷、《王者荣耀》中的王者峡谷等），它是棋手的战场、棋子（英雄）的战斗之地，是维系游戏世界运转、使其不至于崩解的最重要一环，是游戏世界存在的理由。所有英雄召唤类电游都以此"棋手—棋盘—棋子"的结构组成为基础，来源各异的棋子身处同一棋盘，英雄跨时空交锋也因此成为英雄召唤类电游中约定俗成的内容。

（二）被绑架的"关公"与"秦琼"

在"棋手—棋盘—棋子"的结构设置中，除"来源各异的棋子身处同一棋盘"成为了通行模式，"棋子从宇宙各个位面绑架而来"的做法也被继承下来，即游戏开发者不进行英雄原创，而是从已有的文本中"绑架"人物作为英雄召唤类电游的主人公。

最初开发者绑架的"棋子"较为局限，英雄主要来源于其他游戏作品。2002年，玩家Euls基于暴雪公司旗下的游戏《魔兽争霸3》制作了RoC DOTA，宣告英雄召唤类电游的诞生，作品中的英雄多为暴雪公司作品中曾登场的角色。暴雪公司受此启发制作了暴雪DOTA，这部后来更名为《风暴英雄》的游戏和RoC DOTA一样，汇集了暴雪公司旗下许多知名角色，因大部分人物已在原作中死亡，所以它的"棋盘""时空枢纽"被戏称为"坟头枢纽"。暴雪DOTA的成功使开发者延续了英雄召唤类电游诞生最初的做法，让所有角色置身于玩家的游戏经历，从暴雪世界中"绑架棋子"，这在一定程度上使作品难以吸引暴雪游戏忠实粉丝以外的玩家群体，成绩与反响相当平淡。为提升作品的普及程度，开发者必须找到更能吸引大众的"棋子"。比暴雪游戏英雄受众更广、能唤起更多人文化记忆的"关公"与"秦琼"，进入了开发者的视野。引入世界范围内各民族的神话传说与历史故事中的人物，成为英雄召唤类电游的选择。

被传统评论者批评为"关公战秦琼"的《王者荣耀》最为典型：

表 1

英雄来源		英雄名称	总计数量
历史	春秋战国	干将莫邪、墨子、鲁班七号、孙膑、高渐离、扁鹊、庄周、钟无艳、芈月、廉颇、白起、老夫子（原型为孔子）	12
	秦汉	嬴政、阿轲（原本名为荆轲）[①]、项羽、虞姬、刘邦、韩信、张良、王昭君	8
	三国	黄忠、诸葛亮、夏侯惇、蔡文姬、关羽、刘禅、貂蝉、赵云、典韦、大乔、小乔、甄姬、吕布、孙尚香、曹操、周瑜、张飞、刘备	18
	魏晋南北朝	花木兰、兰陵王、达摩	3
	隋唐	狄仁杰、武则天、程咬金、李白、钟馗、李元芳	6
	元	成吉思汗、马可波罗	2
	其他	亚瑟、宫本武藏	2
神话	东方	东皇太一、后羿	2
	西方	雅典娜、安琪拉（原型为魔法师梅林）、露娜（原型为月光女神）	3
《封神榜》		哪吒、太乙真人、杨戬、妲己、姜子牙	5
《西游记》		孙悟空、牛魔（原型为牛魔王）	2
亚文化作品		娜可露露、不知火舞、橘右京	3

在《王者荣耀》现有的 67 位英雄中，共计 66 位拥有文化原型，第 67 位英雄“铠”作为露娜的兄长登场，虽然没有与自身完全对应的经典形象，但他仍是开发者围绕文化原型进行创作的结果。由此，该作品对各民族神话传

① 在《王者荣耀》的英雄故事中，阿轲是历史人物荆轲的妹妹，因继承了刺客家族“荆轲”的名号，所以在游戏中最早以“荆轲”为名。2017 年 4 月，社会就《王者荣耀》对传统文化元素的取用展开讨论，荆轲因性别由男变女被推上了风口浪尖，成为批评声中该游戏混淆历史的典型。为避免误解，游戏开发者于论争当月将英雄荆轲更名为“阿轲”。

说与历史故事的依赖可见一斑，若去除贬义色彩，“关公战秦琼”一词不失为对此种模式的生动概括。事实上，《王者荣耀》问世以前，英雄召唤类电游便已形成了“关公战秦琼”的模式，当前世界范围内最受欢迎的此类作品——DOTA2 与《英雄联盟》——从诞生之日起便采用选取神话传说与历史故事中的角色为原型打造英雄的做法。对文化记忆的借鉴一方面降低了开发者塑造英雄的难度，另一方面使更多玩家感到熟悉亲切，推动了作品广泛传播。商业上的成功，使得“关公战秦琼”这一模式保留并延续下来，成为英雄召唤类电游的基本语法。

（三）基本语法并非历史虚无

作为英雄召唤类电游基本语法的“关公战秦琼”，与传统评论者眼中历史虚无主义的“关公战秦琼”截然不同。

传统评论者在印刷文明哺育下成长，对新兴媒介缺乏亲身体验，他们在面对“关公”与“秦琼”时，将其理解为特定环境中的特定人物，这些人物将自己的根系深深扎在特定的历史背景中。他们认为原有环境的消失会抽干其人物的生命力，使他们迅速枯萎、走向死亡。传统评论者无法了解作为英雄召唤类电游基本语法的“关公战秦琼”，因为一个问题永远地萦绕在他们心中：被连根拔出的植被离开了水土如何能够存活？

英雄召唤类电游给出的答案是：特定人物在其原生环境外不仅能活，还能活得很好。

开发者将人物从原生环境“绑架”到另一个时空，并不代表人物就与其原生环境彻底割裂，二者之间只不过是从过去那种密不可分的状况，转移至另一种相互依存的形态。

如齐天大圣孙悟空进入《英雄联盟》世界的方式：

在战争学院里，有很多来自异世界的英雄，其中的大部分都是被召唤师们给“请”来的，而另一小部分，则不请自来。

> 齐天大圣孙悟空，就是其中之一。成佛后的平淡生活，让生性贪玩的孙悟空感到枯燥不已。在一次神游异世的过程中，他发现了符文大陆这个能量波动异常频繁的世界。他开始深入了解这个世界，并且被英雄联盟公正独特的战斗方式，以及各具特色的英雄们唤醒了他内心深处沉睡已久的战斗之心。于是，他将魂魄一分为二：斗战胜佛与齐天大圣。前者继续留在佛界，受世人供奉。而后者则从金身中脱离，附身在瘟疫丛林的一颗石头上，并且通过周围猴群的仪式，在瓦洛兰下凡。①

成为“棋子”的孙悟空并非被连根拔出的植被，他在原生的环境——《西游记》文本故事结束、在“成佛后的平淡生活”里，偶然兴起来到了《英雄联盟》的世界中，重温浴血战斗的旧梦。孙悟空作为“棋子”的部分继承了他原本魂魄里的一缕，他虽然不生活在原生环境中，形象却依靠原生环境的支撑。

特定人物在原生环境外不仅能活，还能活得很好。一是因为从原先身份到“棋子”，英雄角色们发生了变化；二是因为原生环境与其人物间的联系并未被割裂，英雄角色的背后拥有不止一个时空，他们在离开原生环境后，依然能够从中汲取营养。

开发者将英雄人物从他们原本的世界“绑架”而来，是为了唤起大众的文化记忆，这些用“棋盘”勾连起来的“棋子”，被开发者赋予了文化符号的性质。英雄召唤类电游承担着文化记忆入口的机能，玩家运用现有知识去完善眼前形象，游戏世界与现实世界的区隔被打破，文化记忆的泉流汩汩涌出，“关公”与“秦琼”的形象充实如旧。尽管他们离开了原生环境，却从不是被抽干生命力的纸片人。

---

① 整理自《英雄联盟》旧版客户端齐天大圣孙悟空背景故事界面。

二、为“棋子”赋予意义：“棋盘上”与“棋盒里”的故事

（一）“蝴蝶是我，我就是蝴蝶”[①]

英雄召唤类电游的英雄虽然继承了原生环境中的人物的部分神魂，但他绝不仅仅是原型人物的简单复刻，他有、也必须有自己新的存在的意义。为英雄赋予意义的行为首先发生在作为战场的“棋盘”上，由获得了英雄身体性感知的玩家实现。

在旧有的文艺形式中，民众注视英雄、聆听故事，二者间存在不可逾越的界限，这也是传统评论者在评判英雄时的立场。作为接受者，民众无法对英雄产生影响，仅在将自己投射为故事中的英雄或体会英雄的感情时，能产生一定程度的代入感。通过投射和共情，民众至多“感同身受”而不能“感即身受”，无法获得自己“成为”英雄的切身感。

区别于过去的自我代入，电子游戏的媒介特性使玩家能够“成为”英雄，玩家与英雄间不再是过去主体与对象的关系，玩家左则英雄左、玩家右则英雄右的即时反馈使玩家和英雄在身体性层面合二为一。在英雄召唤类电游中，玩家召唤英雄进行战斗的设置使玩家的动作完全、同时发生于英雄身上，触摸在设备上的双手使屏幕中的拟像与屏幕外的生命合二为一。

“蝴蝶是我，我就是蝴蝶。”

这是《王者荣耀》中英雄角色庄周的一句台词，在游戏进程中，当玩家在选择角色界面用手指触摸庄周的头像时，缥缈深沉的男声便传了出来。水色蓝衣的绿发男子从天而降，他跪坐在巨大的鲲的背上。当倒计时结束，玩家便和庄周一同入梦、进入战场。

庄周入梦与蝴蝶为一，而对此时此地的玩家来说，“庄周是我，我就是

① 语出《王者荣耀》英雄庄周的语音对话和故事文本。

庄周。”

玩家“成为”英雄的身体感知，其水准高于投射和共情的自我代入。玩家进入“棋子”的身体，在“棋盘”中浴血奋战，从中获得愉悦感受的同时，也反过来将自己的英雄情怀注入其中，为“棋子”赋予意义。当今是一个宏大叙事崩解、犬儒主义盛行的时代，民众对英雄的态度前所未有地矛盾：一方面，英雄在民众心中失去了神圣光环，不再是无法触及的高天孤月；另一方面，因为价值体系的坍塌，民众比以往任何年代更希冀真正的英雄施以救赎。英雄召唤类电游中“成为”英雄的设置满足了许多人的渴求，使他们能够在特定条件下做英雄，使救赎别人和救赎自己成为可能。

玩家在热衷于自己主动“去救赎”的同时，也渴望着“被救赎”。作为一种身份烙印，“玩家”标签一经打上，便不会因为游戏进程的结束而被抹去，这使他们个人在脱离英雄身体后，仍然能够被正和英雄角色合二为一的玩家“救赎”。在基于爱好形成的网络玩家社群中，对救赎的渴望和赞赏是一种群体共识，救赎能够跨越游戏与现实的壁垒，对现实世界中的人产生影响。英雄胜败由玩家决定，这使“英雄—懦夫”评价标准（此处英雄是指做出救赎行为的人，相对于懦夫而言，不同于作为一般游戏角色的英雄概念）在英雄召唤类电游中被奉为圭臬。若玩家做出英雄行为，完成了对特定人群的救赎，则其会被见证者视为英雄，这尤其体现于电子竞技赛事之中。

电子竞技爱好者中盛行这样一段话：“你，要做一辈子的懦夫，还是做英雄，哪怕，只有一秒钟？”在出战第四赛季全球总决赛四分之一决赛，面对韩国赛区强敌NJWS战队时，OMG电子竞技俱乐部《英雄联盟》分部前职业选手灵药操作（玩家操纵游戏角色去行动）濒临死亡的英雄虚空掠夺者卡兹克（因外形特点被称为“螳螂”）义无反顾扑向敌人，以自己的牺牲换取了全队的胜利。当时韩国赛区被认为是难以战胜的，以此举动为序幕，OMG战队代表中国大陆赛区在韩国强敌身上斩获干净利落的3:0。灵药的英雄行为不仅逆转了战局，更使失去信心的中国大陆观赛者得到了救赎。观赛者因此热血沸腾，将灵药称为“护国螳螂”。当操作英雄进行战斗的人完成救赎时，他在所有玩家的认知中就与英雄等同起来，他的事迹会成为见证者的记忆被永久注入英雄的身体里。

在“棋盘”里为英雄注入生命经历与英雄情怀，玩家为“棋子”赋予了第一层意义。

（二）当“关公”与“秦琼”休憩时

英雄并不总是在战斗。一方面，每次对局时“棋盘”上的“棋子”数量根据规则有固定限制，不可能所有“棋子”同时登场；另一方面，玩家在不玩游戏的时候，“关公”与“秦琼”处在休憩状态。“棋子”不能总是待在“棋盘”上，当他们没有战斗的需要时，就会被开发者收进“棋盒”里。即便在休憩时、在玩家看不见的地方，英雄们也不能无所事事。为英雄编写身处“棋盒”时的故事，成为英雄召唤类电游众多开发者的共同选择。

如《英雄联盟》的开发者就将“棋盘”与“棋盒”区分得很清楚，并对“棋盒”非常重视，专注于讲述“棋盒”故事的“英雄联盟宇宙”在其新浪微博中有如下表述：

> 英雄们不只在峡谷中与我们一同浴血奋战，在另一个次元——符文之地，他们也有自己的生活和恩怨情仇。在这里，英雄们的故事将被逐一揭开。（2017.1.11）

开发者指出《英雄联盟》的世界可以被划分为召唤师峡谷与符文之地。召唤师峡谷是“棋盘”，是玩家和英雄合二为一、为其赋予存在意义的地方；符文之地是“棋盒”，是英雄脱离玩家存在、拥有“自己的生活和恩怨情仇”的地方，是“棋子”在战斗结束后依然能够留存在这个世界的空间。

荷兰学者赫伊津哈认为，所有游戏均由专属地点和固定规则组成，他将专门进行游戏的地点称为“神圣场域”，即“棋盘”。随着电子游戏问世并发展成熟，游戏的专属地点根据功能不同发生分裂：在“棋盘”外，被人忽视的“棋盒”开始成为电子游戏必不可少的组成部分。在电子游戏诞生前，游戏只存在

“棋盘”。

电子游戏的信息空间极大，互动性的加持使内容不必全都呈现在外，信息可以被折叠在作品内部——棋手在棋盘上用棋子战斗，而对于棋盒里的空间，则有看和不看两种选择。“棋盒”的存在使电子游戏拥有其他文艺形式无法达成的叙事手段，使文艺的表达产生了另一种策略的可能性，但其新锐、隐藏的特性极易被传统的评论者们忽视。

如社会上对《王者荣耀》中“荆轲男变女”的批评即是传统评论者忽略“棋盒”存在的典型事例。《王者荣耀》中的荆轲（因引发争议被开发者更名“阿轲”）是一位身着红裙、手持飞刀的冷艳女郎，由于改换了性别，传统评论者称这会使作为玩家的青少年产生认知混乱。但若更全面地考量作品信息、阅读阿轲身处“棋盒”的故事[①]，则不难发现游戏中的“荆轲”不是历史中的“荆轲”，她是开发者戏说的历史中的荆轲的妹妹。在兄长被杀后，她继承了刺客家族的名号，为自己、为亲人、为家族走上了和兄长一样的刺客道路。“荆轲男变女”，是部分传统评论者没有触及作品完整内容，以有限信息得出的判断。

游戏开发者不像传统评论者想象的那般薄情，将英雄绑架为“棋子”后，就任由他们做玩家手中不知疲倦的战斗机器。相反，开发者对待英雄深情款款，他们也在用自己的方式为来到陌生时空的“棋子”们赋予意义。

开发者为“棋子”赋予意义的做法，《开发者：瓦斯塔亚进化史》一文是这样表述的：

每当我们着手设计一个非人类角色的时候，就要面临一个额外的问题：我们如何才能给这个生物在这个世界里找到一个恰如其分的位置？

阿狸、悟空、雷恩加尔？显然他们都有现实世界中的神话故事原型，但是

---

① 《王者荣耀》的“棋盒”即“故事站”，玩家通过点击英雄预览界面的“故事”按钮即可进入其中。玩家是否阅读“故事站”的内容，对其游戏历程（即在“棋盘”上战斗的过程）没有任何影响。

如果抛开故事原型，来到符文之地上，他们是什么人？我们要如何在“改动”的同时又不毁掉玩家们已有的印象？[①]

开发者在为“棋子”赋予意义、施以粉墨时，要做到的便是“在‘改动’的同时又不毁掉玩家们已有的印象”，即在填充“棋盒”里的故事时不破坏英雄在被绑架来之前的个性特征。该举动的实质是一种同人创作，同人是“建立在已经成型的文本基础上，借用原文本已有的人物形象、人物关系、基本故事情节和世界观设定所作的二次创作”[②]。开发者在限定条件（英雄召唤类电游的世界观设定）下，基于英雄角色原型进行“棋盒”空间中的故事书写，为“棋子”在原型人物的经历外找到新的生活。

在开发者用故事编织出“棋盒”以前，游戏世界在战场外无可立锥之地，玩家目之所及便是全部，犹如一座没有后台的舞台。没有得到玩家召唤、不在“棋盘”上战斗的“棋子”无处安身。同时，英雄在新时空中被玩家赋予了第一层意义，已不再是原生环境中的特定人物，无法回到过去的世界。他们处于无处可去的尴尬境地，与这个世界缺少坚固的联系，于是开发者为其赋予了第二层意义，替他们安排栖身之所、找到留在新时空的理由，使他们像过去扎根在其原生环境中一样，在英雄召唤类电游的世界里扎下根来。

三、穿梭于不同的“棋世界”：深情又薄情的当代流行文化接受者

传统评论者难以理解“关公战秦琼”，不仅在于他们不熟悉英雄召唤模式，而忽略了玩家和游戏开发者为英雄赋予的意义，更在于他们试图用现实世界的规则去解读英雄召唤类电游世界的现象。

---

① 《开发者：瓦斯塔亚进化史》，“英雄联盟宇宙”新浪微博，2017 年 5 月 10 日。

② 《“网络部落词典”专栏：同人·粉丝文化》之“同人”词条（郑熙青撰），《天涯》，2016 年第 4 期。

英雄召唤类电游中有自我代入的身体感知、巨大的内部折叠空间（即“棋盒”）、大量专有名词组成的话语体系，使自己置身其中了解这个“棋世界”的规则，是对其进行评价的前提。

相对于在当代流行文化陪伴下成长起来的接受者，传统评论者的确难以进入作品，尤其是那些运用设定在现实世界外构建了另一个新世界的作品。对宏大叙事的深信不疑使他们对现实世界的解读具有唯一性，在进入其他设定的世界时具有巨大障碍。

当下恰是一个宏大叙事崩塌、价值体系解离的时代，诸多当代流行文化作品反映了这一趋势，它们缔造出现实世界以外的虚拟世界，尝试以多种方式解读世界，建立不同的话语体系。裹挟在其中的人们习惯于穿梭在不同的“世界”，在他们心里，宏大叙事的神圣光晕早已消散，对世界的解读方式亦多种多样，这使他们认同世界多种解读的可能性，并因此很快能进入现实以外的设定世界，身处其中而“深信不疑”。在当代流行文化作品中，当接受者沉浸其中、“（从心理学上说）开始有种存在于‘其他世界’的感觉”[①]时，他们就获得了对另一个世界的信任。当代流行文化的接受者们似乎非常轻信，能够接受大量现实以外世界的存在，并在其中投入强烈的个人感情。那些流传于各大粉丝社群的口号无数次被接受者们在网络空间中宣之于口，如“此生无悔入东方，来生还生幻想乡”（《东方 Project》）、“十年热血写信仰，荣耀永不散场”（《全职高手》）、“用我一生再换你十年天真无邪”（《盗墓笔记》）等，充斥着接受者的轻信与深情。

但在轻信与深情外，当代流行文化的接受者们又表现出与此相反的冷静和薄情。他们能够接受、并已习惯于接受现实以外多个设定世界的共存。在身处一个具体的设定世界时，他们可以投入浓烈深刻的情感，但他们又能随时跳出而进入另一个设定世界。在他们的认知里，设定世界极度真实，又极度虚无。

---

① 语出拜卡尔，见张怡、郦全民、陈敬全:《虚拟认识论》，上海：学林出版社，2003 年，第 232 页。

在穿梭于不同的设定世界时，他们既轻信、又冷静，既深情、又薄情。

就英雄召唤类电游而言，身体性感知是玩家区别于传统评论者的生命经历，他们也认同将英雄召唤类电游比喻成“关公战秦琼”，但他们心中的“关公战秦琼”毫无贬义色彩，是中性、甚至含褒义的。对拥有新的接受模式的人群来说，理解“关公战秦琼”毫无障碍，这只是他们在进入一个现实之外的世界时自然而然达成的认知。

依靠继承人物原型的部分神魂、玩家注入的英雄情怀和开发者加诸其身的同人创作，“关公”与“秦琼”得以在英雄召唤类电游中栖身。与此同时，“关公”与“秦琼”背后的人——当代流行文化的接受者们也需要找到自己与设定世界联结的锚点。他们看似轻易地相信英雄召唤类电游的世界，毫无芥蒂地接受了在传统语境中被视为异想天开的游戏模式，是因为他们向往进入设定世界，向往寻找到自己与设定世界的联结点，以获取现实中难以产生的情绪，满足现实中难以实现的愿望。在为“关公”和“秦琼”赋予意义的过程中，他们的英雄情怀和救赎渴望得到了释放。在为“关公”和“秦琼”寻找与“棋盘”的联系时，他们也找到了自己与设定世界的联结之处。

“第十二届民间文化青年论坛奖”获奖论文

从蛮夷想象到妖魔建构

——晚清西人食人传说初探

程梦稷 ①

摘要：在中国史料记载中，有关蛮夷食人的传说构成了绵延不绝的话语体系，并作为一种文化想象成为我们展开文化讨论与传说研究的平台。本文试在对食人现象研究思路整理的基础上，从民间传说的视角出发，对明清以来，尤其是清末集中爆发、南北喧阗的西人食人的传说案例展开讨论。一方面将西人食人传说置于中国传统食人记载的话语体系中，从历时的角度梳理此类传说形态从蛮夷想象到妖魔建构的历史层累机制；另一方面则在明清社会文化语境中，反思西人食人传说形态变迁背后的时代意涵与话语策略。由此看到，中国有关西人食人的传说记载其中虽有历史真实的影子，但更多的是在由来已久的食人传说基础上掺杂进时代的文化想象、社会心理与民间诉求的复杂文化现象，而由此构成的西人食人传说的历史脉络则作为一种文化传统界定折射着传统中国的文化观念与自我认同。

关键词：食人传说　西方形象　晚清　采生折割

---

① 程梦稷，北京大学中文系 2015 级博士研究生。

引言

“人肉神州久作筵，积薪鼎俎尚依然。一朝龙虎风云会，血雨腥风又满天。”① 在中国的史籍文献与小说笔记中，有关人食人的记载不仅构成了种类交错而不绝于史的话语体系，而且在特定社会文化语境中更酝酿着难以想象的力量。对于这些中国史料中的食人记载，桑原骘藏、郑麒来、黄粹涵等前辈学者已经在其相关著述中进行了比较完善的钩稽爬梳，大体上存在着所谓“求生性食人行为”（天灾、人祸）与“习得性食人行为”（仇恨、热爱）② 的类型划分。然而，正如李道和所总结的，“前人研究的往往是偶发性、一般性、个体性、恶劣性的吃人行为，而非作为一个族群在信仰背景下全民性、严肃性、虔敬性、礼仪性的民俗事象”③，从历史记载的数据统计④ 来看，如果说天灾、人祸、惩罚与嗜好可归为一般性的“食人行为”的话，那么，就历史的连续性与话语的相似性而言，对内的割股疗亲与对外的蛮夷食人则构成作为一种文化传统的“食人想象”，由此成为我们展开传说研究与文化分析的讨论平台。

就讨论范畴而言，在所谓对内的割股疗亲方面，从最早的桑原骘藏开始，不同学者就曾从“世俗性表达与孔子学说的一种特殊延伸”⑤“国家、士大夫群

---

① 黄粹涵:《自题〈中国食人史料钞〉》,《中国食人史料钞》(未出版)，第 1 页。

② 〔美〕郑麒来:《中国古代的食人——人食人行为透视》，北京：中国社会科学出版社，1994 年。

③ 李道和:《中国古代食人风俗研究》，香港：香港大学饶宗颐学术馆，2013 年，第 5 页。

④ 黄粹涵:《中国食人史料钞》(未出版)；

〔美〕郑麒来:《中国古代的食人——人食人行为透视》，北京：中国社会科学出版社，1994 年，第 153 页。

⑤ 〔美〕郑麒来:《中国古代的食人——人食人行为透视》，北京：中国社会科学出版社，1994 年，第 163 页。

体、宗族组织、民间文化彼此互动的文化建构与文化动员过程"[①]等角度展开文化与历史分析。不过，对于作为文化传统的食人想象，"所有文化都以合法性或非法性来界定，文化对于侵略性行动的基本态度是矛盾的，任何文献都应该在文化的范围内反映该文化的价值体系"[②]，因此，所谓对外的蛮夷食人记载无疑同对内的割股疗法记载一道构成了中国食人传说传统的一体两面，共同界定着中国传统的价值体系。

就研究思路而言，在"人食人"的学术话题中，以唯物论与文化论为代表的人类学研究路径[③]历来占据主流，而对于中国食人记载的研究思路目前同样大致不出类似的框架[④]，不论是关于食人行为的物质讨论还是文化分析，料爬

---

① 邱仲麟:《不孝之孝：隋唐以来割骨疗亲现象的社会史考察》，台湾大学历史学研究所，博士学位论文，1997 年，第 1 页。

② Eli Sagan, Cannibalism : Human aggression and cultural form，转引自〔美〕郑麒来:《中国古代的食人——人食人行为透视》，北京：中国社会科学出版社，1994 年版，第 164 页。

③ 举要而言，以马文·哈里斯（Marvin Harris）为代表的所谓"文化唯物主义"（cultural materialism）主张不同文化饮食习惯的形成是一种"收益最大化"过程的结果，而作为酋长制等原始社会形态下的习俗，人食人在国家政权出现后，由于人的生产价值大于其作为动物性食物的价值而自然消失。与此相对，以佩吉·桑迪（Peggy Reeves Sanday）为代表的一派学者则旗帜鲜明地反对单纯的唯物主义论点，透过作为文化系统的食人习俗，在人类学的研究框架中联系起仪式过程、文化象征体系进行讨论，步入不同文化的"意义的帝国"，并理解那些由食人现象所决定的"一般的人类问题"。参见〔美〕P. R. 桑迪:《神圣的饥饿：作为文化系统的食人俗》，郑元者译，北京：中央编译出版社，2004 年，第 359 页。

④ 〔日〕桑原骘藏:《中国人食人肉的习俗》中列举多种史料证据，指出中国历来存在着凶年饥荒、战争围城、生性嗜好、仇敌报复与疾病治疗等五种人食人行为，并认为"如中国这样的世界最古来的文明古国，在几千年间持续不断地维持着这一野蛮风俗，实不多见"。参见《"支那"人の食人肉風習》，最初于 1919 年 6 月发表于《太阳》杂志，后来补充扩展为长篇论文《"支那"人間に於ける食人肉の風習》，发表于 1924 年 7 月的《东洋学报》，并整理入文集《东洋史说苑》（1927）出版。参见〔日〕桑原骘藏:《中国人食人肉的习俗》，《东洋史说苑》，北京：中华书局，2005 年，第 132 页。美籍韩裔学者郑麒来在其专著《中国古代的食人——人食人行为透视》中也指出，"坚实地建筑在考古和历史记录基础上的充分证据证明，在史前和有史以来，中国曾因各种原因实践过食人习俗"，并在这一判断基础上，通过对中国史料文献的食人记载进行分类统计与文化分析，指出（接下页）

梳还是民俗研究，其出发点与理论预设都在于作为中国特定习俗或惯见行为而真实存在的食人现象，而非关于异族他者食人的文化想象，而即便是黄粹涵在《中国食人史料钞》中对中国文献中的食人记载展开系统梳理时，也同样预设了一把“可信性”的标尺，仅仅抄存史籍中他所“认为可信”的食人记载“以昭炯戒”①。

对于这样的讨论角度，美国学者威廉·阿伦斯则提出，作为现有研究讨论对象的所谓食人习俗不过是以讹传讹的传说，“作为社会性认可习惯的人食人现象，不管哪个时代和地方，多半是没有的”②；“如果同类相食的认识是没有充分根据地被普遍承认，那么产生这种现象的原因本身又成了富有吸引力的问题”③。基于此，阿伦斯指出，对于食人记载的研究，“重要的问题不是人吃人肉的理由，而是一个集团把另一个集团规定为食人者的理由。应该搞清楚的方面不是能够进行考察的一种习惯，而是构成一个整体的思想体系的方面”。④可见，通过对人类学视野下食人习俗研究的辨伪与批判，阿伦斯对食人现象的研究重心由食人行为的主体转移到食人传说的讲述上来。

从这种作为“传说”的食人研究视角出发，我们所关注的内容一方面在于传说“报告人”“接受者”的“知识环境”，即“时代的社会方面、精神方

（接上页）“不同于世界其他地区多与宗教和迷信相关的食人行为，中国习得性食人行为的独特之处在于是世俗性的爱与恨的一种表达，同时也是孔子学说的一种特殊延伸”。参见〔美〕郑麒来：《中国古代的食人——人食人行为透视》，北京：中国社会科学出版社，1994年，第49页、第162页。中国学者关于中国食人习俗的研究则以李道和的《中国古代食人风俗研究》为代表，他从相关传说文本和古籍资料出发，通过分析中国古代食人风俗的表现、缘由及其文化流变，“展现其在古今之间、多民族之间甚至域内外之间的久远传承”。（李道和《中国古代食人风俗研究》，香港：香港大学饶宗颐学术馆，2013年，第5页。）

① 黄粹涵：《中国食人史料钞》，未出版，《自序》，第3页。

② 〔美〕威廉·阿伦斯：《人食人的传说》，孙云利译，上海：上海文艺出版社，1993年版，第6页。

③ 同上。

④ 同上，第169页。

面的各种特点对他的意图和解释产生的影响”[①]；另一方面则在于“某人类集团如何把另一集团看作食人者”，“偏见如何构成我们知识的一部分”等“文化复合”[②]。基于此，中国文献中作为一种话语传统而不绝于史的蛮夷食人记载[③]也就能够得到不同面向的阐释，尤其是在明清时期出现，并在清末社会语境的催化下一度掀起“血雨腥风又满天”的风起云涌教案运动的西人食人传说更是其中的典型案例。这里一方面将西人食人传说置于中国传统食人记载的话语体系中，讨论其传说形态的历时演变与建构机制，即阿伦斯所谓的“知识环境”；另一方面则在明清时期的社会文化语境当中，反思西人食人传说形态变迁背后的时代意涵与话语策略，即阿伦斯所谓的“文化复合”，由此，晚清西人食人的传说记载也能够得到不同面向的反思与讨论。

一、“他者”：食人蛮夷的传统想象

“普遍的不是食人行为本身，而是把他人当成食人者的现象”[④]，作为一个在世界范围内始终流传且大致相似的传说类型，食人传说的出现往往被纳入文化认同与他者想象的范畴中进行讨论。阿伦斯认为，“某人类集团把另一个集团看成食人者，这可以解释为构筑和维护文化界限的一个方面”，“这意味着是一条把文明存在状态与野蛮存在状态，把‘我们’和‘他们’分开的界限，因此在世界的许多地方，一些人莫名其妙地、咋咋呼呼地指着自己的近邻，咬定

---

① 〔美〕威廉·阿伦斯：《人食人的传说》，孙云利译，上海：上海文艺出版社，1993年版，第50页。

② 同上，第193页。文化复合，即决定他人是食人者的文化特性的复合体（译者注）。

③ 本文在传说的讨论框架中，对于作为传统的食人传说与作为行为的食人记载，将讨论对象限定于前者，而不对难以辨别的、偶发性、个体性食人行为记载进行阐释。

④ 〔美〕威廉·阿伦斯：《人食人的传说》，孙云利译，上海：上海文艺出版社，1993年，第169页。

人家是野蛮的食人者"[①]。

中国的食人传说传统也不例外，从《山海经》中以"我"的形体为参照，在二元对立模式下形塑的"一目国/三目国（奇肱国）""长臂国/长股国""结匈国/贯匈国"等一系列奇形怪状的远国异民开始，传统的异域想象中就在"空间结构层次上运用了一系列二元对立范畴来确立一个基本的条理框架，从而建立起来可以把握的相互关系"[②]。如果说《山海经》中远国异民的想象与分类方式尚处于外观形态的层面，那么随着社会的发展，文化形态层面的他者形塑则构成了新的分类需要，而远方的食人部族正是在这样的想象模式下被安放进文化认同的框架当中，并由食人传说作为参照，建构起对世界的把握与对自我文化的认同。事实上，关于远国异人的食人记载从先秦开始就构成一个不曾间断的话语体系，如《墨子》中"长子生，则解而食之"、"美则以遗其君，君喜则赏其父"的"越之东"、"輆沐之国"与"楚之南"、"啖人之国"[③]就在后世文献中被不断地重述，而"以其肉为肴菹，又取其髑髅破之以饮酒，以人掌趾为珍异"[④]的乌浒人，以及"食人肉""赤发裸形"，"人性与禽兽同"的"西番"（"鬼方"）、"近佛"、"野叉"（"夜叉"）诸国[⑤]更是愈演愈烈而不断出现的异域食人想象，乃至《炀帝开河记》中"暴戾好杀"的官员麻叔谋也被

---

① ［美］威廉·阿伦斯：《人食人的传说》，孙云利译，上海：上海文艺出版社，1993年，第177页。

② 叶舒宪等：《山海经的文化寻踪："想象地理学"与东西文化碰撞》，武汉：湖北人民出版社，2004年，第90页。

③ ［清］孙诒让：《墨子间诂》卷六，上海：上海书店出版社，1996年，第115—116页，第184—185页。

④ ［南朝宋］范晔：《后汉书》，《南蛮西南夷列传第七十六》李贤注引《南州异物志》，北京：中华书局，1965年，第2834—2835页。

⑤ ［元］周致中撰，陆峻岭校注：《异域志》，北京：中华书局，1981年，第20页。

讹传为食小儿的“胡人”[①]等等。这种在对于远方民族的原始想象之下产生的蛮夷食人传说作为基调始终构成食人传说的一个脉络而存在，因此尽管明清时期随着交往的展开和加深，西方人渐渐退去远国异民的陌生神秘色彩，但一方面，有关“异域食人族”的猎奇传说依然同时流行着，如晚清《点石斋画报》中就记载了“南洋番岛”有“习于争斗，噬食人肉”“昼则居于房屋，夜则栖于树巢”的“黑人岛”（《野番巢居》），以及“以鸟毛蔽体，其声呦呦”“将所攫去者，或裂而生食，或挂于树上以火炙而后食”的野人岛（《攫食生人》）等等，只不过“如今西人成为‘食人族’存在的见证人”[②]；另一方面，在与西方人具体的交往中，蛮夷食人传说被代之以更为具体可感的想象话语，譬如下文将详述的“掠食小儿”“采生折割”等衍生而来的传说形态即为其中的典型。

在蛮夷食人的传统想象中，西人食人的相关传说也随着中西交往与冲突的开始而登场。现存史料中最早明确提及西人食人的材料为明正德年间丘道隆等人奏请驱逐佛郎机的内容[③]。据《殊域周咨录》的引述，“（佛郎机）潜出买十余岁小儿食之，每一儿予金钱百。”“满剌加王诉佛郎机夺国仇杀。于是御史丘道隆、何鳌言其悖逆称雄，逐其国主，掠食小儿，残暴惨虐，遗祸广人，渐不可长，宜即驱逐出境。”[④]可见“掠食小儿”在此时已经构成佛郎机人的一大罪状得到官方承认。类似的描述在此后的明代奏疏中不断重述，如嘉靖九年（1530）给事中王希文上疏明世宗反对开市时就以正德年间有佛郎机人“烹食

---

① 如鲁迅《朝花夕拾·二十四孝图》中提到，“北京现在常用‘马虎子’这一句话来恐吓孩子们，或者说，那就是《开河记》上所载的，给隋炀帝开河，蒸死小儿的麻叔谋，正确地写起来，须是，那么，这麻叔谋乃是胡人了。”（《鲁迅全集》第二卷，北京：人民文学出版社，2005 年版，第 258 页）关于其名称讹变的考证颇多，如吴庆锋:《“麻胡”讨源》（《山东师范大学学报（哲学社会科学版）》，1983 年第 3 期）等，此不赘述。

② 王娟:《食人传说与异域想象模式》,《民间文化论坛》2013 年第 1 期。

③ 《明武宗实录》：卷一九四，台北:“中央研究院”历史语言研究所，1964 年，第 3631 页。

④ ［明］严从简:《殊域周咨录》卷九，北京：中华书局，1993 年，第 321 页。

婴儿，掳掠男妇”[1]的传言作为证据，而嘉靖二十七年（1548年）左都御史屠侨则提到佛郎机人“近年连至福建……支解刳腹，食其肺肝，略取童男童女，烹而食之”[2]等。明中后期以来，西人掠食小儿的传说就在诸种官私著作对传说真实性不加辨析地引述旧籍中渐成定论[3]，甚至清初官修《明史》中关于佛郎机的记载也留下了“剽劫行旅，至掠小儿为食”的记录，可见这一说法经历二百余年最终作为一种“事实”得到官方确认的影响力之大。

如果说官方文献只是对民间传说管窥一豹的记录与确认，那么在明代文集笔记等私家著述当中，有关西人食人的传说则呈现出更加丰富的面貌。举要而言，严从简对佛郎机人之所以食人的来龙去脉加以推测说明：“别有番国佛郎机者，前代不通中国，或云此喃勃利国之更名也。古有狼徐鬼国，分为二洲，皆能食人。爪哇之先鬼啖人肉，佛郎机国与相对，其人好食小儿，然惟国主得食，臣僚以下不能得也”[4]，将佛郎机比附古代记载中遥远的食人之国，为这种食人传言找到依据。嘉靖年间的广西进士李文凤在其笔记《月山丛谈》中对佛郎机人掠食小儿的具体细节大作渲染道：“嘉靖初，佛朗机国遣使来贡。初至，行使皆金钱，后乃觉之。其人好食小儿，云在其国惟国王得食之，臣僚以下不能得也。至是，潜市十余岁小儿食之。每一儿市金钱百文。广之恶少掠小儿竞趋之，所食无算。其法以巨镬煎滚沸汤，以铁笼盛小儿，置之镬上，蒸之出汗，尽乃取出。用铁刷刷去苦皮，其儿犹活，乃杀而剖其腹，去肠胃蒸食之。居二三年，儿被掠益众，远近患之。”[5]而后来成书的《殊域周咨录》《东西洋

① ［清］印光任，张汝霖：《澳门纪略》，澳门：澳门文化司署，1992年，第61页。

② ［明］黄佐：《广东通志》卷七，广州：广东省地方史志办公室，1997年影印本，第149页。

③ 李华川：《“西人掠食小儿”传说在中国的起源及流播》，《历史研究》2010年第3期。

④ ［明］严从简：《殊域周咨录》卷九，北京：中华书局，1993年，第320页。

⑤ ［明］李文凤：《月山丛谈》，转引自［明］顾炎武《天下郡国利病书》第三十三册《交阯西南夷》，上海：上海书店，1985年，第48页。

考》中关于佛郎机人食人的传闻也都引述自这段文字，直到晚明《名山藏》《皇明世法录》也同样沿袭着自正德嘉靖年间开始的这一说法。然而，结合前述有关蛮夷食人的传说传统来看，严从简与李文凤笔下的食人记载都既非亲历佛郎机人的食人现场，也非凭空想象、向壁虚构，而是在既有的异域想象框架内，在既有食人记载素材的基础上附会而成，比如严从简的描述就引证了传统记载中关于南方“啖人之国”的记载，而李文凤看似生动的细节描述经学者对比则与前代笔记中关于残暴军队嗜食人的文献素材如出一辙[①]。

据学者李华川的考证，佛郎机人掠食小儿的传说记载应是与葡萄牙人在东南沿海掠买儿童的行径直接相关。譬如法国汉学家就提到活动在中国东南沿海的葡萄牙船队“携带了许多战利品，其中包括卖作奴隶的儿童”等等[②]。对于中国所流传的佛郎机人食人的传言，同一时期的葡萄牙历史学者巴洛斯说道：“他们（中国人）认为我们买了拐骗来的有名望的人家子女烤了吃掉，他们相信这种说法，是因为他们从来没有听说过我们。我们对整个东方来说，都是恐怖和可怕的，这不奇怪，因为无论是对他们，还是对其他遥远地方的民族，我们所知道的也同样寥寥无几。”[③]由此不难看出，明代中期开始出现的有关西人掠食小儿的记载是对当时东南沿海一带所流传的民间传说的反映，这些传言的产生则是在传统异域想象的框架中与既有的食人传说的素材基础上，对资本原始积累时期的葡萄牙人在东南沿海拐骗、掠夺劳动力的行为进行的想象性加工。

---

① 关于这一点，李华川在其论文《“西人掠食小儿”传说在中国的起源及流播》（《历史研究》2010年第3期）中比照《南村辍耕录》的相关文本进行了说明，此处不再赘述，仅录《南村辍耕录》文本如下：天下兵甲方殷，而淮右之军嗜食人，以小儿为上，妇女次之，男子又次之。或使坐两缸间，外逼以火，或于铁架上生炙。或割其手足，先用沸汤浇泼，却以竹帚刷去苦皮。或乘夹袋中，入巨锅活煮。或刲作事件而淹之。或男子则止断其双腿，妇女则特剜其两乳，酷毒万状，不可具言。总名曰“想肉”。

② 李华川：《“西人掠食小儿”传说在中国的起源及流播》，《历史研究》2010年第3期。

③〔葡〕巴洛斯（Joao Barros）：《亚洲志》，《古史文存》（明清卷上），北京：社会科学文献出版社，2004年，第343页。

二、“异端”：西人食人的反教话语

如果说，在16世纪随着新航路开辟而来到中国的佛郎机人仅由于其掠买童工的行为，而在中国“爪哇之先鬼啖人肉，佛郎机国与相对，其人好食小儿”[①]的传统异域想象框架内被作为蛮夷的一种而被贴上了“食人”标签的话，那么，17世纪以来，随着基督教海外传教事业的逐步展开，尤其是明代后期继葡萄牙的海外扩张接踵而至的西方传教士大规模来华并向内地展开传教活动以来[②]，以基督教为标志的西方人开始逐渐作为一个陌生的独立整体进入中国人的视野，而对于中国士绅民众而言，传教士们不仅比使臣、商船更为切近地成为上至宫廷、下至地方的中国人视野中皆可见到，甚至在一些情况下独有的西方人（这一点在晚清更是如此），而且在中西文化的深入碰撞冲突中更引发着新一轮的认识和想象，并由此构成中国人视野中西方形象的一大转关。而在这一阶段，西人食人的相关传说便在此前的蛮夷食人想象基础上，作为反教话语的一个支脉开始登场，并构成此后清末大规模西人采生折割传说的先声。

简而言之，作为自唐代、元代曾短暂进入中国的天主教异端景教（即聂斯托利派）之后的第三次大规模、长时间的传教，在明末以来直到清末国门大开的这段历史中，基督教在华传播大致经历了利玛窦奠基时期、明末南京教案、清初“历狱”及平反，以及此后的“礼仪之争”与雍乾百年禁教等几个起伏，而中国人有关西方（西教）的认识与论述也是伴随着这样的历史进程而展开的。众所周知，以耶稣会士利玛窦为代表的西方人最初来华传教多采取策略性的适应政策，仅选取基督教中一小部分看似与儒家学说冲突不大的教义，打着“补儒”“合儒”的旗号奔走于士大夫之间，甚至为迎合传统中国的天朝心

① ［明］严从简:《殊域周咨录》卷九，北京：中华书局，1993年，第320页。

② 万明:《明代后期西方传教士来华尝试及其成败述论》,《北京大学学报》（哲学社会科学版）1993年第5期。

态，利玛窦在献给士大夫的地图上也将中国画在世界的中心。然而，一方面在利玛窦之后，西方传教士内部的传教策略发生分裂[①]，传教士们在士大夫当中直接明确的基督教义传教与传统中国的价值体系相背离，故而传教士们“数撄若干大吏之怒，亦几濒于危”[②]，反教思潮在以儒道立身的士大夫们当中日渐公开化，在东南沿海骚乱不休的背景下，他们纷纷指责西方传教士利用宗教掩人耳目，“煽惑群众”，“公然夜聚晓散”，“与澳中诸番通谋”[③]。万历四十四年（1616），南京礼部侍郎沈潅连上三道“参远夷”疏，而对基督教言论不满已久的官员们也不约而同地抨击“远夷阑入都门，暗伤王化”[④]，掀起明末中国人对传教士挞伐的汹汹之势。即便在沈潅革职还乡后，各地对传教士的非难驱逐依然有增无减，比如在东西文化碰撞中扮演前沿窗口的福建，其时正与台湾的荷兰人作战，而在文人士大夫历来对天主教的仇视与恐慌之下，反教浪潮便应运而生。不仅“严饬沿海各郡县，不许容留此辈（西方人）”[⑤]，而且排外言论、反教传说甚嚣尘上，比如时人就为“激发人心，抹杀异类”而于崇祯十二年（1639）收集当时福建、浙江一带的反教文章辑成《破邪集》八卷，并作为最早的中国反教论集流传下来，影响至今。

在当时辑成的这些反教言论中，西方人、基督教形象开始被加以妖魔化、禽兽化的形塑，比如黄廷师的《驱夷直言题解》写道：“蠢彼夷酋，朝贡有期……此华夷不相及之辨也。我朝应天御极，除腥膻而辟文明……未闻有天主之说。按此种出于东北隅为佛狼机，亦为猫儿眼。……其镇头也，原距吕宋不

---

① 顾长声：《传教士与近代中西文化交流——兼评〈剑桥中国晚清史〉关于基督教在华活动的论述》，《历史研究》1989 年第 3 期。

② ［法］费赖之：《在华耶稣会士列传及书目》，冯承钧译，北京：中华书局，1995 年，第 74 页。

③ 张维华：《明史欧洲四国传注释》，上海：上海古籍出版社，1982 年，第 161 页。

④ 佚名：《南宫署牍》，《圣朝破邪集》，香港：建道神学院，1996 年，第 52 页。

⑤ ［明］施邦耀：《福建巡海道告示》，《圣朝破邪集》，香港：建道神学院，1996 年，第 127 页。

远。所谓数万里者，伪耳。其祖名仙士习，其祖母仙礁麻里耶，未嫁而孕生一子，名为寮氏。年十五，颇有邪术，周流他国，诱占各处地方。其间复有豪杰起而擒之，钉以十字刑架，而寮氏竟为罪鬼矣。……在仙多罗明，则专持其邪说、邪术，诱惑邻国，即今所称天主教是也。……其说既谬而又佐以邪术，凡国内之死者，候五十年取其骨化火，加以妖术制为油水，分五院收贮。有入其院者，将油抹其额，人遂痴痴然顺之。今我华人不悟，而以为圣油、圣水乎。"[①]浏览当时的反教论集，这样的记载屡见不鲜，"只不过是当年知识精英制造出的无数基督教妖魔化版本中的一种说法而已"[②]。可见在明末士人的想象当中，来华传教的西方人不仅仅是列于"华夷不相及之辨"的天朝体系中边缘的蛮夷想象，而且，由于西方人肆无忌惮的传教行为与礼仪之争，西方人与基督教在传统异域想象的异类化、野蛮化之外更进一步被妖魔化为邪术、罪鬼，其海外扩张行为也在此名义下被斥为邪说、邪术的诱占。而不论是"此种出于东北隅为佛狼机，亦为猫儿眼，原距吕宋不远"还是"其说既谬而又佐以邪术"，也都成为此后西人与食人行为相挂钩的话语基础。

基于此，从正德、嘉靖年间开始出现并在不断重述中渐成定论的"佛郎机掠食小儿"的传说便在反教浪潮中进入关于西方人的言说当中，不仅扩展到包括佛郎机在内的全体西方人，而且直接将矛头指向基督教。比如其中一篇许大受的《圣朝佐辟》就写道："天主以孩童之无知为可取，故以此薄炼其原罪。罪毕出世，身量永不长大，而自在快乐，靡有穷其。若孩童生前，曾遇彼徒灌圣水者，其乐更倍。于是簧鼓蚩氓，幸其子之夭亡，而悼其不曾灌圣水也。……且按《藜藿亟言》中言彼夷残甚，数掠十岁以下小儿烹食之，率一口金钱百文，恶少缘以为市。广人咸惴惴莫必其命。御史丘道隆、何鳌皆疏

① ［明］黄廷师：《驱夷直言题解》，见《圣朝破邪集》，香港：建道神学院，1996 年，第 176 页。

② 杨念群：《再造病人——中西医冲突下的空间政治》，北京：中国人民大学出版社，2006 年，第 80 页。

其残逆异状等语。此固其诱婴孩以速死之本意，而可令其易种于我仁寿之域乎？”[①]可见在晚明人与西方人的交往当中，不仅前人所述佛郎机人掠食小儿的传说在此时的传教行为中找到印证和依据，而且更反之成为时人想象与污名化西方的利器，而佛郎机人掠食小儿的传说也由此固定并移植到了关于西人西教的认识当中。

在明清鼎革时期，清初朝廷西人传教政策一度宽松。顺治时期，为清廷修订《大清时宪历》的耶稣会会士汤若望得到封官赐号并荫及整个在华天主教。康熙大体上沿袭了这种宽容政策，在亲政后很快平反了康熙三年（1664年）的历狱案，重新任用南怀仁等传教士执掌钦天监。尤其值得注意的是，康熙还批准了有利天主教传播的容教诏令，明确允准西人在华传教，“各省居住之西洋人并无为恶乱行之处，又并非左道惑众，异端生事。……西洋人并无违法之事，反行禁止，实属不宜。相应将各处天主堂，俱照旧存留。凡进香供奉之人，仍许照常行走。不必禁止”[②]。加上此时中西政治军事关系大体稳定，因而在《皇朝文献通考》《大清一统志》等官修文献关于“佛郎机”的记载中，有关其掠食小儿的说法也暂时不见踪影。不过，这种主要依附于最高统治者而获得保护的情形容易受到政治波动的影响，在历狱案后由于礼仪之争的延续，再加上统治稳定后的意识形态收紧，清廷开始重新扶植程朱理学，罢黜异说，如康熙时期颁行天下的“圣谕十六讲”就主张“黜异端以崇正学”，从康熙末期开始对外政策逆转，不仅在华传教士必须遵守所谓“利玛窦规矩”并领“票”，否则一律遭到驱逐，而且康熙六十年（1721年）再度朱批“以后不必西洋人在中国行教，禁止可也，免得多事”[③]。雍正、乾隆统治时期，这些禁教想法进

① ［明］许大受：《圣朝佐辟·七辟窃佛诃佛种种罪过》，《圣朝破邪集》，香港：建道神学院，1996年，第215页。

② ［清］南怀仁：《熙朝定案》，转引自吴相湘主编《天主教东传文献续编》（第三册），台北：学生书局，1965年，第1721页。

③ 中国第一历史档案馆：《清中前期西洋天主教在华活动档案史料》，北京：中华书局，2003年，第49页。

一步被具体化和落实，比如在各地查拿传教士遣送澳门安插、销毁印票、改天主堂为公所、禁除百姓奉教等[①]，由此进入所谓的百年禁教时期。

虽然禁教期间由于在内地活动的西方传教士人数锐减[②]，有关西方人的排外传说、反教言论也随之看似沉寂下来，然而，正如学者所指出的，如果说明末清初的西人传教主要在社会上层与知识分子间“走上一条儒化天主教”“以天补儒的道路”，那么清中叶禁教以后则呈现出另一种相反脉络，“儒学界基本中断了与天主教的对话，天主教只好采取下层化策略，走向一条与民间小传统相结合的本土化道路”[③]，散落地方的天主教群体开始完全处于一种自传自习的状态，以一种类似民间宗教结社的方式来维持信仰。这一脉络无疑呼应了此前明末反教言论中既已出现的种种“邪教”“邪术”论。正如社会史家谢和耐所指出的，“大量现象都构成了天主教会与那些非法的和多少带有秘密性的宗教团体之间的联系：无视宗教级别的崇拜，因为只有皇帝有权祭天；联系其成员的兄弟关系；笼罩其会议之上的神秘气氛；诉诸巫术的怀疑；男女集聚一处的组织；皈依者的狂热以及宣扬殉道、允诺彼岸赐福的教义等等。所有这一切都触违法规”[④]，一方面在地方民间，西方基督教在一些民众眼中与当地的其他民间教派混同，甚至到清末由于“基督教这一‘异端’由于有条约的保护，比之传统的‘异端’更具有社会政治优势”，而出现大量白莲教等秘密教门信徒改信基督教的现象[⑤]；另一方面，清政府常常将其与其他民间秘密教门做同类处

---

① 中国第一历史档案馆:《清中前期西洋天主教在华活动档案史料》，北京：中华书局，2003年，第57页。

② 禁教时期，华籍传教士在其中扮演了十分突出的角色。参见鄢华阳:《18世纪四川的中国籍天主教神职人员》，收录于林治平《基督教在中国本色化论文集》，北京：今日中国出版社，1998年。

③ 张先清:《清中叶天主教在华的本土化问题》,《厦门大学学报》(哲学社会科学版)2006年第1期。

④〔法〕谢和耐:《中国与基督教——中西文化的首次撞击》，耿昇译，上海：上海古籍出版社，2003年，第99页。

⑤ 孙江:《作为他者的“洋教”》,《江海学刊》2008年第1期。

理，譬如乾隆年间在四川传教的凡达蒙就提到“教难的发生并非直接针对基督教，而是针对白莲教。官府每次抓捕白莲教徒，基督教徒都受到牵连”①，嘉庆帝则发上谕指斥天主教比起困扰朝廷已久的白莲教危害更深：“天主教绝灭伦理，乃异端为害之尤者”，“为国家之隐忧，贻害最大，比白莲教为尤甚”②。

正是在这一背景下，一方面统治阶层与士绅文人延续着明末文人“用夷变夏”的反教言论，抨击基督教“何物妖夷，敢以彼国二主之夷风，乱我国一君之治统”③，“妖夷……妄立天主与灵魂，而卑贱太极与理道也”④；另一方面，在一些当时文人笔记当中，民间有关西人食人的传闻开始作为邪教传说的一种而得到记载，比如乾嘉时期梁章钜所著《浪迹丛谈》转引了雍正初年湖北黄冈士人吴德芝所撰的《天主教书事》，其中提到“西洋国天主教，前未之有也。……其术长于推步象纬，使之治历，颇有奇验，又善作奇技淫巧及烧炼金银法。……天主堂，宏丽深邃，人不敢窥，而各以一西人主之。……或曰：其所奉神以磔死，故门画磔器也。每月朔望，男女齐集堂中，卜门诵经，及暮始散。有疾病不得如常医药，必其教中人来施针灸，妇女亦裸体受治。死时主者遣人来殓，尽驱死者血属，无一人在前。……或曰：借殓事以刳死人睛，作炼银药，生前与银四两，正为此也，故死时不使闻知”⑤。此处是文献所见最早明确提及西人“挖眼炼药”的传说，可见，至迟在雍正初年，地方民间已经出现关于西人西教“奇技淫巧”“巧而丧心”乃至剜睛配药的传闻。后来，不论是雍正年间反教文书中“天主堂西洋鬼子阴坏正教，煽惑愚民”“为其徒者，闺

① Adrien Launay, *Histoire Missions de Chine*: *Mission du Se-Tchoan*, Paris: Téqui, 1920, p.250.

② 中国第一历史档案馆：《清中前期西洋天主教在华活动档案史料》，北京：中华书局，2003 年，第 1004 页。

③ ［明］张广湉：《辟邪摘要略议》，《圣朝破邪集》，香港：建道神学院，1996 年，第 275 页。

④ ［明］黄贞：《尊儒亟镜》，《圣朝破邪集》，香港：建道神学院，1996 年，第 162 页。

⑤ ［清］梁章钜：《浪迹丛谈·续谈·三谈》，北京：中华书局，1992 年，第 79 页。

门作砧中之肉。其最惨者，假育婴之名、行采生之计”[①]、嘉庆年间反教文书中“闻该教能以符咒蛊惑诱污妇女，诓取病人目精”[②]的内容，还是乾隆年间苏州教案中的“以胎儿炼金”[③]、福安教案中官员口中“你们邪教乘人将死的时节叫他们亲属躲避，挖取他的眼珠配合丹药”[④]等指控，都同样印证转述着这样的传闻。对此，据乾隆年间西方传教士的讲述，“那些软弱的基督徒被官府的残暴行为吓坏了，于是就按照官府教给他们的，编造说神父把胎儿掏出来，用邪法化成金子，又挖出死人的眼珠子做成望远镜等奇谈怪论”[⑤]，可见这种说法乃是在禁教时期指斥西人西教为异端邪教的思路中强加附会的误解与传闻，不过，这样的挖眼炼药、采生小儿的怪诞邪教传闻直到道光年间在魏源的《海国图志》中依然出现：“若中国之天主教则方其入教也，……其病终有本师来取目睛之事。……有伪入教者，欲试其术，乃佯病数日不食，报其师至，果持小刀近前，将取睛，其人奋起夺击之，乃踉跄遁。闻泰西中国铅百斤可煎纹银八两，其余九十二斤，仍可卖还原价，唯其银必以华人睛点之乃可用，而西洋人之睛不济事。故西洋病终无取睛之事，独华人入教则有之也。”[⑥]

不难看出，在晚清大开国门前的明清反教、禁教时期，基督教作为正统三教之外的异端邪说一方面在知识分子笔下被冠以“阴坏正教，煽惑愚民”的罪

---

① 罗马传信部档案馆藏档 SOCP 卷 33，第 360 页。转引自李华川《“西人掠食小儿”传说在中国的起源及流播》，《历史研究》2010 年第 3 期。

② 《大学士管理刑部事务董浩等奏议陕西道监察御史为查禁天主教酌拟办法折》，中国第一历史档案馆：《清中前期西洋天主教在华活动档案史料》，北京：中华书局，2003 年，第 918 页。

③ 张泽：《清代禁教期的天主教》，台北：光启出版社，1992 年，第 73 页。

④ 中国第一历史档案馆：《清中前期西洋天主教在华活动档案史料》，北京：中华书局，2003 年，第 87—88 页。

⑤ 《耶稣会士傅安德神父致同一耶稣会的帕图耶神父的信》，参见〔法〕杜赫德编：《耶稣会士中国书简集：中国回忆录》第四卷，郑德弟、吕一民、沈坚译，郑州：大象出版社，2001 年，第 360 页。

⑥ 魏源：《天主教考下》，《海国图志》卷二七，长沙：岳麓书社，1998 年，第 840 页。

名，另一方面更在明正德嘉靖年间开始的佛郎机人食人记载基础上，作为民间邪教而进一步衍生出挖眼炼药的邪术传言。虽然在文人儒士们卫道立场上的一派正气凛然的反教论述之中，这些荒诞不经的民间传闻只是作为佐证其邪教危害的内容而零星出现，但却不仅在蛮夷食人的传统想象脉络之外延伸出反教话语的流脉，而且更可视作晚清大规模以“采生折割”传说为主体的反教传说之滥觞。

三、“妖魔”：采生折割的传说制造

正如晚清一则反教歌谣所唱到的，“自从鬼子到中国，富强害得成贫困”，“每逢一宗教案起，丧权辱国输到底”①，此前或是作为一种“依附皇权的外域知识”②，或是作为“与民间小传统相结合”③的秘密教门而得到传播的西教，随着清末一系列不平等条约的签订得到了前所未有的种种传教特权，开始广泛而深刻地进入中国民众的视野当中。在这一背景下，如果说此前反教话语的主体上尚是以儒士文人为主导的正邪之辨，那么在晚清社会文化危机中再度兴起的反教声音则不仅充斥着以“采生折割”为主体的乡野传说，而且更以其在民间巨大的影响力动员起风起云涌的反教运动，值得格外注意。

如前所述，作为明清排外反教思潮的伴生物，清禁教以后日益转向民间秘密进行的西人传教活动在此前蛮夷食人的传统想象与嘉靖年间掠食小儿的传言基础上，已开始在民间邪教割头复生、撒豆成兵的奇异幻想中发展出剜目炼药、采生小儿的传说，并掺杂在人们污名化异端洋教的言论中流传下来。而到

---

① 王明伦:《反洋教书文揭帖选》，济南：齐鲁书社，1984年，第229页。

② 孙江:《作为他者的“洋教”》,《江海学刊》2008年第1期。

③ 张先清:《清中叶天主教在华的本土化问题》,《厦门大学学报》（哲学社会科学版）2006年第1期。

了晚清，不仅在地方民间的西人传教活动日渐频繁，而且正如郭嵩焘所谓“夷人之与中国交涉者，一曰商，一曰教，一曰兵，三者相倚以行，而各异用”[①]，再一次大规模进入中国的传教活动则是伴着坚船利炮而行，“外国教士凭借条约，不仅不受中国官吏的管束，漠视地方绅士的势力，甚至与之分庭抗礼”[②]，并且因归还禁教时期教堂旧产的规定强占大量地方民众所有的土地房产。正如当时一位传教士所言，“天主教徒们的确形成了‘国中之国’，漠视当地的法律和习俗，压制不信教的邻人”[③]，因此自然引起了民众普遍的仇视与误解，因此这类有关西人洋教的邪术传说在此时更是甚嚣尘上，“言者不知其妄，闻者信以为真”[④]，成为西人传说的主流，并充当了一系列民间反教运动的急先锋。从史实来看，“凡闹教之先，必有匿名揭帖遍粘衢巷”，“蚩蚩者胸中本无成见，一为邪说所惑，此心即怦怦然动矣”[⑤]，几乎所有的重大教案中，食人传说都作为最古老的传播媒介起到决定性的作用，“挖眼剖心、迷拐幼孩、诱奸妇女永远是‘激励民众’最好的引爆器”[⑥]。据学者统计，在晚清 344 起各类教案当中，因谣言引发的达到 202 起，其中以采生折割为名引起的教案有 48 起（约占 24%），而其他迷拐幼孩、诱奸妇女的传说也往往与其相伴而生[⑦]。从目前梳理的文献材料来看，清末西人采生折割的传言大体有吸取童精与剜目剖心的类型，如“乘其人尚存气息，即剜其目，剖去其心，为彼国造伪银之药，然后以布束尸，听家人殡殓”[⑧]，再如“该教有吸取童精者，迷骗十岁以外男童，以

① 《郭嵩焘诗文集》，长沙：岳麓书社，1984 年，第 174 页。

② 吕实强：《中国官绅反教的原因（1860—1874）》，台北：“中央研究院”近代史研究所，1985 年，第 7 页。

③ 王斗瞻：《一八七二年天津教案》，《近代史资料》1956 年第 4 期。

④ 《中国近代史资料丛刊 · 义和团》，上海：上海人民出版社，1957 年，第 11 页。

⑤ 《论有司当筹弭变之策》，《申报》光绪十七年八月（1891 年 9 月）。

⑥ 苏萍：《谣言与近代教案》，上海：上海远东出版社，2001 年，第 3 页。

⑦ 同上，第 32 页。

⑧ 王明伦编：《反洋教书文揭帖选》，济南：齐鲁书社，1984 年，第 5 页。

濂水滴诸顶门，或作膏药，贴诸眉额，其童之精，即从下部流出，彼则如吮乳然，尽情取之，彼童疲软数日而死。又或以药贴足心，以针破泥丸子（气蒙子），脑浆并通身骨髓，自顶涌出，伊收取入瓶，余则舔而食之，彼童即死”①，等等，说法众多，不胜枚举。

然而对于这些流行的传说，一方面曾国藩调查天津教案时经过“连日细查衅端”否认了挖眼剖心的传闻：“大约挖眼剖心之谣，近来各省皆有，民间习闻此说，各怀猜疑。而天主教堂又过于秘密，平民莫能窥其底里，用是愈疑愈真，遂成牢不可破之见。”②另一方面当时也有不少人对谣言加以辨明和分析，比如《湘报》《申报》纷纷刊发“无稽谣言切莫听，残杀小孩谁目击”的“醒世歌”③，薛福成则指出“愚民之莫释疑愤者，迷信拐幼孩之说也。按旧说谓天主教徒，迷拐幼孩，挖眼剖心，用以制药，此论不知始于何时。前儒顾炎武所著《郡国利病书》，亦已有烹食小孩之说。彼时中外悬隔，偶得传闻，并非事实。然是说之流传也久，则人心笃信者众”④，《清议报》从文化想象的角度讨论“服言既异，隔阂易生，畛域未融，猜忌难免，于是有挖目取心之谣”，并且从邪教采生折割的角度讨论传说兴起的直接来源：“明季白莲教尝有折割剖孕之事，而西教盛行，实丁斯会，桃僵李代”⑤。可见即便是从作为传说亲历者的考察来看，关于西人邪术与采生折割的传闻不过是自明代“烹食小孩之说”基础上辞多惝恍的旧说讹传，然而这些理性辨析在腾于众口的西人食人传闻面前却如空谷足音，数百起由反教揭帖传说而起的教案即为史证。

事实上，在通过建构与讲述传说来对抗入侵的陌生他者的妖魔化策略方面，中国明清以来有关西人邪教食人与采生折割的传说并非特例。与明清时期

① 王明伦编：《反洋教书文揭帖选》，济南：齐鲁书社，1984 年，第 5 页。

② 《曾国藩全集·书信》第 10 册，长沙：岳麓书社，1994 年，第 7209 页。

③ 《中国近代期刊汇刊·湘报》第二十七号《醒世歌》，北京：中华书局，2006 年。

④ 薛福成：《分别教案治本治标之计疏》，见沈云龙《近代中国史料丛刊》（第一编），台北：文海出版社，1972 年，第 876 页。

⑤ 《中国近代期刊汇刊·清议报》第三十四号，北京：中华书局，1991 年。

所谓的“驱夷”“反教”相对的，西方世界也存在大量宗教冲突时期的异教徒食人传说。比如，阿兰·邓迪斯就曾探讨过基督教徒中曾经广泛流传的犹太教虐杀婴儿，用婴儿血做成逾越节面包的传说[①]，等等。正如晚清在华传教士所言，“中国士大夫阶级中的反外和反基督教分子，正在系统地煽动仇恨，他们的宣传品传播到整个帝国”[②]，与明清时期的反教言论一样，从今天可见的晚清反教揭帖来看，挖目取心、烹食小儿的传说制造同样是在中西交冲背景下，由士绅所主导的一场“以民制夷”的排外策略。不论是最早传遍大半中国的《湖南合省公檄》《辟邪纪实》，还是后来“以千万本布散沿江各省”[③]、酿成长江教案的《鬼叫该死》《圣谕谨遵辟邪全图》《灭鬼歌》等宣传品，都是士绅自觉地将传说作为反教利器的行为，比如《辟邪纪实》的作者“天下第一伤心人”就在序言中称其愤于西人“置纲常名教于不顾”的传教行为而“历五昼夜而成书”[④]。不过，虽然有言“夫官吏举动，士民趋之；绅士举动，愚民趋之”[⑤]，但与此前明清禁教时期的反教言论相对比不难看到，此类传说之所以能够在清末广为流播，并且成功动员起民众风起云涌的反教运动，绝非一句“上所好恶，下必甚之”的所谓愚民策略所能解释，在对作为清末反教话语而出现的西人采生折割传说进行讨论时，传说如何联系起民众的社会心理，发挥最大效力的建构策略，则是进一步引发思考的话题。

从整体来看，如果说此前明清反教、禁教的相关言论尚处于以文人士绅批驳西教邪说、抽象理论为主的阶段，那么，晚清的反教揭帖则有了眼光向下的

---

① Alan Dundes, The Ritual Murder or Blood Libel Legend: A Study of Anti-Semitic Victimization Through Projective Inversion, in *Temenos: Studies in Comparative Religion*, Vol.25, Helsinki, 1989. 转引自王娟《食人传说与异域想象模式》,《民间文化论坛》2013 年第 1 期。

② 杨世骥:《周汉与反洋教斗争（附供词）》,《湖南历史资料》1958 年第 4 期，第 41 页。

③ “中央研究院”近代史研究所:《教务教案档》第五辑《湖南教务》，台北:“中央研究院”近代史研究所，1974 年，第 1281 页。

④ 天下第一伤心人:《辟邪纪实·前序》，同治十年（1871 年）重刻本。

⑤ 汪士铎:《胡文忠公抚鄂记》，长沙：岳麓书社，1988 年，第 72 页。

革命的意味。不仅在形式上不拘于此前的文人论集，而且是以白话揭帖、俗语歌谣甚至绘画的形式面向乡里百姓进行妖魔化的宣传煽动，把这些西人采生折割的传闻“刊为书说，编作歌谣，绘为图画，率皆鄙俚不经，不堪寓目”[①]，比如《圣谕谨遵辟邪全图》中的《猪叫切奶图》《猪叫剜眼图》《小儿失肾图》等就以鲜血淋漓的直观形式唤起民众对西方人的愤怒；更为重要的是，比起明清文人们一套空洞的纲常义理之论，近在身边的西方人迷拐幼童、挖目割心的行径才是民众们更为切实的恐惧。正因如此，虽然士绅群体是清末反教传说的主导者，但传说之所以能够将千百年来信奉莫谈国事的愚民蛊惑为义民甚至暴民，爆发出所谓“一闻飞语，皆动公愤，群与为难”[②]的力量，必定是触碰到了某些真正能够引起民众愤怒的想象话语。

具体而言，明清时期就已被认定为邪教的西教在此时开始肆无忌惮地向地方民间公开推进，而 19 世纪中叶以来西方社会提出的“医疗传教”与社会福音派更使得传教与行医合二为一，医院、教堂与育婴堂联为一体[③]，因此在地方百姓眼中，西方医术、传教代表着他们全部的西方想象。然而，不论是教堂隐秘的宗教仪式，还是西医开刀检视的行医方式以及摘除病灶、保存标本的行为都超出了中国人的理解范围，并由此激活了此前明清禁教时期有关西人异端邪术的说法与记忆，并联通了宋代以降文献中有关南方蛮夷地区“生剔眼目，截取耳鼻”[④]等杀人祭鬼、食人骨肉的记载，以及明清时期关于民间方术食人采补的想象和恐惧，因而明清民间盛行的“生凿小儿脑吸之”[⑤]“使术法邪道，

---

① “中央研究院”近代史研究所编:《教务教案档》第五辑《湖南教务》，台北：“中央研究院”近代史研究所，1974 年，第 1347 页。

② 王明伦:《反洋教书文揭帖选》，济南：齐鲁书社，1984 年，第 401—402 页。

③ 何小莲:《西医东渐与文化调适》，上海：上海古籍出版社，2006 年，第 279 页，

④ ［清］徐松:《宋会要辑稿》，北京：中华书局，1957 年，第 6556 页。

⑤ ［清］王士祯:《池北偶谈》，北京：中华书局，1997 年，第 563 页。

割取形骸，剜其五脏生气”[①]“遍买童稚，生食其脑”[②]等关于邪术骇人听闻的话语形态便在此时关于西人采生折割的传说中复魅，西方“被蒙上神秘、恐怖的色彩，挖眼、剖心、摘取红丸、蒸食小儿种种不经之说亦由此而起”[③]。

由这一背景出发对西人“采生折割”传言的心理背景与话语传统展开考察不难看到，一方面，由邪术想象勾起的西人采生折割的传说调动着地方民众传统有关宋代南方巫术、明清方术食人采补的传统知识资源。这一点从同时代西方人对于采生折割传说的看法中也可见一斑：“用幼孩的人体来制药的说法，对中国人来说是相当熟悉的事。……至少有三十九种的药材系从不同性别与年龄的人体中拮取。”[④]有的西方人更进一步把采生折割与割股疗亲行为相提并论：“它一般地与中国文化尤其是与割取人体某一部分以治病的理论有关……传统的习俗是割股疗疾，过去有过无数先例，现在仍然屡见不鲜。”[⑤]联系前述文献的整体食人记载类型，似乎可以推断，所谓以人补人的传统想象在不同的文化态度与观念下塑造出中国食人传说的两个传统，一为在孝道观念的社会旌表下发展出的割股疗法的文化现象[⑥]，另一则是在民间方术与蛮夷想象中，经由宋代以来的巫术食人采补的恐怖传说，以及西人与蛮夷、基督教与邪术的形象勾连，最终发展出西人采生折割的传说脉络，共同以“合法性或非法性的界

---

① 《大清律例增修统纂集成》，转引自杨念群《再造病人——中西医冲突下的空间政治》，北京：中国人民大学出版社，2006年，第49页。

② ［明］沈德符：《万历野获编》，北京：中华书局，1997年，第725页。

③ 熊月之：《西学东渐与晚清社会》，上海：上海人民出版社，1995年，第711页。

④ 《北华捷报》(North China Herald)，1870年6月23日，转引自《清末教案》第五册，北京：中华书局，2000年，第61页。

⑤ 《北华捷报》(North China Herald)，1870年7月22日，转引自《清末教案》第五册，北京：中华书局，2000年，第62页。

⑥ 邱仲麟：《不孝之孝：隋唐以来割骨疗亲现象的社会史考察》，台湾大学历史学研究所，博士学位论文，1997年。

定”[①]标识着文化的价值体系。另外，相比起此前明清知识精英笔下的华夷之辨与抽象的天下格局，近在乡里之中，作为与传统“熟悉的乡土社会”相对峙陌生空间而存在的教堂、育婴堂与医院构成了民众日常起居之中最为实际的西方想象。这些常年大门紧闭却又不断有修女抱着婴儿进入，医生推着蒙上白布的尸体而出的西方空间不仅“在透明化的乡土人际关系网络中嵌入了不透明的元素”[②]，而且勾起了对于异质空间的“阈外恐慌”[③]。因此，类似于面对聚散不定的陌生流动人口常常会出现的“叫魂”流言，面对教堂、医院、育婴堂等陌生神秘空间，早已存在的蛮夷食人与方士邪术想象则在西人采生折割的传说中构成新一轮的“守阈叙事”[④]，只不过，不同于明清文人反教言论中精英化的大地理空间想象与夷夏秩序，此时的采生折割传说乃是基于地方社会日常生活时空中的异己存在出发而在民间食人采补的观念与传说基础上展开的乡野想象。

从阿伦斯作为传说的食人研究思路出发，对明清以来，尤其是清末集中爆发、南北喧阗的西人食人、采生折割的传说案例加以梳理，不难看到其中虽有些许历史真实的影子（如佛郎机人掠拐童工、西教入华与礼仪之争、晚清西人的传教行医等），但更多的是围绕着由来已久的话语传统，经过历史层累的建构过程，掺杂进时代文化想象、社会心理与民间诉求的复杂文化现象，而由此所构成的西人食人的话语脉络也由此得以作为一种文化传统，界定、折射着传统中国的自我认同与文化想象。正如黄粹涵先生抄存食人史料的初衷，我们

---

① Eli Sagan，Cannibalism：Human aggression and cultural form，转引自〔美〕郑麒来：《中国古代的食人——人食人行为透视》，北京：中国社会科学出版社，1994年，第164页。

② 杨念群：《再造病人——中西医冲突下的空间政治》，北京：中国人民大学出版社，2006年，第97页。

③ 施爱东：《盗肾传说、割肾谣言与守阈叙事》，《华南师范大学学报》（社会科学版）2012年第6期。

④ 同上。

素知历史的一治一乱，却不知道这些“历史的旋涡”里面“如此有血有肉”[①]，那么，在这种“血雨腥风又满天”[②]的历史旋涡过后，从民间文化的学理角度把握这种作为一种文化梦魇的食人传说，则是值得我们不断求索与反思的文化命题。

① 黄粹涵：《中国食人史料钞》，未出版，第2页。

② 黄粹涵：《自题〈中国食人史料钞〉》，《中国食人史料钞》（未出版），第1页。

为了学问和事功：20 世纪二三十年代民俗调查的多样实践及其意义

程浩芯[①]

摘要：20 世纪二三十年代，民俗学者、社会改良者和国民政府等不同群体根据各自需要，在各地开展了规模不一的民俗调查。这些调查活动的社会政治意义、资料意义和理论方法意义值得关注。除受五四新文化运动的影响外，当时的民俗调查活动与 20 世纪前期的社会调查运动密切相关，尽管具体实践过程丰富多样，但“学问”和“事功”是其基本面向。“民俗调查”和“民俗学调查”概念的提出有利于更好地理解不同时期不同群体对民俗的使用。

关键词：民俗调查　社会调查运动　民俗学史　风俗调查

引言

不少研究者注意到，中国现代民俗学初创时期有着多学科共同参与的特点，这既表现为人员构成的多样性和研究取向的差异性，也表现为对不同理论

① 程浩芯，北京师范大学文学院 2016 级硕士研究生。

资源和文化传统的吸收借鉴。[①] 换个角度看，这也说明了在这一时期，民间文化正成为不同学科和各领域知识分子共同关注的对象。就民俗资料的调查搜集而言，除了专业民俗学者及相关学术组织、刊物所做的探索和尝试，各地知识精英和政府机构等也根据各自需要开展了规模不一的民俗调查。[②]30 年代前期，任教于浙江省立民众教育实验学校的钟敬文曾提及这些调查资料的价值："对于民众教育家们，这是一个重要的参考，同样，对民俗学者、宗教学者、社会学者，它是一种不可缺少的研究资料。为了学问和事功，谁能够更深入地继续这种工作前进的呢？"[③] 学问和事功，正是民俗调查的两个基本取向。而民俗资料，或是作为学术研究的对象，或是作为社会改造、移风易俗的参考，对不同群体而言有着不同的价值，也因而有着各种被表述、应用和重构的可能。本文拟就 20 世纪二三十年代不同群体所开展的民俗调查活动展开讨论，按调查主体和调查目标将它们大致分为民俗学者的调查、社会改良人士的调查以及国民政府组织的官方调查三大类，以此来展现当时民俗调查的多元面向和丰富实践。

除民俗学者为"倡立一门新学科"进行的搜集调查外，其他调查活动也许对民俗学学科的发展影响甚微，因而很少进入学术史家的视野。本文同样无意

---

① 赵世瑜：《眼光向下的革命：中国现代民俗学思想史论（1918—1937）》，北京：北京师范大学出版社，1999 年，第 87—150 页；董晓萍：《田野民俗志》，北京：北京师范大学出版社，2003 年，第 108—136 页；岳永逸：《民俗学志与另类的中国民俗学小史：重读杨堃博士旧文》，《民俗研究》2013 年第 6 期等。

② 针对"民俗"这一调查对象，不同群体在其论述中使用的概念有所不同，如社会改良者多用"礼俗"一词，官方用语多用"风俗"等，下文还会详述。为行文的简便，本文将他们的调查活动统称为"民俗调查"。

③ 静闻：《民众宗教活动底调查：读老东岳庙会调查报告》，《民众教育月刊》1936 年第 5 卷第 3 期。

于将它们纳入学科史的脉络中考察衡量。① 笔者认为，正因为它们没有自觉地参与民俗学学科建设，有的开展过程甚至与民俗学了然无关，反而有助于我们了解除民俗学者外，当时官方政府、知识精英再到普通民众等其他群体对民俗的观念态度和利用意图；就具体实践来说，这些调查留下的不仅是对当时民俗资料的珍贵记录，也有助于丰富我们对早期民俗调查理念和方法的认知；另一方面，作为“国情备忘录”②，关于民俗的调查研究从来都不只局限在专业学术领域，从中国古代文人的采风问俗传统，到当代《民间文学三套集成》的搜集记录、当下非物质文化遗产的普查、保护工作，民俗与社会、民俗与国家的关系复杂纠葛，③ 本文关注非学术群体的民俗调查活动，希望呈现的正是民国时期这种复杂纠葛关系的一个侧影。

本文讨论的时间上限是 1923 年成立的北京大学风俗调查会，此时学科先驱们的视野从歌谣等民间文学扩大到其他民俗事，开始有意识地进行搜集调查；下限为 1937 年发生卢沟桥事变，各种组织及研究者的调查计划和活动受到巨大冲击，有的甚至被迫中断，此后民俗调查的目的、关切和具体实施情况

---

① 正如岳永逸的批评，“对于民国时期中国民俗学史的书写，学界基本没有突破杨堃早年归纳的文学的民俗学、史学的民俗学和社会学的民俗学三阶段论”；“出于政治的原因（当然多少也有因人写史的因素），人们更愿意凸显 30 年代初期在杭州以钟敬文、娄子匡、江绍原等组织的中国民俗学会相关的活动，和抗战时期边区民间文艺运动的轰轰烈烈，红红火火，”而忽略其他群体和个人所做的工作（岳永逸：《民俗学志与另类的中国民俗学小史：重读杨堃博士旧文》，《民俗研究》2013 年第 6 期）。但同时，这种书写方式也与学术史著作的研究旨趣和对学术史本身的理解有关，比如施爱东将他的“讨论范围限定在‘学科史’的边界之内”，对他来说，“一项学术成果是否成为本书的讨论对象，主要不在于该成果自身的学术价值，而在于该成果是否参与了学科史的构建”（施爱东：《倡立一门新学科：中国现代民俗学的鼓吹、经营与中落》，北京：中国社会科学出版社，2011 年。因此，本文在关注和发掘二三十年代民俗学及相关活动丰富性、复杂性的同时，对讨论对象的学术史意义也持充分审慎态度，这正是笔者使用“民俗调查”而非“民俗学调查”的考量之一，后文还会对这两个概念做进一步说明和阐发。

② 刘锡诚：《民俗与国情备忘录》，载周星《国家与民俗》，北京：中国社会科学出版社，2011 年。

③ 周星：《国家与民俗》，北京：中国社会科学出版社，2011 年。

都发生了极大改变。此外，笔者充分考虑到这段时期的民俗调查与其前后其他调查活动的连续性和相互影响，如中国现代民俗学的开端歌谣运动、各类社会调查中涉及民俗的部分等，但为突出专门性的民俗调查的独特意义和价值，同时避免枝蔓，这些事件暂不直接纳入本文的讨论。

一、为了学问和事功：民俗学者的民俗调查

民俗学者在学科初创期进行的调查实践和方法探索，前人已有不少探讨。[①]这里仅做简单的回顾梳理，重点关注他们与其他群体的调查活动之间的关联。

（一）民俗调查的基本方法及其理论资源

1923年，北京大学风俗调查会成立，“把搜集民间歌谣范围扩大到不只民间文艺，包括到全部的民俗调查”[②]。调查会成立当日即确立了三种搜集调查方法，一是“书籍上之调查”，征集、整理关于风俗之典籍资料，选购世界各国民俗学书籍杂志。二是“实地调查”，设计印制风俗调查表，由各地热心人士、调查会会员、校内同学协助调查。调查表内容涵盖环境、思想、习惯三大类共54项，“旨趣”中列出的一些注意事项，如“调查者尤当以其人之生长地为标准”；“搜罗材料，当用科学的方法：即是实地调查，实事求是，不可捕风捉影”；“调查人对于本地的风俗，应该就事直书，不可心存忌惮与掩饰”等，显示出设计者对调查过程科学性的追求和一定的方法自觉，而如少数民族民俗和相邻国家民俗、民俗事象与社会环境、军事政治势力等的关联等问题，也被考

① 董晓萍：《田野民俗志》，北京师范大学出版社，2003年；施爱东：《早期民俗学者的田野考察及其方法探索》，《西北民族研究》2006年第1期。

② 容肇祖：《忆〈歌谣〉和〈民俗〉》，《民间文学》1962年第2期。

虑在内。三是征集器物，广泛征集服饰、器用、模型、照片等物品，筹备成立风俗博物馆。①

1926 年，顾颉刚等学科主力纷纷南下，辗转厦门大学、中山大学等地继续进行民俗学活动，组织筹建了新的学会和刊物，地方性的民俗学团体稍后也相继兴起。就民俗调查的范围和方向来说，风俗调查会确立的文献辑录、实地调查、器物征集三者并举的思路基本延续了下来。②但在具体方法上，后来者多意识到发放表格方法的不足，一方面由于尽心搜罗填交的人有限，表格回收效果很不理想，北大“风俗调查表印了三千张，发出的很多，暑假后只收回二十四张”③；另一方面，表格内容过于全面而可能流于粗泛，这也不利于研究的深入。学者们认识到针对具体事象实地深入调查的重要性。④

在这方面开风气之先的是顾颉刚等人。1925 年 4 月 30 日至 5 月 2 日，顾颉刚、容庚、容肇祖等风俗调查会成员前往京西妙峰山调查香会实况，调查成果汇集成《妙峰山进香专号》在《京报副刊》连载。这次调查起到了很好的宣传和示范效果。1929 年，顾颉刚、顾廷龙等人第二次调查妙峰山，编成《妙峰山进香调查》专号发表于《民俗》周刊。这两次调查期间，“所有记述

---

① 容肇祖：《北大歌谣研究会及风俗调查会的经过》（下），《民俗》1928 年第 17—18 期合刊。

② 《国学研究院风俗调查会之发起与进行》，《厦大周刊》1926 年第 169 期；林幽：《风俗调查计划书》，《厦门大学国学研究院周刊》1927 年第 1 卷第 1 期；顾颉刚、余永梁：《本所计划书》，《国立中山大学语言历史学研究所周刊》1929 年第 6 卷第 62—64 期合刊；《中大民俗学会福州分会民俗调查表》，《民俗周刊》（福州）1930 年第 40 期。

③ 容肇祖：《北大歌谣研究会及风俗调查会的经过》（下），《民俗》1928 年第 17—18 期合刊。

④ 如林幽指出，“经验告诉我们，送表格请人填写所得的效果很少，许多的材料，非得到各地方去，是找不出来的”（《风俗调查计划书》，《厦门大学国学研究院周刊》1927 年第 1 卷第 1 期）；陈锡襄认为：“北大的风俗调查表的规划偏于，要得个普遍的观念，——其他的表也多如此——结果，报告的人也就偏于浮泛。调查风俗当然可以拿一个区域作对象，其实，关于一种类或一项目的翔实记载，或者反而有用。”（陈锡襄：《一部民俗学著作的介绍》，《国立中山大学语言历史学研究所周刊》1928 年第 1 卷第 11—12 期合刊。）

妙峰山的文章可算不少”[①]。受顾颉刚等人的鼓舞和启发，许多学者开始有意识地关注民间文化，进行民俗调查。如曹松叶读过顾颉刚《泉州的土地神》后，开始调查“金华城的神”；[②]吕超如受到顾颉刚的当面鼓励，着手调查鄚州药王庙；[③]黄华节调查得庆悦城龙母庙，是“想把它拿来和北方妙峰山进香的景象做一番比较的观察”，[④]等等。显然，这些调查的动机和旨趣并不完全在民俗学学科经营的范畴。

参与第二次妙峰山调查的罗香林提到，他们前往妙峰山“最大的目的，算是观风问俗……有了他们（指顾颉刚、白涤洲等——引者注）那样勇于访问探索，善于考校记录的精神，才有资格说得上调查风俗”[⑤]。“勇于访问探索，善于考校记录”正是顾颉刚等人调查方法的核心，他们更注重对现场文字资料的搜集和实物陈列的记录，研究时则多采用历史溯源或文献考证的方法。如董晓萍所论，这种“文本式田野作业”从方法到立场仍“是对古代学者采风问俗的心意和学风的模仿。[⑥]随着西方人类学、社会学理论和方法的传入，“民族志式田野作业”逐渐兴起，民俗调查的面貌为之一新。为推动民俗学的科学化和理论化，杨成志翻译了英国班尼女士的《民俗学问题格》，这被认为是“一种开拓中国民俗的利器”，“可以给热心采访者一个目录，并在他心中唤起如何

---

① 魏建功：《妙峰山进香调查专号·卷头语》，《民俗》1929年第69—70期合刊。

② 曹松叶：《金华城的神》，《民俗》1929年第86—89期合刊。

③ 吕超如：《药王考与鄚州药王庙》，1948年，其中作于1930年的卷首语提到“尔时正值顾颉刚先生在中山大学讲学，晤谈之下，偶尔提及鄚州药王庙，他便高兴起来，和蔼的面容，满堆着微笑，态度很诚恳的，谆嘱探讨一番，给了我不少兴奋剂，这又是第三个动机”（吕超如：《药王考与鄚州药王庙》，引文参见李文海：《民国时期社会调查丛编二编宗教民俗卷上》，福州：福建教育出版社，2014年5月，第73页）。

④ 黄华节：《德庆悦城龙母庙的考察》（上），《北平晨报·社会研究》1935年第84期。

⑤ 罗香林：《碧霞元君》，《民俗》1929年第69—70期合刊。

⑥ 董晓萍：《田野民俗志》，北京：北京师范大学出版社，2003年3月，第113页。

采访的方法和手段”[①]。杨成志本人的西南民族调查也被认为是开启了科学规范的田野作业的先河。到 30 年代，早年热心鼓吹的顾颉刚等人都已退出民俗学领域，民俗学的调查方法逐渐向人类学、社会学靠近，呈现出社会科学化的趋势，直至抗日战争的全面爆发给这种兴旺景象带来致命一击。[②]

（二）学科建设与社会服务并重的调查理念

从调查方法看，民俗学者们借鉴不同的理论资源，努力探索科学的搜集调查方式和研究范式，使民俗学这门新学科逐渐在中国的土地上生根发芽。而就调查目的而言，出于对民俗学的不同定位和期待，不同学者对民俗资料的利用方式和搜集意图也各异其趣。

作为历史学家的顾颉刚，接触民俗资料并开始调查多出于史学的兴趣。如他在《东岳庙游记》中写道：“我近年来为了古史的研究，觉得同时有研究神话的必要……要研究现代的神话，有庙宇、塑像、神祇、阴阳生、星象家、烧香人等等供给材料。”[③]他对土地神的调查兴趣也是“数年来，因为我辩论古史，注意到禹，又注意到社，又注意到社中奉祀的土地”[④]。对他来说，民俗资料更多地意味着史料及史料的旁证和补充。当然，也有人纯粹出于对民俗学学科的热爱和期待从事搜集调查，张清水，这位非职业民俗学者曾给《民俗》周刊提供大量地方民俗资料，支撑他的完全是“开垦学术天地的神圣使命”。[⑤]

在迅速变迁的时代浪潮中及时发掘和记录民间文化，这种心态在当时的搜

---

① 〔英〕柏恩著：《民俗学问题格》，杨成志译，广州国立中山大学语言历史学研究所，1928 年。

② 关于民俗学 30 年代的社会科学化趋势，相关学人及其论述参见岳永逸《民俗学志与另类的中国民俗学小史：重读杨堃博士旧文》，《民俗研究》2013 年第 6 期。

③ 顾颉刚：《东岳庙游记》，《歌谣周刊》1924 年第 61 号。

④ 顾颉刚：《泉州的土地神——泉州风俗调查记之一》，《厦门大学国学研究院周刊》1927 年第 1 卷第 1 期。

⑤ 施爱东：《倡立一门新学科：中国现代民俗学的鼓吹、经营与中落》，北京：中国社会科学出版社，2011 年，第 257 页。

集者中也很普遍。林幽在《风俗调查计划书》中明确提道:“旧风俗有的恐怕不久将要消灭,所以我们觉得有调查记载保藏它使后代的人对于我们现在生活的状况可以有个明白的了解之必要。”①魏建功也认为,“我们恐惧这将来在地下挖不到的史料要归于幻灭,认为这种调查也有值得学术团体注意的价值”。②有些学者则是因为面对外国人在中国主持的社会调查,产生了强烈的民族自尊和学术动力——“与其让外国人代庖,不如让我们自己来干一干。”③傅斯年对民俗学会的工作并不热心,但对风俗习惯等“学问原料”“一天一天地被欧洲人搬了去乃至偷了去”也很是不满。④

实际上,顾颉刚在1925年《妙峰山进香·专号引言》中提到了解民众生活状况的两个目的,基本可以概括这一时期民俗学者们的调查旨趣:一方面,“在研究学问上着想”,要重视普通民众的历史和文化;另一方面,“在社会运动上着想”,先观察、接近民众,有了相互的了解才能进一步教化、改造民众。⑤

民俗调查为社会的目的是当时许多学者的共识,民俗学活动前期在一定程度上也得到了官方的认可。杨成志受《涉台用语》和中山大学委派进行西南民族调查,他指出,这次调查的重要性首先是“学术上的研究”,第二便是“民族主义的实现”:“只是西南民族的地位,凡一切的一切都处在汉族水平线以下的。我们虽不能马上把他们弄到和我们站在平等地位,然着手的第一步骤,必先明了其言语、心理、惯俗和文化,然后才能渐渐做到亲善、扶持的工作。”⑥

---

① 林幽:《风俗调查计划书》,《厦门大学国学研究院周刊》1927年第1卷1期。

② 魏建功:《妙峰山进香调查专号·卷头语》,《民俗》1929年第69—70期合刊。

③ 杨成志:《云南民族调查报告》,广州国立中山大学语言历史学研究所,1930年,第5页。

④ 李济:《傅孟真先生领导的历史语言研究所》,转引自施爱东《倡立一门新学科:中国现代民俗学的鼓吹、经营与中落》,北京:中国社会科学出版社,2011年,第206页。

⑤ 顾颉刚:《妙峰山进香专号·引言》,《京报副刊》1925年第147号。

⑥ 杨成志:《云南民族调查报告》,第4页。

此时的民俗学者将自己的调查活动与官方民族主义目标结合起来进行论述，而作为学科标志的民俗学会，这一时期也一直积极配合并参与广州市风俗改革委员会的相关工作。而当1929年之后学科主力相继离开，官方和学校层面的支持明显减弱，学会和刊物只能勉强维持，《民俗》（周刊）新任主编刘万章对学术的还是社会的这一问题的立场却似乎更加明确：①

现在对于民俗学注意的人，除了为民俗学而研究民俗学的以外再有三派：（一）为研究文艺而研究民俗学的……（二）为教育的……（三）为社会的，在改革社会的呼声最高的时候，凡关于阻碍改良社会的材料，都可以拿来参考，所以研究社会学的人都要研究民俗学。在这三派中，我以为单因为研究文艺的目的去研究民俗，不是民俗学的幸福。你看我们中国的社会，混乱到这步田地，民众的头脑，固执到如此不可转移，怪不得军事不能快快结束，政治不能上轨道，社会经济一日穷蹙一日。难道天天高唱文学，就可以了局吗？因此我以为第二、三种的目的，是我们后起研究民俗的人不可不留意的。

事实上，进入30年代，即使像钟敬文这样的专业民俗学者也坦然接受了民俗资料教育民众、改造社会的一面。1930年，钟敬文转入浙江省立民众教育实验学校任教，很快接纳了社会改良学派的相关主张，并发表了多篇文章讨论民俗与民众教育之间的关系。他指出，民众教育者如果想更好地了解民众生活，“民间文学的搜集和探讨，即使不是唯一的路径，却总是一条重要的应走的路径。在这里，可以给予他们（现代的民众教育者）以种种便利于施教上的对策之贵重的资料”②。

如上所论，二三十年代，民俗学的理论方法，在西学影响下逐渐走向科学化和规范化，尤其是民俗资料的调查搜集，从采风问俗式的国学遗风迈向科学严谨的田野作业，为民俗学在现代学科版图中占据一席之地打下了重要基础，

---

① 《本刊今后的话》，《民俗》（周刊）1930年第101期。

② 钟敬文：《民间文学和民众教育》，《民众教育季刊》1933年第3卷第1号。

这得益于众多学者“倡立一门新学科”的努力；而这门新学科发轫于五四精英们对社会现实问题的理解，它的实践和发展也不可避免地与社会现实问题发生关联，这是当时民俗调查的一个重要面向。民俗学者的民俗调查，确是“学问”与“事功”并重的。实际上，将民俗调查看作理解民众生活的重要参考和改造民众的首要举措，是当时许多人的共识，这一理念在从事民众教育和乡村建设工作的知识精英那里表现得更为直接。

二、生活改进的初步：改良社会的礼俗调查

前已述及，顾颉刚等人的民俗调查一定程度上起到宣传示范作用，唤来不少追随者和效仿者。其中许多成果与民俗学学科建设完全无关，更多的是出于了解社会、改造社会的目的。如钟敬文将民教工作者林永中等人的杭州东岳庙调查誉为“妙峰山以后底第一回成绩”，但在调查者，即“在我们民教工作者看来，以为这是深入民间、了解民众心理、调查社会实际情形的好机会”①。30 年代不少调查活动是由各地民众教育馆组织展开的。

（一）礼俗调查的地方实践——以山东省立民众教育馆为例

国民政府定都南京后，为提高民众素质、改造基层社会，在全国城乡各地设立民众教育馆来积极推进民众教育，以达到改良民众文化、改善民众生计、塑造公民观念等目标。② 这一社教机构尽管由政府设立。但仍为有志于社会建设的知识分子们提供了不少大显身手的空间，他们根据各地实际情况和自己对社会问题的理解，开展了丰富多样的教育和改造实践。

---

① 静闻：《民众宗教活动底调查：读老东岳庙会调查报告》；林用中、章松寿：《老东岳庙会调查报告》，《民众教育月刊》1936 年第 5 卷第 3 期。

② 朱煜：《民众教育馆与基层社会现代改造——以江苏为中心（1928—1937）》，北京：社会科学文献出版社，2012 年。

这里以山东省立民众教育馆的“礼俗调查”和庙会调查计划为例对他们的调查理念和方法做一讨论。1932 年 2 月，《山东民众教育月刊》上发布了《本馆征求各地礼俗调查》的启事，开篇就对“礼俗”一词做了解释：①

我们日常生活行动受什么支配？……力量最大最普遍最不容反抗的怕无过于所谓“礼俗”了。什么叫作礼俗？礼俗便是生活的规则，“礼”是有计划正式规定的规则，“俗”是应乎生活的需要不知不觉产生出的规则，譬如见了人鞠躬以表敬意，这是“礼”，至于拿筷子一定用右手，这便是“俗”了。礼俗一经成立，便不容批评，也不容怀疑。

今天看来，这里强调的“礼俗”与一般理解的民俗并无太大差别，但“礼俗”一词确实是社会改良学者偏爱使用的。他们注意到礼俗在民众日常生活中的重要位置，以及它的传承性、稳固性和对个体的规训作用。但在除旧立新、改造社会的知识精英看来，看似“不容批评，也不容怀疑”的礼俗还是值得怀疑和改造的，该启事追问道，“然而礼俗是怎样成立的？是不是一成不变的呢？在什么条件之下有益于人，在什么条件之下反于人有害？我们现在服从的礼俗都是什么？有没有改造的必要？能不能造出更有益更合理的礼俗？”在调查设计者看来，要回答这些问题，“必须把现行的礼俗调查明白，然后才能提出改良办法，规定较为对症较为合理的标准”。为改良办法提供依据和参照标准，这正是调查现行礼俗的意义。接下来，启事提到以下几方面：礼俗调查对象；记述礼俗的宗旨和注意事项；和礼俗有关的文件的收集。最后特别强调，“调查者如有改良意见，请注于正文以后”②。

注意到社会和民众生活中的种种弊病和“落后”，希望通过详尽的调查找到解决之道，这是当时礼俗调查的基本思路。这些弊病不一定是传统社会固有的，也可能是当政者不合理的措施导致，许多礼俗调查都旨在批评和回应当时

① 《本馆征求各地礼俗调查》，《山东民众教育月刊》1932 年第 3 卷第 2 期。

② 同上。

的社会政策，通过翔实的资料提出更合理的建议。如山东民众教育馆开展全省范围的庙会调查，就是针对当时破除迷信运动和民众实际生活需要之间的矛盾，探求“迷信”活动屡禁难止的真正原因，最后“供献给政府的主持者和社会上贤明的人士意见”。①

民众为什么信神？庙会或所谓“迷信”活动在民众日常生活中占据什么位置？庙会调查采用“间接调查”方法，即“委托或征求地方上热心人士，对于所调查之事项，予以真实而系统的叙述”，搜集得到全省 26 个县共 46 篇庙会资料。调查者通过对这些庙会的供奉主神、娱乐、买卖情况、耗费情形等方面的考察，指出庙会对民众生活的重要性。例如，对比发现，46 个庙会全部涉及演戏和迎神赛会等娱乐活动，其中除三四个不涉及商贸交流外，其余都有庙市。调查者由此指出，娱乐和经济交易是民众参与庙会的重要原因。因此建议政府和社会贤达“不要忽略了那迷信背后的症结所在”，要“例行农村建设”，促进农村经济、提高民众素质，“使农民有娱乐和交易的机会——除了含迷信性质的庙会我们要加以干涉加以取缔之外，只有娱乐及买卖性质的庙会，我们要加以提倡，同时要予以种种方便”②。

显然，这个调查源于对社会弊病的忧虑，但最后的落脚点却不在批评民众的愚昧或无知，而是直指执政者和部分社会精英不顾民众需要，一刀切式地破除迷信的武断举措，同时指出庙会活动存续的根本原因和乡村建设的根本出路。最后达成的实际是对民众生活的理解。这是山东民众教育馆的两个调查个案，旨在改良社会的礼俗调查丰富多样，但基本思路与此类似。

（二）同情与理解：礼俗调查的落脚点

检诸文献，礼俗调查的高潮发生在 30 年代，从事乡村教育、乡村建设

---

① 山东省立民众教育馆：《山东庙会调查集》，1933 年 8 月。参见李文海：《民国时期社会调查丛编一编宗教民俗卷》，福州：福建教育出版社，2014 年，第 200 页。

② 同上。

的知识精英对此贡献颇多。许地山在一篇题为《礼俗调查与乡村建设》的文章中述及礼俗调查对乡村建设的重要意义，“礼仪是一种德行，风俗是一种惯例……此后若要保持礼俗底优点，便得详加探究，不可由民众随时取舍才可以。礼仪底保持，当先明了他们发生的原因与变迁底历程，这个若不从调查工夫做起，是不成功的……知道自己的得失，便是生活改进底初步”[①]。“眼光向下”的知识分子们认为，不能放任民众对礼俗的随意取舍，必须加以引导，而引导礼俗的方向和改进生活的方向，必须以礼俗调查为前提。在这类号召鼓吹式的文章中，民众被认为是没有辨别能力和向善精神的，他们的生活需要知识精英来引导，这与五四新文化运动以来的启蒙话语和社会政治领域的现代性设想相契合。知识分子们往往赋予自己一种拯救民众的道德责任，背负这样的重担“到民间去”建设乡村、改造民众。社会政治层面，当政者和社会精英在社会进化论和启蒙现代性框架下看待民众，以激进武断的态度对待他们“落后愚昧”的民俗生活，破除迷信运动的开展就是明证。

但正如山东庙会调查的例子，当知识分子真正深入民众生活，他们的调查往往落脚在对民众生活的同情与了解。吕超如调查药王庙的动机是有感于“我国愚极弱极的人，不是恒河沙数，多得很吗？不论在城市村镇，本土他乡，碰头撞脸的，常遇见这类迷信动作……因此很想下番功夫，着手研究药王的来历，看他到底有什么神通，果值得人们崇拜否”。“愚极弱极”“迷信”这样的表述，显然受当时社会话语影响。但他经过一番调查，还是看到了药王庙的合理因素和存在必要：其中供奉的扁鹊作为先哲“值得后人敬仰”，“庙会即成了商业集合的场所”，也不应受到影响，即使如迎神赛会这样的活动，“在这民生凋敝、困苦过渡时期，姑且作为民众一种联欢大会来看，也未为不可”[②]。显然，这些结论不在于批判“愚极弱极”的民众和他们的迷信活动，而在于强调

① 许地山：《礼俗调查与乡村建设》，《社会研究》1935年第65期。

② 吕超如：《药王考与鄚州药王庙》，李文海：《民国时期社会调查丛编二编宗教民俗卷上》，福州：福建教育出版社，2014年。

这些活动对民众生活的意义。从不了解前提下的偏见，到真正了解民众，其中表现出来的实际是对破除迷信运动以及“愚极弱极”“迷信”这些话语本身合理性的反思。

旨在改造社会的知识分子们从事礼俗调查，往往预设一个立场：民众是需要改造的，也可以被改造。他们怀揣这样的抱负深入民间，利用调查得来的资料为改造方案的设计提供参考。但与社会政治层面激进武断的改革计划不同，知识分子们通过调查达到的，往往是对民众的同情和对他们民俗生活合理性的理解。而这反过来又使调查者打消先入为主的偏见，反思激进武断的现代性方案，进而提出更贴合民众生活、更有利于民众生活的改良办法。礼俗调查使他们离民众更近一步。[①] 相较而言，国民政府主导的调查活动与风俗改革、破除迷信等激进话语更紧密地纠缠在一起。

三、资考镜而明治理：国民政府的风俗调查

国民政府在二三十年代进行了数次全国范围的风俗调查，足以让我们了解当时官方对民间文化的基本态度和设想。

1927 年南京国民政府成立。国家的现代化建设是新政府面临的重要任务，但对各地发展情况和社会事实掌握不足，是制约社会建设的重要因素。时人敏锐地注意到，“于本国之文化、宗教、人口、物产等等仍未尝从事调查，探究其盈虚消息，以致日言变法图强，而政治窮败如故，教育颓废如故，实业荒落如故，社会凄凉经济衰敝亦如故。凡关于立国之种种要素，绝无进步之可

---

① 需要指出，这种同情和理解只是相对的。整体来看，知识精英改造民众、拯救民众的自我期许和“‘眼光向下’的俯视”态度始终存在。〔美〕洪长泰著:《到民间去：中国知识分子与民间文学（1918—1937）》，董晓萍译，北京：中国人民大学出版社，2015 年，第 206—213 页；岳永逸:《行好：乡土的逻辑与庙会》，杭州：浙江大学出版社，2014 年，第 4—7 页。

言”[1]。面对这种情况，国民政府组织开展了众多全国范围内的社会调查，内容涉及政治、经济、文教、史地、社会等各个方面，以此了解社会实际情况，为政策制定和社会建设提供参考资料。

就目前材料所见，国民政府先后共实施了三次“风俗调查”。这些调查的函文、表格统一采用中国自古以来就有的“风俗”一词，强调的显然是其伦理品性、教化功能以及与社会政治层面“善治”的关联。[2]1936 年“涉台用语”的内政年鉴中提及风俗调查的缘起和经过，明确指出现代风俗调查与古代采风制度及其风俗观的内在延续性：“观风采俗，古有其制，良以风俗关系人心，影响国家政令。社会情状，所包至广，敂政敷教，自非风土人情，洞悉靡遗，不足以明治理。”[3] 国民政府的现代化目标体现在文化方面，就是希望通过推行民众教育、改造民众生活等措施来提升国民素质、建立新的道德观念和社会风气，以此迈向现代强国。风俗改革自然也是其中的应有之义。正因为如此，国民政府推行的风俗调查，与风俗改革的设想和实践很大程度上是一体两面、相伴而行的。风俗调查的结果既是风俗改革和社会治理的参考，也是检验改革和治理成果的依据。

（一）多注重有无二字：表格式调查得失

1929 年，《涉台用语》发文要求各省市进行风俗调查，咨文中提到了对风俗功能的理解：“查观俗采风，古有专使，良以人民疾苦，社会情弊，政治良窳，国家兴衰，均与此息息相关，未容忽视。”[4] 继而指出风俗调查的重要意

---

① 贾士毅：《统计月报·叙言》，《统计月报》1929 年第 1 卷第 1 期。

② 萧放：《中国传统风俗观的历史研究与当代思考》，《北京师范大学学报》2004 年第 6 期；张勃：《风俗与善治：中国古代的移风易俗思想》《广西民族大学学报》2015 年第 5 期。

③ 内政部年鉴编纂委员会编：《内政年鉴礼俗篇》，上海：商务印书馆，1936 年，第 37 页。

④ 《内政部训令》，《内政公报》1929 年第 2 卷第 10 期。

义："惟此项调查，为训政实施入手办法，非纤悉毕具，巨细靡遗，不足以资考镜而明治理。"[①] 政府希望通过"纤悉毕具，巨细靡遗"的风俗调查资料来为施政治国提供借鉴参考，实施方法是随训令印发了一张风俗调查表格，要求各省市在六个月之内填写完毕汇报上交。调查项目共计 21 项，分列如下：[②]

一、人民生活概况：甲、职业（包括男女）；乙、生产（包括男女）；

二、社会习尚：甲、多信何种宗教或神道；乙、有无迎神赛会情事；丙、迷信事业营业者之种类；丁、有无械斗及健讼之风；戊、有无公娼；己、戏剧歌谣是否纯正；庚、女子是否完全放足；辛、男子是否完全剪辫；壬、有无赌博及吸种鸦片情事；癸、有无苗瑶或其他民族杂处；

三、婚姻情形：甲、男女结婚平均年龄；乙、结婚是否概用聘金；丙、有无多夫或多妻情事；丁、有无童养媳情事；戊、有无招赘情事；

四、丧葬情形：甲、丧礼葬仪概要；乙、有无火葬情事；丙、有无公墓；丁、是否迷信风水。

不难看出，表格中的项目设置对"风俗"有着明显的价值判断，暗含着美俗—陋俗、进步—落后的社会政治话语。这些项目又与清末以来风俗变革的对象多有重合，如女子是否放足、男子是否剪辫、有无赌博鸦片、有无童养媳等，表格制定者显然希望通过这次调查了解这些"陋俗"的改进情况，以此判断各地的"进步"程度。此外，1928 年国民政府先后发布过《神祠存废标准》《淫祠邪祀调查表》等文件推行破除迷信运动，一年后的这份风俗调查表也涉及各地的宗教迷信活动，显然是为政府破除迷信、改革风俗的计划服务的。

这次调查成果如何？首先，这种委托地方填报的大规模间接调查，由于时间、人力物力等因素，很难保证成果按时收齐。据《涉台用语》收到的反馈，原计划六个月内收集完成的调查"惟至二十年底（公历 1931 年——引者注），

---

① 《内政部训令》，《内政公报》1929 年第 2 卷第 10 期。

② 同上书。原为表格形式，为方便阅读，引文抄录时做了转换。

各省市填报系送者，尚不及半数”；而且，这份调查表本身的设计也不利于调查的深入，项目大多采用“有无”“是否”这样的判断疑问，实际填报时就会“因限于表格程序，填载未能详尽”①，“多注重有无二字，填载简略”，因此“不足据以查考”②，表格形式本身和项目问题设置使这次调查很难完全摸清各地风俗的实际情形。

（二）为收集思广益之效：调查方法的改进

1932 年，《涉台用语》重新印发《风俗调查纲要》，改进了调查方案，“不采用表格程序，以便尽量填载”，要求地方“详晰调查，为有系统之叙述，记载不求其详，如该地方或有特殊情形，应增列纲目亦可，不加限制”。与前次相比，这份调查纲要不仅形式上更便于详细填写，项目设置上也更加周全：③

（甲）生活状况 职业概况

主要物价；服饰习尚；饮食嗜好；居室情形；交通状况；家族制度；钱币及度量衡现状；气候及雨量情形；农产品；制造品；救恤制度；保卫情形；其他习惯

（乙）社会习尚

起居；交际惯例；宗教情形；迷信状况；盗贼；娼妓；奴婢制度；农佃制度；娱乐；赛会；讼争；械斗；其他习俗

（丙）婚嫁情形

订婚办法；婚约形式；聘礼种类；选期手续；迎娶仪式；结婚仪式；成婚后之各种礼节；结婚年龄；续娶习惯；改嫁习惯；赘夫习惯；多夫或多妻习

① 《内部重订各省市县风俗调查纲要》，《江苏省政府公报》1932 年第 987 期；《江西省政府公报》1932 年第 7 期；《上海市政府公报》1932 年第 119 期；等等。

② 内政部年鉴编纂委员会编：《内政年鉴礼俗篇》，上海：商务印书馆，1936 年，第 37 页。

③ 《内部重订各省市县风俗调查纲要》，《江苏省政府公报》1932 年第 987 期；《江西省政府公报》1932 年第 7 期；《上海市政府公报》1932 年第 119 期；等等。

惯；童养媳习惯；其他特殊习惯

（丁）丧葬情形

始葬情形；遗嘱形式；继承关系；入殓手续；成服礼节；丧服差等；讣告形式；吊奠礼节；发引仪式；安葬仪式；服丧期间；居丧制度；祭祀礼节；女子之地位；其他特殊情形

以上四个大项与第一次调查项目相同，其中婚嫁、丧葬的项目更加细致，因为此次调查还有一个重要目的："现在《民法》亲属、继承两篇，已经公布，婚书礼制，亟待订颁，亦须考查各省市县民间婚丧习惯，以资参证。"国民政府希望风俗调查资料能为法律制定、礼制改革提供参证，因此要求各地"至关于婚丧礼制，如有何项意见，亦可参酌该地方情形，尽量陈述，以收集思广益之效"①。可见，这次调查的目的和范围已经不单纯限定在风俗资料的搜集，更注意到风俗的地域性特征，关注地方民众对风俗改革的看法和建议。这次风俗调查，同时也是风俗改革的意见征集。

至1936年，《涉台用语》收到各地上报的调查结果"已千余件"。政府本打算将各地资料汇辑为一部《风俗汇编》这样的书，"胪列各地习尚，相互比较，俾读者得所观摩，择善而从，庶于改良风俗，稍有裨益"。但实际调查成果却不尽如人意，各地上交的资料或"未明社会情形，不能详细填载"，"或因狃于习俗，习故蹈常，反不以为意"，导致资料的准确性和完整性受到影响，辑录成书的计划难以实现。当年的内政年鉴中录有"各省风俗概观"，按照调查纲要的项目简要罗列了各省风俗概况，算作两次调查成果的集中展示。②

① 《内部重订各省市县风俗调查纲要》，《江苏省政府公报》1932年第987期；《江西省政府公报》1932年第7期；《上海市政府公报》1932年第119期；等等。

② 内政部年鉴编委员会编：《内政年鉴礼俗篇》，上海：商务印书馆，1936年，第37页。

（三）专业学者主持下的风俗普查

1936 年，国民政府再度计划进行全国风俗普查。与前两次不同，这次普查的具体方案委托专业学者安排制订，聘请专家担任筹备委员，“并专托凌纯声、卫惠林、徐益棠等起草调查问题表格”。按计划，调查需三年时间完成，“第一年筹备，第二年调查，第三年整理”。预计“此调查完成后，于民众训练及礼俗改革，当有极坚固基础”①。

中国民族学会 1937 年重要活动的其中一项就是参与此次调查的筹备，以下是该学会记录的风俗调查计划：②

甲、本计划定为三年，第一年为训练时期，第二年为调查时期，第三年为整理时期，以二十六年九月开始。

乙、在训练开始以前，称为筹备时期，期限半年，由凌纯声、卫惠林、徐益棠分任调制表格事项；凌任生、冠、婚、葬、月龄、岁时；卫任衣、食、住、行、器用、财物；徐任宗教、巫术、迷信、禁忌；推卫惠林为总编纂人。

丙、训练时期分为二期，以六个月为一期，第一期为干部训练，招集大学毕业生而有民族学素养者，训练地点在首都。第二期为各地方调查人员训练，招集教育局局长、校长、教员、民众教育馆馆长及保甲人员之有高中毕业程度者，训练地点在各省之“假定风俗区”，由干部训练班毕业生之优秀者主持之，其他各生辅助之，并由凌、卫、徐三人分区巡回指导之。

丁、调查。由各“假定风俗区”之地方调查人员依据颁定之调查表格逐项详填，每县至少须有十单位举行详细之调查。

戊、整理。由干部训练班毕业生，依自己兴趣及志愿，分项担任工作，集

---

① 《内教两部拟调查全国风俗》，《河南统计月报》1936 年第 3 卷第 4 期。

② 《中国民族学会程、会务活动报告书与团体概况呈报表》，中国第二历史档案馆：《中华民国史档案资料汇编》第 5 辑第 2 编 2 文化，南京：江苏古籍出版社，1998 年，第 462 页。

中首都。

己、全国分为“假定风俗区”五十个，俟调查整理后再行修正。

可以看到，这份调查计划由专业学者拟订，内容较之前两次更为全面和明确，实施步骤也合理有序。据1937年4月《政治性差错》首届评议会第一次报告记录，内政部就风俗调查方法向中央研究院评议会提出全国文化区如何划分、民俗调查如何选样、民俗调查表格如何订定、民俗调查工作之联络及避免其重复等问题，中央研究院一一答复回应，详细说明了如何根据地理和方言方面的文化特质划定调查片区、如何选取有代表性的调查地点以及保证选样科学准确等。① 这些回答立足学术性和科学性，对风俗的理解和对风俗调查理念和方法的探讨与之前大不相同。前两次表格发放回收式的调查成果不理想，一个重要原因就是基层调查者的素质和能力良莠不齐。这份计划尤其注意各地方调查人员的训练，保证了调查计划在地方的贯彻实施，也有利于培养基层文化队伍，提升民众教育水平。此外，从卫惠林保留下来的部分调查表可以看出，学者们的计划详密周全，仅“生活习惯”部分就涉及饮食、服饰、居住、旅行、卫生与疗养、游戏与娱乐等六大项共119个问题。② 这些问题中许多已超出之前调查所理解的风俗的范围，而更像是针对民众衣食住行、日常生活全面情况的民情普查。

追溯理论渊源，卫惠林、凌纯声、徐益棠等人都曾留学海外，受过西方社会学、人类学等学科的学术训练，并将相关学科的理论方法带回国内，推动了这些学科在中国的发展。他们怀抱极大的热情和严谨的学术素养投入风俗调查

---

① 国立中央研究院首届评议会第一次报告未刊本，邓娴:《读者来信》,《风谣周刊》,1937年第2期。转引自王文宝《中国民俗学发展史》，沈阳：辽宁大学出版社，1987年，第96页。

② 卫惠林:《全国风俗调查问题格（生活习惯）》，原载于中国民族学会:《中国民族学会十周年纪念论文集》(之二)，1944年，第38—44页。转引自凌纯声、林耀华等:《20世纪中国人类学民族学研究方法与方法论》，北京：民族出版社，2004年，第150页，第241页。

计划的筹备中，可以理解为西方理论中国化的一次新尝试，也是中国现代社会科学参与国情调查的一次崭新实践。

遗憾的是，调查“表格甫成而战事发生”①，原定于 1937 年秋天开始的风俗调查因全国抗战被迫中断。后来的研究者认为，“凌纯声、卫惠林、徐益棠三人都属法国民族学派，这个全国风俗普查的工作如果实行，当更会出现法国民族学派的影响”②。而就本文的关切来说，“这个全国风俗普查的工作如果实行”，不仅能为我们留下更多对当时民众生活情况的资料记录，而且能提供一个专业学者主持全国大规模民俗调查的范例，他们关于民俗调查的理论、方法和实践足以让后来者受益。

可以看到，国民政府主导的数次全国风俗调查，秉承中国传统风俗观念，强调风俗资料的社会教化功能和对治国施政的参考作用。同时，在传统与现代、东方与西方的十字路口，这些调查活动也是在当政者革除传统、建设现代化的整体设想下进行的，风俗调查与国民政府推行的风俗改革、破除迷信运动、新生活运动等相辅相成，共同服务于国家的现代化建设。就方法而言，前两次调查结果都证明了表格填报、资料统计式调查方法的局限，最后专业学者的参与极大提升了调查活动的科学性和严谨性，他们对调查方案的设计和讨论至今仍有借鉴价值。

四、民俗调查和民俗学调查：社会调查运动脉络中的讨论③

艾伯华认为，1928 年以后国民政府基本没有支持过民俗研究，曾经活跃在各地的民俗社团从此逐渐减少，这是因为当政者担心民俗研究可能破坏传统

---

① 徐益棠：《十年来中国边疆民族研究之回顾与前瞻》，《边政公论》1942 年第 1 卷第 5/6 合期。

② 陈永龄、王晓义：《二十世纪前期的中国民族学》，《民族学研究》1981 年第 1 期。

③ 本节内容部分借鉴了岳永逸教授在课堂授课和报告讲评时提出的观点。

和古史，而且可能被分裂主义者利用，“因为蒋介石认同西方思想中的自由的、理性的和进化的潮流，他也认为，意在美化古代迷信和传统而非借用现代科学根除迷信的民俗研究是守旧的”①。就专业学者的民俗研究来说，此论切中要害。但如本文所述，30年代专业学者的民俗调查趋于寂静之时，其他社会团体和知识精英的调查活动却十分活跃，国民政府还主导实施了全国范围的风俗普查。这一举措是出于破除迷信、改革风俗的需要，与反对民俗研究的原因恰恰相同。由此可以看到作为学术活动的民俗研究和作为社会活动的民俗调查之间的缝隙。那么，应该如何把握非学术群体的民俗调查？

（一）民俗调查的生命史

中国现代民俗学起于五四新文化运动，民俗学者民俗调查的理念和旨趣直接受到五四话语的影响。而从另一个角度看，民俗调查也是社会调查的一部分，民俗调查的理论和方法实际深受当时社会调查运动的影响。

赵承信曾梳理过中国社会调查运动的发展历程。20世纪初期，肇始于西方的社会调查方法传到中国，由外国传教士或外籍教师率先主持了一些小规模的调查，随后蔚成风气，高校、研究机构以及社会精英们开始进行社会调查，在二三十年代达到高潮。地域方面则呈现出由沿海向内陆扩展、由城市向农村扩展的特点。据统计，1927—1935年期间，全国共有社会调查9027个，平均每年有1000个，可见社会调查在中国发展之迅速。赵承信指出，从小规模、零散性的调查到规模扩大、数量增多的调查；从个人从事的调查、学校、团体组织的调查，到国民政府参与导致社会调查的“机关化”，以及机关化后调查活动的盛极而衰，这个历程可以看作“社会调查的生命史”。②

至于社会调查的特点，主要有如下几端：为改良社会服务，旨在为解决社会问题提供事实基础，并不为开发社会科学理论而做，往往结论限于调查，比

① 〔德〕艾伯华:《中国对民俗的使用》，岳永逸译，《民俗研究》2014年第2期。

② 赵承信:《社会调查与社区研究》,《社会学界》1936年第9期。

如事先认定中国农民的“愚、穷、弱、私”特点，再在实地调查中找对应项目；统计法作为基本方法，呈现的是单纯现象和零碎事实，不注重对社会做整体全面考察；考察的只是物质事实，对行为和心理事实无能为力；只注重静态事实，不去深究背后的原因；等等。①

以此观之，上文所讨论的旨在改良社会的礼俗调查和为改革风俗实施的风俗调查，确实是社会调查运动的组成和延续。实际上，即使在民俗学专业领域，发放调查表格这样的间接调查办法，多少也受到民初以来社会调查思潮的影响。而论及民俗调查的生命史，也与整个社会调查运动发展进程相似，从零星小规模的调查活动到机关团体有组织的调查，再到国民政府推行的全国风俗调查，同样呈现逐步扩大的趋势。但也应该注意，不同时期、不同群体所受的理论影响不尽相同，如民俗学运动的兴起显然应置于五四新文化运动的脉络中理解，而 30 年代乡村建设学派的礼俗调查也不能与他们的其他实践活动割裂。此外，所谓生命史只是就趋势而言，并不意味着这一过程是单向的、线性的，不同主体实际的调查活动更多时候呈现出相互交织、众声喧哗的共生景象。

（二）二三十年代民俗调查的意义

二三十年代的民俗调查在许多方面对当时社会和今天的民俗学研究产生影响。首先，许多调查活动今天看来平淡无奇，但在当时却有着开一时风气的宣传示范意义。如北大风俗研究会，单从表格发放和回收的成效来看并不算成功，但这一调查方法的经验教训却给后来者以警醒，而它本身也“总算做过一回有意识的宣传，使国人知道研究风俗也是学术界一件重要的工作。它的提示与刺激的功劳，是不容于随便抹杀的”②。像山东民教馆的礼俗调查、国民政府在全国范围内推行的风俗调查，参与其中的地方调查人员和普通民众当有更

---

① 赵承信：《社会调查与社区研究》，《社会学界》1936 年第 9 期；李章鹏、郭慧：《社会调查与社会学中国化：以 1922—1937 年燕京大学社会学系为例》，《近代中国与文物》2008 年第 3 期。

② 钟敬文：《数年来民俗学工作的小结账》，《民俗》1928 年第 1 期。

多，这同样是一种“提示和刺激”。

就改良社会和移风易俗的目的来说，这些调查也起到一定意义。如前所述，以改造民众为己任的知识精英们多在调查中达成了对民众的理解和同情，进而可能提出更温和、更有利于民众的社会改良主张。当然，调查资料只是改革的参考，它的意义和作用恐怕不宜高估，也无法一概而论，具体调查在特定环境中起到的作用需要深入的个案观察。

但在今天看来，这些调查的资料意义十分宝贵。不同调查者从不同视角和立场出发，采用不同方法切入对民众生活的观察，留下许多珍贵的民俗资料。重读这些调查资料，不仅可以了解到当时民众生活和民俗文化的存在形态，从他们的理念主张中，我们还能触及当时从国家最高机关到知识分子，再到普通民众等不同群体对民俗资料的观念态度和利用意图。

最后，在民俗调查的理论和方法方面，不少调查活动仍有参考和借鉴价值。至于对民俗学学科的贡献，本文持审慎态度。多数调查者并没有参与学科建设的自觉，也没有专门从事民俗研究，尽管他们的调查丰富了民俗资料的积累，一些方法和理念也对今天的民俗学有启发意义，但从当时的语境来看，这些更多的是无心插柳。

（三）学术与社会：民俗学调查和民俗调查

针对社会调查的缺陷不足，当时正在燕京大学的布朗提出“社会学调查”的概念：“概括地说，社会调查只是某一人群社会生活的文件的汇集；而社会学调查或研究乃是要依据某一部分事实的考察，来验证一套社会学理论或‘试用的假设’的。”具体来说，“它是由社会人类学实地工作员研究‘后退文化’中残存土著民族的简单社会的经验中发展而来的。他们从实地经验的结果，而形成了某种社会研究的方法”[①]。燕京大学学人当时所论及的“社会学调查”，实际就是社区研究。

---

① 〔英〕布朗：《对于中国乡村生活社会学调查的建议》，《社会学界》1936 年第 9 期。

两相对比，社会调查为社会改良服务，偏重于对零碎、静态、表面资料的搜罗统计；社会学调查强调在调查中验证理论假设，关注作为整体的社区生活及各要素的关联，追问社会事实背后的深层原因。从今天的观点看，社会学调查更具备问题意识，足以成为社会科学研究中稳定的操作范式，偏重学术性；社会调查则偏重社会性。

受这对概念启发，可以将“民俗调查”和“民俗学调查”的概念引入我们的讨论。二三十年代，调查者们怀抱了解民众、改造社会的目标开始进行民俗调查，他们关注的是零碎、静态、表面的民俗资料，且止步于对民俗事象的记录描述。民俗学调查追求对具体个案或事象的追索考察，深入其中探求某一事象与其社区其他要素之间的关联，考镜其源流，追问其成因，以此完成有问题意识、有深度的个案研究。

这对概念有着更广阔的学术阐释空间。从中国古代的采风问俗传统，到本文论及的民国时期礼俗调查、风俗调查，再到中华人民共和国《民间文学三套集成》搜录，以及当代的非遗普查保护，都可以置于“民俗调查”之下理解。它们的共同特点是服务于社会需要，偏重搜集保存而不做深入研究，重视表面现象的记录而无意于深层结构的探求。这些调查清楚地展现了民俗的社会应用特征。

与之相对的是“民俗学调查”，这意味着带着问题意识和理论储备走向田野，通过深度剖析解决具体问题。在笔者看来，民俗学调查与“田野研究”大致重合。回顾学科发展历程，20 年代可称为民俗学调查的并不多见，直到西方相关学科的理论方法传入，民俗学迈向社会科学化，自觉、成熟的田野研究才逐渐出现。中华人民共和国成立后，八九十年代以来民俗学所经历的学科范式转换，其趋势实际也是迈向社会科学化、迈向田野研究。民俗学调查是学术研究的方法，它本身也是研究的一部分。一个“学”字之差，民俗学调查强调的正在于民俗学作为一门学科的学术性和科学性。

当然，正如本文所划分的民俗调查、礼俗调查和风俗调查在实际实践中难以完全划分开来，民俗调查与民俗学调查也不能完全分割，学术和社会，无论何时都是紧密相连。

结语

本文依次讨论了20世纪二三十年代民俗学者的民俗调查、旨在改良社会的礼俗调查和国民政府实施的风俗调查。整体而言，当时的民俗调查呈现出为学问和事功两种基本取向，民俗资料或作为学术研究的对象，或作为改良社会、移风易俗的参考，对不同群体而言有着不同的价值。对民俗学者来说，民俗调查是一门新学科建立和发展的基础，也是当时学科的基本研究方法和资料获取手段；对以改良社会为己任的知识精英来说，礼俗调查是“改造生活的初步”，他们经由民俗调查达到对民众生活的了解，由此提出更切合实际的改良方案；对国民政府来说，风俗调查的目的在于“咨考镜而明治理”，与风俗改革相伴同行，共同服务于国家的现代化建设。

重读二三十年代民俗调查，它们在当时的社会意义和宣传示范意义，以及值得今天借鉴参考的资料意义与理论方法意义值得重视。本文尤其重视非专业学者进行的调查活动，将它们置于社会调查运动脉络中理解，可以更清楚地呈现民俗调查的整体特征和价值取向，它与民俗学调查有着鲜明的不同。但无论是民俗调查还是民俗学调查，学术和社会都是其中的应有之义。正如中国现代民俗学之父钟敬文的呼吁：“为了学问和事功，谁能够更深入地继续这种工作前进的呢——我睁着眼在期望！”①

---

① 静闻：《民众宗教活动底调查：读老东岳庙会调查报告》，《民众教育月刊》1936年第5卷第3期。

"两家并一家"之传宗接代的另类解读

——阴间与阳间的联结

沈 燕[①]

摘要："两家并一家"这一婚姻形式的出现，其中一个重要原因是出于传宗接代的需要。通过民俗学的日常生活视角可以发现，对浙江省德清县G村的村民来说，他们对"两家并一家"的坚持，源于其生活中与祖先的往来以及在此过程中建立起来的对阴间世界的想象。"两家并一家"使"摆人家"成为可能，而"人家"又支撑起阴间与阳间的联结，继而给村民们面对无常的生的信心和向死而生的勇气。但随着村落的城镇化与现代化，"两家并一家"带来的矛盾也开始在一个个家庭中爆发。

关键词："两家并一家" 传宗接代 祖先日常生活

一、民俗学视角下的"自省"

每每寒暑假回到家乡，作为一个大龄女青年，在与亲朋好友的闲谈中，有关婚姻问题的探讨总是无法避免。我回家不久，就得知一位发小与其男友分手了。问及原因，她说道："这男的没有担当，小孩的问题，连跟家人提的勇气

---

① 沈燕，华东师范大学民俗学研究所2016级博士研究生。

都没有。”而一次去舅舅家串门，舅舅提及大女儿不久前的一段恋情，因男方家强调若是生二胎，男孩定要归他们家，最终在舅舅的劝说下，他女儿与男友分手。而我，作为家里的长女，也已不知被多少人打过预防针，要我一定不能嫁出去，为我们家续下香火。

以上三个案例有两个共同点。首先，这三户人家都育有两个女儿，没有儿子，于是大女儿就肩负起传宗接代的任务。其次，三户人家的家长都在入赘婚几乎无望的情况下将“两家并一家”这种婚姻形式当成了底线。[①]在这种婚姻形式下，女儿并非出嫁，男方也并非入赘，即方言所谓的“不进不出”。结婚后，双方对自己的父母仍有赡养义务，而且他们要生两个小孩，一个跟女方姓，一个跟男方姓，为双方家族续下香火。[②]

家长们对传宗接代的重视出乎我意料。我的家乡G村位于浙江省德清县境内，地处杭嘉湖平原，是一个正在急剧工业化的小村。经济的迅速发展，小村的迅速城市化，外来务工人员的急遽增加，还有伴随而来的外来文化的碰撞与融合，这一切都预示着这是一个开放、包容的小村。再加上我之前在家乡调查时，也就家谱、宗族一事进行过访谈，然而很多老人跟我说我们这儿没有家谱、祠堂一类的东西，即便“文革”前同姓家族供奉“家堂”[③]，堂内也不会供奉祖先，可见人们似乎对家族或宗族并不重视。于是每当面对家长们在长女

① 有的家庭若是只有一个女儿，那么往往她也需要担负起传宗接代的任务，实行“两家并一家”这样的婚姻。

② 这与费孝通曾提到的“两头挂花幡”这种婚姻形式极为相似，若一个男人仅有女而无子，在女儿未婚的情况下，他有权利要求其女儿将来生下的一个男孩做他的孙子，为他们家延续香火。具体可见费孝通《江村经济——中国农民的生活》，南京：江苏人民出版社，1986年，第50页。

③ 家堂内供奉“家宅六神”，分别为家堂菩萨、两位门神、灶神、土地老爷、瓦将军。关于家堂，参见禄是遒:《中国民间崇拜：命相占卜》，上海：上海科学技术文献出版社，2009年，第69—70页。其中有家堂一节，禄是遒调查的地点为上海、江苏一带，他描写的家堂与G村的家堂很像，但又有所区别，比如他描写的家堂中可供奉祖先，G村村民则坚决认为家堂不供奉祖先。

婚姻问题上的强硬态度时，我总忍不住想，为什么在一个看似如此现代化的小村，家长们传宗接代这样的观念始终未变，甚至有那么点不惜牺牲女儿幸福的感觉。那么，这里的传宗接代究竟意味着什么？究竟这是于谁而言的传宗接代？面对家中出现家长与子女间的矛盾，有何解决办法？此时的我，已然成了柳田国男笔下的带有了自省意识的乡土人，我“对现代的社会抱有疑问，进而寻求解决之道”①。本文即以此为契机，尝试对“两家并一家”这一婚姻观念进行探究。

二、传宗接代、婚姻与祖先

有关“两家并一家”这种婚姻形式，社会学、人类学、民俗学等学科都有过相关研究。就我搜集到的资料来看，这些论文大多集中于这种婚姻形式的原因探析、婚后家庭关系研究，前者比如经济发展、人口政策、传宗接代等因素，后者比如如何处理孩子归属问题、婚后居住模式等，然而这些论文都没能对传宗接代本身做出更多解释，大多是一笔带过，转而将传宗接代归结在经济、养老等问题上。② 在一篇硕士学位论文中，一位访谈人有过这样的言论，“‘两头做人家’就是为了一个姓氏，其他又没有什么，没有这个姓氏么，这个家就

① 〔日〕柳田国男：《民间传承论与乡土生活研究法》，王晓葵、王京、何彬译，北京：学苑出版社，2010年，第190页。

② 曹丽娟：《“80后”婚姻中的姓氏之争》，《当代青年研究》2013年第3期；曹丽娟：《“两家并一家”婚姻及其家庭关系研究——以昆山市L村为例》，南京大学，硕士学位论文，2015年；李学昌：《20世纪江浙沪农村婚姻状况与社会经济变迁》，《历史教学问题》2002年第5期；徐芸：《并家婚从何处来，向何处去——以苏州市并家婚为例》，南京大学，硕士学位论文，2015年；黄亚慧：《苏南地区的并家婚姻考察》，《中国青年研究》2014第11期；黄亚慧：《苏南农村婚姻形式变迁的经济因素分析》，《经济论坛》2013第6期；王会、狄金华：《“两头走”：双独子女婚后家庭居住的新模式》，《中国青年研究》2011年第5期等。

关门了呀"[①]。这样的说法，与我身边的长辈们的说法如出一辙。然而究竟为何这个"家"如此重要，文中并未直接给出解释，反而开始说明这种婚姻形式对实现两家亲属传递的重大意义。传宗接代，似乎成了一个拿来皆可用的常识性概念。

我及身边与我面临同样问题的朋友都曾问过父母这样的问题，"就算我生的小孩跟我姓了，但我的小孩长大了，他（她）要是出门[②]了，我们家不是又没了吗？"而父母的回答是："这就是你的事了。我们手里的任务就完成了，可以向祖先交代了。"可见，我们父母把自己当成了祖先和子孙的"上下关联的环节"，但他们并不将这种"关联"延伸到家族代代相传的长远发展上，或许正因此，他们口中的"传宗接代"更显现出一种现世养儿防老的务实感。[③]事实上，在我的家乡，父母辈们大都已经为自己买好了养老保险，一到退休年龄，他们每人每月至少就能有一千多元的收入，正如他们所说，"以后我们也不用靠着你们，不用你们养"。若是出于经济方面的考虑，用养儿防老这样的观念笼统地来解释父母们对"两家并一家"的坚持，未免太过单薄。

"两家并一家"是为了实现家族的传宗接代，而传宗接代在我家乡有一种更为朴实的说法——"摆人家"。具体而言，"摆人家"指的是家里后继有人，可进行祭祖活动，于是祖先得到供养，生者也可以在一定程度上得到祖先的帮助。这也就应了父母那句"可以向祖先交代了"。因此要想说明传宗接代，就必须纳入祖先的视角。有关祖先及其后代之间互动关系的研究，已有不少学

① 彭佳琪：《家庭继嗣和婚姻策略》，上海大学，硕士学位论文，2014年，第39页。

② 指女生出嫁，男生入赘到别人家。

③ 费孝通：《家庭结构变动中的老年赡养问题——再论中国家庭结构的变动》，《北京大学学报》（哲学社会科学版）1983年第3期，第7—8页。文中说道："所以我常说，中国人是心中有祖宗、有子孙而把自己作为上下相联的环节来看的，这种说法是否有点夸大，还可以推敲……"，随即提到中国人"养儿防老"这一传统的反馈模式。

者做过探索并基本持这样的观点，即两者之间可以互相交流、互相帮助。①而且这些文章中亦不乏涉及祖先与婚姻观念的言论。在20世纪30年代的吴江，"结成婚姻的主要目的，是为了保证传宗接代"，从而"不断有人继续祀奉祖先"②，在台北的三峡镇，家属为女性举行冥婚，并非为其寻找性伙伴，而是为了能使她得到后代祭祀③，而在云南的喜洲，为了使其丈夫香火不断，不育的女子甚至可允许其娶妾④。可见，祭祖的家庭责任深刻勾连着个人的婚姻选择，而且这并非个别现象。但是真正从祖先观念视角切入来研究这些婚姻现象的文章却很少。在一篇有关云南白族"不招不嫁"婚的博士学位论文中，作者阐释了传宗接代及祖先崇拜在这一婚姻形式中的推动作用，但遗憾的是，文章没能解释它们是如何塑造人们的观念继而产生这类作用的。⑤

---

① 〔美〕许烺光:《祖荫下：中国乡村的亲属、人格与社会流动》，王芃、徐隆德译，台北：南天书局有限公司，2001年。〔美〕武雅士:《神、鬼和祖先》，《中国社会中的宗教与仪式》，彭泽安、邵铁峰译，南京：江苏人民出版社，2014年，第137—185页；〔英〕莫里斯·弗里德曼:《中国东南的宗族组织》，刘晓春译，上海：上海人民出版社，2000年。李亦园:《中国家族与其仪式：若干观念的检讨》，杨国枢:《中国人的心理》，新北：桂冠图书股份有限公司，1988年，第1—24页。该文针对上述研究中有关祖先与子孙间关系的探讨，做了相关综述。林耀华:《拜祖》，《义序的宗族研究》，北京：生活·读书·新知三联书店，2000年，第229—258页；梅新林:《祖先崇拜起源论》，《民俗研究》1994年第4期；色音:《祖先崇拜的宗教人类学探析》，《内蒙古师范大学学报》（哲学社会科学版）2012年第3期等。

② 费孝通:《江村经济——中国农民的生活》，南京：江苏人民出版社，1986年，第23页。

③ 〔美〕武雅士:《神、鬼和祖先》，《中国社会中的宗教与仪式》，彭泽安、邵铁峰译，南京：江苏人民出版社，2014年，第153—158页。有关冥婚与祖先关系，一般认为未婚女子去世，只有为其举行冥婚才能使其成为男方家的祖先，受到后代祭祀，继而不再作祟；林耀华:《义序的宗族研究》，北京：生活·读书·新知三联书店，2000年，第150页；黄景春:《我国冥婚习俗的宗教学分析——兼谈当代冥婚造成社会问题的解决路径》，《民间文化论坛》2013年第2期。

④ 〔美〕许烺光:《祖荫下：中国乡村的亲属、人格与社会流动》，王芃、徐隆德译，台北：南天书局有限公司，2001年，第216页。

⑤ 许沃伦:《"祖荫"博弈与意义建构——大理白族"不招不嫁"婚姻的人类学研究》，云南大学，博士学位论文，2015年。

在有关汉族婚姻与祖先关系的研究中，无论是历史文献研究还是经验研究，婚姻总是与祖先崇拜的宗法性①特征密切相关。有学者将这种宗法性的发展分为早、中、晚三个阶段，“周代为早期，行政系统与宗法体系相一致，全国如同一个大家族，祭祖既是宗教活动，又是政治活动。秦汉至宋为中期，以地域为基础的行政区划和选拔官僚体制打破了无所不包的宗法体系，宗法制缩小为宗族内部的制度，祭祖不再是全国统一的政治行为，官阶品位有时比嫡庶之分还重要。明清是晚期，贵族的宗族与民众的宗族之间分野更明显，家庭的作用增强，祭祖活动更加分散和放宽”②。祭祖的权力逐渐从国分散到家及个人层面，祭祖的形式变了，但其本质并未发生根本性转变。祖先之礼的核心是用“祖先”格定社会的礼仪秩序。③儒家强调的伦理、礼治，如重视长幼之序、血缘关系、家庭与宗族、守孝祭祖等，曾在父权制宗法体系下贯穿起家国之间的各个阶层，如今即便有的地方不再有频繁、复杂的祭祖仪式，作为一种无形的传承下来的观念，它仍对人们的日常生活产生着巨大影响。由此，华北某县的村民才会在传统礼序失范的情况下选择以自杀这种形式来进行反抗，他们要的不过就是传统人伦之下的“过日子”。④

父母们口中的“摆人家”，实则与上文提及的“过日子”有着异曲同工之处。细究起来，“摆人家”可以说是“过日子”的前提条件。成家与生子，摆

---

① 所谓宗法，就是巩固父系家族实体的一套体制，它以男性血统的继承关系为轴心，形成上下等级和远近亲疏的人际网络，以此决定财产与权力的分配与再分配，上有皇族，中有宗族、家族，下有家庭，它们是联系社会人群的普遍性纽带。牟钟鉴:《中国宗法性传统宗教试探》,《当代中国特色宗教理论探讨》，兰州：甘肃民族出版社，2013 年，第 191 页。

② 牟钟鉴:《中国宗法性传统宗教试探》,《当代中国特色宗教理论探讨》，兰州：甘肃民族出版社，2013 年，第 200 页。

③ 张小军:《“文治复兴”与礼制变革——祠堂之制和祖先之礼的个案研究》,《清华大学学报》(哲学社会科学版) 2012 年第 2 期，第 23 页。

④ 过日子就是在出生、成长、成家、立业、生子、教子、年老、寿终这样一辈子中生活的状态。参见吴飞:《浮生取义——对华北某县自杀现象的文化解读》，北京：中国人民大学出版社，2009 年，第 32 页。

起了人家，才能顺利实现“过日子”，由此一个人也才能被村里人视为“正常人”。作为一个“正常人”，一面需指向过去，为祖先续下香火，一面又需指向未来，为自己续下香火。否则，不管立下多大的业，其在村子里也只能是个不正常的“边缘人”，甚至其本人或其家中长辈、祖先还会被诟病在道德方面存在问题。[①] 乡土社会中的人虽以“己”为中心，但“并不是个人主义，而是自我主义”[②]。由己及人及家，虽通常不至于及天下，但通过个人的婚姻做到对父母尽孝、对祖先有祭，在村民们看来便是真正做了“人”。从这个意义上说，婚姻才是一个人真正的成人礼。在这里，婚姻所体现出来的功能正合了《礼记·昏义》中所说：“昏礼者，将合二姓之好，上以事宗庙，而下以继后世也，故君子重之。”[③]

但若是回归到日常生活中，“礼”这个层面的解释仍不足以回答我的问题。无可厚非，民众自然会在礼俗互动的过程中受到“礼”的影响甚至将之内化为自己的行为准则，但需要注意的是，在这个过程中，民众对“礼”的实践与圣人、君子的初衷已然有所差别。祭祀一事，“其在君子以为人道也，其在百姓以为鬼事也”[④]，衍生到“两家并一家”这一婚姻形式上，村民们究竟是如何在日常生活中体验到传宗接代的重要性的、祖先在这一过程中起了什么作用，才使得他们如此坚持“两家并一家”？日常生活指向的民俗学研究恰好提供了这样一个视角，此时的民俗学“是一门探知事实和认知之间关系的科学。它关注人们如何把包括以人类的智慧尚难理解的事实转换成可以解释的事物，

① 祖先与后代子孙的兴旺发达可以互相影响。喜洲人相信一个人富裕是因为其祖先品德高尚，贫穷则是因为其祖先品行丑恶。而子孙的品行也会影响祖先生活是否幸福。〔美〕许烺光：《祖荫下：中国乡村的亲属、人格与社会流动》，王芃、徐隆德译，台北：南天书局有限公司，2001 年，第 191 页。

② 费孝通：《乡土中国·生育制度》，北京：北京大学出版社，1998 年，第 28 页。

③ ［汉］郑玄注，［唐］孔颖达正义：《礼记》（下册），吕友仁整理，上海：上海古籍出版社，2008 年，第 2273 页。

④ ［战国］荀况、张觉撰：《荀子译注》，上海：上海古籍出版社，1995 年，第 427 页。

观察人们如何认识事实，赋予其意义并建构一种现实感”[①]。那么搜集村民生活中与祖先互动的“日常”，继而探究这种现实感的建构过程，便能解释父母们对传宗接代的坚持了。

三、祖荫下的生活

对喜洲的村民来说，祖荫下的生活总是受到祖先荫庇的，这些祖先从不做伤害后代的事，“总是慈祥善良，从无恶意”[②]。但对 G 村的村民而言，祖先并非总是庇佑子孙的，当他们发觉受到怠慢时，便会使用一些手段来惩罚子孙，比如让人生病。

我家隔壁住着小伯一家。2013 年年初，小阿姆[③]征得她儿子同意去附近一家纸箱厂工作。工作内容是糊纸盒。工作第一天回家，她便觉得胳膊有些酸痛，但她并未认真对待。第二天去厂里一问，大家都说这是正常现象，多做几天就好了，于是小阿姆也未多想。不想到了第十一天晚上，她胳膊实在疼得不行，愣是在床上坐了一夜。小阿姆自知有些不对劲，“我真的疼得来哭的，求死的呀。整个胳膊麻到这儿了，真的是砍掉了都不知道的。我对你小伯说，肯定有什么缘故了，快去给我大门口拜拜”[④]。小伯本是不信这些的人，但他也不

---

① 〔日〕岩本通弥:《城市化过程中家庭的变化》，施尧译，《民俗研究》2016 年第 5 期，第 7 页。

② 〔美〕许烺光:《祖荫下：中国乡村的亲属、人格与社会流动》，王芃、徐隆德译，台北：南天书局有限公司，2001 年，第 208—209 页。

③ 小伯的妻子。因之前在绸厂上班时不慎磨掉了两个手指，她儿子便一直要她在家休养，不让她出去工作。

④ 方言称为“拜讨路头阿太”，即祭拜外面的孤魂野鬼。这些孤魂野鬼都因没有后代祭祀，只能在外流浪到处要饭吃。村民们大都相信，要是身体忽然没来由的不舒服，很可能是被这些鬼“惹”到了。一般来说，这时只要在家门口祭拜他们，给些吃的用的，他们就会离去，病也会好起来。

忍心看着小阿姆这么难受，便赶紧准备好饭菜、点上香烛去门口拜了拜。可是并未好转。随即他儿子又带她去杭州的医院做了好几次检查，花了两千多元，结果也未能查出什么。又过了几天，小阿姆去关仙婆[①]那儿查家宅[②]。这是她每年的例行公事，并非为了自己的胳膊疼去的。结果在查家宅的过程中，关仙婆说道，"你没有记着一个阿太的祭日，所以他来弄[③]你了。"随后，阿太[④]就上身[⑤]说话了。原来，这个阿太是大爷爷。他对小阿姆说，"我要是今朝不来弄你，我这个阿太你什么时候都记不起来，要没掉我了。你们从来没有为我操花过一点。你们要是再这样，我就对你们不客气！"[⑥]小阿姆想了想，他们家确实从未在家祭祀过他。关键是她并不知道有这么个大爷爷存在。

事情要从小伯的太爷爷那一辈人说起。当年，小伯的太爷爷育有两个儿子，一个是小伯的爷爷，而另一个就是上文所称的大爷爷。小伯的爷爷生了两个儿子，大爷爷则只有一个女儿，后来还出嫁了。于是当年小伯的爷爷做主，把小伯过继给了大爷爷，也就是说，小伯成了大爷爷的后代。这样一来，大爷爷也就续上香火摆起了人家。然而，随着小伯父亲的去世，过继一事也就没人记得了。当天回到家，小阿姆就此事问了小伯。小伯回想了好久，终于想起来当年好像听父亲提过过继一事，但印象早已模糊。大爷爷作为被小伯家遗忘的祖先，刻意前来提醒，要求他们记得这个人家是给他摆的。

大爷爷祭日是阴历二月初四，因工作原因，小阿姆提前一天祭拜了他。祭祀完，当天下午小阿姆便又去了趟关仙婆那儿，大爷爷又上身说话了。当得知小阿姆已在今天祭祀他之后，他立马回道，"你初三拜是不对的，一定要初

---

① 指充当人神、人鬼之间媒介的通灵人。

② 每年正月十五过后或家里不顺时，去找关仙婆或算命先生预测一下家宅运势。

③ 指捉弄。

④ 在当地方言中，阿太有两个含义。其一指仍活着的已成为太奶奶、太爷爷一辈的老人；其二指祖先。这里的阿太是祖先的意思。

⑤ 即附身在关仙婆身上与小阿姆对话。

⑥ 今朝指今天。没掉指忘记。操花指操心、花费。

四拜的。初三庙里要干活[①]，抽不出时间，不放假的，出不来。”小阿姆正想如何是好，只听大爷爷问道：“你烧的那个佛经[②]的灰倒掉没啦？”小阿姆连说还没。“没倒掉的话，我明天去你家拿。我顺便还要去你家转转。”回忆到此处，小阿姆不禁感慨：“后来胳膊就好了嘛。”

摆起了人家，家族的链条得以延续。而当链条中的一个环节被人遗忘时，这个环节上的“人”就会前来提醒，通过一些方式比如让后代生病，提醒后代记得他的存在，继而让家族的秩序得以恢复。就像小阿姆说的：“自家阿太倒也不是弄你，总归是保佑你的，有的事情不弄你你也不晓得，这倒是也对的。”

已经死去的祖先需要被记忆。祭祀不仅给了祖先经济上的支持，也给了他们精神上的安慰。而对生者来说，在一次次的祭祀中，他们也得以不断记起自己从何而来，继而巩固起家族的秩序。事实上，在村民们看来，生者还可能得到更多。同村的大伯，在十几年前得了癌症，幸好发现得早，得到治愈。但就在2015年7月底，他忽然胸口发闷，检查出来是肺出了问题，并严重到进了ICU（重症监护室）。如今，他已度过了危险期。一次，我随小姑去关仙婆处关仙[③]。奶奶上身与小姑说起自己在庙里遇见了大伯的母亲，并就大伯生病一事表达了自己的看法：“她这个儿子，救了几次，钞票浪费了。一会儿买回来，一会儿买回来，要多少银子啊！这次快六七十两了，叫她哪里去多出来啊？等于命没了一样了。这么跟你说，所以阴间要钞票呀。有钞票么，一下拿了就去了咯，有个一点就救救了。”她还说起了大伯母亲的抱怨：“你阿姆还说，祭

① 村民们相信，有子孙后代的村民死后都要住在庙里。这里的庙是这个村的村庙，是现实中存在的庙。

② 烧给祖先的佛经，由二三十根麦秆做成，并由村里的老人拿着它念经，念的经有《般若波罗蜜多心经》等。村民们会在祭祀仪式之前请村里的老人来家中念经（又称念佛），并付给老人一定的现金报酬。念完后需存放起来，待祭祀时烧给祖先。待灰凉了，祖先就能拿钱。相当于冥币。

③ 关仙，指的是关仙婆叫来亡人，与生者进行对话。这次小姑去，是为了与去世不久的奶奶对话。奶奶于2015年5月去世，当时大伯还未生病。

日，儿子就烧给我两三把佛经，这种难头叫我怎么顶啊。”当小姑问及一把佛经多少钱时，奶奶笑了笑说道，“不说话么二两三两有的，说说话么只有一两多一点。”[①]也就是说，生者通过请人念佛、拜忏等，在特定祭日给亡人送去的银两，亡人除了用这些钱来生活之外，还会用它们来买回子孙的命，也即奶奶说的“小家不宜就要去垫（钱）”。正因为此，奶奶才会在我们去关仙时对母亲和姑姑们千叮万嘱：“拜阿太一定要讲究！念佛的钞票不要省！”

对村民而言，“逝者已矣”这个词在某些层面并不正确，逝者仍与生者保持着联系，还可以在关键时刻拯救生者。而这种联系，必须建立在“摆人家”的基础之上。有了“人家”，生者与死者之间才有了沟通的可能。而“两家并一家”使女方家有了香火，继而使其家族得以维持这种阴阳间的联系。

对长辈们而言，传宗接代勾连着生者与死者，是实际可见的。它表现在身体的疾痛上、家里祭祀的供桌上、烧成灰的佛经上，亦表现在关仙婆的转述上。这种包含着祖先显灵的日常生活使他们意识到祖先的重要性。事实上祖先的存在，不仅给了他们面对无常的生的信心，还给了他们想象死后生活的可能性。这种想象的直接来源，便是关仙时与亡者进行的对话。

四、遗愿里的阴间世界

在奶奶去世后，我们一共去关仙婆那儿关仙过两次。一般关仙的目的主要有两个：一是询问亡人是否还有要交代的事，比如遗愿；二是询问亡人在阴间生活状况如何，是否需要什么东西。对于突然死亡、去世时身边无人陪伴的亡

---

① 指念佛的老奶奶要是不闲聊不偷懒、认真念佛的话，亡者拿到的银子就会比较多。即便按一把佛经三两来算，要凑够六七十两，也需要二十多把佛经。在亡者祭日，一般烧两三把佛经，一年一祭，那就需要六七年时间来累积。虽然还有清明、冬至等大的祭祀，此时会烧十多把佛经，但这钱是祖先们分享的，平均一人能拿到一两把佛经的钱就不错了。若是这样算来，阴间的生活确实较为拮据。故此，阳间子孙后代的祭祀也就显得尤为重要了。

人，家人往往还会问及其去世时的情形。

奶奶去世那天，刚好是她外甥结婚的第二天，我的父亲母亲、姑姑姑父等都去帮忙了，而我和妹妹都在学校。于是她去世时身边无人陪伴。第一次关仙是在奶奶七七之后，母亲、妹妹和姑姑们一起去的，当时我并未在现场，便让妹妹录了音。第二次是在奶奶百日之后，我和小姑一同前往，这也是我第一次在奶奶去世后"见"她。而在这两次关仙中，奶奶都提及了她的遗愿，即她希望我和妹妹两个人中能有一人留在家里①，为我们家续下香火。

在奶奶的讲述中，这里的续香火有两层意思。其一是对她自己而言。在阴间，灵魂之间也有地位的差别。她刚去，排到的座位号是六十号。当她在阴间看到村里的熟人因为有了玄孙之后位子越来越好，她便希望自己也能如此。因此第一次去关仙时，她便交代，"大孙女儿岁数大了，我也担心的，并了么就并了②。小孙女儿叫她招进。第一个生出来的小孩一定要归我们。我们要去升噶一截位子。"其二是对她儿子（即我父亲）而言。奶奶担心一旦我和妹妹都出嫁，这个家就后继无人了。也就是说，要是我父亲、母亲去世，再也无人祭祀他们，他们就成了孤魂野鬼。而在阴间，没有摆起人家的亡人，死后不能待在庙上，只能跟着伤司船③到处流浪要饭吃。当我就此事问及父亲母亲时，我说:"即使我嫁出去了，我也可以祭祀你们啊。"父亲母亲回答道，"你嫁出去了就不是我们家的人了。你在你婆家祭祀，我们是进不去他们家门的。他们家也有大人家④的呀，不会让我们进去的。"奶奶在世时，就要求我结婚留家里

① 指不要出嫁。招女婿入赘或"两家并一家"。

② 指"两家并一家"。

③ 伤司船指阴间的船，船上载着伤司鬼。伤司鬼指的是没有后人祭祀的鬼，不能成为祖先，即为野鬼。他们会专门找一些身体较弱的人要饭吃要钱用。姜彬主编的《吴越民间信仰民俗》中载有一首《断气经》，开头即为"门前停仔一只伤司船，两档差人落起来，牛头马面走进来……"，照此看来，似乎船上载着的是阴差。总之，伤司船上的鬼可以使人致病，甚至使人死亡。详细可见该书，第263页。

④ 指祖先。

一事态度并不强硬，但第二次关仙时，我在现场，她却口口声声要我招婿，甚至还用反问的语气质问我，比如当她问我以后工作回不回来时，我说句"不晓得"，她便质问道："奶奶抱你抱到这么大，你怎么会不晓得呢？"这样的话语让我有些难过，我始终认为，不论生前还是死后，奶奶都是不会用这种语气与我说话的。我就奶奶的语气一事与母亲、姑姑们谈起过，她们与我也有同感。但这并不妨碍她们相信关仙婆真的叫来了奶奶。

家长们对"两家并一家"的强硬态度，很大部分源于对关仙婆所说的阴间世界生存法则的坚信。然而，为何大多数村民会相信关仙婆说的话？这就不得不提关仙的过程。这是一个博弈过程。关仙的第一步就是亡人认人。如果说他能正确说出前来关仙的人是谁，那么这第一关就过了，特别是当亡人用的称呼正是生前用过的，比如我奶奶叫我爷爷"骂人精"、称我为"宝贝孙女儿"。但我发现亡人在此过程中绝不会直接叫生者的名字，而是用两人之间的关系来称呼，比如女儿、媳妇等。而且在此后的谈话中，他也不会提及任何生者的名字，用的都是这种称谓。[①] 接下来，亡人会讲述自己死亡的过程及遗言，这对生者来说也是一种再确认。特别是像我奶奶这种去世时无人送终的，那么询问她临死时候的情况便是必不可少的内容了。我奶奶在讲述的时候，她一方面强调自己去世时的穿着，比如穿着随身衣服[②] 走的、没来得及穿鞋子等，另一方面也会强调当时的难受以及为何不提前告诉子女让子女陪伴的原因。其实得知亡人如何一个人孤独地面对死亡，对生者来说既是一种折磨又是一种宽慰，虽然身不在现场，但至少知晓了当时的情况。所以谈及此处，生者往往会声泪俱下。而在亡人的遗言中，最重要的有两点，其一是对财产的交代，其二是对生者的要求。所说的钱财准确与否，是衡量关仙婆说得准不准的重要指标。拿我

---

① 名即其人，名字有着某种神秘的力量，若是被敌人或鬼怪得知某人的名字则可能招来灾害。参见万建中：《中国民间禁忌风俗》，北京：中央编译出版社，2010 年，第 159—171 页。

② 指平时穿的衣服，而非专门准备的寿衣。

奶奶的例子来说，第一次关仙，关仙婆准确说出了两处放钱的地方，一是床席底下，二是念佛篮里，并且指明了币值的大小；第二次关仙，她又补充了一处放钱的地方，即自己的口袋。因为其实奶奶生前对自己有多少钱也并不清楚，所以关仙时也未能准确说出钱的数目。但仅仅就这放钱的地方，便足以让母亲和姑姑们相信这是奶奶在说话。后来我发现，在向别人的转述中，他们往往也只会说关仙婆说得对的地方，比如会强调关仙婆准确说出了奶奶放钱的地方。事实上，他们并不是刻意要宣传关仙婆，更多的，是在表达自己的惊讶与喜悦。这种惊讶与喜悦，来自和已经消失在这个世界的亲人之间的联系，而且这种联系充满了真实感。无意间，这种朴实的感情造就了农村闲聊叙事的一个重要特点，即可述性[①]。这种可述性又无意间造就了关仙婆灵验的故事传说。

在聊完这些之后，生者对亡人的身份早已不再怀疑。正是建立在这一基础上，亡人讲述的有关另一个世界的信息，才会被生者认可并相信。同时，这也是一种知识的传递，这种知识可以教会活着的亲人如何更好地活着，又如何在死去后顺利进入那个世界并继续更好地“活着”。这两种活着，都需要香火的存在，也即摆起人家。对于只育有两个女儿或只有一个女儿的家庭来说，“两家并一家”就成了其实现传宗接代的颇为无奈的方法。

来自阴间的亲人的嘱咐总会被特别珍视。确实，“与西方不同，中国灵魂存在的死后世界并不是一个自给自足的、充满了永恒幸福的世界”[②]，关仙告诉了生者在阴间获得更好生活的方法，而且这种方法的主动权掌握在生者自己手上，即生前努力为家族延续香火。

---

① 吴飞:《麦芒上的圣言：一个乡村天主教群体中的信仰与生活》，北京：宗教文化出版社，2013 年，第 113—115 页。

② 彭牧:《灵屋、物质性与冥界的日常生活》,《世界宗教文化》2015 年第 3 期。

五、总结与反思：生死之间的传宗接代

从长辈们的逻辑出发，他们相信祖先与阴间的存在。在坚持“两家并一家”的背后，凝结着的是他们的生死观。通过“两家并一家”这种婚姻形式实现传宗接代，他们也就在生的同时解决了死的问题。从生的角度而言，“摆人家”使生者与祖先的沟通成为可能。祖先的存在，提醒着生者从何处来，而祖先时不时的帮助，也使后代在阳间的生活更为顺利。比如村民们都知道家蛇往往是祖先的化身，当它们出现在家中时，就是祖先在提醒后代最近有不好的事发生。而生者即可前往关仙婆处询问，提早做好预防。从死的角度来看，对未知死亡的恐惧是任何人无法逾越的问题，而关仙则可以让祖先开口说话，继而让活着的人对阴间的生活有一点概念，并知晓如何在阴间过得顺利。比如子孙兴旺，则在阴间有较高地位，反之若是没有后代，则只能在伤司船上到处流浪乞讨。阴间的生活仍有可控的部分，这在一定程度上也是对生者的安慰。

传宗接代，也可以说是生者创造出来的生存策略。在父母们的世界里，亡者和生者各居其所，在“摆人家”的连接下，有序，甚至和睦，继而共同来面对生死问题。而当现世的各种因素比如计划生育政策等阻碍了传宗接代的实现时，村民们便发展出“两家并一家”这样的形式，尝试继续维持这种秩序。一旦这种秩序遭到破坏，父母们建立起来的意义世界就会破灭，他们也就会生发出迷茫，甚至生活毫无意义这样的想法。就像我父母经常说的：“你要是嫁出去了，我们真的是白养你这么大了，我们做了这么多年也白做了。”这并不是如表面看到的那样是父母们自私的想法，背后背负的其实是他们在这个村子里生活那么多年累积起来的对阴间世界的想象，连带着对阳间美好生活的向往，因此他们才会紧紧“抓住”长女或独生女儿的婚姻自由，去争取小孩的一个姓氏。

但对我们这一代人来说，对祖先、阴间的想象早已消失在校园课堂上。于是我们会觉得父母们的固执难以理解。在祛魅的世界中，我们只看到我们的现

世也只想过好我们的现世，而父母们颇有向死而生的决绝，他们在生的同时积极准备着死的事情。事实上，“宗教魔法繁衍的基石”[①]远没有消失，科学也远不能解决所有问题。但理解并不意味着问题的解决。我曾把这篇文章发给前文提到的发小看。她看完后说，“我可以理解他们，但那些是看不到的，而我婚姻的幸福是现实可见的。”而当我与外省的同学聊起“两家并一家”这种婚姻形式时，他们都非常诧异：“你们那儿经济这么发达，怎么还这么迷信？”有的人则用“传统”一词取代“迷信”发问。可见在他们看来，现代化与“迷信”“传统”是截然相反的二元对立般的存在。日本民俗学家柳田国男将民俗分为三类：可视的材料、声音的语言资料、心意感觉。[②]外在有形文化的现代化并不等同于生活观念的现代化。有形文化容易改变，而内在的心意感觉承载着地域的文化认同、价值观、人生观等，并没那么容易烟消云散。甚至于，人们还会想方设法在不得不做出改变的物理空间中叠加上以前的信仰空间。比如以前，村民们的厨房里都有灶头，上面放着灶神。而新装修的厨房模仿城里人的样式，不再建灶，于是人们就在墙上搭起一个木头架子，在上面供奉灶神。正如一位村民跟我说的：“不放灶家菩萨[③]，总觉得少了点什么。”这种心理的感觉，作为身体的记忆刻印在人身体上，继而转变为身体问题，这种感觉的共同性，会成为连带、社会性结合的契机。[④]于是，村落里的长辈们对后代们的婚姻大事都如此“固执”。他们生于斯、长于斯，共有的心意感觉共同塑造起一个阴间、阳间相连的世界。但是，我及身边的同龄人在经过学校教育后，大多已搬到附近的城市居住，这种心意感觉的断裂，让我们不再无条件遵从长辈们沿袭的“约定俗成”。

---

① 〔美〕许烺光：《驱逐捣蛋者——魔法·科学与文化》，王芃、徐隆德、余伯泉译，台北：南天书局有限公司，1997 年，原著前言，第 XXI 页。

② 〔日〕柳田国男：《民间传承论与乡土生活研究法》，王晓葵、王京、何彬译，北京：学苑出版社，2010 年，第 84 页。

③ 地方方言，指灶神。

④ 王晓葵：《民俗学与现代社会》，上海：上海文艺出版社，2011 年，第 86 页。

我们的家庭结构、生育目的确实都发生了变化，横向的夫妻关系取代了纵向的父母、儿子关系，家庭成员的幸福取代了传宗接代的任务，随之而来的还有我们私人生活的变革、信仰世界的崩塌。[①] 但这种变化始终是进行时的状态，我们仍可以从当今社会中看到以父系和祖先观念为核心的家庭人伦秩序的强大力量。比如程村的基督徒会把祭祖仪式统合于祷告中，而且仍然重视香火的延续，不乏为了生育男孩而超生者[②]。而在新加坡，坟山崇拜和“社群共祖”既很好地解决了华人家庭内部的祭祖问题，又整合了不同华人社群间的认同问题[③]。此外，就在G村所属的小镇上，因家居空间中大多已没有专门放置祖先牌位的地方，很多人开始选择将过世不久的亲人的牌位寄存于镇上的禹王庙中。庙里专门设有一个小房间供奉祖先牌位，而且有专门的人负责为其放置贡品。事实上，外省的同学会对“两家并一家”特别是其中一名子女随女方姓的要求甚为诧异，背后折射出的正是我们对传统家庭人伦秩序的不自觉的默认。而我及村中的同龄人对这一婚姻形式生发出的抵触之感，无意间却触及了对这种人伦秩序的反思。

在科学主义的驱使下，年青一代面对父母们的“自私”想法，大多认为追求个人的自由与幸福更为重要。而父母们在他们的语境下选择了他们认为的“科学主义”。与此同时，双方又会产生为了让对方舒心而想要妥协的矛盾心理。村落片面的、层级的现代化引发的矛盾，在一个个具体的个人的内心纠结着，继而又延伸到一个个小小的家庭中爆发。在这里我们需要慎重考虑的是，如果家庭中的平等只是意味着作为个体的人的平等，继而取消了长幼之序和家

---

① 阎云翔:《私人生活的变革：一个中国村庄里的爱情、家庭与亲密关系：1949—1999》，龚晓夏译，上海：上海书店出版社，2006年，第四章、第七章、结论。

② 谭同学:《在上帝与祖先之间——粤西程村基督徒信仰实践的人类学考察》，《世界宗教研究》2014年第2期。

③ 曾玲:《阴阳之间——新加坡华人祖先崇拜的田野调查》，《世界宗教研究》2003年第2期。

庭分工，那么这样的平等有何意义？[①]是否会像走出了祖荫的下岬村，“摆脱了传统伦理束缚的个人往往表现出一种极端功利化的自我中心取向，在一味伸张个人权利的同时拒绝履行自己的义务，在依靠他人支持的情况下满足自己的物质欲望”[②]。

虽然知晓了长辈们对“两家并一家”及传宗接代之执着的深层原因，但我暂时仍无法解决发生在身边的，甚至将来会发生在我身上的家庭矛盾。不过我又认为，仅仅只是对这一家庭矛盾的反思也是极为必要的，因为家庭伦理是中国礼教的核心，“而只有家庭伦理的讨论才意味着现代思想的全面到来”[③]。但同时需要反思的是，矛盾的背后，我们所追求的现代化究竟是什么，是否只是“以西方为标杆的都市文明及其消费主义”[④]。衍生到“两家并一家”未来的发展以及存在于这种婚姻形式背后的农村与城市、传统与现代之间的矛盾，若只是一味以躯壳式的西方现代性来反哺千百年来扎根于土地之上的农民，那么可以预见的是，这种矛盾非但无法解决，反而可能会愈演愈烈。正视、理解他们的逻辑，事实上也是在直面我们自己，我们不能只是当下的、未来的，也是过去的存在。村民们祖荫下的生活，其内在的动力不仅是为了现世的未来，更是为了死亡世界中的未来，从某种程度上来说，这样的时间体认正是解决都市现代性问题的关键所在。毕竟我们不可能永远沉醉于当下的“及时行乐和肉体的欢愉”，而“无聊”“没劲”的背后，不正是我们那个还来不及思索就已经深

① 吴飞：《现代生活的古代资源》，上海：华东师范大学出版社，2015年，第84—94页。

② 阎云翔：《私人生活的变革：一个中国村庄里的爱情、家庭与亲密关系：1949—1999》，龚晓夏译，上海：上海书店出版社，2006年，自序第5页。

③ 吴飞：《现代生活的古代资源》，上海：华东师范大学出版社，2015年，第89页。

④ 岳永逸：《都市中国的乡土声音——民俗、曲艺与心性》，北京：中国人民大学出版社，2015年，第304页。

陷城镇化、现代化浪潮中的焦虑不安的灵魂吗？[①] 从这个层面来说，自省的民俗学、从日常生活角度探讨认知形成过程的民俗学，或许能从根本上解决现代性危机的问题——因为我们的目的不再只是完成《远野物语》，而是解释为什么佐佐木喜善会在讲故事时对抗柳田国男的忍俊不禁生气。[②] 而在日常生活中，我们所有人都可能是佐佐木喜善也可能是柳田国男，一如在“两家并一家”这一婚姻形势下家庭矛盾中的双方。

---

① 岳永逸：《都市中国的乡土声音——民俗、曲艺与心性》，北京：中国人民大学出版社，2015 年，第 156 页。

② 〔日〕岩本通弥：《城市化过程中家庭的变化》，施尧译，《民俗研究》2016 年第 5 期，第 6 页。

二十四节气在琉球的传播与演变

徐仕佳[①]

摘要：本文采用历史学和民俗学等相关资料，梳理二十四节气在琉球的传播过程，分析其在生产生活中的实践应用和与当地民俗的融合情况，并思考节气制度对当地社会产生的影响。节气制度于明清时期传入琉球后，在生产生活层面发挥了指导作用，并发展出了兼备农耕和海洋要素的节气文化。由于同时具有自然时间特征与人文时间特征，节气制度实现同当地民俗文化深度融合，并使得该地被吸纳进东亚岁时文化体系中。二十四节气既给琉球带来了更为精确的计时体系，又促进了区域内部的时间一体化，还影响了当地的血缘团体和地缘社会。琉球民众对节气制度的再创造亦使得东亚节气文化有了更为丰富的内涵。

关键词：二十四节气　琉球　岁时文化　文化交流

二十四节气起源于黄河流域，随着时间的推移，逐步向周边区域扩散，并且影响了周边诸国的时间管理方式和岁时文化。通过分析节气制度外传方式及在域外的演变过程，可帮助我们更为深入地分析节气制度的内涵，理解中国乃至东亚区域的时间文化。

① 徐仕佳，北京外国语大学日本学研究中心2014级硕士研究生。

虽然已有二十四节气在域外传播的研究[①]，但是其覆盖面还远远不够。琉球群岛即为例证：即便一些学者已经注意到了当地的时间制度同中国传统历法之间的关联[②]，但是目前尚无研究就节气制度在琉球[③]的传播与实践情况进行梳理。

那么，二十四节气是如何传入琉球，又在当地发生了何种变化，产生了什么影响呢？本文通过分析中琉史书、地方志、历书和农书等史料，并结合现代民俗学田野调查报告，对此进行讨论。

一、节气传入琉球的过程

二十四节气为中国传统历法[④]的重要组成部分，探讨其传入琉球的历史，首先需要宏观把握中国历法传入琉球的过程。据《明太祖实录》，洪武五年（1372 年）明太祖遣使出访琉球，同年十二月琉球中山国国王遣弟随明使入华朝贡，获赐明朝历法《大统历》。[⑤]这是目前已知最早的历法入琉史料。由于

---

① 如毕雪飞就二十四节气在日本的传播情况进行了梳理和分析。参见毕雪飞《二十四节气在日本的传播与实践应用》，《文化遗产》2017 年第 2 期。

② 〔日〕大谷光男：《大清乾隆二十七年選日通書（琉球）の暦注（2）資料編清國・朝鮮の暦注と、その比較》，《東洋研究》第 143 号，2002 年；三浦国雄：《風水・暦・陰陽師：中国文化の辺縁としての沖縄》，宜野湾：榕树书林，2005 年；中野荣夫：《古琉球時代暦関係史料（稿）》，《日本の中の異文化》第 3 号，2007 年等。

③ 本文所述“琉球”范围为原琉球王国下辖“三省并三十六岛”。1879 年日本通过所谓“琉球处分”，将琉球王国强行并入日本，改设冲绳县并缩小其辖区。由于本文主要讨论节气制度在原琉球王国疆域内的传播与应用，故不取“冲绳”一词，而采用“琉球”表示该区域。

④ 本文中注明阳历月份，如无特殊说明均为农历月份。

⑤ 《大明太祖高皇帝实录》“甲之十二”言：“杨载使琉球国。中山王察度遣弟泰期等奉表、贡方物。诏赐察度《大统历》及金织文绮纱罗各五匹。”（《原北平图书馆甲库善本丛书》第 155 册，北京：国家图书馆出版社，2013 年，第 385 页。）

《大统历》卷首必言明当年二十四节气之时刻，可以推测琉球人此时已经接触到了节气制度。

其时琉球本岛分为山南、中山和山北三国，山南与山北二国随后亦遣使入华，但史书未明言赐物中是否含有《大统历》。由此可见，中国历法虽自明初传入琉球，初时似乎未得到广泛普及。

琉球自主使用中国历法的时间不晚于明朝中期。中山国于15世纪前期吞并另外两国，其后依旧同明朝保持密切联系。琉球官史载："明宪宗登极，改元成化。庆贺使臣在闽，始学造历。[本国造历，自此而始。]"①琉球首里王府所编《琉球国由来记》言："本国通中华后，有造历之事。成化元年，历始传来，造之。"②《琉球国旧记》亦云："成化元年十月，通事金锵奉王命赴福建进贡，并请赐铜钱。其时学历法，回国造历，通行于初中。"③上述史料表明，成化元年（1465年），琉球曾遣使入华学历，并在本国推行所学历法。迟至成化年间，琉球采纳了《大统历》，中国历法通行于该国。

明清更迭之后，琉球依然与中国保持宗藩关系。康熙年间曾派人专门测量琉球之经纬④，清朝历书也会注明琉球本地的二十四节气时刻（如图2方框内）。另据前人研究，明清两朝来华学习历法的琉球留学生共有六人⑤，他们将制历之

① 《球阳》卷二"尚德王五年"条（日本筑波大学附属图书馆藏本）。括号［］内为夹注，后同。

② 原文为："当国、造暦事、通中華後、成化元乙酉年、始暦伝来、造之。"外间守善等：《定本琉球国由来記》，东京：角川学艺出版，2011年，第115页。笔者译，后同。《琉球国由来记》为琉球王府编纂的地方志，成书于18世纪初叶。

③ ［日］原田禹雄：《訳注琉球国旧記》，宜野湾：榕树书林，2005年，第195页。《琉球国旧记》成书于18世纪前期，内容涉及琉球历史、地理、风俗、文化等方面。

④ ［清］徐葆光：《中山传信录》卷四"星野"，《续修四库全书》第745册，上海：上海古籍出版社，2002年，第502页。

⑤ 谢必震：《福建文化在琉球的传播与影响》，《东南文化》1996年第4期，第97页。

法带回琉球王国。史载琉球王府中设有司历通事一职，负责编制历法。① 此官由移居琉球的闽人后裔担任，专司本地造历之职②。清人编《福建通志》中亦有琉球人在本国造历的记录：

至于凛奉正朔，贡使至京，必候十月朔颁历赍回，及至国已逾半年。故国中设司历通事，官秩七品豫，推算造历应用。历面书云："琉球国司历官谨奉教令选造通书，权行国中，以后颁赐官历。共得凛尊一王正朔，是千万亿年尊王归化之义也。"③

今存乾隆二十七年（1762 年）琉球历书一册④，卷首文字与上述史料所录大致相同（图 3）。此书中亦载有当年顺天府各节气的时刻。不仅如此，琉球人已经知晓本地的二十四节气时刻与顺天府有时差，计算时需在顺天府时刻上有所加减。⑤ 这些事例足以证明此时琉球人已熟知并掌握二十四节气这一时间制度。

---

① ［清］徐葆光：《中山传信录》卷四"官表"，《续修四库全书》第 745 册，上海：上海古籍出版社，2002 年，第 516 页。

［琉球］蔡铎等：《琉球国中山王府官制》，高津孝等：《琉球王国汉文文献集成》第 16 册，上海：复旦大学出版社，2013 年，第 246 页。《琉球国由来记》中亦载"历通事"一职（外间守善等：《定本琉球国由来記》，东京：角川学艺出版，2011 年，第 59 页）。

② 江户时代日人著作《大岛笔记》载："琉球の暦久米村にて作る、本唐より来る、うちに用ゆると立る也。"（［日］户部良熙：《大島筆記》，高仓新一郎等编：《日本庶民生活資料集成》第 1 卷，东京：三一书房，1968 年，第 362 页。）1762 年（清乾隆二十七年，日本宝历十二年），一艘琉球船只遭遇暴风，漂流至日本土佐藩大岛（今高知县幡多郡大月町柏岛）。土佐藩儒者户部良熙奉命前往问询琉球船员，后将琉球国的相关情况整理成册，是为此书。

③ ［清］郝玉麟等：《福建通志》，《景印文渊阁四库全书》第 530 册，台北：台湾商务印书馆股份有限公司，2008 年，第 295 页。

④ 日本国立国会图书馆藏《大清乾隆二十七年选日通书》。参见高津孝等：《琉球王国汉文文献集成》第 22 册，上海：复旦大学出版社，2013 年。

⑤ 法政大学冲绳文化研究所藏《求节气》写本曰："琉球节气于顺天府节气内加四十二分［满二十四时进一日］。"

高津孝等：《琉球王国汉文文献集成》第 22 册，上海：复旦大学出版社，2013 年，第 245 页。

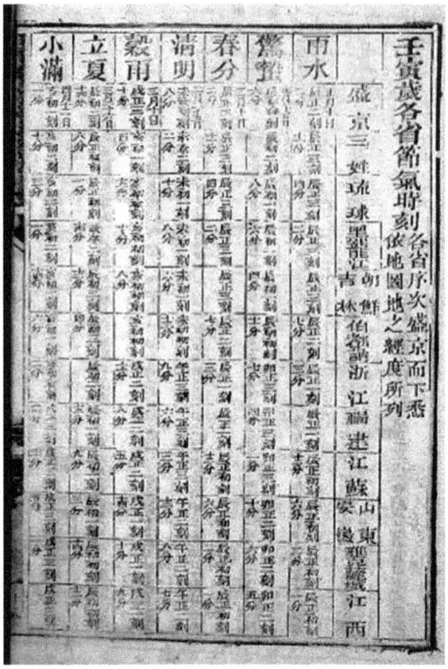
壬寅歲各省節氣時刻各省序次盛京而下悉依地圖地之經度所列

盛京 三姓 琉球 黑龍江 吉林 朝鮮 伯都訥 浙江 福建 江蘇 山東 安徽 江西

雨水 驚蟄 春分 清明 穀雨 立夏 小滿

图 2 清道光二十二年时宪历节气时刻表
（日本早稻田大学藏）

琉球國司憲書官謹奉
教令印造選日通書權行國中
以俟
天朝頒賜憲書頒到日通國
皆用憲書共得凜遵
一王之正朔是千億萬年尊王嚮
化之義也
司憲書官謹誌

图 3 清乾隆二十七年琉球历书
（日本国立国会图书馆藏）

值得注意的是，除了下赐历书和派遣留学生入华学习造历等渠道之外，二十四节气还可能通过闽人移民或闽琉交流的形式传入琉球。由于福建为明清时期中琉交流的主要口岸，闽地文化自然通过多种渠道对琉球社会产生影响。[①] 明朝统治者曾赐琉球“闽人三十六姓”，这些福建移民在传播中国文化科技方面“起了很大的作用”[②]。日本江户时期史料亦载琉球国向慕华风，故有闽人三十六姓迁居琉球久米村，而琉球国内历法正是由久米村人所造。[③]

福建历代方志及民众史料证实，二十四节气明清时期已为闽人所熟悉，用

① 何敦铧:《古代福建与日本的经济文化交流略探》,《福建论坛》(文史哲版) 1991 年第 2 期; 谢必震:《福建文化在琉球的传播与影响》,《东南文化》1996 年第 4 期; 等等。

② 谢必震:《明赐琉球闽人三十六姓考述》,《华侨华人历史研究》1991 年第 1 期, 第 43 页。

③ 〔日〕户部良熙:《大島筆記》“雜話”部高仓新一郎等编:《日本庶民生活資料集成》第 1 卷, 东京: 三一书房, 1968 年。前述《求节气》一书扉页有题字“久米村御物”, 说明此书当与闽人后裔有关。高津孝等编:《琉球王国汉文文献集成》第 22 册, 上海: 复旦大学出版社, 2013 年, 第 207 页。

于指导本地的生产生活实践。不仅如此，基于自然节律的节气制度还影响了当地的社会节奏，发展出了丰富的岁时民俗。其应用主要体现在以下方面。

第一，指导农耕。例如万历朝编《福州府志》记载名为“熏提”“黄芒”之稻于霜降后成熟。① 又如乾隆朝编《永春州志》曰：“立春后繁霜则多旱。谚云：‘春霜三朝透，水田可种豆’。”②

第二，预测鱼汛。以福建官井洋渔场为例，清人文章言此地马鲛鱼汛为小满：“每小满前数日，群鱼由外洋相率入官井卵育。”③ 同海域大黄鱼（又名“石首鱼”“黄瓜鱼”）鱼汛则为立夏至夏至期间，亦是以节气计算海洋鱼汛之证。④

第三，预知风向。如嘉庆朝编《连江县志》引述前人文章，反映出闽人将清明和霜降两个节气视为风向转换之节点。⑤ 成书于康熙朝的《台湾府志》录海上风向为：“清明以后的气自南而北，则以南风为常风。霜降以后的气自北

① ［明］喻政等纂修《福州府志》卷三十七“食货志十二”曰：“来从霜降后熟，曰薰提、曰黄芒。”（《原北平图书馆甲库善本丛书》第381册，北京：国家图书馆出版社，2013年版，第261页。）

② ［清］杜昌丁等纂修：《永春州志》卷十六“风俗”，方宝川等编：《福建师范大学图书馆藏稀见方志丛刊》第32册，北京：北京图书馆出版社，2008年版，第543页。

③ 张曲楼《官井捕鱼说》，收录于民国十八年（1929年）铅印本《霞浦县志》第十一卷“实业·官井捕鱼”条。该条亦载：“小满日为马鲛时令”。［民国］徐友梧等纂修：《霞浦县志》，《影印本福建省霞浦县志》，台北：成文出版社，1967年，第171页。

④ 明人曰：“石首……海上以四月小满为头水。”［明］屠本畯《闽中海错疏》，《景印文渊阁四库全书》第590册，台北：台湾商务印书馆股份有限公司，2008年，第506页。民国年间徐友梧等纂修《霞浦县志》“官井捕鱼条”亦云：“四月立夏日为官井黄瓜时令。”《影印本福建省霞浦县志》，台北：成文出版社，1967年，第171页。另福建省水产部门曾经结合乾隆八年（1743年）抄本《官井洋拾捌只招腊与讨鱼秘诀》进行实地调查，确认此抄本中所载捕鱼经验与官井洋立夏至夏至期间的大黄鱼渔汛相合。杨瑞堂：《〈官井洋拾捌只招腊与讨鱼秘诀〉一书的科学价值》，《古今农业》1992年第3期。

⑤ 又有［清］李菶等纂修《连江县志》卷一“风信”载：“宪副宋淏《航海风信引》言略云：‘清明以后南风为常，霜降以后北风为正。’”方宝川等编：《福建师范大学图书馆藏稀见方志丛刊》第32册，北京：北京图书馆出版社，2008年，第128页。

而南，则以北风为常。”[①] 由于明末以来闽人大量移居台湾岛，此处文字亦可视为闽人认识本海域自然环境的经验总结。[②]

第四，举行礼俗活动的岁时节点。南宋福建方志中已有关于立春和冬至两日民俗活动的记录。[③] 除了前述二日外，在明清两代惊蛰、清明等节气也成了重要的岁时节点，有丰富的习俗活动。[④]

遗憾的是，由于民众在历史记录中通常是沉默的，尚无法完整还原闽人在节气制度传入琉球的历史过程中所发挥的具体作用。不过，琉球国上至王公、下至庶民，接受了大量闽人习俗，因而闽人将二十四节气的应用方法介绍到琉球一事亦有潜在可能性。由此可以合理推知，在生活层面，二十四节气及其应用方法于明清时期传入了琉球。

二、节气在生产生活中的应用

琉球虽为岛国，却大力推行重农政策。琉球王府将农业赋税视为重要财政

---

① ［清］蒋毓英纂修《台湾府志》,《续修四库全书》第 712 册，上海：上海古籍出版社，2002 年，第 330 页。此志初稿完成约为康熙二十五年（1866 年）。参见陈碧笙《台湾府志校注前言》(《台湾府志校注》，陈碧笙校注，厦门：厦门大学出版社，1985 年)、冯秋季《对蒋毓英修〈台湾府志〉校注的几点浅见》,《台湾研究季刊》1987 年第 3 期。

② ［清］郝玉麟等监修《福建通志》卷九“风俗·台湾府”言：“漳泉子弟视为乐土，相率而往者岁数千人。”《景印文渊阁四库全书》第 527 册，台北：台湾商务印书馆股份有限公司，2008 年，第 446 页。

③ ［南宋］梁克家纂修《淳熙三山志》卷四十“土俗类二”(《景印文渊阁四库全书》第 484 册，台北：台湾商务印书馆股份有限公司，2008 年，第 581 页、第 584 页)。

④ ［明］韩国藩等纂修《邵武府志》卷十“风俗”载：“二月惊蛰［屋柱磉洒石灰，以辟百虫。］”《原北平图书馆甲库善本丛书》第 385 册，北京：国家图书馆出版社，2013 年，第 130 页。又如［清］姚循义纂修《闽清县志》“节令”载：“清明具牲醴，展墓祭，除草覆土，挂纸钱。有未葬者亦祀于家。门各插柳。”黄秀文等编：《华东师范大学图书馆藏稀见方志丛刊》第 14 册，北京：北京图书馆出版社，2005 年版，第 139 页。

收入，致力于提高本地区的农业生产力水平。在这一过程中，二十四节气逐渐成为指导当地农业生产的重要时间尺度。由于现存琉球史料多出自脱离生产的士人之手，故难以全面反映二十四节气与民众农业生产的结合情况。不过，借助 20 世纪以来多种民俗学田野调查报告，今人依然可以一窥其堂奥。

与中国民间相同，二十四节气在当地具有标示农时的作用。如乾隆十年（1745 年）的寒水川村金城农书载："秋分节至冬至节……速刨甘薯。"[①] 时至今日，民众依然遵循古法计算农事周期。如本岛北部的山林地区水稻种植须寒露选种、立冬育苗、冬至整地[②]，插秧则要待来年雨水、惊蛰时节。[③] 某项农事跨越两到三个节气的情况并不少见，在本岛中部的美里村字知花，水稻插秧时间亦涵盖了雨水和惊蛰两个节气。[④]

通过比较本岛和久米岛两座岛屿上北纬 26° 30′ 附近五处地点的稻粟冬种时间，可知二十四节气的应用在琉球出现了地区性差异（见表 2）。由于各节气之间约相隔 15 日，节气制度可以帮助各地农民更为准确地因地制宜安排农事。[⑤]

---

① 载《寒水川村金城筑登之親雲上耕作方相試田地奉行所へ申出之條々》，山田龙雄等编：《日本農書全集 34》，东京：农山渔村文化协会，1983 年，第 48 页。原文为："秋分之節より立冬の節迄……早速芋かつら刈取。"此书中介绍了稻、粟、甘薯等多种作物的种植之法。

② 此地实行水稻甘薯轮作制，须于冬至前后将甘薯挖出并整地，施草木灰，以备次年水稻插秧。

③ 宫城真治：《山原　その村と家と人と》，谷川健一编：《日本民俗文化資料集成 9　南島の村落》，东京：三一书房，1989 年，第 126—130 页。调查时间：日本大正（1921—1926）时代初期。

④ 琉球政府文化财保护委员会编：《沖縄の民俗資料　第一集》，大岛晓雄等编：《日本民俗調査報告書集成　九州・沖縄の民俗　沖縄県編》，东京：三一书房，1996 年。调查时间：1968 年；调查者：石川善弘。

⑤ 《琉球国由来记》卷一亦指出各地需因地制宜种稻："従土地之早晩、考時節有遅速、下種子也。"外间守善等编著：《定本琉球国由来記》，东京：角川学艺出版，2011 年，第 41 页。

表 2 各地稻粟种植时间比较[1]

节气	地区				
	本岛			久米岛	
	名护町字城	石川市字石川	胜连村字平安名	具志川村字兼城	仲里村字真谢
立冬	—	种稻	—	—	种稻
小雪	种稻、粟	—	—	种稻	—
冬至	—	种粟	种粟	种粟	—

注:[1]琉球政府文化财保护委员会编:《沖縄の民俗資料 第一集》,大岛晓雄等编:《日本民俗調査報告書集成 九州·沖縄の民俗 沖縄県編》,东京:三一书房,1996年。调查时间:1968年;调查者:比嘉宇太郎(名护町字城)、石川善弘(石川市字石川)、福田恒贞(胜连村字平安名)、仲原善秀(具志川村字兼城、仲里村字真谢)。

笔者制表。

有趣的是,当地人不仅用节气安排农时,还以此来标示日常生活中的一系列活动。例如在每年春分至大暑的数十日间,本岛山林地区插秧已毕,稻谷成熟为时尚早,故田间劳作相对轻松。此时的年轻女子会在夜晚聚于"小屋"(ヤガマ)内织布缝衣;年轻男子则在一边打下手,或者操弄三弦聊以娱乐。因此,出现于春分至大暑期间的"小屋"既是生产日常所需手工纺织品的场所,又是未婚男女谈情说爱的地方。①

当然,随着耕作方式和内容的变化,二十四节气与农业生产的结合还会出现新的发展。位于本岛西南方向三百公里处的池间岛从二战之后才开始种植大豆,而其播种时间为"立春后一周"。② 这一现象说明,该地民众沿袭祖辈利

① 宫城真治:《山原 その村と家と人と》,谷川健一编:《日本民俗文化資料集成 9 南島の村落》,东京:三一书房,1989年,第178页。调查时间:日本大正(1921—1926)时代初期。

② 野口武德:《沖縄池間島民俗誌》,东京:未来社,1972年,第116页。

用二十四节气安排农事的做法，而且随着生产发展为其赋予了新的内涵。

同时，琉球人还将二十四节气运用到渔业和航海方面。例如小满与芒种的时间恰与琉球梅雨期相合，因而本地土语称梅雨为“小满芒种”或“芒种雨”。芒种时节海况相对恶劣，时至今日渔民依然尽量避免在此期间出海捕鱼。①“芒种”即梅雨结束之时，当地渔船会出航前往南太平洋海域捕鱼。②由此可知，虽琉球人也采用节气来确定渔期，但其着眼点更多在于气象条件而非鱼汛。这与闽人的做法略有不同。

古时琉球各岛各地之间往来自然需要船只。陈侃《使琉球录》载：“朝贡往来，俱乘大航。海边鱼盐，亦泛小舟。未尝不驾舟楫而缚竹为筏也。”③此时航行于诸岛间的船只均为帆船，其航线自然受到风向和潮水流向影响。由于潮水流向与风向大体一致，风向势必成为船工们关注的焦点。琉球位于亚热带季风区，四季风向不同，因而总结风向规律便成为舟子船工之迫切要求。成书于18世纪初叶的《指南广义》引用《闽台方志》中所载风向变化，以节气记录风向的做法自然为琉球人所掌握。④该方法至今依然为当地百姓所使用，如本岛中部的与那原町民众因地制宜，结合二十四节气总结出本地四季风向变化（见表3）。

---

① 三田牧：《海を読む、魚を語る：沖縄県糸満における海の記憶の民族誌》，东京：Komonzu，2015年，第200页。调查时间：1996年2月—2004年5月。

② 下野敏见：《南西諸島の民俗Ⅰ》，东京：法政大学出版局，1980年，第275页。

③ ［明］陈侃：《使琉球录》，《续修四库全书》第742册，上海：上海古籍出版社，2002年，第515—516页。

④ ［琉球］程顺则辑：《指南广义·风信考》曰：“清明以后地气自南而北，则以南风为常风。霜降以后地气自北而南，则以北风为常风。”高津孝等编：《琉球王国汉文文献集成》第16册，上海：复旦大学出版社，2013年，第73页。此种说法亦多见于多种清代闽台方志。

表 3 与那原町风向与节气对应 [1]

节气	清明	立夏	小满	芒种	夏至	立秋	立冬	大雪	冬至
风向	北风		南风		东风	北风			

注：[1] 北见俊夫：《日本海上交通史の研究》，东京：法政大学出版局，1986 年，第 142 页。笔者制表。

节气还被用来标示和命名相应时期所出现的海上天气状况。立春之后 45 日往往有烈风，船只需得避开此时出海。① 小满、芒种和夏至等特定时期所生成的热带低压气旋和台风分别被命名为“小满暴风”（小満ヤブリ、スーマンヤブリ）、“芒种暴风”（芒種ヤブリ、ボースヤブリ）和“夏至暴风”（夏至ヤブリ、カーチヤブリ），一旦发生则必须高度警戒。而寒露时期生成的台风被称为“寒露荒”，出海之人亦当小心提防。②

与之相对，在特定节气出现的持续性海风如“芒种南风”“夏至南风”等则是出海航行的最重要条件，为船工所欢迎。从八重山群岛出发前往琉球王府的官船往往此时出发，并借半年之后的北风返航。③ 根据出发时间不同，官船又可细分为四种：早船（利用小满至芒种期的季风）、春立船（利用芒种至夏至期的季风）、中立船（利用夏至季风）、飞船（遇有紧急情况随时出发）。④ 除了最末一种飞船，其他三种船分类依据均与节气有关。考察今存八重山群岛向琉球王府进贡之史料，可知春立船的出发时间集中于五月初至六月初，与前

① 三田牧：《海を読む、魚を語る：沖縄県糸満における海の記憶の民族誌》，东京：Komonzu，2015 年，第 199 页。调查时间：1996 年 2 月—2004 年 5 月。

② 北见俊夫：《日本海上交通史の研究》，东京：法政大学出版局，1986 年，第 146 页、第 150 页。

③ 下野敏见：《南西諸島の民俗Ⅰ》，东京：法政大学出版局，1980 年，第 286 页。北见俊夫：《日本海上交通史の研究》，东京：法政大学出版局，1986 年，第 145 页。

④ 北见俊夫：《日本海上交通史の研究》，东京：法政大学出版局，1986 年，第 145 页。

述节气时段基本相合。[①]

远洋航行亦需利用季风。一般来说，八、九月份起北风，帆船可借其南下，自琉球前往中国福建及东南亚各国，或自日本萨摩藩前往琉球；北上返航则需待次年夏季所起南风。[②]中国使节所乘“封舟”往往“以夏至后西南风往琉球，以冬至后乘东北风回福州”。[③]而当地俗称从福州出发船只所用风为“芒种风”“夏至风”；去往福州所用风为自秋分至霜降期间所起“新北风”。[④]通过史料以及现代田野调查可知，以二十四节气推算风向之法迟至清朝已在琉球普及，并且一直保留于当地传统中。

总的来看，二十四节气传入琉球之后与生产生活实践紧密结合，并发展出了新的内容。琉球的二十四节气保持了节点性和实用性等特征，并在实际应用中表现出了地区之间的差异，足以证明当地人对此种时间制度有了深刻理解和认识。由于节气制度“完全与太阳回归年保持一致”[⑤]，故其实质上是基于天文学的自然时间框架，具有科学性和普遍性，能够适用不同地区的实际情况，指导民众安排生产生活。节气制度的内在合理性使其在琉球人开始需要更为精确的时间参照系时，成为当地社会的重要时间指针。值得注意的是，在琉球二十四节气不仅是农耕历法，还发展和强化了海洋文明维度，用于指导本地的渔业和航海活动。

---

① 《諸例抜》[琉球大学附属图书馆宫良殿内文库藏光绪七年抄本《諸例抜》(八重山島年来記)]。此抄本记事时间下限为乾隆四十年（1775年）。

② 下野敏见:《南西諸島の民俗Ⅰ》，东京：法政大学出版局，1980年，第282页。

③ ［清］徐葆光:《中山传信录》,《续修四库全书》第745册，上海：上海古籍出版社，2002年，第438页。

④ 下野敏见:《南西諸島の民俗Ⅰ》，东京：法政大学出版局，1980年，第272页、第290页。

⑤ 陈连山:《二十四节气：精英与民众共同创造的简明物候历》,《文化遗产》2017年第2期，第8页。

三、节气的民俗流变与文化内涵

不单是物质生产层面，琉球在社会生活和精神文化层面亦接受了节气制度。例如《琉球国由来记》提到当地立冬日有“取种子”（種子取、タントイ）之习俗：提前将稻种浸于水中，并于立冬当日取出种于苗床，因此民间有“（稻）浸于秋水，播于冬水”的说法。① 根据史料，此日不仅为农业生产的时间节点，也成为社会生活的时间节点：“（琉球）初中男女，游玩二日”。② 多份田野调查显示，此习俗广泛分布于琉球各地，产生了丰富多彩的民俗内涵，延绵至今。

本岛中部的石川市字石川民众于立冬前将稻种浸于水中，待其出芽后播于苗床。③ 值得注意的是，浸种时需要将芒草扎成结，与稻种一同放入器皿中，而播种时亦需要将芒草结带到田间。④ 当天晚饭后各家还要祈祷丰收。与前述该地农事历（表 1）对照可知，此时正是当地种稻时节。久米岛具志川村字兼

---

① 《琉球国由来记》卷一言：“当立冬之節、以稲種子入于田。……稲籾捹節之前日、水に漬ス也。因俗、漬于夏水而、取于冬水ト云。”（外间守善等编著：《定本琉球国由来記》，东京：角川学艺出版，2011 年，第 41 页。）《琉球国旧记》第五十七条与《由来记》略有出入，记载稻谷浸于秋水，播于冬水（原田禹雄译著：《訳注琉球国旧記》，宜野湾：榕树书林，2005 年，第 165 页）。本文从《琉球国旧记》。

② 原文为：“国中男女、二日遊也。”（外间守善等编著：《定本琉球国由来記》，东京：角川学艺出版，2011 年，第 41 页。）《琉球国旧记》第五十七条亦有类似记载（原田禹雄译著：《訳注琉球国旧記》，宜野湾：榕树书林，2005 年，第 165 页。）

③ 琉球政府文化财保护委员会编：《沖縄の民俗資料　第一集》，大岛晓雄等编：《日本民俗調査報告書集成　九州・沖縄の民俗　沖縄県編》，东京：三一书房，1996 年。调查时间：1968 年；调查者：石川善弘。

④ 当地方言称此物为“サン”，可置于食品和礼物之上，亦可随身携带。人们相信此物能驱除恶鬼，有辟邪之效。（参见福田亚细男等编《日本民俗大事典》，东京：吉川弘文馆，1999 年，第 716 页。）

城的“取种子”仪式稍晚，于小雪之日进行，亦是当地种稻时节。[①] 由此可知，在特定节气进行的“取种子”习俗既是一项农事活动，又带有仪式性特征。琉球人不仅将节气视为标示农事的时间参照系，还为其赋予了文化象征意义。

本岛北部名护町字城的“庭种”（みやあだに）和“取种子”（たんとい）两种仪式亦与节气相关。[②]“庭种”为当地七大祭祀活动之一，由巫女主持，于立冬节气进行。在仪式上，巫女来到神庭，模仿播种动作，将稻谷撒于庭中，向神祈求水稻能够顺利发芽生长。而“取种子”仪式则在大雪时节进行：此日全村男女老少要在日出之前吃完早饭，早早来到田间将种子播于苗床。西表岛、竹富岛等诸多岛屿的“取种子”习俗亦传承至今。这些仪式多于九月末十月初举行，延续数日。究其根源，依然与立冬前后水稻播种、祈求丰收有关。[③] 诸多仪式活动说明二十四节气成了本地的社会生活重要节点，其文化象征意义亦为集体所共有。

上述“取种子”等习俗实质上是“祈盼丰收”这一集体心理的仪式表达，而与这一表达手法的结合使得标示农时的节气制度同时具备了自然时间特征和人文时间特征。传入琉球的节气制度通过吸纳诸多集体仪式，成了当地民俗文化的组成部分。

节气制度与当地民俗文化的融合不仅体现在行为仪式层面，还表现于口头

---

① 琉球政府文化财保护委员会编：《沖縄の民俗資料　第一集》，大岛晓雄等：《日本民俗調査報告書集成　九州・沖縄の民俗　沖縄県編》，东京：三一书房，1996年。调查时间：1968年；调查者：仲原善秀。

② 琉球政府文化财保护委员会编：《沖縄の民俗資料　第一集》，大岛晓雄等编：《日本民俗調査報告書集成　九州・沖縄の民俗　沖縄県編》，东京：三一书房，1996年。调查时间：1968年；调查者：比嘉宇太郎。另外，由于昭和（1926—1989）年间此地引入了新的稻种，农事历也随之变化，“庭种”仪式逐渐远离了民众生活。

③ 琉球政府文化财保护委员会编：《沖縄の民俗資料　第一集》，大岛晓雄等编：《日本民俗調査報告書集成　九州・沖縄の民俗　沖縄県編》，东京：三一书房，1996年；龟山笃：《竹富島の種子取祭（上）—その古層と新層—》，《弘前学院大学・弘前学院短期大学紀要》第35号，1999年；狩俣惠一：《竹富島の村落社会と種子取祭り》，《國學院短期大学紀要》第10号，1992年。

传统中。流传于本岛中头郡的一则民间故事《枯骨报恩》就提及了谷雨节气，其梗概如下：

从前有一个田主在巡视土地的时候听见田边传来“谷雨节，南风吹，头痛欲裂……”的歌声。他循着歌声找去，发现了一颗骷髅。骷髅已被谷雨时节的新笋顶起，五官被撑大变形，因此风一吹来就会唱起歌。田主将骷髅从竹子上取下，葬于岩下。作为回报，骷髅向田主保证他的稻子今年一定丰收。当年果然有一场风暴，其他人都颗粒无收，只有田主实现丰收。因此，每年种稻时都要向埋葬骷髅的墓献供品。[①]

这个故事属于“会唱歌的骨头”型故事。此种类型多见于日本本土[②]，亦可从中国民间故事中寻得[③]。故事母题即“能发出音乐的骨头”亦非稀有，而本地所流传故事的特点在于将骸骨所唱之歌与节气相结合。在这个故事中，谷雨日一方面延续了其作为农耕历法的属性，起到了标示本地物候变化的作用；另一方面又造就了一个特殊的时空节点，使得分处阴阳两界的骷髅和人能够在此自由交流。同前述冬至等节气所行仪式一样，《枯骨报恩》中骷髅所唱“谷雨节”之歌也可反映出二十四节气不仅是生产生活的自然时间节点，还折射出深层社会文化内涵。

节气的人文时间特征在其作为节日独立出来时得到进一步强化。需要注意的是，独立出来的节日以及相关习俗传入琉球之后亦出现了新的变化，衍生出

---

① 稻田浩二等:《日本昔話通観第 26 巻　沖縄》，京都：同朋社，1983 年，第 482—484 页。骷髅所唱歌谣全文为：“穀雨節の南風が吹けば頭が痛い、サンカは珍しいけれども、自由にできない。”

② 稻田浩二等:《日本昔話通観第 26 巻　沖縄》，京都：同朋社，1983 年，第 906—909 页。稻田浩二编:《日本昔話通観第 28 巻昔話タイプ・インデックス》，京都：同朋社，1988 年，第 357—358 页。

③ 丁乃通编著:《中国民间故事类型索引》，郑建成等译，北京：中国民间文艺出版社，1986 年，第 240—241 页。

了新的民俗文化。

例如清明原是与寒食相连，后来逐渐作为独立节日兴起。[①] 闽地亦不例外：当地原重寒食，到了明清两朝，清明更盛。[②] 正德朝《归化县志书》“岁时·清明”条载：“家备牲醴，亲戚互相邀过，携家众，谒先茔，拜扫泣奠毕，以所有□饮宴而归。”[③] 嘉靖朝《龙岩县志》“风俗·清明”条亦云：“扫祭祖考坟茔。”[④] 如上所言，明清时期此节气已经发展成以祭祖扫墓为核心要素的重要节日。

清明祭祖扫墓之风传入琉球的时间不晚于18世纪。史载尚穆王十七年（乾隆三十三年，1768年）“二月十二日始定每年清明之节，上谒玉陵奉祭”[⑤]。此风俗逐渐为当地社会接受，“清明之节，上下祭墓”[⑥]，而“本岛中南部尤盛”[⑦]。琉球墓多为家族合葬墓，祭扫通常以父系家族为单位进行。[⑧] 田野调查报告显示，本岛中部读谷村字座喜味民众以家族为单位于清明日在家族墓地前

---

① 张勃：《唐代节日研究》，山东大学，博士学位论文，2007年。

② 例如南宋福建方志中仅有“寒食”条，记“开花园”“秋千”“游山”“墓祭”等风俗。［南宋］梁克家纂修：《淳熙三山志》卷四十“土俗类二”，《景印文渊阁四库全书》第484册，台北：台湾商务印书馆股份有限公司，2008年，第581页、第582页。明清时期的闽台方志中已不见“寒食”条，而出现了“清明”条。

③ ［明］杨缙纂修：《归化县志书》，《原国立北平图书馆甲库善本丛书》第384册，北京：国家图书馆出版社，2013年，第530页。

④ ［明］汤相、莫亢纂修：《龙岩县志》，《原国立北平图书馆甲库善本丛书》第386册，北京：国家图书馆出版社，2013年，第1036页。

⑤ 载《球阳》卷十五“尚穆王十七年”条（日本筑波大学附属图书馆藏本）。

⑥ 载《年中仪礼》“三月中”条（琉球大学附属图书馆伊波普猷文库藏抄本《年中儀礼》）。

⑦ 大岛晓雄等编：《日本民俗調査報告書集成　九州·沖縄の民俗　沖縄県編》，东京：三一书房，1996年，第30页。

⑧ 比嘉政夫：《沖縄の門中と村落祭祀》，东京：三一书房，1983年。

宰猪祭祖。[①] 不过，并不是所有人都会在这一天去墓地祭祖。例如久米岛上的一些村落居民并不会去墓地祭祀，而是改为在家中佛坛前供奉圆饼、赤饭和菜肴等物。[②] 由此可知，清明祭祖的风俗虽然传入琉球，但是出现了一定的变化。

琉球人称清明节为“清明祭”。关于此节日的起源，民间流传着《清明打赌》的故事。一则采集于那霸的故事梗概如下：

有一个叫作清明的男子去天上读书。回到家里，妻子的情人要求与他比试学问高低，败者须割头。清明赌输被杀。清明的先生从天上来到他家里，妻子和情人谎称清明两年前已经死去。先生说，如果清明还活着，那么就要割掉他们二人的头。先生呼清明的名字，清明起死回生，妻子和情人被杀。先生给清明上供品，又烧纸钱，这就是清明祭的由来。

如上所述，《清明打赌》型故事中出现了两重时空，即清明等人所处的日常世界和作为异界的“天”；而与节日起源相关的重要人物“先生”亦来自异界。这些叙述的确暗示了琉球的清明祭与外来文化的紧密联系，但故事的主旨却不在此。究其实质，乃是琉球民众结合当地文化生态，就为何在此日祭祀逝者给出解释。据前人研究，此种类型故事仅见于琉球诸岛。[③] 毋庸置疑，即使含有些许外来因素，清明节已被内化吸纳进琉球节日体系，并派生出了新的民俗叙事。

清明习俗也会随着时代而变化。明治时期，当地成立多所新式学校。学

---

① 琉球政府文化财保护委员会：《沖縄の民俗資料　第一集》，大岛晓雄等：《日本民俗調査報告書集成　九州・沖縄の民俗　沖縄県編》，东京：三一书房，1996 年。调查时间：1968 年；调查者：曾根信一。

② 当地扫墓时间为每年一月和七月。琉球政府文化财保护委员会：《沖縄の民俗資料　第一集》，大岛晓雄等：《日本民俗調査報告書集成　九州・沖縄の民俗　沖縄県編》，东京：三一书房，1996 年。调查时间：1968 年；调查者：仲原善秀。

③ 稻田浩二、小泽俊夫：《日本昔話通観第 26 巻　沖縄》，京都：同朋社，1983 年，第 908 页。

校开学时间与日本本土一致，为农历四月一日，与清明节时间相差不多。许多学校会在清明期间进行“学事奖励会”，给学生发放学习用品。[①] 这些事例证明，作为独立节日的节气在琉球具有包容性，可以随社会生活发展而生成新的习俗。

冬至亦为当地重要的岁时节点。史载琉球国王此日须于玉庭拜北极，遥贺中国皇帝，并接受诸官朝拜。[②] 家家户户这一天要向祖先献上贡品[③]，这一习俗延续至今[④]。不论是制度层面还是内容层面，琉球的冬至节与中国有着极高的相似度和相关性。[⑤] 随着节气民俗的渗透，琉球被纳入了以中国岁时为基础的东亚岁时文化体系中。

琉球民众借助二十四节气更为精确地感知自然现象和生产活动的节律，而对节奏周期的体验又作用于当地社会时间的切分方式。这种时间切分方式影响了当地社会的岁时风俗，同时使得琉球被纳入了以中国岁时为基础的东亚岁时文化体系。不容忽视的是，节气岁时在琉球亦表现出了一定程度的包容性，可随着时代变迁而不断更新其内容。

---

① 琉球政府文化财保护委员会编:《沖縄の民俗資料　第一集》，大岛晓雄等:《日本民俗調查報告書集成　九州・沖縄の民俗　沖縄県編》，东京：三一书房，1996年。调查时间：1968年；调查者：宫城仓启（国頭村比地）、比嘉宇太郎（名护町字城）。

② 《琉球国由来记》卷一“冬至”条（外间守善等:《定本琉球国由来記》，东京：角川学艺出版，2011年，第44页）、《年中仪礼》“十一月中”条（琉球大学附属图书馆伊波普猷文库藏抄本《年中儀礼》）、（清）徐葆光:《中山传信录》卷五“礼仪”条（《续修四库全书》第745册，上海：上海古籍出版社，2002年，第534页）。

③ 原田禹雄:《訳注琉球国旧記》，宜野湾：榕树书林，2005年版，第168页。

④ 大岛晓雄等:《日本民俗調查報告書集成　九州・沖縄の民俗　沖縄県編》，东京：三一书房，1996年。

⑤ 关于古代中国的冬至岁时文化，参见刘晓峰《日本冬至考——兼论中国古代天命思想对日本的影响》，《清华大学学报》（哲学社会科学版）2007年第3期，第100—103页。

四、节气的作用与影响

与前述闽人风俗比较可知，琉球的二十四节气既继承了原有时间体系的主要特征，又发展了与本地实情紧密相连的新内容。那么，节气制度在琉球社会发挥了何种作用呢？笔者认为主要有三点。

第一，引入更为精确的时间体系，有助于指导当地的生产生活实践。

有学者认为，历法从中国传入并普及之前，琉球人可能是根据草木的开花结果、候鸟的去来和昆虫的生灭等自然现象推测时间。[①] 田野调查报告指出，琉球民歌有以花开花谢[②]、候鸟（鹰）来去[③]纪实之作，反映了当地人以物候判定农事航海时节之传统。而当地方言中尚存“树发芽之时”“木荷花开之时”“鹰飞来之时”等以物候指时的词语。[④] 中国正史和地方志中多有琉球人“视月盈亏以知时、视草荣枯以知岁”的记载，亦可视为琉球曾使用物候历

---

① 宫城真治:《山原　その村と家と人と》，载谷川健一编:《日本民俗文化資料集成 9　南島の村落》，东京：三一书房，1989 年，第 126 页。

② 如竹富岛歌谣唱道:“(从首里王府出发的船）乘赤豆花谢之风，乘大豆花开之风，平安回来吧。”原文为（小字为衬词，无实义）:“ヒヤ赤豆ヌヒヤホークル枯ルサアユアサーウヌ風ヨホナー、ヒヤ大豆ヌヒヤホー花咲クサアユアサーウヌカジヨホナー、ヒヤヤワヤワトヒヤホーサラサラトサアユアサーカリユシヨホナー。”采集时间：1973 年；调查对象：上势头享；调查者：北见俊夫。（北见俊夫:《日本海上交通史の研究》，东京：法政大学出版局，1986 年，第 149 页。）

③ 如八重山童谣唱道:“从竹田御岳之社飞出来的鹰啊，带着种子落下来吧。……”鹰飞来时节与当地水稻选种育苗时间一致，故有此歌。其原文为:“たけだおんぬこんこうま、おうりておうりてようたにどりさ、……”（岩崎卓尔编:《ひるぎの一葉》，谷川健一等编:《日本庶民生活史料集成》第 1 卷，东京：三一书房，1968 年，第 433 页。）

④ 宫城真治:《山原　その村と家と人と》，谷川健一编:《日本民俗文化資料集成 9　南島の村落》，东京：三一书房，1989 年，第 126 页。

之旁证。[①]

嘉靖十三年（1534年）出使琉球的陈侃曾指出，此时琉球已“奉正朔”，“岂止视月盈亏以知时、视草木荣枯以计岁哉”。[②] 明朝出访琉球的其他使节亦认同此观点。[③] 万历朝《福州府志》指出琉球“无文字，不（知）节朔，视月盈亏知时，视草荣枯以知岁。……近颇知向慕华风……而旧俗亦渐变矣。”[④] 这些史料从侧面证明了琉球从物候历逐渐切换至天文历的过程。

由于物候历“欠缺共度性和精确性”[⑤]，琉球人在生产生活中引入“更具普世性和准确性的以太阳位置定节气的办法”[⑥] 自然顺理成章。通过田野调查整理总结的各地农事和航海历，可知节气制度成了当地人安排生产生活日程的重要依据，而以物候标示时间节点的做法只保留于当地口头文学中。

值得注意的是，琉球旧有物候历并没有被完全抹杀，而是与节气制度发生了融合。例如清人周煌于乾隆二十一年（1756年）六月出访琉球，次年正月从本岛返回福建。他在《琉球国志略》中称当地鹰“必白露日至，验之信

---

① 如《大明一统志》卷八十九载琉球“无文字，不知节朔，视月盈亏知时，视草荣枯以计岁”。（参见中国国家图书馆藏《大明一统志》天顺五年本，资料来源：中华古籍资源库。）另《隋书》卷八十一亦有琉球国“俗无文字、望月盈亏以纪时节，候草荣枯以为年岁”之记录。［唐］魏徵等撰：《隋书》，北京：中华书局，2011年，第1823页。不过此处“琉求”究竟指今日台湾岛、今日琉球群岛，还是泛指此海域内岛屿，学界尚无定论。

② ［明］陈侃：《使琉球录》，《续修四库全书》第742册，上海：上海古籍出版社，2002年，第516页。

③ 如萧崇业、谢志指出：“琉球自奉正朔以来，其渐濡风轨，历年滋多。如云‘视月盈亏知时，视草荣枯以计岁’，则陋亦甚矣。”［明］萧崇业、谢志：《使琉球录》，《续修四库全书》第742册，上海：上海古籍出版社，2002年，第579页。

④ ［明］喻政、林烃纂修：《福州府志》，《原国立北平图书馆甲库善本丛书》第381册，北京：国家图书馆出版社，2013年，第198页。

⑤ 刘宗迪：《二十四节气制度的历史及其现代传承》，《文化遗产》2017年第2期，第13页。

⑥ 同上。

然”。[①] 而在本岛西南方向约四百公里外的石垣岛上，则将鹰划为寒露节气的物候，视为水稻选种育苗之征候。[②] 这证明，节气制度传入后吸纳了当地旧有物候历的内涵，形成了新的时间文化。总体来看，琉球于明清时期引入节气制度，利用这一更为精确的时间体系安排生产生活日程；旧有物候历起到一定的辅助作用，二者结合造就了本地区独特的时间体系。

第二，实现了区域内在日常时间管理方面的统一，影响了民众在文化方面的自我认同。

琉球首里王府政权前身为中山国，其南北两侧分别有山南和山北两个政权。这三个政权的势力范围为琉球本岛及周边岛屿，初时均无能力控制西南方向的八重山群岛和宫古群岛。其时八重山、宫古虽同本岛有贸易和人员往来，但独立分散政权形态并未受到影响，且各岛民众的生活习俗与本岛有一定区别。[③]

中山国国王察度于明洪武年间统一本岛，八重山和宫古也于同一时期开始向其朝贡[④]。明弘治十三年（1500 年），尚真王遣百船进攻八重山。[⑤] 自此琉球

---

① ［清］周煌:《琉球国志略》卷十四“物产”,《续修四库全书》第 745 册，上海：上海古籍出版社，2002 年，第 714 页。

② 日本气象学家、民俗学家岩崎卓尔（1896—1937 年）于石垣岛生活四十余年，并在其所编八重山民谣集《ひるぎの一葉》注释中介绍多种当地民俗。据其注释，鹰自北向南迁徙，于寒露时节经过石垣岛。参见岩崎卓尔编:《ひるぎの一葉》，谷川健一等:《日本庶民生活史料集成》第 1 卷，东京：三一书房，1968 年，第 433 页、第 436 页。

③ 狩俣惠一:《竹富島の村落社会と種子取祭り》,《國學院短期大学紀要》第 10 号，1992 年；木下尚子:《琉球列島における先史文化の形成と人の移動》,《熊本大学文学部论丛》第 103 号，2012 年；今林直树:《先島諸島の地理・民俗・歴史 : 宮古諸島と八重山諸島》,《宮城學院女子大學研究論文集》第 120 号，2015 年。

④《琉球国由来记》卷三“诸岛朝贡条”言：“察度王世代、洪武二十三年庚午、南夷宮古島・八重山島始来貢。”（外间守善等编著《定本琉球国由来記》，东京：角川学艺出版，2011 年，第 106 页。）

⑤ 此次出兵情况可参见《球阳》卷二“尚真王二十四年”条（日本筑波大学附属图书馆藏本）。

首里王府实际控制八重山和宫古各岛，派士族官僚上岛管理各种事务，诸岛各自所行制度均须与本岛王府对接。由于此时琉球王府已在国内推行大明历法，二十四节气当借此传播至八重山和宫古群岛。

石垣岛为八重山群岛主岛，有民歌《作物踊言》道："土用节耕田，立冬节种米，立春雨水节插秧，芒种夏至节收获，寒露节种麦，冬至节种粟。"① 虽在细节上与前述本岛诸地的农事历有出入，但采用了同一种时间框架。主要航行于本岛沿海地区的山原船出海时间以二十四节气来计算，而航行于宫古群岛内部的船只也采用相似的做法。② 加上前文所述八重山和宫古两地出发向首里王府运送贡物的官船都有以节气推算风向和出发时间的习俗，可知琉球群岛内部确通用节气制度来推定风期和出海时间。

由此能够推知，虽然琉球各地的物候千差万别，但是二十四节气制度能够克服原有物候历的地方性局限，更新重组了民众的时间意识，建构起一个囊括本岛、八重山、宫古及其周边各岛的时间共同体。并且由于节气制度一直与生产生活紧密结合，故其能够在思想文化方面潜移默化影响当地民众的自我认同。因此，以节气制度等天文历取代物候历的做法不仅能够推动生产力发展，还促使琉球王国内部完成时间一体化。由此看来，琉球的二十四节气既有科学客观性的一面，又有政治性的一面。

第三，利用节日民俗活动，促进本族、本地区整合。

前文已述清明时节琉球各地以家族为单位祭祀祖先之事例。当地称父系家族为"门中"，故清明节又可称作"门中清明祭"。虽然现代出现了火葬等新的丧葬方式，墓制形态也发生了变化，但清明期间以门中为单位进行祭祀的情况

---

① 原文为："土用ぬ節ね一田耕いし、立冬ぬ節ね一米種子下るし、立春雨水ぬ節に米植べ一、芒種夏至ぬ節に米苅り入れ、寒露ぬ節ね一麦作り、冬至ぬ節ね一粟作り。"喜舍场永珣编：《八重山古謡》，谷川健一等编：《日本庶民生活史料集成》第19卷，东京：三一书房，1989年，第734页。

② 下野敏见：《南西諸島の民俗Ⅰ》，东京：法政大学出版局，1980年，第284—286页。

依然处处可见。[①] 毋庸置疑，这对于树立家族观念、团结族人有着正面作用。

位于本岛南隅的系满地区民众除了祭祀家族墓“门中墓”，还要在清明当日拜谒当地按司墓。[②] 按司为琉球国王亲族，分封于地方，主持管理当地事务。到了本命年，系满人还要拜谒首里王陵即“玉陵”等王族墓地。[③] 究其原因，乃是人们相信这些王族为自己远祖，清明祭祖亦当向其墓献上贡品[④]。因此，参拜王陵和按司墓的行为既是琉球首里王府强调正统性、合法性并加强地方控制的结果，又反过来促进了本地区的思想统一，增强了人们的归属感。

无独有偶，在位于本岛北部约二十公里外的伊是名岛有“公事清明祭”之民俗。[⑤] 伊是名岛为琉球王国第二尚氏王朝始祖尚圆王出生之地，此岛存有伊是名玉陵，其中葬尚圆王父母等王族成员。“公事清明祭”在清明前一日举行，往往由伊是名村村主任主持，王族后人参加。当地人认为，如果不先期举行“公事清明祭”，那么普通民众也不能去祭祀自家墓地。虽然强调王府权威的政治要素已从当代“公事清明祭”中消失，其统合本族、本地区的认同功能依然存在。

15世纪以来，二十四节气制度通过多种渠道传入琉球，并随着历法在其国内广泛传播。琉球民众结合本地实情，运用节气制度指导生产生活实践，并

---

① 武井基晃:《葬送の変化と祖先祭祀行事の自動車社会化：沖縄本島中南部の事例》,《国立歴史民俗博物館研究報告》第191集，2015年。

② 涌上元雄:《糸满の民俗　糸满漁業民俗資料緊急調査》，大岛晓雄等:《日本民俗調査報告書集成　九州・沖縄の民俗　沖縄県編》，东京：三一书房，1996年，第475—476页。调查时间:1973年。

③ 涌上元雄:《糸满の民俗　糸满漁業民俗資料緊急調査》，大岛晓雄等编:《日本民俗調査報告書集成　九州・沖縄の民俗　沖縄県編》，东京：三一书房，1996年，第475—476页。调查时间:1973年。

④ 关于琉球创世神话及其与琉球王统的关系，参见《中山世鉴》《中山世谱》等琉球官修史书。

⑤ 平敷令治:《沖縄の祖先祭祀》，东京：第一书房，1995年；国建编集:《伊是名村銘苅家の旧蔵品および史料の解説書：公事清明祭をめぐる公文書とご拝領の品々》，伊是名村：伊是名村教育委员会，2007年等。

创造了兼备农耕和海洋要素的本土节气文化。节气制度同时具有自然时间特征与人文时间特征，同当地民俗文化实现深度融合，丰富了琉球的礼俗活动和口头传统。节气制度既给琉球带来了更为精确的计时体系，又促进了琉球内部时间制度的一体化，还通过诸多节日影响了当地的血缘团体和地缘社会。要而言之，二十四节气的传播和应用促使琉球被吸纳进东亚岁时文化体系中；而琉球当地民众对节气制度的改造与再创造又丰富了东亚节气文化的内涵。

民众日常交流实践中的个人叙事研究

毛晓帅①

摘要：民间故事、传说、史诗、歌谣等民间文学共享文本一直被认为是口头传统研究的重要资料，而民众在日常交流实践中的个人叙事，尤其是其意义与功能还没有得到应有的关注。从交流实践的目的来看，个人叙事大致可以划分为四个类型。这些不同类型的个人叙事建构了民众的“现实感”和地方感，是广大民众文化共享、知识传习、身份认同、传承历史记忆的最重要的手段，也是我们理解民众生活及其所在地方社会秩序运转的重要依据。

关键词：日常交流　实践个人　叙事目的性现实感　历史记忆

自五四歌谣学运动开始，民间叙事就一直是中国民俗学研究的重要话题。一提到民间叙事，我们最先想到的无疑便是民间故事、传说、歌谣、史诗、神话等民间文学的文类。目前，民间叙事仍然被限定在这些民间文学文类之上，习惯于对这些在传承上具有稳定性的文类进行文本的记录，作为文学作品来解读，尽管也注意到这些文本具有口头讲述、传承的特殊性。事实上，对广大民众来说，他们的日常交流实践有着更为整体的表现，口头传统就表现在这些交流实践当中，而所谓民间文学的被运用并不能构成在生活中运用的全部的口头传统。对于民俗学研究者来说，民众在日常交流实践中讲述的个人叙事正是我们在田野作业过程中所获得的最多的一类材料。这些个人叙事材料大多难以达

---

① 毛晓帅，山东大学文化遗产研究院2015级博士研究生。

到民间文学文类的艺术标准，却事关人与人之间关系的建构，包括获得生活的现实感与地方感，形成个人记忆与集体记忆相沟通的过程。个人叙事也是我们理解民众生活及其所在地方社会秩序运转的重要依据。因此，我们应该扩展一下民俗学口头传统研究的范围，把整个乡民生活的日常交流实践都纳入民俗学研究范围。

故事、传说、歌谣、史诗等都是我们所熟知的民间文学文类，它们被民俗学者从全部口头传统中抽离出来，重视对这些地方社会共享的叙事文本进行研究。一个重要的进展是将它们还原到日常交流实践中，结合实际运用这些文类的交流方式，特别是表演方式而给予理解。本文重点讨论的不是这些民间文学文类，而是我们在田野作业中遇到的大量的个人性口头叙事，从交流实践的目的上进行分析，说明这些个人叙事在日常交流实践过程中所具有的常态性的作用。

一、民俗学田野作业中的个人叙事

田野作业是民俗学研究的最重要的方法之一。通过长期的观察，我们发现在田野作业过程中遇到最多的并不是那些民众共享的民间文学意义上的叙事文本，而是大量的与民众个人经历有关的个人叙事材料。而且，地方社会中民众彼此之间交流关系的建立，并不是主要依靠这种共有的民间文学文本，甚至不是其他的艺术性的交流话语，而是通过大量的有着不同交流目的的个人叙事来完成的。在这里，所谓的个人叙事，指的是讲述者所叙述的内容或者话题主要是其个人经历，包括他对个人经历的感受和理解。

（一）田野作业中个人叙事材料的日常性

在田野访谈中，我们实际上已经进入民众日常的叙事当中了。在这里，笔者所说的日常叙事，指的是在日常的交流实践关系中去理解的叙事，而不是在日常生活中随便聊就是日常叙事。笔者想要强调的是，我们所得到的这种个人叙事材料与他们在日常生活中的讲述与交流没有什么不同，都是日常生活中常态的、交流中的叙事。虽然在田野作业过程中，民俗学者是以外来者的姿态进入地方社会的，看似打破了地方社会原有的秩序与生活。许多人因此而认为从田野中获得的个人口头叙事材料不是常态的，而是特殊的，对从田野中获得的个人口头叙事材料的真实性与可信度表示怀疑。然而，与世隔绝的地方社会毕竟是极少数，特别是在全球化与城市化快速推进的当下，一个地方社会随时都有可能与外来人发生接触，外来人的偶然进入、与外来人的交流也都是地方社会的一种常态。学者只是进入地方社会与他们打交道的许多人中的一类，他们平时与村里人交流、与外来人交流、与学者交流，性质是一样的。问题的关键不在于他们讲述的内容的真实性与可信度，而在于这种讲述和交流行为本身。无论是与同村人、邻村人、亲戚朋友讲述、交流，还是和学者、外来人交谈，他们的这种口头叙事本身就是在传承、记录、展演他们自己及其所在的地方社会的历史与文化记忆。

（二）超越口述资料，回归交流实践

20世纪前半期，无论是在中国还是在俄国、美国、芬兰等其他西方国家，民众的日常交流实践都没有引起民俗学界的足够重视。无论是以顾颉刚、钟敬文等前辈学者为代表的中国民间文学研究，还是以普罗普为代表的故事形态学，芬兰的历史地理学派，美国的口头程序理论等都是以民间故事、神话、歌谣、史诗等经典民间文学文类为主要研究对象，研究方法也主要是基于这些民众共享的民间叙事文本的分析。

到了20世纪后半期，民众的日常交流实践中的个人性口头叙事才逐渐引起了各国学者的注意。美国语言人类学家戴尔·海姆斯就是其中之一，他提出的“讲述的民族志”研究范式把研究的重点转向了民众的交流和讲述行为及其情境和作用，“试图理解社会生活中讲述的组织以及作为一种文化体系的讲述

的相关方面"[①]。以理查德·鲍曼、罗格·亚伯拉罕、丹本—阿莫斯等人为代表的美国表演学派进一步发展了戴尔·海姆斯的理论和思想，把关注的焦点从文本转向了事件、表演与交流实践。表演理论强调，离开了语境就不能理解文本的意义，文本是在使用中才有意义，口头传统的一次次地被运用，就是一种艺术交流的实践方式。正如彭牧所指出的，"表演理论、以表演为中心的研究引起的另一个重大转向是彻底颠覆了民俗研究中文本的中心地位……从以文本为中心到以表演或事件、过程为中心，民众的日常实践被总体地纳入了民俗学的视野"[②]。此后，美国著名的社会语言学家威廉·拉波夫（William Labov）、约书亚（Joshua Waletzky）等研究者辨别了个人叙事的正式的、功能上的特性，为后来者探究这种口头叙事话语建构了一套方法论和理论观点[③]。约翰·鲁滨孙（John A. Robinson）、唐纳德·布雷德（Donald Braid）、萨拉（Sara B. Kajder）、多尼林·罗斯科（Donileen R. Loseke）、艾米·舒曼（Amy Shuman）等学者都对个人叙事进行过理论探讨。近年来，随着这些国外理论的译介和中国民俗学学科自身的发展，许多中国学者已经开始注意到日常交流实践中个人性的口头叙事的重要性，关于个人叙事的研究和讨论也逐渐增多[④]。

---

① 王杰文：《戴尔·海姆斯与"讲述的民族志"》，《温州大学学报》（社会科学版）2012年第1期，第22页。

② 彭牧：《实践、文化政治学与美国民俗学的表演理论》，《民间文化论坛》2005年第5期，第93页。

③ William Labov and Joshua Waletzky, "Narrative Analysis: Oral Versions of Personal Experience," in *Essays on the Visual and Verbal Arts*, ed. June Helm（Seattle: University of Washington Press, 1967）, pp.12—44.

④ 刘铁梁、张成福、穆昭阳、林晓平等学者的研究就是其中的典型代表。例如刘铁梁通过对与春节有关的个人叙事的研究，明确地指出："作为身体经验和身体记忆的个人叙事，对于人们体会民俗传统的意义和价值具有特别重要的作用，因此需要在民俗研究中给予充分的重视并加以采用。"（刘铁梁：《身体民俗学视角下的个人叙事——以中国春节为例》，《民俗研究》2015年第2期，第11页。）通过对即墨田横祭海节的考察，张成福认为"传统是一个过程，个人叙事在传统不断被建构的过程中发挥着重建、发扬、新建并不断强化的作用。"（张成福：《个人叙事与传统建构——以即墨田横祭海节为例》，《青岛（接下页）

然而，目前很多学者仍然把田野作业过程中遇到的个人叙事材料称为口述资料。而且，这类口述资料的真实性往往是大家最为关心的问题。如果我们仅从口述史资料的意义上来看这些个人叙事材料，可能会注意到这些叙事内容的可实证或者不可实证，可信、不可信，其作为交流实践的作用就会被我们忽略。笔者认为，当我们考究这些口述资料真实性的时候，同时说明我们只是把民众作为我们的研究对象或者信息提供者，而不是一个交流实践的主体，没有尊重他们的文化主体地位。事实上，重要的不是叙事内容的真实与否，而是民众交流实践的目的与意义。每个人都是交流实践的主体，是文化建构的行动者，我们的访谈对象也不例外。每个人都有权力讲述自己的故事，民众正是通过个人叙事的讲述和交流参与着、建构着自己所在村落、社区的文化。我们要关心一个社会，或者日常生活中经常有互动的社区、村落，就必须关注当地民众的日常交流实践，关心民众的个人叙事。因为，在民众的日常交流实践中，民众的个人叙事对于整个社区或者群体的文化建构有一种特殊的参与作用。我们应该把访谈对象作为交流实践的主体，作为一个文化建构的行动者来看待，而不只是信息提供者。同时，我们应当超越口述资料，回归交流实践，尊重访谈对象的文化主体地位。

二、个人叙事的私人性与公共性

我们从田野作业过程中搜集到的个人叙事材料是否完全是私人性的呢？笔

（接上页）农业大学学报》（社会科学版）2011 年第 1 期，第 84 页。）林晓平、雷天来通过对一定语境下风水师的个人叙事的分析，探讨了赣南地区风水师群体的生存之道。（林晓平、雷天来：《个人叙事与当代风水师身份建构——以赣南地区为例》，《民俗研究》2014 年第 6 期。）穆昭阳则指出：“个人在民俗传统传承的过程中有着重要的意义，我们应该重视对于个人记忆和个人叙事的记述，这需要我们与他们进行深入的互动和交流。”（穆昭阳：《个人实践、记忆与民俗传统的传承》，《太原师范学院学报》（社会科学版）2014 年第 2 期，第 23 页。）

者认为，从民众交流实践中讲述和聆听的关系来看，个人叙事具有私人性，但这种私人性又恰好与其公共性联结在一起，这两种属性是辩证统一的。

首先，个人叙事具有私人性。不同于神话、传说等地方社会共享的集体叙事，个人叙事的主要内容或者话题是关于讲述者个人经历的，这些叙事内容并不是必须通过公共平台进行讲述的，大多数个人叙事内容不能构成一个地方社会公共享用的叙事文本。当然，也有一些个人叙事能够成为集体共享的叙事文本，例如集体化时期忆苦思甜大会上的个人回忆，模范人物的先进事迹宣讲等。这些个人叙事内容虽然具有私人性，但在特殊的历史和社会环境中，讲述者能够通过公共的平台进行讲述，变成大家共享的公共知识和历史记忆。民众日常交流实践过程中的大多数个人叙事是私人性的，有些甚至是私密性的。

其次，个人叙事又具有公共性，个人叙事是个人被其所在的社会、群体所接纳为正式成员的重要条件。当前我们研究一个地方的文化的时候，往往比较多地关注那些博闻强记、能够掌握地方社会共享知识、讲述大量文本的艺人、故事家、传承人。但是，老百姓在日常的口头交流和实践中并不是一定要具备掌握这些史诗、传说等共享文本的能力，重要的是人和人之间都有讲述自己故事的能力。约翰·鲁滨孙在《个人叙事的再思考》一文中就曾指出："讲述关于个人经历的故事是我们每天交谈的重要组成部分，对于一个交流社区中的成员来说，这种叙事能力是必须具备的一项技巧。"[①] 他们不仅具有这种能力，而且只有依靠这种能力他们才能够成为一个村落、社区、群体中的正式成员。他们可以聆听史诗、传说的讲述，但不一定要成为能够讲述这些共享文本的艺人。乡村可以不是人人都会讲民间故事，但人人都是口头传统的实践者和运用者，日常交流实践的担当者。作为话语交流的实践者，交流实践中的一个角色，人们经过这样的交流实践，才能够被社会接纳为一个正式成员。一个社会成员要被大家所认识、了解、认可、接受，是通过他日常生活中的话语交流实

① John A. Robinson. Personal Narratives Reconsidered. *Journal of American Folklore*, Vol.94，No.371（Jan.-Mar.，1981），pp.58—85.

践来达成的，而不是仅仅通过成年礼等人生仪礼就能够实现的。

我们承认个人叙事的私人性，但是这种私人性恰好又是与公共性联系在一起的。一个人不能说具备了公共知识，掌握了共享叙事文本就是一个公共社会中的成员了，他必须同时拥有个人的知识和叙事才能够成为一个合格的社会成员。对于民俗学的研究来说，我们不仅要关注和掌握那些民众共享的知识和叙事文本，同时也要关注每个人的个人叙事。只有这样，我们才能理解这个社会中的民众对于自己所处社会和历史的个性的感受和体验。我们对这些个人的了解同时也周连着对于其所在社会的了解。要了解一个村落或者社区，不仅要掌握这个村落或社区中大家共享的知识和文本，还要了解村落社会或者社区中民众日常互动的话语交流关系和个人叙事。只有这样，我们才能对其所在的村落社会或社区有更好的理解。

三、个人叙事的类型

民众日常生活中的交流实践首先是为了达成一定的交流目的。在民众日常的交流实践过程中，个人叙事往往也是具有目的性的。正如美国学者艾米·舒曼所说:“叙事研究的任务之一就是理解叙事是如何起作用的。”①我们所说的口头传统不能只注意到其规范性，还要注意到作为交流实践的，关系建立意义上的口头传统。因此，我们应当按照交流实践的目的对个人叙事进行类型的划分，而不是像那些共享的叙事文本一样按照内容和母题进行分类。根据近年来的田野调查经验，笔者认为个人叙事可以从交流实践的目的上划分出以下四个类型。

① 〔美〕艾米·舒曼著:《个体叙事中的“资格”与“移情”》，赵洪娟译，李向振校，《民俗研究》2016年第1期，第38页。

（一）事关集体记忆的个人叙事

在民众的日常交流实践中，有些个人叙事讲述的是个人的经历，但其交流却是为了呈现、建构集体共享的历史记忆。这类个人叙事文本大多是一个社区或村落中你知我知的，被大家所牢记的信息，具有公共知识的性质。这种公共知识不一定是作为一种民间文学意义上的艺术文本被大家所欣赏，但它一定是结合着张三、李四等熟人社会中具体的个人的故事，其交流的目的不是传播到熟人社会以外的其他社区。这种由不同的个体讲述的，带有个人差异的内部知识型的话语交流，在我们原来的民间文学研究中没有给予其应有的关注。

2015 年笔者在大兴区黄村西里社区进行民俗志调查时，甘秀荣就为笔者讲述了一段关于黄村火神庙的故事：

火神庙是明朝时候建的，民国的时候变成了小学。七七事变爆发以后，这里又成了黄村镇办公的地方。到了解放，1949 年以后这里就又成了小学校了。我就是在火神庙上的小学。我记得那时候火神庙南大殿的东西两侧各有三间房，西侧是二年级和四年级，东侧是一年级和三年级。当时我们学校教师紧缺，为了能照顾所有的学生，小学实行二部制。二部制，就是说一个教室里有两个年级，学生背对背坐着，老师给二年级布置好作业，转身到四年级这边讲课。虽然条件艰苦，但是学生都认真学习。要是人们从火神庙经过，都能听见学生朗朗的读书声。[①]

在这段个人叙事材料中，甘秀荣讲述的是自己上小学时的个人经历，但这段个人叙事材料的主要交流目的却是再现、建构一代老黄村人关于火神庙的集体记忆。这一类型的个人叙事材料中无疑包含着当地人对自身所在社会的认识、理解和评价，体现着当地民众的历史感和地方感，为建构、保存地方社会

① ［访谈］访谈对象：甘秀荣；访谈人：刘铁梁、毛晓帅、张凯歌、刘萌萌；访谈时间：2015 年 7 月 14 日；访谈地点：大兴区黄村镇黄村西里社区居委会。

的集体记忆发挥着巨大的作用。这种鲜活的个人经历最温暖，也最动人。在日常的交流实践中，民众正是通过这种个人叙事参与着村落、社区的文化建构，书写着大家共有的历史记忆。不同于神话、传说等共享文本的艺术性再现，这些个人叙事建构和再现的历史记忆往往是朴素的、真情实感的。

（二）为了拉近彼此关系的个人叙事

艾米·舒曼敏锐地发现叙事和人与人之间关系的建立有着密切的联系："叙事可以通过不同的经历强化现有的对等关系或创造新的对等关系，当然也可以产生不对等的关系或挑战原有的对等关系。"① 从交流实践的目的上讲，为了拉近彼此关系，或者说为了取得对方的信任、了解、支持，个人叙事是我们在田野作业过程中经常能够碰到的另一种个人叙事类型。

任何故事的讲述都可能拉近大家的距离。在民众的日常交流实践中，特别是在个人熟悉的关系和场域中，个人叙事往往是建构人们之间彼此了解、信任的基础。如果没有这种个人经历的故事，他们并不能通过那种在区域社会中广泛流传的民间故事、传说等拉近彼此的关系，建立信任和了解。那些在区域社会中广泛流传的民间传说、故事等共享叙事文本只能唤起大家共有的地方感和集体记忆，让大家觉得我们是来自同一个地方、同一个家乡的。从关系建立的意义上讲，真正能够将人们的关系更进一步拉近的，肯定是那些带有一定私密性的，区域社会内部的关于具体个人的叙事。这种类型的个人叙事一般是由讲述者在较为熟悉的关系和环境中讲述的，只有他个人讲述才成为故事。一般情况下，听众不会主动要求他讲述这些内容，如果讲述者不讲，听众也难以通过其他途径来了解。在一定的讲述关系的建构中，讲述者能够通过他的讲述建立双方的信任、亲近关系。对于讲述者本人和听众来说，这种个人叙事不同于一般的民间文学意义上的共享叙事文本，他对人与人之间情感交流的效度非常

---

① 〔美〕艾米·舒曼著:《个体叙事中的"资格"与"移情"》，赵洪娟译，李向振校，《民俗研究》2016 年第 1 期，第 40 页。

大，其力量不可小觑。对于这类的个人叙事，我们理应有所关注。

例如，笔者 2017 年 3 月在自己的家乡进行田野调查时，我们胡同里的一位邻居毛大娘为了拉近我们之间的关系，就为笔者讲述了这样一段故事：

那个“二神经”（我们胡同里的一个妇女的外号）真是万人烦，谁的东西她都偷。咱这一片的谁也不敢在外面放东西，都怕她偷走。你在外边上学不知道，那一回你家院墙外的水表盖就是被她偷走了。你爸爸到处找，找不着，我们都知道是她偷走了，胡同里的邻居我们都一起帮忙找，过了好几个月才找到。现在你们家有铁大门，没事了。你说俺家，就我和你大爷在家，俺俩都七十多了，容易吗？就因为俺家是用的栅栏，没有铁大门，“二神经”好几次都把我们家的栅栏踹开，搁在厨房里的铁锨、铲子都被她偷走了。后来，我找到她儿子，让他管管他妈，别让她再来偷俺家的东西了。现在，我们家厨房里啥也不敢放，到了晚上我把锅碗瓢盆都端到睡觉的屋里。①

邻居大娘的这段个人叙事的讲述很明显是为了拉近我与她之间的关系。首先，我与她之间是多年的邻居，彼此共同生活在一个熟人社会中，讲述的环境是大娘家中，也是我们都很熟悉的。其次，她所叙述的被偷的个人经历具有一定的私密性，不同于民间文学意义上的共享叙事文本。一般情况下，她如果不讲，我们也不会主动请她讲述，我们也不能从其他途径了解到这些内容。再次，这段个人叙事的主要内容有两点与笔者有关，第一，她家与我家有过相似的被偷经历，都是被“二神经”所偷。第二，她曾帮我家寻丢失的水表盖。正因为她这段个人叙事材料既是私密性的，又与笔者本人密切相关，在本次讲述与聆听关系的建构过程中，笔者与邻居大娘之间的关系很自然地就被拉近了。

在民众的日常交流实践中，这种为了拉近彼此之间关系而讲述的个人叙事是大量存在的。但是，除了少数学者外，大多数民俗学者并没有给予这类个人

---

① ［访谈］访谈对象：邻居毛大娘；访谈人：毛晓帅；访谈时间：2017 年 3 月 5 日；访谈地点：邻居大娘家中。

叙事应有的关注。例如西村真志叶的《日常叙事的体裁研究：以京西燕家台村的拉家为个案》，已经注意到了“拉家”这种日常叙事能够拉近民众彼此之间的关系[①]。但是很可惜，西村还是在体裁论的意义上来进行研究，而不是在交流实践的意义上。

（三）事关话语权、解释权争夺的个人叙事

在民众的日常交流实践中，还有一类个人叙事是事关个人话语权、解释权争夺的。民众在讲述这种类型的个人叙事时，往往是为了在公共话语的建构过程中，对集体共享的知识、叙事等给予个人的解读、理解。无论是在村落还是在城市社区中，有些叙事文本、内部知识是大家共享的。然而，不同的个体往往会结合自身的个人经历，给予这些共享的知识和文本以个人的理解和解读。此时，公共话语、共享知识的建构过程中的话语权、解释权的争夺就在所难免。正如阿瑟·弗兰克所说：“在讲述事件中，讲述者拥有话语权，但话语权也可能被别人抢夺。”[②]需要说明的是，这种话语权、解释权的争夺也正是一个地方社会中共享文本、知识活化的动力，是延续村落、社区历史记忆的重要手段。

2015年笔者在大兴区进行民俗文化调查时，就曾遇到过这种类型的个人叙事。大狼垡村和太子务村同属大兴区南十九乡，两个村庄相距仅17公里。这两个村子都有一档花会组织，而且这两档花会的服装、道具和表演方式都大致相同。太子务村的武吵子会已经被列入国家级非物质文化遗产名录，而大狼垡村的花钹会并没有进入任何一级的非遗名录。在大兴这一区域社会中，太子务的武吵子会家喻户晓，特别是在南十九乡，太子务武吵子会的辉煌历史更是

① 〔日〕西村真志叶：《日常叙事的体裁研究：以京西燕家台村的拉家为个案》，北京：中国社会科学出版社，2011年。

② Josselson，R. Imagining the real：Empathy，narrative，and the dialogic self. In R. Josselson & A. Lieblich，Eds. Interpreting experience. Thousand Oaks，CA：Sage Publications. 1995. pp.27—44.

人所共知的内部知识。然而在笔者对两档花会的会头进行访谈时，他们关于两档花会的历史起源有着完全不同的说法。

大狼垡花钹会的老会头刘成贵告诉笔者：

咱们这个可比他们（太子务武吵子会）早多了，他们原来就是跟咱们这里学来的。原来咱们这比他们打得棒！要说这花钹会，怎么也有200多年的历史了。我们这花钹会到现在已经传到第六代了。我们这个会还在杨各庄打败过龙头村的会，那时候我去了，李恩能够从三张高桌上翻下来，那家伙厉害。当时哪村儿不知道大狼垡的花钹厉害啊。①

太子务武吵子会的会头却这样告诉笔者：

我们太子务的武吵子已经有超过300年的历史了。清朝乾隆时期我们这有个张泓儒在宫里当差，后来回到村里成立了少林会，就是咱们武吵的前身。我们跟他们（大狼垡花钹会）没什么关系，不是跟他们学的。民国时期我们的吵子会就很兴盛了，那时候村里每家都参加，有超过一千人。1953年我们还代表通州区专区到保定参加了全国花会会演。1954年，我们还被邀请参加了中华人民共和国成立五周年庆典演出。那时候我父亲是会头，整个通州区专区都知道太子务武吵子。②

从上述两段个人叙事材料中可以看出，刘成贵、王子荣两位会头都结合自身的经历对区域社会中集体共享的内部知识进行了自己的解读和阐释。显然，他们讲述这些个人叙事的目的是在公共话语建构过程中争夺话语权和解释权。如果我们从口述资料的意义上来考察这两段个人叙事材料，势必要追究孰真

① ［访谈］访谈对象：刘成贵；访谈人：毛晓帅；访谈时间：2015年7月23日；访谈地点：大狼垡村村委会。

② ［访谈］对象：王子荣；访谈人：毛晓帅；访谈时间：2015年7月25日；访谈地点：太子务村村委会。

孰假。然而，如果我们从民众日常交流实践中个人叙事的目的与功能的视角来审视这两种不同的个人叙事，那么“真”与“伪”的问题就不再重要。对大狼垡村和太子务村的村民来说，两种不同的个人叙事都是其各自历史感和地方感的体现，这种口头叙事和交流行为本身都是维护村落历史连续性的重要方式和手段。有争论和不同的声音，说明他们至少都还在关心着“我们的历史”，还在用口头叙事与交流的方式参与着村落历史的建构和延续，没有脱离开村落共同体。可以说，这种事关话语权争夺的个人叙事在某种程度上是村落传统活化和村落历史延续的重要动力。在话语权的博弈和争夺过程中，村民之间达成了共识和认同，村落传统重新焕发出了活力。如果这种日常生活中的个人叙事与交流不再出现，村民们的历史感与地方感就会消失，村落历史的连续性也会中断。地方社会中，对于同一事件出现不同的叙事声音很正常，因为每个人都有其历史感和地方感，每个成员都在用个人叙事建构、维护和延续着这种地方感。某种程度上，地方社会最怕的是没有这种不同的声音出现。如果没有这种不同的声音，也就意味着大家不再关心和参与地方社会的历史建构与延续，脱离了地方社会共同体，于是地方感便难以形成，其历史连续性也难以维持。

（四）事关家风、道德评价的个人叙事

与家风、道德评价相关的个人叙事，是我们在熟人社会的田野调查中遇到的最多的一类个人叙事。这类个人叙事大多是讲述者结合自身的所见所闻，对自己所在的熟人社会中的某个成员、家庭的作风和道德做出的评价。这种个人叙事的交流目的大多是通过道德评价形成舆论压力，进而规范社会成员的言行，维护村落、社区的秩序。一般情况下，讲述者不会在公共的平台、场合进行讲述，讲述环境一般是较为私密的空间，讲述者与听众之间彼此较为熟悉和了解。

2017 年 3 月笔者在家乡进行田野调查时，邻居郭阿姨就对笔者讲述了这样一段故事：

都说老潘爱占小便宜，那一回我是看见了。有一个卖菜的在街里吆喝卖辣椒，好多人都过去看。老潘也在那，她在那挑三拣四，最后拣了一个最大个儿的青辣椒，用手一掰两半儿，掰开的这两边一边咬了一口，然后说真辣，真不好吃。人家那个卖菜的一看就明白了，她是想白拿人家一个辣椒。你一边咬上一口，人家还咋卖？那个卖菜的说，你拿走吧，那个辣椒俺不要了。当时大家都看不上。有的本来不想买的，最后也买了几个。[①]

郭阿姨的这段个人叙事就是结合她自己的所见所闻，对村中的一个成员老潘的行为做出了道德的评价。在村落社会中，村民最看重的就是其他村民对自己的道德评价。不被别人说闲话，尤其是作风和道德品行上不被人指责是大多数村民最基本的价值追求。在村落、社区等熟人社会中，事关家风、道德评价的个人叙事几乎每天都在讲述。正是这些话语的不断建构、交流，形成了文化的动力。社会正是依靠文化的动力来运行的。这些个人叙事的不断讲述和交流形成了舆论的监督和制约，规范着村民们的言行举止，维护着村落社会的有序运行。如果村落社会中没有了这种个人叙事的评价，村民之间彼此就没有了关系，村落就会变得原子化，失去原有的凝聚力和向心力。不仅如此，村民不仅要靠个人的行动来证明自己，村民之间的话语表述也是至关重要的。一个人要想打破村落中已有的对自己的认识或成见，就不仅要靠自己的所作所为，还要通过个人叙事的讲述和交流，拉近大家彼此的关系，形成理解和信任。

综上所述，根据笔者的田野调查经验，民众在日常交流实践中的个人叙事大致可以分为以上四个类型。这些个人叙事材料难以用母题、故事类型等民间文学意义上的类型分析来进行解释。但是，村落秩序的运转和共享知识文本的解读，实际上是通过民众的日常交流实践中的个人叙事来实现的。某种意义上来说，正是这种日常交流实践活跃了村落社会关系的运转，构成了这个社会的活力。

---

① ［访谈］访谈对象：郭阿姨；访谈人：毛晓帅；访谈时间：2017年3月4日；访谈地点：郭阿姨家中。

四、个人叙事的研究意义与价值

当我们与访谈对象建立了互相信任的关系之后，他们肯定会讲述他们的个人叙事。那么，这些个人叙事材料是否有价值？我们该如何对待这些个人叙事呢？毫无疑问，这些个人叙事材料首先是有价值的。正如唐纳德·布雷德（Donald Braid）所说："每个人都有自己的个人经历。人类是生活在与其他人的关系之中的，通过叙事来与他人交流个人经历是非常有意义和作用的。用叙事来表达个人经历的能力尤为关键。"①个人叙事建构了民众的"现实感"和地方感，是广大民众文化共享、知识传习、保持身份认同、传承历史记忆的最重要的手段。对于民俗学研究者来说，个人叙事最重要的价值就是能够帮助我们更好地理解地方社会。具体说来，其价值主要体现在以下两个方面。

首先，民众日常交流实践中的个人叙事包含着民众的"现实感"和地方感，个人叙事的不断叠加逐渐形成了地方社会的共有知识体系和历史记忆。日本民俗学家岩本通弥曾把民俗学定义为"一门思考人们赋予外界对象某些意义的行为或认识，以及把这种行为或认识的历史变化与现实（历史事实）相结合的学问"②。笔者认为岩本通弥先生的这个定义很具有突破性，也很有意义。岩本通弥关心的不是"俗"本身，而是"民"，是人们的"现实感"问题，也就是民众怎样看待、理解这些民俗事象的问题。在他看来，民众对于其所在的地方社会文化事象的理解、认识、评价、叙述等，都是一种赋予文化事象以意义的行为，这种意义就是他们的现实感（reality）。而民俗学正应该关心这种"现实感"，而不只是停留在民俗事象本身。民众在日常交流实践中的个人叙事无疑都包含着他们对于自身所在地方社会的理解、认识和评价，正是有了这些

---

① Donald Braid.Personal Narrative and Experiential Meaning. *Journal of American Folklore*, Vol.109, No.431（Winter, 1996）, pp.5—30.

② 岩本通弥:《城市化过程中家庭的变化》,《民俗研究》2016 年第 5 期，第 6 页。

认识、理解和评价，地方社会的许多民俗文化事象才被赋予了意义。这些日常交流实践中的个人叙事往往会不断叠加、累积，甚至被故事化，逐渐形成地方社会内部人所共知的地方故事和历史知识，同时也建构出了一个地方社会的地方感。虽然有人相信，也有人不信，但真或假并不重要，重要的是这些故事和知识包含着民众的“现实感”和地方感，包含着他们的历史记忆。

其次，民众日常交流实践中的个人叙事还是保持地方社会历史连续性的重要方式和手段。地方社会是连续性的生活世界，其历史连续性如果断裂，那么民众的认同感也会消失，地方社会共同体也必将随之瓦解、崩溃。不同于官方的大历史，普通民众的历史和记忆往往是缺乏书籍、碑刻等文字资料的记载的。而日常交流实践中个人叙事的不断讲述与交流，就是保持村落历史连续性和承载历史记忆的重要方式。正如英国作家约翰·伯格在《猪猡的大地》中所说：“维持村落空间的是闲聊。村里一天发生的多数事情，有人会在这天结束之前加以叙述，这些报道依据的是观察或第一手介绍。乡村闲聊包括这样的日常叙述，加上互相间一辈子插科打诨。由此，一个村子非正式地为自己建构起一段绵延的社区史：在这个历史中，每个人都在描绘，每个人都在被描绘，描绘的行为从不中断。”① 正是每天的交流、闲聊造就了村民们能够享有共同的村落知识、经验，村落的历史也是在他们的闲聊过程中共同建构起来的。离开了村民日常交流实践中个人叙事的不断讲述和交流，村落历史的连续性就难以保持。

因此，个人叙事内容的真与假、错与对并不重要，重要的是离开了这种经常性的交流与叙事，就不能形成一个共有的地方性知识和地方感，历史的连续性也会断裂，一个地方社会的认同感就会消失。地方社会共同体是一个“低头不见抬头见”、人与人之间充满感情的社会，是要靠大量的日常交流实践中的个人叙事展开的。对于民俗学研究来说，重要的不仅是记录下来的民间故事文

---

① J. Berger, *Pig Earth*（London，1979），转引自保罗·康纳顿著：《社会如何记忆》，纳日碧力戈译，上海：上海人民出版社，2000 年，第 14 页。

本，村民们日常生活中的争吵、对学者的讲述等都很重要。因为他们每一次的交谈和讲述都是一种“现实感”和地方感的呈现，同时也是他们对于村落历史和集体记忆的展演与记录。

我们不能说掌握了一个地方社会的故事、歌谣等民间文学意义上的共享文本就等于理解了这个社会。对于地方社会的民众来说，真正重要的、大量存在的可能不是这些民间文学共享文本，而是他们日常交流实践中的个人叙事。“适当数量的每天都在发生的个人故事讲述活动必须被我们重新考虑进来。他们讲的是什么，什么时候、对谁讲述的，讲述的目的是什么，这些都是我们必须要考虑的因素。”[①] 不仅如此，我们对这些民间文学意义上的共享文本、共有知识的意义的理解，恰好也是需要通过他们给我们讲述的个人叙事来实现的。只有深入地参与到他们的日常交流实践中去，我们才能真正地理解他们怎么看待自己所处的社会，他们怎样在共同构成一个社会，他们怎样通过日常交流实践使得社会得以运转的。因此，当我们面对从田野作业中获得的个人叙事材料时，我们关注的重点应该由传统的文本与语境相结合，转向文本是由谁讲述的，在什么样的交流目的下讲述的。只有这样，我们才能对民众共享的民间文学叙事文本，对民众所在的地方社会有更好的、更深入的理解。

---

① John A. Robinson. Personal Narratives Reconsidered. *Journal of American Folklore*, Vol.94, No.371（Jan.—Mar., 1981）, pp.58—85.

清代河北地区火神庙空间分布规律及其原因探析

杜凯月[①]

摘要：火神是中国民间信仰中的一个重要神灵，火神庙遍诸全国各地，但其分布却并非杂乱无章、毫无规律可循。以清代河北地区为例，我们发现在大的空间布局上，火神庙多沿河流道路分布；在具体的方位选址上，则多呈现出南有水靠南、南无水靠北的南北分布规律。之所以如此，是传统中国的阴阳五行与风水观念及中西文化的交流融合等多方面因素综合作用的结果。透过火神庙的空间分布和方位选址问题，可以对其背后的丰富文化信息有一清晰了解与认识。

关键词：火神庙　分布规律　五行风水　拜火教　清代　河北

火神信仰是我国一种比较重要的神灵信仰形式。其信仰最早源于古老的火崇拜，最初为自然的火，后来发展为仪式中象征性的火[②]，后又随着时代的发展而逐渐从自然神崇拜演变为人格神崇拜，即火神崇拜。火神崇拜在中国具有非常久远的历史，早在先秦典籍中即已有相关记载，如《礼记·礼器》载："时人以为祭火神，乃燔柴记。"[③]古籍记载的最早的火神为炎帝，后发展演变

① 杜凯月，山东大学儒学高等研究院尼山学堂2014级本科生。

② 胡宁：《中原火神信仰与地方社会》，河南大学，硕士学位论文，2013年。

③ ［清］孙希旦：《礼记集解》，北京：中华书局，2015年，第649页。

为民间的灶神。稍晚的火神则为祝融，是最为大众认可的火神。再往后的火神是吴回，只是多见之于火灾记载中，称为“回禄之灾”。宋朝时以火德行，将火神冠以火德真（星）君之称号。[①]总之，历史上火神信仰与崇拜有一个日渐发展的过程，并最终成为一种重要的神灵信仰形式。而随着火神信仰的日渐推广，专门祭祀火神的火神庙亦在各地普遍建立起来。那这些火神庙在大的空间布局与具体的方位设置上有何具体规律与特点？又是何种因素导致了这种规律与特点？本文将主要针对这些问题展开深入分析。

作为一种普遍性的神灵信仰活动，火神信仰历来受到学者们的广泛重视，尤其自20世纪80年代以来，更是佳作频出。概而言之，这些研究主要是从以下思路展开进行的。一是火神崇拜的起源探讨[②]；二是火神信仰的区域性研究，即对各地的火神信仰状况展开探讨[③]；三是火神祭祀仪式的调查，即通过实地田野调查的方式，对当下某个地区的火神祭祀仪式进行具体描述[④]；四是对火神庙会的介绍，为我们展示了火神庙会的功能变迁和民俗活动[⑤]；五是中国的

① 赵贞:《宋代的“德运”之争与大火星的祭祀》,《石家庄学院学报》2016年第1期。

② 代表性成果，如何星亮:《火崇拜略论》,《内蒙古社会科学》(汉文版) 1992年第1期；杨堃:《灶神考》,《汉学》1944年第1辑，等等。

③ 代表性成果，如王晓坤:《萨满火神与华夏崇火——中国文化的地域差异》,《长春大学学报》2005年第1期；丁永祥:《乡民的狂欢节——豫西北火神祭祀仪式田野调查》,《民俗研究》2009年第3期；赵君:《论河南新乡小咚鼓与火神会之间的依存关系(上下)》,《中央音乐学院学报》2008年第3期；胡宁:《中原火神信仰与地方社会》，河南大学，硕士学位论文，2013年等。

④ 代表性成果，如王伟:《仪式过程与符号象征——索伦鄂温克火神祭祀仪式的田野调查》,《世界宗教文化》2012年第2期；何铁军:《三都苗寨借“洗寨”驱火神》,《中国消防》2007年第3期，等等。

⑤ 代表性成果，如高有鹏:《中国庙会文化》，上海：上海文艺出版社，1999年；李家华编:《长沙火宫殿火神庙庙会》，湖南：长沙商务局，2006年；王小块:《关于商丘火神台庙会的田野调查》,《商丘师范学院学报》2005年第3期；陈玉明:《邢台火神庙庙会》,《民俗研究》1991年第4期，等等。

火神与袄神之关系探析[①]；六是对火神具体身份的研究[②]。已有之研究，对历史上火神崇拜的起源、发展、演变及当下的火神信仰等诸问题做了详细探讨，使我们对火神信仰有了一个整体了解。但纵观以往成果，我们却发现有关火神庙本身的讨论相对不多。所谓神无庙无所归，人无室无所栖，命无宫无所主。[③]神庙是神居住的地方，作为神圣空间的神庙与其他建筑不同，它通过特定的建筑形式和文字、壁画等来展示、传达神圣的意旨。[④]因此，作为火神信仰的物质载体，火神庙应该是火神信仰研究中不可或缺的一项重要内容。可惜的是，当下有关这一问题的讨论却并不多，尤其是有关火神庙空间与方位布局的研究更是少见。有鉴于此，本文将以火神庙的空间布局与方位问题为主要探讨主题，就其规律特点及背后原因等做细致分析。由于河北具有特殊的地理位置，靠近山西、河南、北京、天津，又有京杭大运河经过，乃四方之要冲，交通便利。历史上河北地区丝织业发达，是胡人进行丝绸贸易的必经之地。河北地区曾建有少数民族政权，安史之乱后河北地区胡化程度极高，有多民族文化融合交流背景。明清以前火神庙的记载较少，而清时期是诸类史料的集大成时期，且清代官修地方志体系趋于成熟，为火神庙的研究提供便利。因此我们主要研究清代河北地区火神庙的空间分布问题，可以窥探京、津、冀、晋地区火神庙

---

① 代表性成果，如姚崇新:《“火神庙”非袄教辨》，《世界宗教研究》2007 年第 3 期；刘海威:《也论袄神与火神之融合》，《世界宗教研究》2007 年第 3 期；王小甫:《拜火教与突厥兴衰——以古代突厥斗战神研究为中心》，《历史研究》2007 年第 1 期；罗丰:《中亚流传中国的拜火教与摩尼教之比较研究》，《固原师专学报》1989 年第 4 期，等。

② 代表作，如侯会:《华光变身火神考——明代小说〈南游记〉源流》，《明清小说研究》2008 年第 2 期，《华光、王灵官与二郎神》，《民俗研究》2009 年第 2 期；贾二强:《说五显灵官与华光天王》，《中国典籍与文化》2002 年第 3 期；刘文刚:《哪吒神形象演化考论》，《宗教学研究》2009 年第 3 期；黎国韬:《二郎神之袄教来源——兼论二郎神何以成为戏神》，《宗教学研究》2004 年第 2 期；周崇林:《王灵官与萨天师的故事》，《中国道教》2002 年第 4 期，等等。

③ ［明］万民英:《三命通会》卷二，清文渊阁四库全书本。

④ 高海珑:《“三位一体”的火神——生活世界中的神话记忆模式研究》，《民俗研究》2013 年第 5 期，第 76 页。

的大体情况，也可以对明清以前的火神信仰状况做一个简单溯源。在资料运用上，以地方志为基本依据，同时辅之以碑刻、笔记文集、正史等古籍文献，结合近些年人类学、宗教学、民俗学田野调查报告及考古发掘等成果，以对研究主题做全方位的探讨。

一、清代河北地区火神庙的修建时间与所供神主

今河北省在清代大部分地区属直隶省，大体包括顺天府、天津府、口北三厅、承德府南部地区，宣化府、易州、保定府、遵化州、永平府、河间府、深州、冀州、正定府、赵县、顺德府、广平府全部地区；小部分属清代直隶省大名府、山西省彰德府部分地区及山东省东昌府部分地区。

查考河北省各时期地方志，火神庙见诸各县志的《舆地》篇、《建置》篇、《祀典》篇、《坛庙》篇、《古迹》篇等，通过查阅地方志的相关记载，统计得出清代今河北地区共 86 县建有 144 座火神庙（见文后附录 1）[①]。而这些火神庙的具体修建（重建）时间及所供具体神主如下。

（一）火神庙修建时间

在利用地方志辑录火神庙时，我们发现清代河北地区火神庙的创建和重修在时间上呈现一定的规律性，现将火神庙创建及重建时间加以统计归类，并以折线图形式展现出来。由于材料有限，只统录明确记载时间的火神庙 30 余处作为样本。我们统计不同时期创建及重修火神庙的数量，并绘制折线图如图 4、图 5 所示。

据图所示，清代火神庙多为明代创建，清初建庙数量不多，自康熙年间火神庙创建、重修数量开始增加。而之所以呈现如此态势，与明清时期的政治与社会经济形势紧密相关。

① 受资料记载所限，这 85 县、139 座火神庙，肯定非清一代今河北地区火神庙的全部。

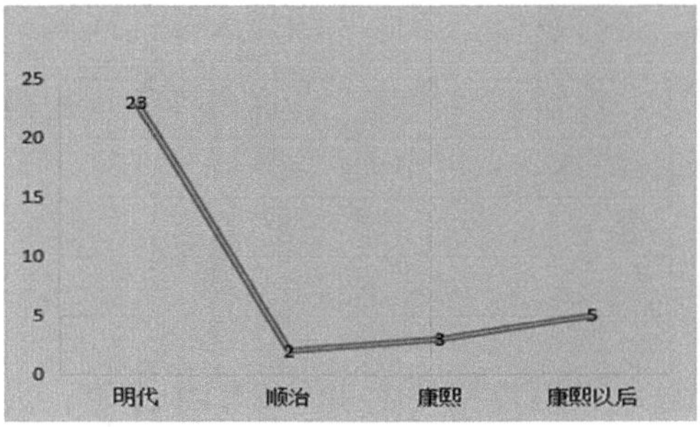

图 4 不同时期创建火神庙数量

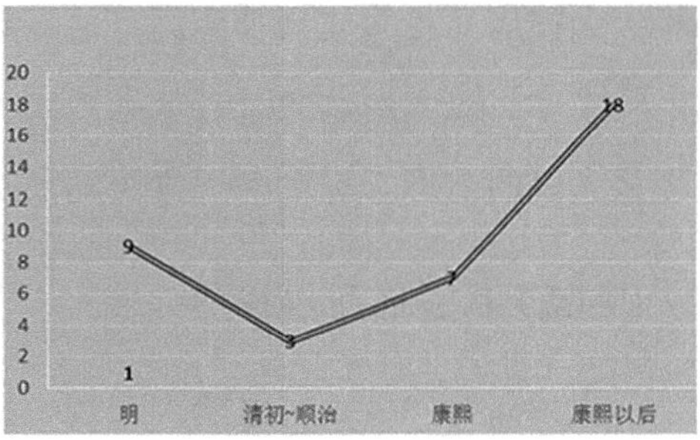

图 5 不同时期重修火神庙数量

明朝推翻少数民族政权之后，积极摒除“胡制”，以程朱理学为治国思想，在建明伊始，朱元璋就从儒教原理主义的概念出发，实施了大规模的礼制改革。[①] 洪武元年十月丙子下令“国家凡遇水旱灾伤及非常变异，或躬祷，或露告于宫中，于奉天殿陆，或遣官祭告郊、庙、陵寝及社稷、山川，无常仪”[②]。寺庙作为一种宗教活动的场所，在古代历史上有着旺盛的生命力，在政治、经济和文化方面发挥着重要的作用。政治上，由于宗教的教化作用，寺庙成为统治者维护自身统治、安定社会的一种手段。[③] 诸神虽不尽应祀典，然皆太祖所定，有明一代因之，而不敢废。[④] 在一系列的宗教保护政策下，无论是中国本土的道教还是来自西方的佛教、基督教、伊斯兰教等都得到了长足发展。火神信仰作为全国性的传统民间信仰，扎根本土，受众甚多，统治者响应百姓呼声，在各地广建祠庙。另外，明朝商品经济不断发展，商人群体不断壮大。商人因为惧怕商铺及货物被火烧毁，也会出资捐建火神庙以禳火灾，同时通过火神庙每年举办的庙会开展商业活动，增加经济利益。

康熙二年，定祀火神之礼，并从明制，以每年六月二十三日祭祀火神。[⑤]

---

① 朱海滨:《祭祀政策与民间信仰变迁》，上海：复旦大学出版社，2008 年，第 6 页。

② [明] 申时行:《明会典》卷四《雩祀》，北京：中华书局，1989 年，第 486 页。

③ 王晓彤:《明代北京西郊寺庙的历史地理研究》，首都师范大学，硕士学位论文，2013 年，第 3 页。

④ [清] 嵇璜:《续文献通考》卷七十九《群祀考》，清文渊阁四库全书本。

⑤ [清]《清通典》卷五十，清文渊阁四库全书本。

清代火神庙是在明代火神庙原有的基础上进行重修，康熙年间将火神列入国家祀典之中，极大地刺激了各地重修火神庙的热情。清代统治者定火神于正祀是尊重人民的需求，有利于促进民间团结和社会稳定。

（二）火神庙所供神主

火神庙为专供火神之所。遍观明清之地方志及相关史书、文学作品等，火神庙或称火神祠、火帝庙、火德庙、火德真（星）君庙。据地方志记载，河北地区多称火神庙。值得注意的是，前人涉及火神庙时并未注意到灵官殿和灵官庙也供奉火神王灵官。

火神庙所供神主即为火神，只是历史上火神的身份并非独一，燧人氏、炎帝、祝融、阏伯、罗宣等皆载诸籍，此外还有回禄、王灵官、灶王爷、哪吒等。有些火神庙因塑像早已无存，只能根据现存壁画对其形象进行初步分析。[①] 我们根据一些壁画所载火神名字，认定一般情况下以祝融为火神。

具体到河北地区而言，大抵火神庙及火德真（星）君庙碑记皆尊祝融为火神，其中有明确记载的火神庙共有七处，分别在保定府辛集市、宣化府西宁县、永平府乐亭县、遵化州玉田县、定州深泽县、赵州隆平县、大名府巨鹿县。具体如光绪《玉田县志》所云：

祝融阏伯皆古火正，没为火神。宋郊祀有大辰配位别以阏伯。配大辰又有阏伯庙，尽以阏伯居商丘，宝古宋国。故炎宋于火星及阏伯祀典特隆。后世遂相因而重火神之祀。然大抵以祝融为火神而阏伯庙罕见羞。《宋史》亦称火神祝融位上公，从地坛祀其尊崇，实在阏伯前而时代尤古。[②]

再如嘉庆《束鹿县志》云：“火神庙，在南瓮城，顺治三年知县谈天佑建。案火神盖即古所谓祝融回禄，历代祀之，自宋有火德真君之号。而世之祀火神

---

① 北京市文物局图书资料中心，延庆县文化委员会编《北京延庆古代寺观壁画调查与研究》，北京：北京燕山出版社，2012 年，第 91 页。

② 《玉田县志》卷十一《建置志·坛庙》，清光绪十年刻本。

者多杂入道家言，不可不知。”[①] 清以前的火神庙也称祝融宫，如同治《西宁新志》云：“火神庙，在西街，明崇祯十一年建，康熙五十九年重修，南城楼旧为祝融宫，今圮。”[②]

据方志记载，河北地区所祀火神除祝融外，还有王灵官。如康熙《固安县志》云：“东配殿，旧祀火帝灵官诸神，未足以昭崇奉。今于前另建三楹，以奉火帝灵官诸神，两配殿均增筑。”[③] 王灵官初为玉枢火府天将，尊称隆恩真君，于明代奉为火德真君。俞汝楫《礼部志稿》卷八十四清文渊阁四库全书本云：

> 所谓崇恩真君、隆恩真君者，道家相传以崇恩真君姓萨名坚，西蜀人。……隆恩真君，则玉枢火府天将王灵官也。又尝从萨真君传符法，永乐中以道士周思得能传灵官法，乃于禁城之西建天将庙及祖师殿，宣德中改庙为火德观，封二真君。成化初改观曰显灵宫。[④]

从现代田野调查中我们也发现，清朝京师火神庙即地安门外火神庙，初名为隆恩殿，之后改名为“灵官殿”。殿内供奉王灵官神像，王灵官左手掐着灵官诀，右手持鞭，镇守山门。[⑤]

传统火神庙中也许有供奉火神王灵官的情况，但文献中尚未明确说明。我们可以确定的是，河北地区火神王灵官供奉在灵官庙或灵官殿中。通常一个县内同时建火神庙和灵官庙（殿），如康熙《藁城县志》云：“火神庙，在旧城朝阳寺东……灵官庙，在东门外。”[⑥] 又如光绪《南宫县志》：“西有火神庙……灵

---

① 《束鹿县志》卷三《建置志》，民国二十六年束鹿五志合刊本。

② 《西宁新志》卷二《建置志·庙宇》，清同治十二年刊本。

③ 《固安县志》卷八《建置志·坛庙》，清康熙五十三年刻本。

④ ［明］俞汝楫：《礼部志稿》卷八十四，清文渊阁四库全书本。

⑤ 肖东发、孙鹏飞：《祭祀庙宇香火旺盛的各地神庙》，北京：现代出版社，2015 年，第 147 页。

⑥ 《藁城县志》卷二《营建志·庙寺》，清康熙三十七年刻本。

官庙，在木厂街东。”[①] 河北地区地方志记载的灵官殿和灵官庙共十九处[②]，分布在宣化府赤城县、宣化区、保安州；顺天府三河市县、固安县；遵化州丰润区；正定府平山县、井陉县、藁城县；冀州南宫市；定州曲阳县；承德府热河县；大名府大名县、巨鹿县。

二、火神庙的区域分布及选址方位

河北地区火神庙无论是整体的区域分布还是具体的选址方位，均呈现出了一定的规律，我们从宏观和微观两个角度将此规律进行呈现和分析。

（一）火神庙在各府县的空间分布

据地方志记载，清代河北地区的大部分县仅建有一座火神庙，建庙数量不少于5座的有四县，分别为顺天府霸州市9座、宣化府赤城县8座、永平府滦州县6座、遵化州遵化市5座。而就整体的分布情况来说（详见附录1），各府州之中，宣化府建火神庙数量最多，承德府最少。火神庙的空间分布情况见图6所示：

建有火神庙的县多沿河流分布，且东南方向分布最密集，许多县彼此临近。我们猜测火神庙的分布也与河流密切相关。地方志中有多县明确记载火神庙建在河流沿岸，如：

乾隆《沧州志》载：“火神庙一在西关河岸，明闵可权建。”[③] 又光绪《吴桥县志》载：“运河在县城西二十里，东岸自山东德州半截碑对岸交界起，北至运镇火神庙。”[④]

---

① 《南宫县志》卷六《建置考·坛庙》，清光绪三十年刻本。

② 囿于文献资料不足，统计数目应当不是河北地区灵官殿（庙）之全部。

③ 《沧州志》卷四《祠祀·祠庙》，清乾隆八年刊本。

④ 《吴桥县志》卷一《舆地志》，清光绪元年刊本。

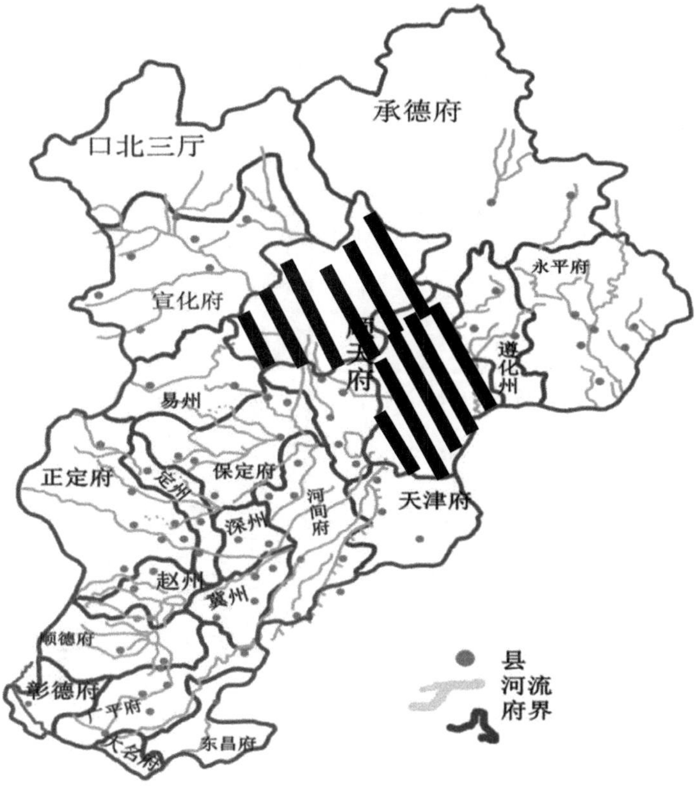

图 6　清代河北地区建有火神庙的县城分布

河北地区地貌由高原山地、山前倾斜平原和滨海平原组成。有从山西高原流出的永定河、滹沱河、漳河等河流，还有分布在太行山东麓的季节性河流如北易水、唐河、漕河、大沙河、洺河等，[①]河流众多，地势低平，夏秋季节降水集中导致洪涝灾害频繁，因而治河工程在地方志中占很大的比重。由于火神庙多建在河流沿岸，往往会因为洪涝导致庙堂坍圮，如康熙《文安县志》云："火神庙，一在拱辰门内，顺治十年河决，水灌门内，颓圮无存。"[②]清代留存下来的火神庙皆多次修缮重建，也足以证明很多火神庙沿河而建。

顺天府霸州市火神庙分布最多，康熙《霸州志》载："火神庙，一在察院

① 李孝聪:《中国历史地理》，北京：北京大学出版社，2004 年，第 171 页。

② 《文安县志》卷二《庙寺》，清康熙四十二年刻本。

后，一在东城下，一在天官坊，一在学宫前，一在南关，一在赵哥庄，一在信安，一在策城，一在康庄。”[①] 霸州县共建有 9 座火神庙，五座临河而建。其火神庙分布如图 7 所示。

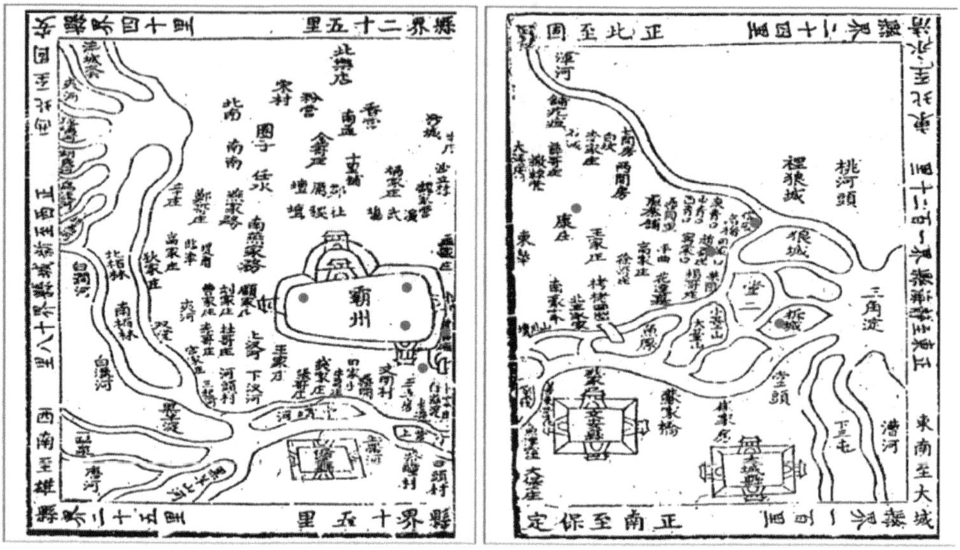

图 7　霸州县县域图[②]

霸州县火神庙分布众多，也与陆路交通发达有关。康熙《霸州志》之《铺舍》条下云：

十里铺，在城北；南孟铺，在城北十八里；莫金铺，在城南十里口头村，今废；头铺，在北关迎恩桥迤北；二铺，在长春街；三铺，在州治前至承宣街；四铺，在崇文街；五铺，在政明门内外；六铺，在新街；七铺，在澄清街；八铺，在临津门外；九铺，在嘉善厢；十铺，在嘉善厢，今为民房；苏家浅铺，在城东南百二十里。”[③]

① 《霸州志》卷三《建置志・祠祀》，清康熙十三年刻本。

② 《霸州志》卷首，清康熙十三年刻本。

③ 《霸州志》卷三《建置志・铺舍》，清康熙十三年刻本。

在中国古代，驿站是国家在政治上和军事上进行通信联络和交通运转的主要手段之一，是传达统治者的意志和命令，加强对地方统治的重要工具。① 县志记载，凡辎轩之使，谟猷之告，以及文檄饷课，轮蹄绎络，咸取道焉。② 某地设置有多个驿站和铺递，也体现了其交通枢纽的地位。

宣化府作为火神庙分布最多的府，其陆路交通条件十分优越。陈鸿彝《中华交通史话》记载："官马北路系统横向交通线，是塞上通道，从北京到宣化出张家口，东北连接多伦，西通大同、绥远以至于甘肃的凉州，接通由兰州而来的新疆官道。官马西路系统包括兰州官路和四川官路两大干线。从北京出发，过保定府、正定府去山西定州与太原府，纵贯山西至蒲州，渡过黄河去西安、兰州。"③

《赤城县志》云："赤城县：云州驿，次冲在县北三十里；本元驿，明洪武年重置，康熙三十二年设驿丞管理；赤城驿，次冲在县治东北，明永乐中置；云门驿，宣德五年改今名，康熙三十二年后系知县管理。"④ 赤城县驿道交通发达，火神庙数量居宣化府首位。统计《宣化府志》驿站情况，共有八县设置驿站，其中有七县分布火神庙，因此火神庙分布与交通密切相关。

（二）火神庙选址方位

李观光《重修火神庙记》云："君子曰：'庙以妥神，神将依也。'庙宇之大佽则瞻礼不便，垩甍之太浅则观望不肃。妥神之谓何而神将安所依哉？"⑤ 通过稽考各县地方志，火神庙选址也有一定规律和讲究。

1. 火神庙方位统计

根据部分县志、地图中明确记载或标明方位的火神庙，制作方位统计表如

① 丛佩远：《清代东北的驿路交通》，《北方文物》1985 年第 1 期。

② 《新泰县志》卷六《驿站第十六》，清乾隆四十九年刻本。

③ 陈鸿彝：《中华交通史话》，北京：中华书局，2013 年，第 429—430 页。

④ 《宣化府志》卷十七《驿站附铺司》，清乾隆八年修二十二年订补重刊本。

⑤ 《沧州志》卷十五《艺文・记》，清乾隆八年刊本。

表 4 所示。

表 4 清代河北地区火神庙选址方位统计

	东	西	南	北
保定府	望都（东北）	新城（西北）	束鹿（南）	
		庆都（西北）		
宣化府	怀来（东北）	赤城（西北）	赤城（南）	怀来（北）
	怀安（东南）	保安州（西北）		保安州（北）
	万全（东）	赤城（西南）		
	怀来（东）	宣化（西）		
顺天府	大城（东北）	大城（西北）	霸州（南）	
	固安（东）	三河（西）		
永平府		卢龙（西北）		
	滦州（东南）	抚宁（西南）		
	昌黎（东北）	乐亭（西北）		
	乐亭（东北）	迁安（西南）		
	滦州张各庄（东北）	滦州开平（西北）		
		滦州榛子镇（西北）		
河间府	肃宁（东）	吴桥（西北）	东光（南）	任丘（北）
		任丘（西南）	阜城（南）	
遵化州	丰润（东北）	遵化（西北）	玉田（南）	
正定府	栾城（东北）	元氏（西北）	正定（南）	
	平山（东）	平山（西南）		
	藁城（东北）			
广平府		永年（西）	永年（南）	
			肥乡（南）	
冀州	南宫（东）		衡水（南）	

续表

	东	西	南	北
顺德府	任县（东南）	巨鹿（西北）		
	邢台（东）			
定州			深泽（南）	
赵州			隆平（南）	
易州		易州（西南）		
彰德府	武安（东）	南和（西南）	临漳（南）	
东昌府		馆陶（西北）		
	邱县（东北）			
大名府			大名（南）	
总计	21	24	14	3

统计明确方位火神庙 62 处。其中东 21 处（东 8、东北 10、东南 3），西 24 处（西 3、西北 14、西南 7），北 3 处，南 14 处。

庙宇的方位、位置象征火神神格，五行观念流行后，火被配位南方，位居“离宫”。[①] 这似乎可以解释河北省有十四处建庙于南。然而从方位统计中我们可以看出，火神庙多偏东偏西而建，因此火神庙方位问题不仅仅是配位于南这样简单的原因，其背后丰富的文化内涵仍需深入探讨。

清时期，西方经纬网测绘技术传入中国，地图绘制进入一个全新时期，《康熙皇舆全览图》《雍正十排图》《乾隆十三排》等地图集纷纷问世，相应的方志地图也十分丰富，这些地图为我们研究选址方位提供了便利。通过整理地图，我们也发现大部分火神庙的选址方位有规律可循。

若将东北、西北归为偏北方位，则有 24 处火神庙偏北；将东南、西南归为偏南，则有 22 处火神庙偏南。东庙 4 处，西庙 1 处。其各方位比重如图 8

① 高海珑：《“三位一体”的火神——生活世界中的神话记忆模式研究》，《民俗研究》2013 年第 5 期。

所示：

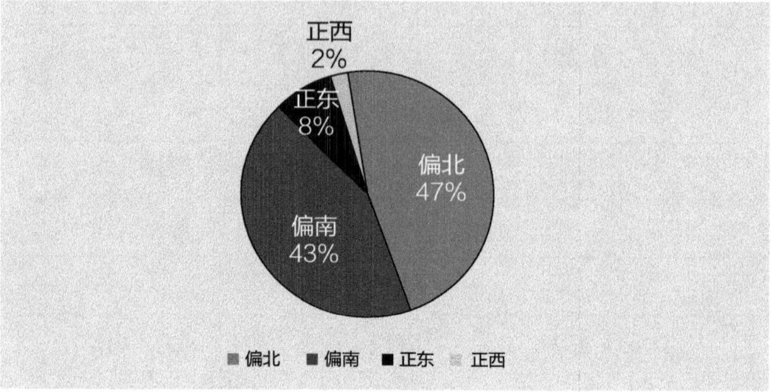

图 8　不同方位火神庙比重

2. 火神庙具体方位分布规律

总体来说，火神庙的方位分布以偏南、偏北为主。在具体方位分布上，还明显体现出受河流影响的特点，即南无水则偏北，南有水则偏南。先来看南无水则偏北的情形。下面我们以永平府昌黎县、乐亭县、卢龙县、滦州榛子镇、正定府元氏县为例对此做具体说明。

（1）昌黎县火神庙位于县城东北方位，县城南部未临近河流。如图 9 所示：

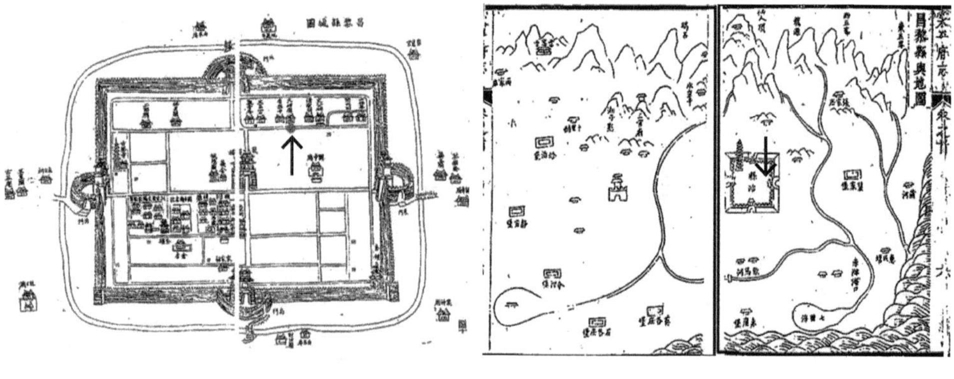

图 9　昌黎县城图、舆地图[①]

① 《永平府志》卷首，清光绪五年刻本。

（2）乐亭县火神庙亦位于东北方位，查乐亭县舆地图，县城南部没有河流。如图 10 所示：

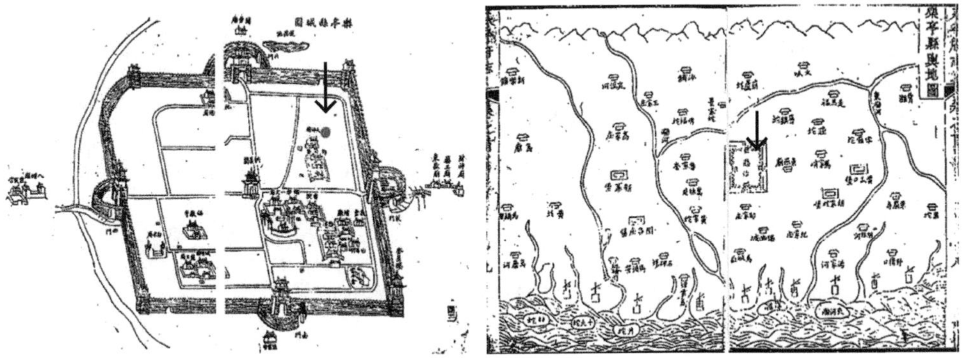

图 10　乐亭县城图、舆地图[①]

（3）卢龙县火神庙位于县城内西北方位，县城南部无河流经过。如图 11 所示：

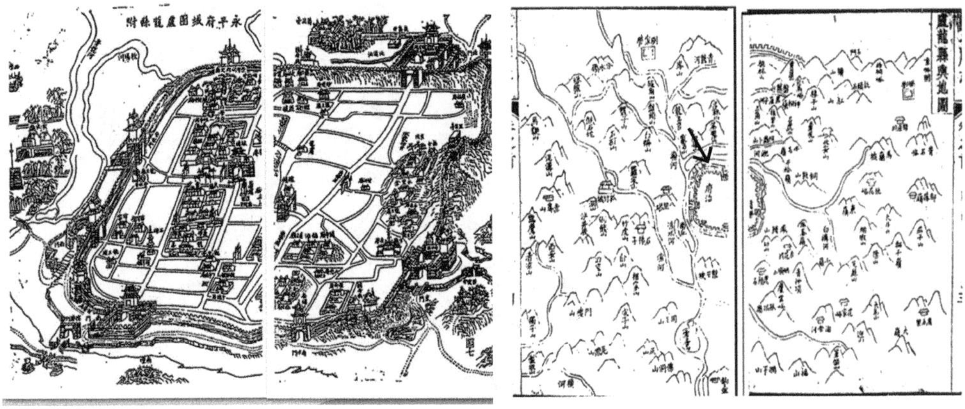

图 11　卢龙县城图、舆地图[②]

（4）榛子镇火神庙位于镇城外西北，南部无河流经过。如图 12 所示：

① 《永平府志》卷首，清光绪五年刻本。

② 同上。

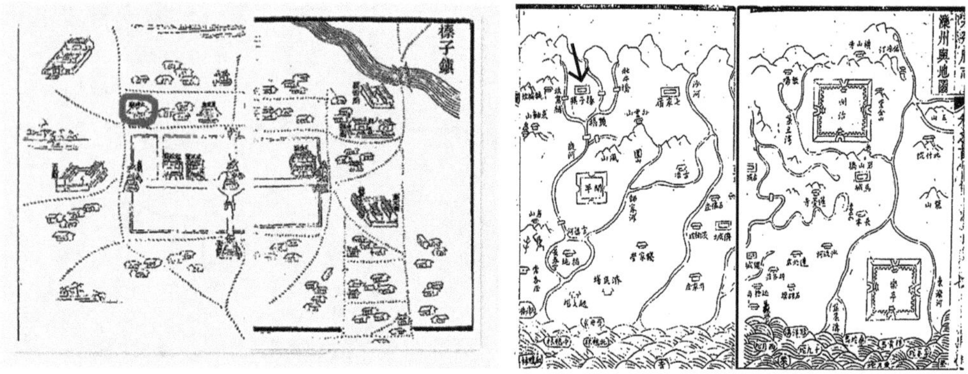

图 12 榛子镇城图与滦州舆地图[①]

（5）乾隆《元氏县志》云：“火神庙，在县治西北隅。”[②]元氏县城南部无河流经过。如图 13 所示：

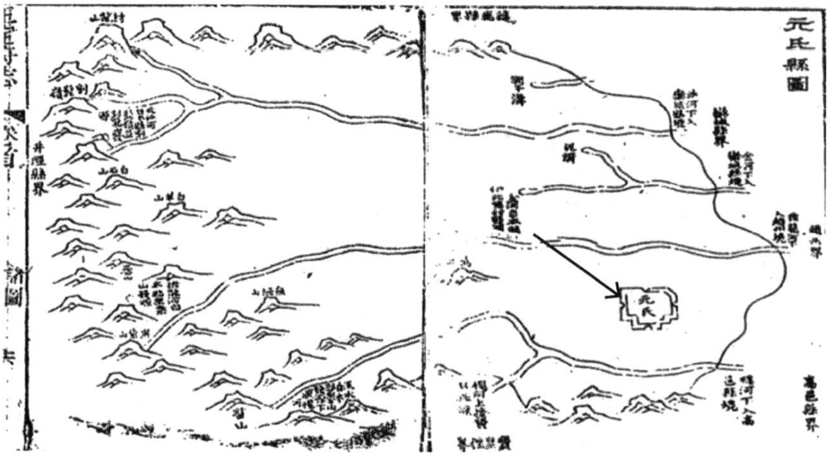

图 13 元氏县图[③]

乾隆《宣化府志》云：“保安州，庙在城西北隅。”[④]根据《保安州志》记

① 《滦州志》卷首，清光绪二十四年刊本。

② 《元氏县志》卷二《建置志·坛庙》，清乾隆二十三年刻本。

③ 《正定府志》卷首，清乾隆二十七年刻本。

④ 《宣化府志》卷十三《典祀附寺观》，清乾隆八年修二十二年订补重刊本。

载，州治南部并未有河流，因而保安州四境图南部河流距离治所极远。如图14所示：

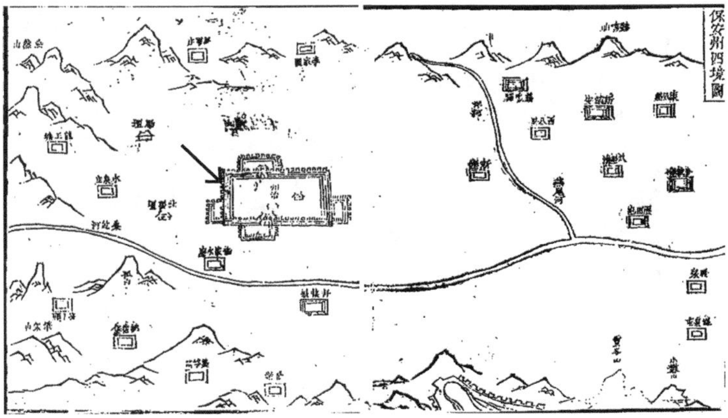

图14 保安州四境图①

再来看南有水则偏南的情况，下面具体以霸州县、临漳县、易州、怀安县、正定县、南和县为例做具体说明。

（1）霸州火神庙位于州城东南，河流经过州城南部。如图15所示：

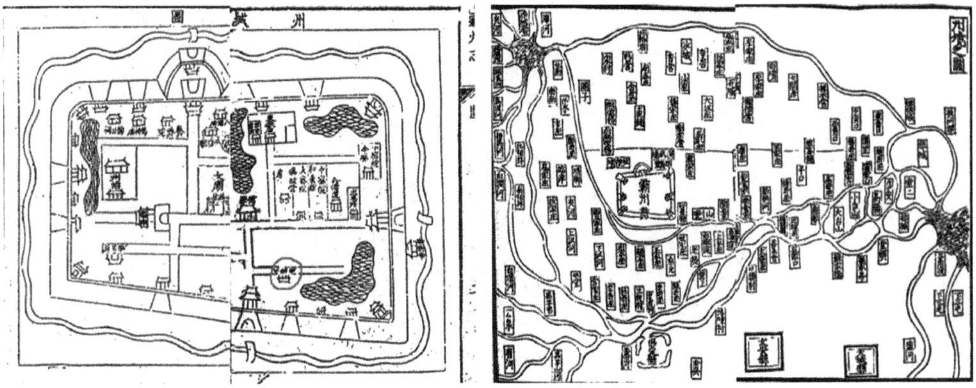

图15 霸州城图、州境图②

① 《宣化府志》卷首，清乾隆八年修二十二年订补重刊本。

② 《霸州志》卷首，清康熙十三年刻本。

（2）临漳县南部有河流经过，火神庙缘河而建。如图 16 所示：

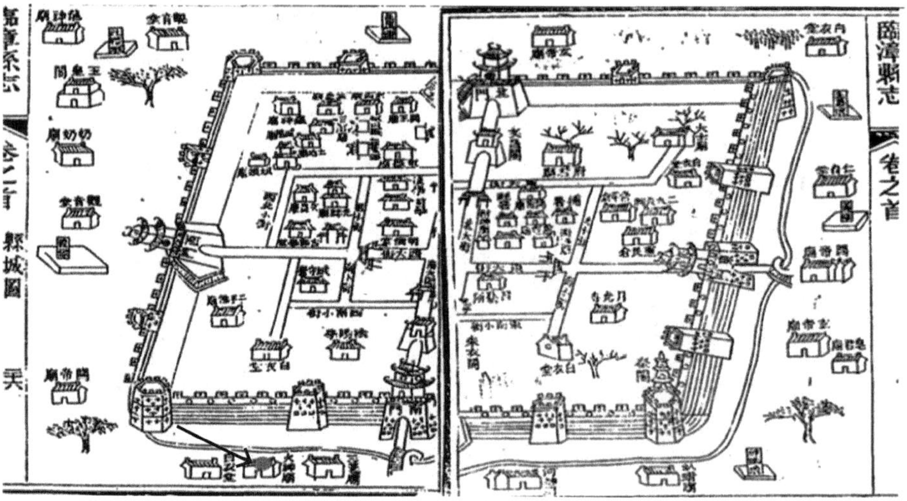

图 16　临漳县火神庙分布图[①]

（3）易州火神庙在州城南门，缘河而建。如图 17 所示：

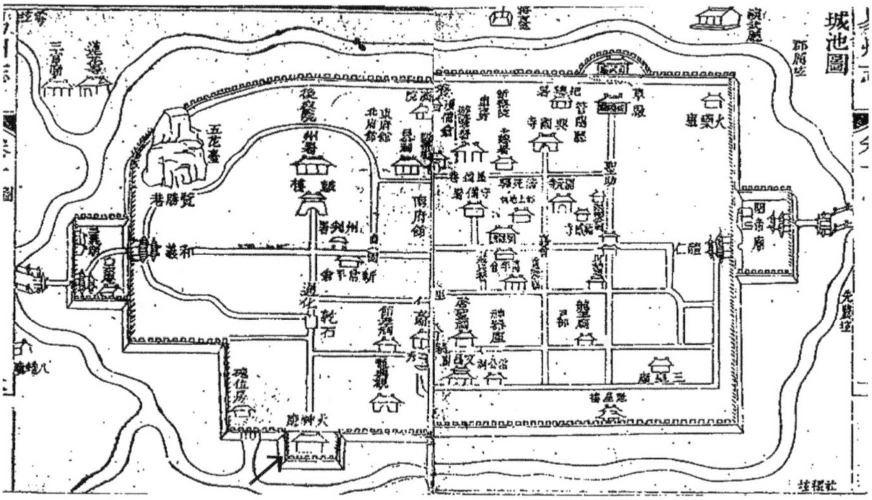

图 17　易州城池图[②]

① 《临漳县志》卷首，清光绪三十年刻本。

② 《直隶易州志》卷一《郡邑各图》，清乾隆十二年刻本。

（4）乾隆《怀安县志》云：“火神庙，在城东南大街。”[①] 怀安县四境图显示县城东南方位有河流经过。如图 18 所示：

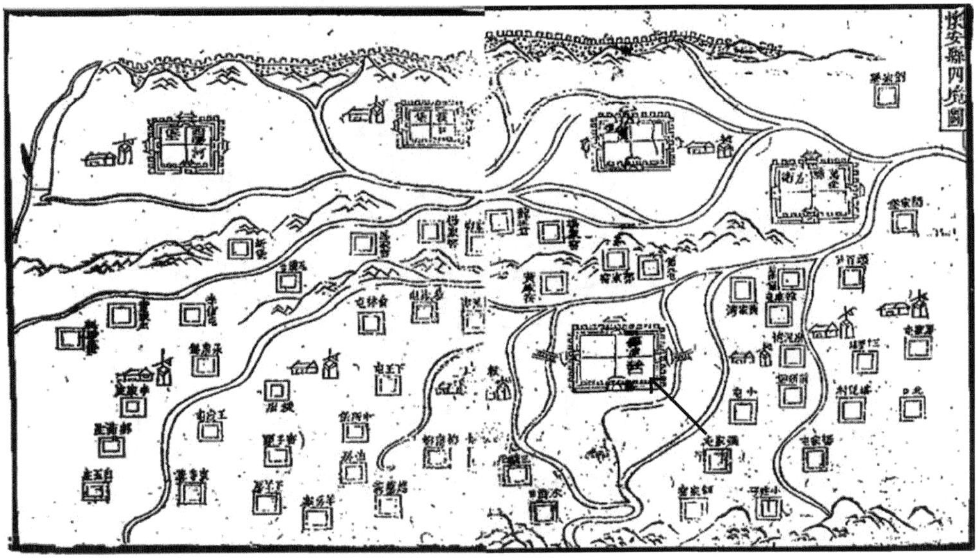

图 18 怀安县四境图[②]

（5）光绪《正定县志》云：“火神庙，在南门外。成化癸卯修建未备，弘治辛酉滹水淹没，甲子复建。……乾隆五十九年、嘉庆六年滹水淹没，十八年重修。道光三年滹水淹没，十年重修。”[③] 正定县火神庙建于滹水沿岸，几经冲毁，陆续重修仍建于南。如图 19 所示：

① 《怀安县志》卷十三《祠祀》，清乾隆六年刻本。

② 《宣化府志》卷首，清乾隆八年修二十二年订补重刊本。

③ 《正定县志》卷十《坛庙》，清光绪元年刻本。

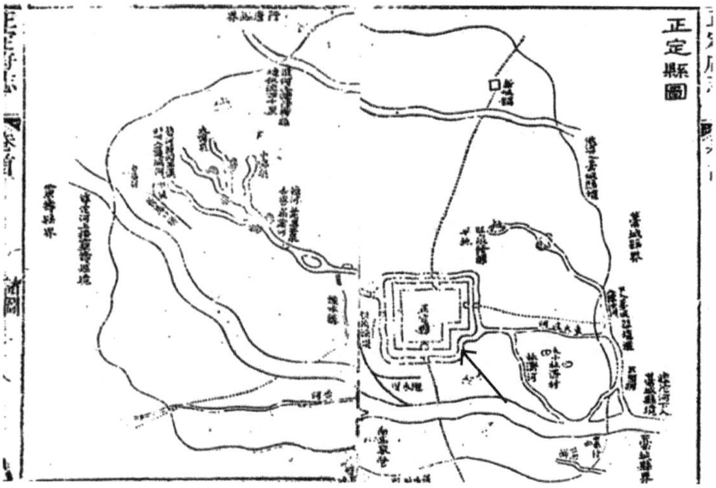

图 19 正定县图①

（6）康熙《南和县志》云：“火神庙，在小南门外，城西南隅。”②南部有河流经过。如图 20 所示：

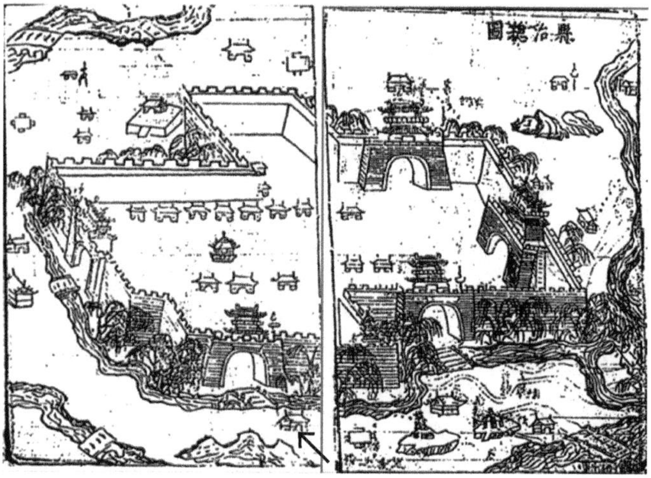

图 20 南和县志图③

① 《正定府志》卷首，清光绪元年刻本。

② 《南和县志》卷二《建置志·庙寺》，清康熙六年刻本。

③ 《南和县志》卷首，清康熙六年刻本。

根据地图及地方志记载，北部火神庙 24 处，22 处南部无河或远离河流；南部火神庙 24 处，有 17 处南部临河。除以上两种情形外，还有一些比较特殊的选址情况存在，如建于山地周围，这在赤城县表现得最为明显。

据乾隆《赤城县志》云：“火神庙，在县南门外教场东侧，崇祯间建；一在独石城东，正统十一年建，内有古松榆数株；一在镇安堡仓房后，崇祯辛未年建；一在龙门所城，嘉靖十年建；一在宁远堡西北，崇祯十一年建。”赤城县五处火神庙中有三处靠近山地，且多位于山南。如图 21 所示：

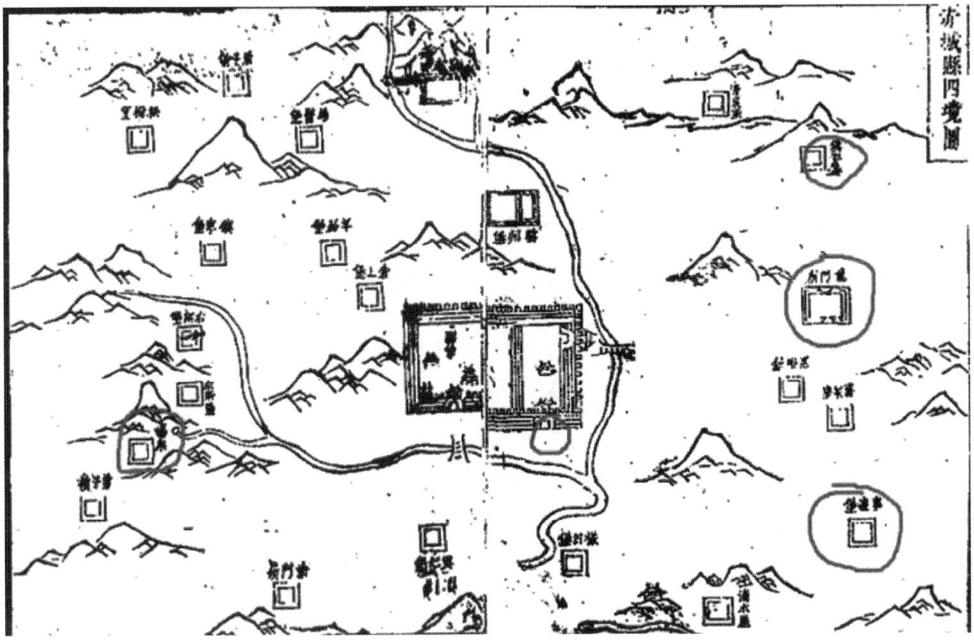

图 21 赤城县四境图①

又如卢龙县位于城北，县城北有群山，庙建山南；西宁县火神庙东西各一。城东西皆有山。如图 22 所示：

① 《宣化府志》卷首，清乾隆八年修二十二年订补重刊本。

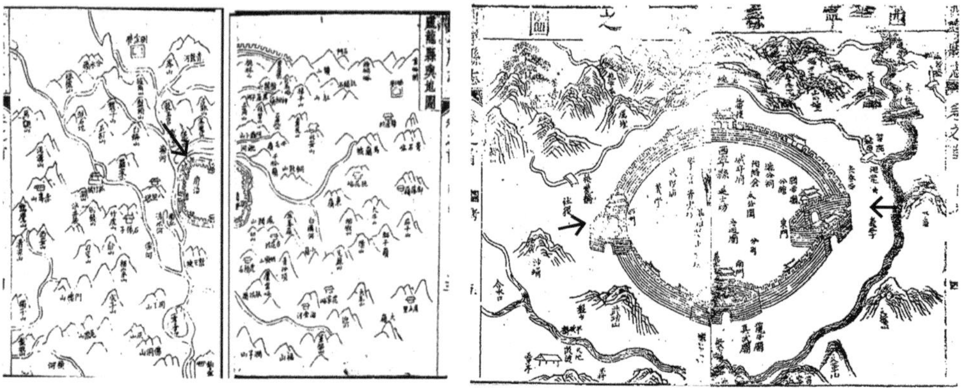

图 22 卢龙县[①]、西宁县舆地图[②]

再一种情况即是建于交通要道处，如阜城县火神庙位于南门外，临近南北要道（如图 23 所示）；又如大名府火神庙位于南关丁字街口等。但由于神庙常建于县城内，大部分神庙尤其是城隍庙、社稷坛等沿道路分布是普遍现象。然对比城外重要神庙，如寺庙、道观等往往建在名山大川之间。“天下名山僧占多”，佛教寺庙的建造选址往往流连于名山大川之间，佛教与山岳、山岳风景紧密相连。[③] 又如八腊庙、玉皇庙等，也择高而建。乾隆《遵化州志》云：

玉皇庙八，天台山一，井儿峪一，五虎岭一，笔架山一，马兰关一，东门庄一，杨官屯一，黄台口一。将军庙，在石门东门外山下，山有石将军故名……八蜡庙，在明月山阴，每岁孟夏朔日致祭。雹神庙，在出头岭，每岁端午日致祭。府君庙，在马兰峪。[④]

八处玉皇庙，六处建于山中，将军庙、八腊庙、雹神庙、府君庙均择山

---

① 《永平府志》卷首，清光绪五年刻本。

② 《西宁县志》卷首，清康熙五十七年刻本。

③ 李玲:《中国汉传佛教山地寺庙的环境研究》，北京林业大学，博士学位论文，2012 年，第 1 页。

④ 《直隶遵化州志》卷三《建置 · 庙寺》，清乾隆二十一年刻本。

而建。

我们在整理各县地方志地图时对比其他神庙的分布，发现除了供奉水神的龙王庙、二郎庙等沿河分布以外，火神庙是建于河流沿岸最多的神庙。因此火神庙沿交通要道尤其是沿河流分布是火神庙分布选址的一大特色。

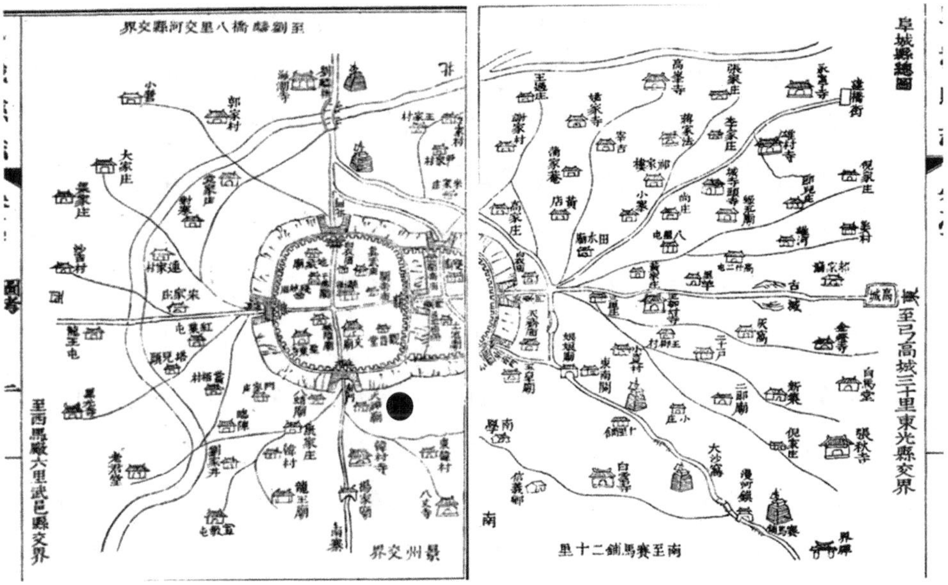

图 23　阜城县总图[①]

三、区域分布与方位规律背后的多重影响因素

中国古代神庙的区域分布和具体选址呈现出与自然环境、交通、中西文化等息息相关的规律。在不同因素的综合影响下，无论是在火神庙的区域分布还是具体的选址方位上，都具有多样化的选择。

① 《阜城县志》卷首，清光绪三十四年铅字重印本。

（一）火灾、水灾严重背景下的五行规划

河北地区处在温带季风区，冬春季节天气干燥，多火灾。如康熙《永平府志》云：“四十五年春三月，郡东城楼雷火灾，焚三昼夜。”① 又如雍正《阜城县志》云：“凡城市居民稠密，易致火灾。衣袽不戒，延烧甚惨。昏暮之际，夜行尤所宜严。”② 火灾常常发生在县城里，因为人口密集，用火集中。由于火灾常常造成巨大的生命财产损失，古人为禳火灾，开始运用五行的观念来避火，如同治《西宁县志》云：“南关正南有门，常封塞。旧志曰避火灾也。”③ 南方属火，人们认为南门紧闭便可使县城内无火灾。因而与火息息相关的火神庙越来越为人们所重视，火神庙方位的选择也与禳火有关。

根据统计，建于西北的火神庙最多，有14处。我们在《望都县火神庙碑记》中找到了建于西北方位的解释：“故火旺于南，而庙建于北。北，水也。我邑龙泉作，带有水火相济之义焉？且火生于木，木东方也，火近木则过炽，庙爰偏西以避之。”④ 碑记记载，该县在明代曾经遭遇大火灾，建造火神庙是为禳火，根据五行相生相克的原则，要避火，则建于北部以达到水火相协调。

火神庙北建禳火是很多地区的共同选择。如顺治《曲周县志》云：“火神庙，在北门外西北隅。以邑中数有火灾，知县张泼移府馆。”⑤ 又如万历《杭州府志》：“西有火德庙……杭民惧火，崇奉甚庆。又堪舆家言吴山并凤凰山皆郡城火山，以奉火神，宜数延燎也。或谓徙城北玄武水乡，则患息矣。此一方利害所系，故附此，俟为民御灾捍患者采焉。”⑥

水火相济思想非常普遍。《地理杂言》云：

---

① 《永平府志》卷三《灾祥》，清康熙五十年刻本。

② 《阜城县志》卷四《城池》，清光绪三十四年铅字重印本。

③ 《西宁新志》卷二《建置志·庙宇》，清同治十二年刊本。

④ 《望都县新志》卷六《艺文志·火神庙记》，清乾隆三十六年刻本。

⑤ 《曲周县志》卷一《地理志》，清顺治十三年刻本。

⑥ 《杭州府志》卷九十七《寺观一》，明万历刻本。

西北之地为阳，然多寒者，阳亢而乘以阴也。邵子曰："极南大暑，极北大寒，南融而北结，万物之地也。"夫水火相济，地气中而和，气无过不及，万物以生。极南大暑，火掩乎水也。极北大寒，水掩乎火也。①

河北地区地势低平，河网密布，雨水丰沛时期，常造成洪涝灾害。因而河工堤防的内容见诸多处县志。如永平府地区出现夏季山海卫大水冲南关，水百余丈②的景象。从火神庙区域分布的整体规律来看，大部分火神庙临河而建，一方面是因为交通便利，另一方面根据五行学说考虑，也许是利用水火相济的原理来达到镇水的目的，这也就是为什么县城南方若临近河流，则临河而建火神庙的原因。联系《望都县火神庙碑记》的五行相调原理，火神庙建于南，有水临之，则火不会过炽。

因此，在五行学说的影响下，河北地区火神庙的整体分布与南北方位的选择以水火相济思想为指导。

（二）堪舆术盛行下的山水协调

神庙选址是一门学问，受传统文化、客观环境影响极大。尤其在古代，人们的风水观念极其浓厚，因而衍生出了以"相宅"为生的风水先生。"古人选择建筑地点时，对气候、地质、生态、景观等一系列建筑环境因素的综合评定，以及相应的规划和建筑措施的总括。……古人常说的'风水宝地'的环境模式就是一种理想的背山面水，左右围护的格局：建筑基址背后有座山'来龙'，其北有连绵高山群峰为屏障；左右有低岭岗阜'青龙''白虎'环抱围护；前有池塘或河流婉转经过；水前又有远山近丘的朝案对景呼应。基址恰处于这个山水环抱的中央，从而使'背山面水'成为传统建筑选择吉地的和谐美原则之一。"③

---

① 《广昌县志不分卷》卷上《地理志》，明崇祯五年刻本。

② 《永平府志》卷三《灾祥》，清康熙五十年刻本。

③ 孟涛、郝赤彪：《论中国传统风水理论中的美学特征》，《山西建筑》2006 年第 5 期。

纵观前人研究成果，关于堪舆术的研究多运用在民居、墓地及皇宫的选址上，除佛寺和道观以外，尚未有探讨火神庙及其他神庙选址与风水学之间关系的学术成果。我们将阳宅、宫殿的风水学成果进行整合改造，用以解释火神庙的方位问题。

风水布局理论讲究阴阳和合。一是负阴抱阳。山为阴，水为阳，即背山面水。这是风水论中选址的基本格局。背山面水，旺气周遭，于形象言为吉壤。[①] 古人多认为背山面水乃阳宅吉位，如北京明清故宫的规划布局便体现着负阴抱阳的风水观：以景山为其“镇山”，金水河自乾方（天门）入而从巽方（地户）出；又如雍正《浙江通志》云：“唤仙亭，嘉靖余姚县志云在龙泉山龙泉寺后，自山麓至绝顶，背山面水，为一邑佳处。”[②] 河北地区也有多处火神庙背山面水，如怀来县火神庙建在县城外，在东北方，夹于山地与河流之间，其选址布局便是遵循了负阴抱阳的原则。如图 24 所示：

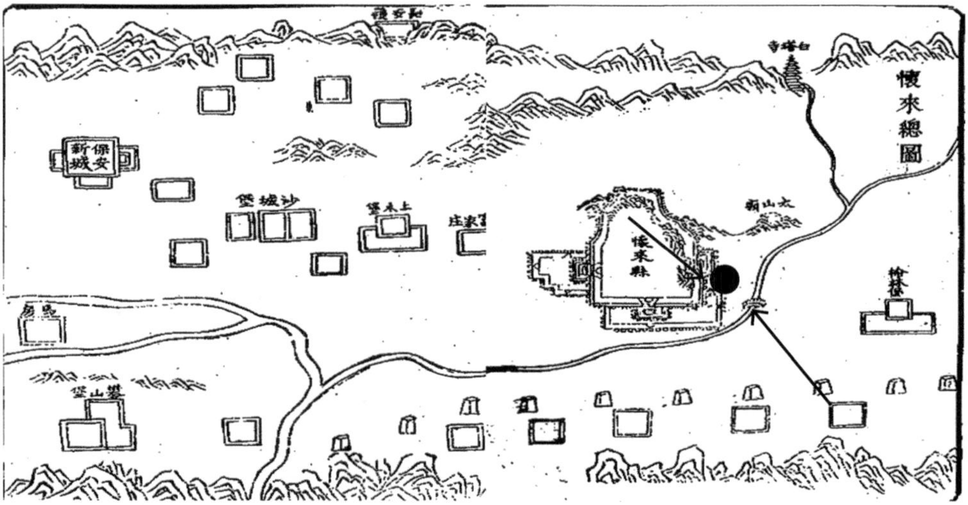

图 24 怀来县总图[③]

① ［清］陶士偰:《运甓轩文集》卷四，清乾隆二十七年刻本。

② ［清］嵇曾筠:《雍正浙江通志》卷四十五《古迹》，清文渊阁四库全书本。

③ 《宣化府志》卷首，清乾隆八年修二十二年订补重刊本。

阴阳和合也讲究阴阳平衡。如水火互制便体现了阴阳之间的平衡制约，达到整体的统一。“山林多得木气，川泽多得水气，丘陵多得火气，坟衍之地多得金气，而得土气者为原膈之土，五行运于天，而其气寓于上。”[①] 有山有水，庙于西北为宜。如卢龙县火神庙建于西北，其西北方位山水相协，乃风水佳处。如图 25 所示：

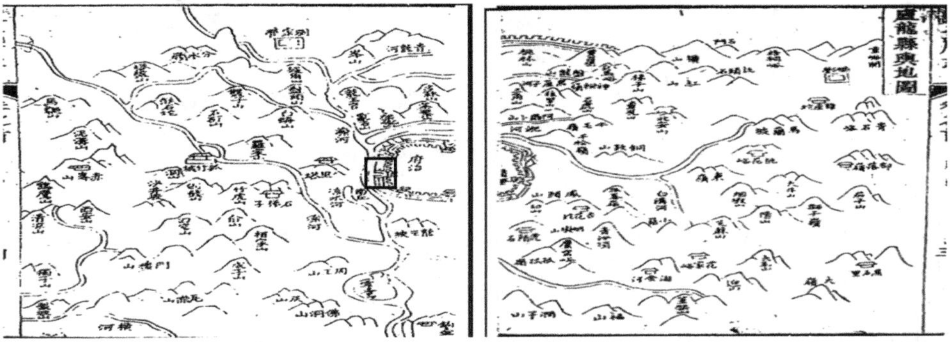

图 25　卢龙县舆地图[②]

一般说来，国人以水在宅前为吉，宅后为凶。东南为前，西北为后。这种吉凶观念反映了古人对于未知宿命的恐惧，希求通过各种方式进行趋利避害，因而古代风水学的吉凶方位说一直盛行于世，且朝着玄之又玄的方向不断演进。观河北地区南部临水而建的火神庙，多位于河流北岸。如建于南门外的东光县火神庙，南部有河流经过，东光火神庙建于北岸。如图 26 所示：

① ［魏］管格:《管氏地理指蒙·相土度地第四》，重庆：重庆出版社，1994 年，第 121 页。

② 《永平府志》卷首，清光绪五年刻本。

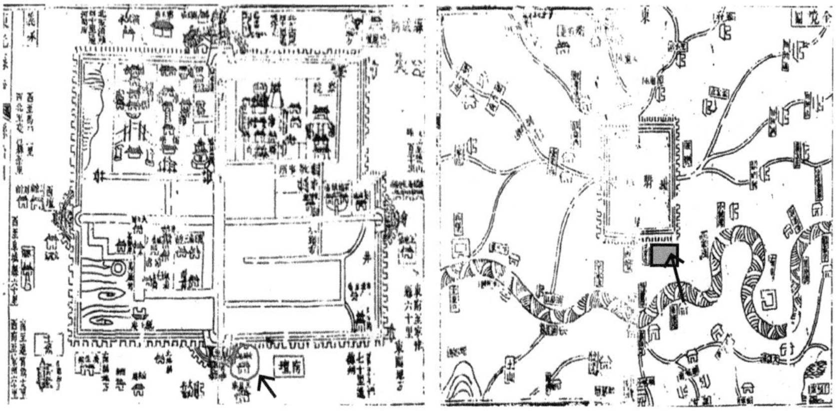

图 26 东光县城图及全境图[①]

对趋吉而言，求财运是另一个重要方面。风水布局中亦奉八卦为圭臬。如，在阳宅居家风水中财运布局讲究方位，以两个卦位最为重要。一是西北乾卦位；二是东南巽卦位。[②]从火神庙方位统计中我们也发现西北方位火神庙最多。

火神庙何以与求财相联系？据资料显示，火神庙多与商人有关，商品怕火，商人建火神庙以避之，因而建庙在选择方位上考虑求财的问题，借风水学来选择西北方位以希冀财运。

古代中国人习惯上将山之东、山之南，或水之西、水之北称为阳；而将山之西、山之北，或水之东、水之南称为阴。这样一种观念，或可以延伸至道路，如街道之东、之北可为阳，街道之西、之南可为阴。[③]火神庙当属阳宅，因而遵循这一套阴阳方位理论。如赤城县火神庙分布便遵循山水之阳的方位。如图 27 所示：

---

① 《东光县志》卷首，清光绪十四年刻本。

② 王再承：《〈周易〉方位观对中国传统风水布局理论的影响》，《美与时代》2015 年第 11 期。

③ 王贵祥：《中国古代建筑方位问题探讨》，《第四届中国建筑史学国际研讨会论文集》，2007 年。

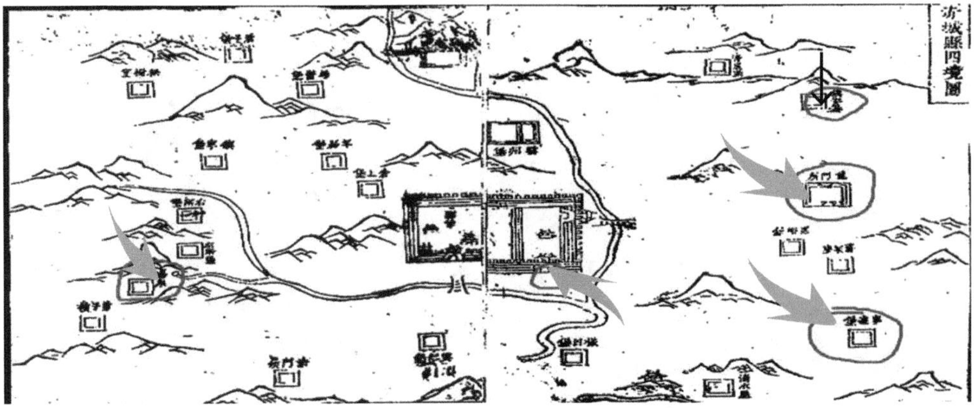

图 27 赤城县四境图[①]

明清时期，堪舆术逐渐走向平民化，脱离了上层知识分子的垄断，民间普遍将风水相宅作为一种常见的实用技术，因而风水观念深入人心。总的说来，火神庙的选址方位受到一定风水观念的影响，因此山地河流所处的方位不同，火神庙选址便有不同的方位选择。

（三）神庙神格影响下的南北选择

前面已经强调，神庙方位反映神的神格。如龙王庙多建于河流沿岸以镇水，城隍庙多建于西北部（如图 28）。传统观念中火神为火，配位于南，然而统计数据中其他方位的选择也占了很大比重。除去阴阳五行、风水因素的考虑，也因为火神的神格随着历史发展、人群的流动及文化的交流融合发生了改变。南离卦为火，北坎卦为水，偏北而建和沿河流而建应当是由于火神也具有水神一样的神格。

① 《宣化府志》卷首，清乾隆八年修二十二年订补重刊本。

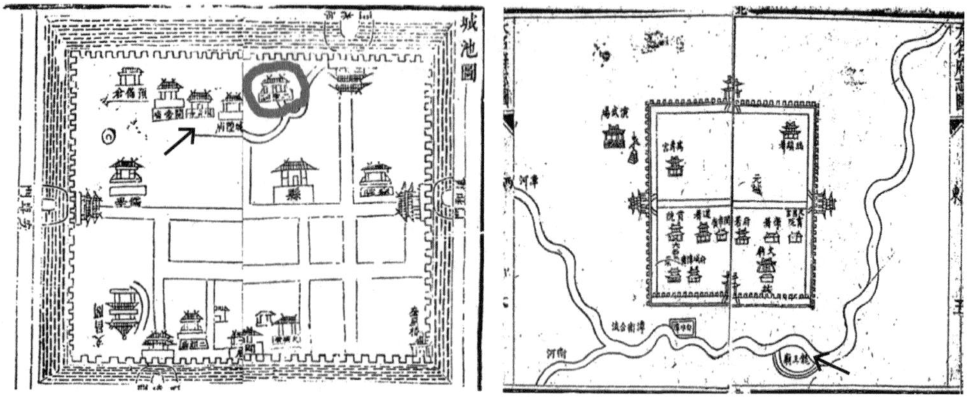

图 28 大城县[①]、大名府地形图[②]

从上文的神主介绍中，我们了解到河北地区火神庙主要神主为祝融和王灵官。观文献记载可以发现其神有水的神格。人们会在旱灾年份向火神庙祈雨，如《南岳火德星君祝文》所载：

比冈九旱，虔致祷祈，恭遇南方火德执法星君，正临轸宿，下照长沙。臣已卜日躬修醮谢，冀蒙幅佑，潜弭旱灾。而臣适有疮疡之疾，未敢只谒商真、谨令儒林郎武安军节度推官赵希意先诣殿庭，代陈忱悃，伏望圣慈，俯赐矜悯，推旱魃于炽张之际，霈甘霖于愆亢之余，俾岁事获全，民命可续，嘉与阖境王灵，共拜更生之恩，谨俟疾平，亟酬忱愿，仰祈圣察。[③]

明清时期的王灵官以火德真君称之，也具备水神神格。在《三教搜神大全》中记载了王灵官原是湘阴庙神，庙焚后跟踪萨真人报仇，也是在水中发难的。[④]又如《画亭诗草》卷十七《吾过集》："泰州遇旱，辙异庙中王灵官求

① 《大城县志》卷首，清康熙十二年刻本。

② 《大名府志》卷首，清咸丰三年刻本。

③ 黄仁生、罗建伦：《唐宋人寓湘诗文集》，长沙：岳麓书社，2013 年，第 1773 页。

④ 侯会：《华光、王灵官与二郎神》，《民俗研究》2009 年第 2 期。

雨……曾作诗记其事，余为和之。"[①] 可见火神具有水神神格的观念在明清时期深入人心。

火神神格兼容了水火的属性，因而火神庙多沿河流分布，在方位选择上偏北甚多。火神庙其他方位也深受祆庙影响，下文将进一步证明。

（四）祆庙影响下的东西侧重

我们考察火神画像，发现火神外貌特征多为面生三目，三头六臂，这与唐宋时期描写的祆神极其相似。如图 29 所示：

宋《广川画跋》云：

元祐八年七月，常君彦辅就开宝寺之文殊院遇寒热疾，大惧不良，及夜祷于祆神祠，明日良愈，乃祀于庭，又图像归事之属某，书且使教知神之休也。祆祠世所以奉，梵相也，其相希异，即经所谓摩酰首罗，有大神威，普救一切苦，能摄伏四方以卫佛法。当隋之初其法始，至中夏立祠。颁政坊常有番人奉事聚火祝诅，奇幻变怪，至有出腹决肠吞火蹈刃，故下俚庸人就以诅誓取为信重。唐祠令有萨宝府官主司，又有梵祝以赞于礼事，其制甚重，在当时为显祠。今君以祷获应，既应则祠，既祠则又使文传，其礼至矣。与得悉唐国顺大罽宾同号，祆神者则有别也。[②]

图 29 火神祝融画像

---

① ［清］朱黼:《画亭诗草》卷十七《吾过集》，清乾隆四十三年太岳山房刻增修本。

② ［宋］董逌:《广川画跋》卷四，清十万卷楼丛书本。

《摩诃止观》云："如摩酰首罗，面上三目。"[①] 饶宗颐先生指出，摩酰首罗天，二臂，三臂，六臂，八臂，十八臂及一面，三面均有之。[②] 中亚考古挖掘出了相类似的祆教神像。在壁画残片中发现粟特祆教系统中的风神 Weshparkar 神同样是三头六臂。如图 30 所示：

图 30 片治肯特 XXII 号点 1 号居址的壁画[③]

另一处出土的壁画中，Weshparkar 骑马引弓射箭也与火神骑赤烟驹、射万里起云烟箭相似。如图 31 所示：

① 《摩诃止观》卷三上，《中国大藏经》，第 94 册，北京：中华书局，1995 年，第 722 页。

② 饶宗颐：《穆护歌考》，《饶宗颐史学论著选》，上海：上海古籍出版社，1993 年，第 423 页。

③ 刘海威：《也论祆神与火神之融合——以小说〈封神演义〉为例》，《世界宗教研究》2012 年第 3 期。

图 31 Qala — e Qahqaha Ⅰ 出土关于 Weshparkar 的壁画（左）及传统火神画像（右）[①]

因此，火神庙所供神主的神格成为建庙选址的一个重要影响因素，从火神发展史来看，火神与祆神的关系历来众说纷纭，莫衷一是。我们以火神庙所供神主为切入点，对此进行简单梳理，与祆神对比，以期对火神神格有更加清晰的认识。

在古伊朗和中亚的神话中，马与河流、雨水关系密切。祆教中的得悉神是专司雨水之神，常幻化成白马；阿姆河畔祆庙中也供奉铜马。[②] 该情况见于段成式《酉阳杂俎》：

俱德建国[③]乌浒河中，滩流中有火祆祠。相传祆神本自波斯国乘神通来此，常见灵异，因立祆祠，内无象，于大屋下置大小炉，舍檐向西，人向东礼。有一铜马，大如次马。国人言自天下，屈前脚在空中而对神立，后脚入土。自古数有穿视者，深数十丈，竟不及其蹄。西域以五月为岁，每岁日，乌

---

① 刘海威：《也论祆神与火神之融合——以小说〈封神演义〉为例》，《世界宗教研究》2012 年第 3 期。

② 张小贵：《祆教史考论与述评》，兰州：兰州大学出版社，2013 年，第 48 页。

③ 今中亚卡菲尔尼干河。参见冯承钧：《西域地名》，北京：中华书局，1980 年，第 78 页。

> 浒河中有马出，其色金，与此铜马嘶相应，俄复入水。近有大食王不信，入祆祠，将坏之。忽有火烧其兵，遂不敢毁。[1]

不仅如此，考察河北地区火神庙，有多处火神庙与马神庙临近（如图32），且都在六月二十三日祭祀。或许也是基于火神与马相关。

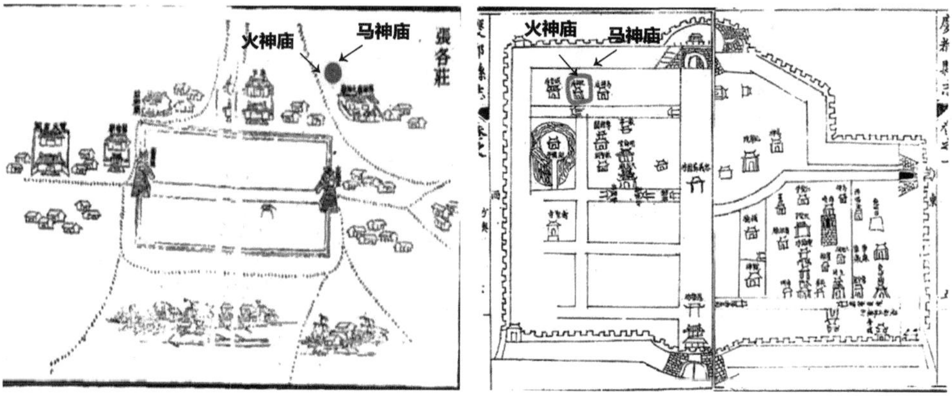

图 32　张各庄、庆都县火神庙与马神庙[2]

河北地区火神庙受祆庙影响离不开河北地区的胡化背景。

汉唐时期河北丝织业发达，因而河北地区是胡商的必经之地。在魏晋南北朝时期，东魏将国都建于河北地区。五代时期是中国历史上大规模民族融合的又一阶段。[3] 马文军认为河北地区在安史之乱后便达到了全是胡化的高潮，这在各镇镇帅出身和日常生活中，在军事组织的军事民主中，在整个社会中都表现得极为明显。[4] 傅乐成说“河北藩镇，其将士多为胡人，故其所控制之地区，

---

① ［唐］段成式：《酉阳杂俎》卷十《物异》，四部丛刊景明本。

② 《永平府志》卷首，清光绪五年刻本、康熙《庆都县志》卷一，清康熙十七年抄本。

③ 邓小南：《祖宗之法——北宋前期政治述略》，北京：生活·读书·新知三联书店，1982 年，第 84 页。

④ 马文军：《试论唐代河北地区汉化与胡化的两种倾向》，《洛阳师专学报》1992 年第 2 期。

日益胡化，摒弃文教，崇尚武力”。[①]

汉唐之际，由西方传入的祆教（又称拜火教）曾盛行一时。祆教，即琐罗亚斯德教，流行于古代波斯、中亚等地，基督教诞生之前，它在中东地区产生的影响最大，由波斯人琐罗亚斯德（前628—前551年）在公元前6世纪创立，又名麻葛教、马资达教、二元神教、拜火教，传入中国后译为祆教、火祆教、拜火教、苏鲁支教、波斯教。[②]

经过前人研究，祆教作为一种外来宗教，其传播者无疑是以祆教为信仰的入华粟特胡人。因为战争和经商，汉唐之际大批粟特人沿着丝绸之路进入中原。隋末唐初是粟特人大举入华的一个重要时期，他们多建有自己的移民聚落，同时为维系精神生活而建立了祆祠。[③]安史之乱以后，大批胡人迁居河北，加速了河北的胡化，因此该地出现了新建立的祆祠。[④]

要想探究火神庙与祆庙的方位关系，首先要调查历史上祆庙的选址方位原则，与河北地区火神庙进行对比。

中国的古代文献对祆祠多有描述，通过这些记载可知，在华祆祠主要分布在中国北方，沿丝绸之路的新疆、甘肃、陕西、河南、河北、山西等胡人大量聚居之地，唐代长安、洛阳这样的国际大都市，祆祠都不止一处。时至今日，这些祆祠大多随朝代更迭而埋没消失，个别留存下来者也早已改颜换貌，由于缺乏考古材料，根本无法窥其原貌。[⑤]我们在前人基础上查找地方志进行核实、补充、修改，绘表如表5。

---

① 傅乐成:《唐代夷夏观念之演变》,《汉唐史论集》，台北：联经出版事业公司，1997年，第219页。

② 李爱红:《祆教在古代山西的传布及影响》，山西大学，硕士学位论文，2014年，第6页。

③ 张小贵:《祆教史考论与述评》，兰州：兰州大学出版社，2013年，第71页。

④ 同上书，第104页。

⑤ 滕磊:《关于在华祆祠的几点认识》,《敦煌研究》2006年第5期，第89页。

表 5　部分在华祆祠位置统计 [1]

位置	东	南	西	北
山西介休	城东关 1 所			
洪洞		县大南门内 1 所		
汴京			大内西右庭门外 1 所 [2]	城北 1 所
洛阳	立德坊东 1 所		会节坊西 1 所	
长安			普宁、醴泉、崇化、靖恭、布政坊西、西南各 1 所	
镇江府	朱方门之东城 1 所			
敦煌	州东 1 所			
高昌	城东 1 所			
庭州	洛城东 1 所			
龟兹				城北 1 所
总计	6	1	8	2

注:［1］该图表参考引用并改编自滕磊《关于在华祆祠的几点认识》,《敦煌研究》2006 年第 5 期。

［2］［宋］孟元老:《东京梦华录》卷三，清文渊阁四库全书本。

在华祆祠中 17 所位置较为明确。在这 17 所中，位于城或街区东部（偏东）的有 6 所；位于街区西（偏西）的 8 所；位于城北的 2 所；位于城南的 1 所。根据统计，我们可以这样认为，中国境内的祆祠多分布在城或街区的东部和西部。①

由此我们联系上文对河北地区火神庙的统计，偏东 21 处（东 8、东北 10、东南 3），偏西 24 处（西 3、西北 14、西南 7），北 3 处，南 14 处。基本上也与祆庙选址原则一致（如图 33、图 34）。至于南方位火神庙较多，联系上文中

① 滕磊:《关于在华祆祠的几点认识》,《敦煌研究》2006 年第 5 期，第 91 页。

供奉祝融的火神庙多位于南方，符合“火属离，配位南方”的传统原则。

前人在论证火神与祆教关系时多从文学作品出发，将二郎神、罗宣、王灵官、华光天王等形象与祆神形象做对比，借以说明中国传统火神受祆神影响，然仅仅就火神形象的对比研究，缺乏实物证据，难以概括明清时期的火神信仰状况。对于火神庙与祆庙的关系，前人鲜少关注，且姚崇新在《火神庙非祆庙辨》中认为明清时期方志文献中所见的火神庙实是祭祀中国传统火神的场所，与祆神祆庙无涉[①]是错误的论断。

由此证明，明清时期的火神受祆神影响极大，其火神庙是祆庙化的火神庙，是中西结合的产物。陈垣先生认为祆神与中国旧俗之火神相混，非复如原日西来之火祆教矣。[②]其义一也。当然要想完全解决火神庙与祆庙的问题，还需更多的史料证据，尤其是宗教史相关资料的支撑，囿于篇幅不再详加叙述。

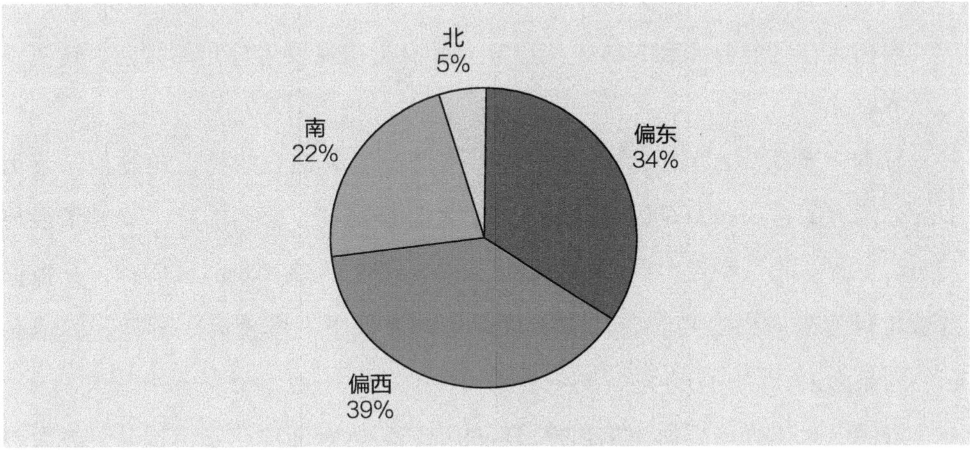

图 33 河北火神庙不同方位所占比重

① 姚崇新：《火神庙非祆庙辨》，《世界宗教研究》2009 年第 3 期，第 125 页。

② 陈垣：《火祆教入中国考》，《陈垣学术论文集》第 1 集，北京：中华书局，1982 年，第 327—328 页。

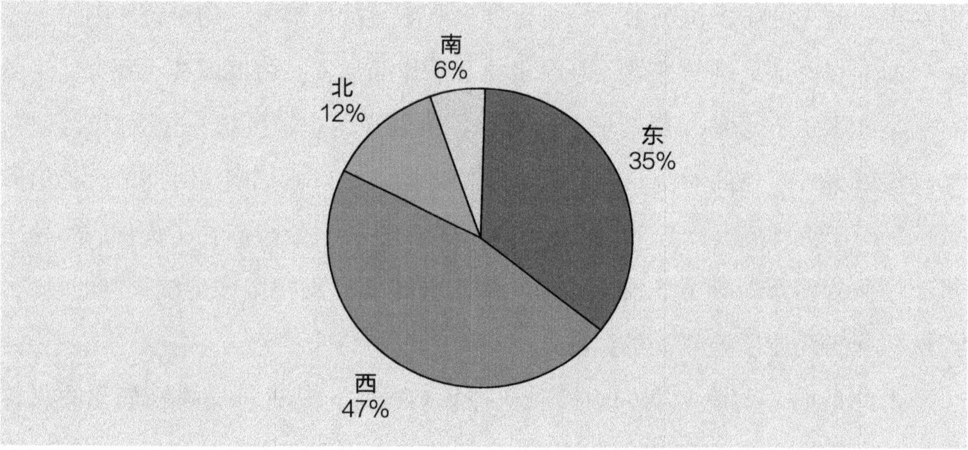

图 34 在华祆庙不同方位所占比重

（五）唯功能论主导下的交通优选

火神庙在区域分布和具体方位选址上都有沿交通要道分布的倾向，这主要与经济有关。

日本学者认为：“中国民众对待神，不考虑它是道教的神，还是包含着很多佛教内容的神……只是困难时候的神，才是最高的，必需的。”① 火神传说与人的切身利益和身家性命有着重要的联系，它是古人在困难时候的神，是根据当事者行为来应人之需。在功能本位观念的影响下，用神高于尊神，因地制宜，利益为上。

宋代以火德行，因而注重火神信仰的推广，火神庙修建热情很高。然而明清时期五德说已经逐渐衰落，修建火神庙主要受经济因素的影响。首先，火神庙本身的日常维护需要一定的资金来支持，必然要将火神庙建在交通便利，人流量较大的地区；其次，神庙与庙会紧密联系，每逢六月二十三，火神祭祀日都会有盛大的火神庙会，如嘉靖《广平府志》云：“庙会：庙之会，国初未有，

① 〔日〕福井康顺：《道教》第一卷，朱越利等译，上海：上海古籍出版社，1990 年，第 101 页。

自正德之初，始有此俗。先期货物、果集，酒肆罗列，男女入庙烧香，以求福利。”[①] 赶庙会的习俗能够带动经济的发展，因而一些火神庙建于县城内主要街区或丁字路口，便于香客及商人来往。当然，其他神庙如城隍庙等亦沿道路分布。根据文献资料和地图显示，火神庙主要沿河流分布。

河流是古代最为便捷的通商要道。交通会影响火神庙的空间分布，而火神庙在具体选址方位上也偏重于交通要道。联系河北地区的胡化背景，以善经商而闻名的胡人在河北地区建立了很多祆祠。这些祆祠多沿交通要道分布，清代河北地区火神庙的空间分布和具体选址都受到祆庙的影响。祆教的传播路线是伴随着粟特胡人以贸易为目的的迁移足迹而来的。[②]

因此可以认为，胡人沿着交通线经商，在经商的过程中传播着祆教文化，而河流和道路沿岸的地区可能率先吸收了此文化并建立了具有祆教特色的火神庙。

除此之外，火神庙的选址还跟城市规划有关。城内各类功能区块的变更塑造了城市的内部景观格局。[③] 明清时期的寺庙园林充分体现了顺应自然的特点，巧于利用自然环境，依山就势，因地制宜，在有限的空间范围和自然环境条件下，最大限度地使土地得以充分利用。[④] 如何利用有限的土地进行各类基础设施的建设，不同的地区有不同的考虑，由于篇幅，不再详加赘述。

河北地区火神庙的区域分布及选址原则体现了传统本土文化和西方外来文化的碰撞，是综合因素影响下的产物。这也正是河北地区胡汉并立的印证。

---

① 《广平府志》卷十六《风俗志》，明嘉靖刻本。

② 李爱红：《祆教在山西的传布及影响》，山西大学，硕士学位论文，2014年，第13页。

③ 张伟然：《历史与现代的对接》，北京：商务印书馆，2016年，第136页。

④ 刘翼、刘琴：《云南昆明时期寺庙部分园林艺术分析研究》，《江西农业学报》2013年第10期，第39页。

五、结语

以上，我们以河北地区为具体探讨区域，以清代为具体研究时段，对中国古代火神庙的空间分布、具体选址方位规律及其背后的原因问题做了具体探讨。从中我们可以发现，在大的区域分布上，火神庙呈现出与河流分布一致的特点，即总是与交通要道相结合。在具体的选址分布上，则呈现出南、北两个方向为主的特点，总体来说南无水则偏北，南有水则偏南。之所以如此，与传统中国的阴阳五行、风水观念、袄教文化等直接相关。

火神庙的发展变迁直接反映出火神信仰的发展状况。信仰是重要的文化要素，也可以说是文化的核心要素。[①] 火神庙自康熙时期被列入国家祭祀体系中，民间又各自奉祀，自成传统。这体现了官方与民间的礼俗互动。火神庙的分布是多重因素综合作用的结果，从中可以看到多民族、多文化的融合问题，也可以看到中国传统的阴阳五行、风水等观念问题，以及自然因素的影响问题等。中国地大物博，形成了独具特色的区域文化，而区域文化又有着不同的源流，是在当地文化的基础上不断吸收融合外地、外国的文化，形成一个革故鼎新不失根本的文化有机体。中华文化便是基于兼收并蓄、包容创新的特点，得以源远流长、博大精深而历久不衰。总之，通过解决火神庙空间分布的问题，我们可以将中国传统文化的多个侧面进行综合呈现。

① 朱海滨:《祭祀政策与民间信仰变迁》，上海：复旦大学出版社，2008年，第183页。

附录 1

清代河北地区火神庙分布统计

府 / 州别	县别	数	出典
保定府（9）	新安	2	乾隆《新安县志》卷七
	新城	1	道光《新城县志》卷九
	定兴	1	光绪《定兴县志》卷二
	祁州	1	乾隆《祁州志》卷二
	望都	1	乾隆《望都县志》卷八
	唐县	1	道光《续修行唐县新志》卷二
	庆都	1	康熙《庆都县志》卷一
	束鹿	1	乾隆《束鹿县志》卷三
宣化府（24）	宣化	3	乾隆《宣化县志》卷十三
	赤城 [1]	8	乾隆《赤城县志》卷二
	龙门	3	乾隆《宣化府志》卷十三
	万全	1	乾隆《宣化府志》卷十三
	保安州	2	道光《保安州志》地部卷一
	怀安	1	乾隆《怀安县志》卷十三
	西宁	2	康熙《西宁县志》卷四
	怀来	3	光绪《怀来县志》卷九
	蔚州	1	光绪《蔚州志》卷六
顺天府（18）[2]	霸州	9	康熙《霸州志》卷三
	文安	3	康熙《文安县志》卷二
	大城	2	光绪《大城县志》卷二
	永清	1	乾隆《永清县志》舆地图第一
	固安	2	康熙《固安县志》卷八

续表

府/州别	县别	数	出典
	三河	1	康熙《三河县志》卷上
永平府（13）	卢龙	2	康熙《永平府志》卷六
	滦州	6	光绪《滦州志》卷十
	抚宁	2	光绪《抚宁县志》卷六
	昌黎	1	康熙《永平府志》卷六
	乐亭	1	光绪《乐亭县志》卷六
	迁安	1	光绪《永平府志》卷三十
河间府（10）	任丘	1	乾隆《河间府志》卷五
	河间	1	乾隆《河间县志》卷二
	肃宁	1	乾隆《肃宁县志》卷二
	阜城	1	光绪《阜城县志》卷九
	东光	2	康熙《东光县志》卷三
	故城	1	雍正《故城县志》卷一
	吴桥	3	光绪《吴桥县志》卷一、三
遵化州（10）	遵化	5	乾隆《直隶遵化县志》卷三
	玉田	2	光绪《玉田县志》卷十一
	丰润	3	光绪《丰润县志》卷二
正定府（14）	正定	1	光绪《正定县志》卷十
	阜平	1	乾隆《正定府志》卷十五
	行唐	1	同治《续修行唐县新志》卷二
	元氏	2	乾隆《元氏县志》卷二
	晋州	1	康熙《晋州志》卷三
	无极	1	乾隆《正定府志》卷十五
	栾城	2	同治《乐城县志》卷一

续表

府 / 州别	县别	数	出典
平山（5）	平山	2	咸丰《平山县志》卷二
	藁城	2	康熙《藁城县志》卷二、光绪《藁城县志续补》卷二
	井陉	1	
广平府（8）	永年	2	光绪《永年县志》卷十五
	曲周	1	同治《曲周县志》卷一
	鸡泽	2	光绪《重修广平府志》卷二十四
	肥乡	1	同治《肥乡县志》卷十二
	磁州	1	光绪《重修广平府志》卷二十四
	青河	1	光绪《重修广平府志》卷二十四
天津府（4）	青县	1	康熙《青县志》卷二
	沧州	2	乾隆《沧州志》卷四
	盐山	1	康熙《盐山县志》卷四
冀州（5）	武邑	1	同治《武邑县志》卷二
	衡水	1	乾隆《衡水县志》卷三
	枣强	1	光绪《枣强县志补正》卷一
	南宫	2	光绪《南宫县志》卷六
顺德府（3）	邢台	1	乾隆《邢台县志》卷五
	唐山	1	光绪《唐山县志》卷二
	平乡	1	乾隆《平乡县志》卷十八
巨鹿（2）	任县	1	康熙《任县县志》卷八
	巨鹿	1	光绪《巨鹿县志》卷二
定州（5）	曲阳	4	光绪《重修曲阳志》卷一、之九
	深泽	1	同治《深泽县志》卷三

续表

府/州别	县别	数	出典
赵州（3）	赵州	1	光绪《直隶赵州志》卷三
	高邑	1	康熙《高邑县志》卷中
	隆平	1	乾隆《隆平县志》卷二
深州（2）	武强	1	道光《武强县志重修》卷二
	深州	1	雍正《直隶深州志》卷三
承德府（3）	热河	2	光绪《承德府志》卷二十一
	平泉州	1	光绪《承德府志》卷二十一
易州（2）	易州	1	乾隆《直隶易州志》卷二
	广昌	1	康熙《广昌县志》卷八清抄本
彰德府（4）	涉县	1	嘉庆《涉县志》卷三
	武安	1	乾隆《武安县志》卷八
	南和	1	乾隆《南和县志》卷三
	临漳	1	光绪《临漳县志》卷二
东昌府（2）	馆陶	1	光绪《康熙馆陶县志》卷八
	邱县	1	乾隆《邱县志》卷三
大名府（3）	大名	2	乾隆《大名县志》卷十八
	巨鹿	1	乾隆《顺德府志》卷五

注：[1] 按《乾隆宣化府志》记载赤城县火神庙一座，核查《乾隆赤城县志》及《同治赤城县续志》增补。

[2] 按谭其骧《中国历史地图集·清时期》直隶省地图，仅录今河北省范围内顺天府、天津府的各县。

九天玄女：作为信仰符号的伴生策略

陈姵瑄[①]

摘要： 本论文尝试以上古神话人物“九天玄女”为剖析对象，并以庙宇信仰为核心，考察具有神话特质的九天玄女在活态民间信仰中的存在情况。通过对目前相关身世的溯源研究，提出玄女形象存在“符号化”的情形，以及她在庙宇祭祀中产生的特殊“伴生现象”，即需依附外围的各种元素才能合理地存在于庙宇。本文以庙宇和神灵为伴生范围与对象，依照玄女在各自庙宇中的主配神信仰定位，提取出内部的各种“伴生形态”。

关键词： 上古神话　九天玄女　符号化　伴生形态

绪论

中华民族历史悠久，是一个多元民族和信仰结合的群体。如此多样的文化环境，促使多神崇拜蓬勃发展，其中也包含九天玄女信仰。关于九天玄女的文献记载，现在能够看到的内容大致可分为“身世、兵法”“房中术、养身术”“术数”“丹药”四类，另外还有如元末明初施耐庵《水浒传》[②]、明代罗贯

---

① 陈姵瑄，北京大学中文系2016级博士研究生。

② ［元］施耐庵：《水浒传》，上海：上海人民出版社，1975年，第520—532页。

中《三遂平妖传》[①]、清代吕熊《女仙外史》[②]和佚名《薛仁贵征东》[③]等通俗小说将上述四类的玄女特质融入小说的叙述情节。

根据目前的文献显示，“玄女”一词最早载于汉代纬书《龙鱼河图》，原书已佚，现以宋代李昉的《太平御览》内容较为详备，当中记录了“玄女助黄帝征战蚩尤”的上古神话：

龙鱼河图曰：黄帝摄政，蚩尤兄弟八十一人，并兽身人语，铜头铁额，食沙石，造兵杖，威震天下，诛杀无道，不仁不慈。黄帝行天下事，仰天而叹。天遣玄女，下授黄帝兵信神符，而令制伏蚩尤归臣，因使镇兵以制八方。[④]

历代文献都以“助黄帝战蚩尤”这则神话来判断玄女的身世时间，将她设定在“上古”的概念中，并没有很多异说。但后来的学者却多以这些古籍材料为核心，推衍出各种关于九天玄女的身世起源和功能。笔者整理目前专门论述九天玄女的学术论文，归纳出三个方面。一是玄女的起源与职能探讨。即有学者站在前人（如袁珂《中国神话史》[⑤]和丁山的《中国古代宗教与神话考》[⑥]等）的基础上对九天玄女身世进行更全面的梳理，例如邢东田在《九天玄女的起源职能与演变》[⑦]中提出“女魃”“玄鸟”“天神”三种起源形象；二是小说中的玄女形象与作用。部分学者以小说中的九天玄女为探讨对象，剖析玄女在小说内的存在意义。如胡万川《玄女、白猿、天书》[⑧]以黄帝战蚩尤神话为主轴，

---

① ［明］罗贯中：《三遂平妖传》，北京：北京大学出版社，1983 年，第 8—20 页。

② ［清］吕熊：《女仙外史》，上海：上海古籍出版社，1991 年，第 74—86 页。

③ ［清］佚名：《薛仁贵征东》，太原：山西人民出版社，1994 年，第 58—59 页。

④ ［宋］李昉：《太平御览》，北京：中华书局，1960 年，第 3868 页。

⑤ 袁珂：《中国神话史》，重庆：重庆出版社，2007 年。

⑥ 丁山：《中国古代宗教与神话考》，上海：上海书店出版社，2011 年。

⑦ 邢东田：《九天玄女的起源职能与演变》，《世界宗教研究》1997 年第 3 期。

⑧ 胡万川：《平妖传研究》，台北：华正书局有限公司，1984 年 1 月，第 96—110 页、第 118—121 页、第 129—143 页。

分析九天玄女何以在通俗小说里同时扮演兵法天书的传授者及英雄的指引者；三是玄女在民间信仰中的传播情况。有些学者跳脱静态的文献研究，从动态的信仰角度进行分析，例如翟存明、白晓霞《关于九天圣母的民间叙事与传承心理——对甘肃永登连城镇牛站村九天圣母传说的研究》① 提出借当地民间传说再造旧有传统的信仰形态。

综览目前关于玄女身世的研究成果，笔者认为应该分成神话和信仰两个层面探讨，才能较全面客观地体现具有上古神话特质的九天玄女是如何发展演变的。

神话层面。虽然各自的观照视角不同，但可看出多数学者倾向于将九天玄女的起源推向上古神话的脉络中，并以此作为基础进行更深层的研究。目前学者对此分析主要有"玄鸟说"、"女魃说"和"天神说"。三者皆有其看似合理的佐证，但由于参考的文献材料有限且撰写年代都较晚，使其容易产生思考上的主观误判。在此笔者便分析这三种身份，依序提出疑虑。

第一个疑虑是袁珂曾根据《龙鱼河图》的内容在《中国神话史》里提出"玄鸟说"，他由《龙鱼河图》的内容引申出《黄帝问玄女战法》和《广博物志》的玄女形象和名称，甚至将玄女的起源推至《诗·玄鸟》当中。② 但笔者认为这样的推衍是不严谨的，因为"玄女"一词最早出现于汉代，且《黄帝问玄女战法》和《广博物志》分别都被视为六朝和明代时期的作品，所以由此反思，至多只能将玄女最早出现的时间划定在汉代，无法将其身份再上推至商代的始祖"玄鸟"。

第二个，"女魃说"，这形象源于《山海经·大荒北经》中的女魃助战蚩尤。③ 历来持此说的学者多从两个层面印证二者的关系，即"助黄帝战蚩尤的

① 翟存明、白晓霞：《关于九天圣母的民间叙事与传承心理——对甘肃永登连城镇牛站村九天圣母传说的研究》，《西北民族研究》2014 年第 4 期。

② 袁珂：《中国神话史》，重庆：重庆出版社，2007 年，第 92 页。

③ ［清］郝懿行笺疏、范祥雍补校：《山海经笺疏补校》，上海：上海古籍出版社，2013 年，第 380—382 页。

叙事背景”，而这个说法已有学者在分析黄帝对他们的言行差异后否定彼此的联系；另外还有学者认为《山海经》中“有人衣青衣”的“青衣”和玄女之“玄”，具有同色关系。但若以《老子·六章》的“玄牝”来解释，此“玄”便与色彩无关，而是指“幽深不可测”之意。因此不可在存有多种可能性的情况下，主观认定玄女即身穿黑衣之女神。

第三个，“天神说”。孙绍先在《上古女性神族》中提出玄女是上古女性生殖崇拜的天神。[①] 虽然后来有许多内容提及九天玄女授予黄帝房中术一事，但这只能理解成神灵在流传时为了融入各种主题，例如信仰，而创生出的诠释元素，无法以此就认定她即上古女性崇拜的天神，且从“黄帝战蚩尤”的叙事情节里，也难以看出与生殖崇拜相关的特质。

由上述三种说法发现都不可反复验证，且皆存在两个问题，即是将黄帝视为判断玄女身世起源的主要依据，让时空溯源主观地向上古时期靠拢。并由此引申出另一个问题，即把“神话叙述的时间”等同于“叙述神话的时间”。事实上，经过古史辨派的论证，得知有些上古神话讲述的时间越早，往往创作的时间越晚，叙述的情节和词汇也随之更加完善。于是在分析这些溯源疑虑后，或许该重新思考玄女的研究方式。

信仰层面。相较于神话层面而言，文献中较少提及九天玄女的信仰情况，只能在少数像清代袁枚的《子不语·九天玄女》或通俗小说如《水浒传》等作品中，稍微看到玄女简单模糊的职能内容，且后来学者的研究亦多局限于静态文本，甚少以田野的形式了解玄女当下动态的流传情况。

因此，与历时文献研究相比，笔者更关注玄女在信仰层面的共时形象营造。

九天玄女的“上古”和“人首鸟形”的背景，让她在进入民间信仰中产生特殊的传承现象。通常来说，至今仍被民间信仰的上古神话人物，自身多具较写实的叙述形象，首先有“合理”的外在形体，其次是神祇的身世起源多为现

① 孙绍先:《上古女性神族》,《民间文学论坛》1992 年第 3 期。

今可考之处，如尧、舜、禹等。九天玄女皆不具备这些条件，又无法和妈祖、关公一样拥有亲民写实的叙事内容，所以当她进入民间信仰后，非人形象使其成为单一且特质模糊的符号化神灵。

本文所谓的“符号化”，即借鉴英国学者米兰达·布鲁斯（Miranda Bruce）在《符号与象征》中说的“符号向我们传递的是一种可以进行瞬间知觉检索的简单信息”[①]，专指因为某物的内在特征模糊，导致外在形象难以明确体现自身的存在价值，逐渐成为一个较为空洞之表面符号的过程。

由于玄女具体的存在目的日渐符号化，导致在民间信仰传承上很难靠自身拢聚香火，从而产生较醒目的“伴生现象”。所谓“伴生现象”乃笔者自创，即指某位神祇无法单独以自己的特质生存于民间信仰当中，须配合外在的各种元素，塑造多元的“伴生形态”赋予此符号更合理且具吸引力的信仰存在价值。而如果要更具体了解伴生现象，就必须突破旧有的文献研究范畴，所以本文尝试将观照面向移到当前活态的庙宇信仰中。

笔者综览目前相关研究成果，发现学者多侧重分析“神灵与信众”这个层面，其实内部还有许多“神灵与神灵”之间的细微组织结构，具体支撑整体的祭祀形态。笔者希望借由九天玄女这一个案，具体点出神灵自身的生存策略亦是协助信仰香火持续的重要环节。

本文以庙宇为观照核心，采访两岸各地供奉九天玄女的庙宇，共十四间，其中大陆为二间，皆地处山西省，主祀神祇都为九天玄女。台湾则有十二间，遍布全台湾。依照九天玄女的祭祀定位分为主、配神两种，剖析其中各种伴生形态，了解具有“上古神话”特质的神祇，特别是非人形象的神祇在进入民间信仰后的流传情况。

---

① ［英］米兰达·布鲁斯（Miranda Bruce）:《符号与象征》，北京：生活·读书·新知三联书店，2010 年，第 6 页。

一、九天玄女作为主神的伴生形态

（一）主神的多元共生

关于“主神的多元共生”形态，指由于庙宇主神在身份上存在争议，于是通过吸取多位神祇的身份、职能及香火等特质，将其叠加于某一神像上，让她适时发挥恰当的信仰效益。

以山西潞城县贾村碧霞宫为例。

碧霞宫除供奉主神九天玄女外，还奉三皇、盘古、当地先人张枝群先生等神祇。值得注意的是，在庙宇正门和中庭石碑上呈现两个特殊景象，即前者墙面写有“碧霞元君庙”，后者却刻了“碧霞宫”三字，由此让主神的身份解释产生分歧。

笔者目前采集到“碧霞元君”“九天玄女”“碧霞元君即九天玄女”三种说法。例如一位在庙内帮忙的大娘即认为，“碧霞元君和紫霞为姊妹，且碧霞元君就是九天玄女”①。可见百姓试图透过外在各种方式，赋予这位神祇一个合理的身世理解。

（二）玄女与配神的伴生形态

1. 借用职能

此处的“借用职能”形态，指相较于主神九天玄女，庙内其他配神拥有更具体的职能，借由亲民的济世服务弥补玄女模糊的执掌内容，以此保留她的地位与香火。

以新北市五股区九天玄女宫为例。

该庙为单独殿宇，除了中央供奉主神九天玄女外，还供奉多位配神，其中

---

① ［访谈］访谈地点：山西潞城县贾村碧霞宫。访谈时间：2015 年 5 月 21 日。访谈对象：碧霞宫子孙殿内协助祭祀的大娘。

以济公活佛、五谷先帝、孔子公祖、文昌帝君、华佗神仙、扁鹊仙和保生大帝的职能最为鲜明。

2. 性别聚合

关于利用性别聚合作为伴生形态的庙宇，以台北士林九莲寺为例。

此庙主体格局分为正殿供奉女神，右侧殿供奉男神，左侧则为福德正神和虎爷。在笔者采访过程中，庙公余大爷[1]表示："如果都是女神就无法传承。"由此延伸出两个指向。其一，都是女神的正殿投射出女性（母性）神祇特有的心理抚慰感，且相较于男性，女性的整体地位本身就处于弱势，这便催生出更多女性神祇以满足女信众的身心需求。其二，右侧的男神殿却与正殿相反，体现了父权社会的精神象征。若将两者置于一起又体现出阴阳协调的意义，而作为女神的九天玄女也在这祭祀过程中获得香火延续。

3. 构拟社会关系

"构拟社会关系"形态，即指九天玄女和配神具有身份上的拟社会联系，塑造彼此相依相存的伴生合理性。

以台北五股九天玄女宫为例。

该庙为单独殿宇，中央供奉九天玄女、西王母和道教天师。左右两侧分别供奉男女神玉皇大帝、关圣帝君、福德正神、观音菩萨、五母、妈祖等神祇。其中庙方[2]将西王母和玄女构拟为母女关系，将道教天师和玄女构拟为师徒关系。

西王金母	九天玄女	道教天师

五股九天玄女宫所奉神祇位置　平面图

① ［访谈］访谈地点：台北市士林区九莲寺。访谈时间：2015 年 2 月 9 日。访谈对象：余大爷，男性，75 岁，小学毕业，庙公（庙助）。

② ［访谈］访谈地点：新北市五股区九天玄女宫。访谈时间：2016 年 2 月 19 日。访谈对象：庙公（庙助），男性。

如果我们先不讨论她们构拟社会关系后可能产生的定位争议，只是直观分析，即可看出这里的伴生形态是透过亲缘关系及宗教渗透来完成，结合各方面相关元素，营造一个具多种关系、主题的庙宇，让九天玄女顺势在这综合情境中取得伴生的信仰香火。

4. 结合身世传说

关于“结合身世传说”，指配神身世具有明确的地域性和时间性，与当地历史文化有密切的联系。

如山西平顺县北社乡东河村九天圣母庙。

该庙内有间特殊的梳妆楼。据赵小平的《平顺历史与文化》提到：“梳妆楼位于中轴线东侧，顾名思义，乃圣母梳妆、装扮之所……三层为圣母及侍女梳洗塑像，二层和一层为二仙塑像。”[①] 二仙即冲惠、冲淑姐妹，传说两姐妹受不了后母虐待而跳崖，但因孝道感天，被九天玄女以云托起后成仙。

二仙在当地焕发的信仰效果是一种同乡人的精神象征与孝道观念的传承，有别于其他配神，她俩并无明确的职能，但在当地却有普遍的信仰效应。加上二仙的身世时空和当地人较接近，相比九天玄女的上古时空背景更能与信众产生信仰共鸣。于是利用这些传播特点，将二仙供奉于庙中，以此淡化玄女的距离感并维系她的信仰香火。

5. 巫觋成神

“巫觋成神”形态，指那些生前作为神灵“替身”的巫性村民，通过显灵的行为证明与神灵有密切关系。

此处以山西贾村碧霞宫边上的秃奶奶庙为例，该庙相当于碧霞宫的偏殿，里头的秃奶奶本名叫张石花，生于1872年，卒于1944年，为当地一位神婆，终生居于碧霞宫修炼，并替村民治病。相传秃奶奶在抗战时曾受九天玄女指示，协助村民躲避日军侵袭。

秃奶奶在和碧霞宫紧密结合后发挥她独有的伴生作用，其一是时空较接

① 赵小平：《平顺历史与文化》，太原：山西教育出版社，2015年，第28页。

近现代，使人得以迅速勾勒出传说的情境；其二则是作为“替身”的巫性村民间接改善玄女形象的模糊性，借秃奶奶的身与口救赎信众，进行实质的身心服务，使玄女借此取得活态的伴生依靠。且当秃奶奶死后也成神时，她作为玄女“替身”的奉献精神亦被传承，让她同时伴生在巫觋生前、死后的精神之中。

6. 分化的神祇身份

关于“分化的神祇身份”，指分解某神祇本身的诸多特质，将其置于其他同祀的神祇身上，明确体现每一项职能内容，进而提升各自的需求性。

以台中市龙井朝奉宫为例。

该庙奉有九位神祇，九天玄女为老大娘，其中从另外八位神灵各自所持法器得以看出彼此的特殊勾连，虽然都貌似独立个体，但其实都是分解玄女原有的各项职能，按照济世执掌分化出八尊拥有具体身份的姐妹神祇，以此明确玄女略显模糊的服务内容。

九位娘娘所持的法器分别为：大娘右手拿太极、左手拿七色彩石；二娘手提文驾九天秘籍；三娘右手拿斩妖剑、左手拿葫芦；四娘身挂戴药珠；五娘右手拿穿云剑、左手拿震天弓；六娘手提文驾无字天书；七娘右手拿法绳；八娘左手拿龙角鼓；九娘右手拿剑、左手拿九天玄女印。此外，从九位神祇拿的法器不难发现和上古神话及通俗小说有关。例如五娘、六娘和七娘各自拿的穿云剑、震天弓、无字天书和法绳当与《薛仁贵征东》有关，书中即曾写到玄女赠薛仁贵五件宝物以助他平服东辽，分别为鞭、袍、弓、箭、天书。①

由此可知，九位娘娘的职掌不能排除可能是借鉴神话和传说，庙方借这些内容分化出九位不同职能的神祇，以满足信众的各种需求，并结合手足关系构拟社会串联，使玄女在多元的伴生形态中获得香火的延续。

---

① ［清］《薛仁贵征东》，太原：山西人民出版社，1994 年，第 58—59 页。

二、九天玄女作为配神的伴生形态

笔者在这里将分析九天玄女作为配神时的伴生现象，以台湾九间庙宇为例。

（一）玄女与主神的伴生形态

1. 配合职能

“配合职能”形态指主、配神的职掌内容相似，彼此会因处于一个祭祀空间而让职能更加集中，使原本性质模糊的九天玄女通过主神得到强化的效果。

以台中市沙鹿区巡安宫为例。

该庙的主神为五府王爷，并配祀九天玄女、神农大帝、玄天上帝、妈祖、关圣帝君和福德正神。

关于五府王爷，《台湾民俗》中曾写到王爷是以治病和处理危难的济世内容为主①，而从历代古籍著作中也可见九天玄女具备养身术和炼丹等相关职能，巡安宫便可由此将二者联系在一起，形成合理的供奉关系。此外，值得注意的是，笔者采访庙宇理事②时，对方技巧性地表示“九天玄女是一位补天的女王”。此说法一方面变相认为玄女即是补天的女娲，另一方面也可将玄女“补天”和王爷“治病”皆理解为一种济世概念。由此可以发现，信仰神祇的职能伴生除了透过单一具体的指涉内容，如医药、炼丹等外，抽象的概念同样可产生一种精神式的职能效果，该庙的九天玄女即在这两种职能诠释下，与主神发生紧密的伴生作用。

① 吴瀛涛:《台湾民俗》，台北：众文图书股份有限公司，1999 年，第 77 页。

② ［访谈］访谈地点：台中沙鹿区巡安宫。访谈时间：2016 年 2 月 23 日。访谈对象：巡安宫理事，男性。

2. 构拟社会关系

这一形态概念大致与第一节相同，只调换了玄女的祭祀定位，核心仍是赋予神祇之间一种社会关系。

以新北市瑞芳区九份青云殿为例。

主神为神农大帝，配神有九天玄女、天上圣母、观音大士、五圣恩主和玄天上帝等多位神灵。全庙为五层殿宇，其中较为特殊的是配神九天玄女和主神神农大帝供奉在同一殿的原因。

根据庙方人员[①]解释，会将九天玄女和神农大帝供奉在一起，其中一个原因即九天玄女为神农大帝的姐姐，而这个诠释说法赋予她崇高的亲属身份和特定时空背景，并同时结合其他的伴生形态以传承信仰。

观音大士 九天玄女 天上圣母	神农大帝	五圣恩主 玄天上帝

青云殿　平面图

3. 主神转世

“主神转世”形态，即在切割神灵的生命阶段，分别以一尊神像代表一个阶段，并赋予每尊神像不同的功绩与职能，过程中还保留各神祇自身的本源内容，巧妙地串联起看似各自独立的神祇，以保障主神与配神的香火。

以宜兰大福补天宫为例。

该庙建于清咸丰元年（1851 年），主神为女娲娘娘，以九天玄女和地母娘娘为配神，据庙公徐先生[②]表示，女娲身世划分为三个阶段，生前为女娲娘娘，衰老时为地母娘娘，死后成仙为九天玄女。设定这样的转世关系，以时间

① ［访谈］访谈地点：新北市瑞芳区青云殿。访谈时间：2016 年 2 月 19 日。访谈对象：庙宇服务人员，女性。

② ［访谈］访谈地点：宜兰县大福补天宫。访谈时间：2015 年 3 月 2 日。访谈对象：徐先生，男性，68 岁，宜兰人，小学毕业，庙宇服务人员（庙公）。

为界让三位神祇合而为一，让彼此共享于一个祭祀空间。

另外，宜兰补天宫曾相传在道光八年（1828 年）五月间有村童在海边游玩，忽见波浪间金光闪烁，漂来一尊神像，神像背后刻有“浙江女娲娘娘”六字，乡民们协议将此神像供奉起来，随后感到神灵显赫，于 1851 年在现址兴建庙宇加以供奉。

该庙通过灵验传说将女娲与地域历史环境结合，以此拉近上古神祇和民众之间的距离，赋予女娲守护者的形象，并糅合女性神祇兼具的刚柔特质，提炼出特殊的神灵崇拜。这些事迹都以“三位一体”的转世关系作为基点，同时将女娲的传世精神和事迹分享给另外两位神灵，以转世为由，合理化彼此关系，让形象模糊的九天玄女能够借由这样的叙述内容，具象化自身的信仰内涵。

4. 时空联想

关于“时空联想”形态，指依照诸神灵的身世时间，将时空相近者集合在一起，营造一种整体感，以此淡化符号化神祇的模糊性。

以新北市先啬宫为例。

先啬宫建于 1755 年，主神为神农大帝。庙宇整体建筑为三层楼，从神祇供奉的位置可看出伴生方式。一楼正殿中央为神农大帝和保生大帝，左侧为观音佛祖，右侧为太岁星君；左右两侧殿供奉文武财神、延平郡王、境主公、月老星君、历代祖师、文昌帝君、注生娘娘、大甲镇澜宫天上圣母、后稷、开基神农大帝圣驾和土地公。二楼正殿中央为轩辕黄帝及三官大帝，左右两侧为伏羲圣帝和太上老君。三楼正殿中央为神农大帝，左右两侧为九天玄女与盘古大帝。

盘古大帝	神农大帝 （三楼）	九天玄女
太上老君	轩辕黄帝 三官大帝 （二楼）	伏羲圣帝

<table>
<tr><td>太岁星君</td><td colspan="2">神农大帝
保生大帝
（一楼）</td><td>观音佛祖</td></tr>
<tr><td colspan="4">后殿</td></tr>
<tr><td colspan="4">土地公　开基神农大帝圣驾　后稷</td></tr>
<tr><td colspan="2">月老星君</td><td colspan="2">大甲镇澜宫天上圣母</td></tr>
<tr><td>境主公</td><td colspan="2">神农大帝主炉</td><td>历代祖师</td></tr>
<tr><td colspan="2">延平郡王</td><td colspan="2">注生娘娘</td></tr>
<tr><td colspan="2">文武财神</td><td colspan="2">文昌帝君</td></tr>
</table>

先啬宫　平面图　神祇位置示意图

笔者从九天玄女在这里的身份定位，观察出一些疑虑。由神祇的整体安排分析，推测先啬宫试图呈现一种上古开天辟地、农业生产的起源发展，同时又加入当前民间信仰的主流神灵以满足时代的职能需求，但又不能因此模糊神农大帝的主体形象，故通过神灵时代做出巧妙的划分。而这样的划分其实还存在一些问题，首先，庙宇供奉九天玄女、盘古和伏羲，却没有供奉女娲，玄女又和盘古同时被置于神农大帝的左右两侧，此便使人猜想玄女和女娲之间具有同构关系。另一个问题则是若撇开九天玄女的身份质疑，单以一个时空背景的概念来看，在民间的认知里，九天玄女和神农大帝同属上古时期的神灵，但玄女手上却执仙话化的太极和法绳，在庙中塑造出一个仍具争议的时代性祭祀形态。然对信众而言，九天玄女的职能至少在先啬宫内是没有具体呈现的，整体的时间感塑造看似高于个体的职能作用，这或许是促成九天玄女香火延续的外在伴生因素之一。

5. 接受主神的放射性影响

所谓“放射性”香火，指主神本身在民间有稳固的信仰基础，虽主神自身也具有丰富不专一的职能内容，但本身的精神地位却无法撼动，以此灵活满足信众的各种需求。

以台北景美代天宫为例。

该庙主神为妈祖，庙宇主体为两层楼建筑，正殿供奉主神妈祖，还有配神如千里眼、顺风耳、关圣帝君、玄天上帝、瑶池金母、地母娘娘、九天玄女、太岁星君、济公禅师、华佗仙翁和文昌帝君等多位神灵。

主神妈祖在台湾具有崇高的信仰地位，早已跳脱单纯的海神形象，成为一尊全能的守护神，可作为台湾具代表性的信仰文化。此处即以妈祖为焦点，善用她的地域影响力，将其设定为一位组织领导，以大神的力量放射式地引领众神，九天玄女便受益于其中。

（二）与配神的伴生形态

事实上，除了主、配神相互伴生外，配神同时也会与其他配神产生伴生现象。

1. 职能伴生

总体而言，九天玄女的职能是模糊且难以自行聚焦的，故主要是她借助别的职能鲜明神灵的福泽，可举以下数例。

（1）台北景美代天宫，以武财神、华佗仙翁、文昌帝君和注生娘娘职能较为清晰。

（2）新北市新庄先啬宫，求学业的文昌帝君、求健康的华佗仙翁、求姻缘的月老及求子的注生娘娘等神祇来从旁扶持九天玄女的信仰香火。

（3）新北市土城震安宫，庙宇始于 1987 年，主祀神祇为五年千岁。配祀神祇职能明确的有文昌帝君、文武财神、月老星君、保生大帝、注生娘娘和三奶夫人等。

（4）新竹香山母圣宫，供奉配神如南路财神进宝天尊、东路财神招财使者、西路财神纳珍天尊、北路财神利市仙官、孔子、文昌、仓颉和月老星君。

（5）高雄三民区玉皇宫则以注生娘娘、南斗星君、北斗星君、五斗星君、临水夫人、文昌、孔子和朱熹等具明确执掌的神祇为配神。

相较于九天玄女而言，此些神祇皆有较明确的职能内容或亲民的世俗特质，可满足信众各方面的需求，例如生育、医药、学业、务农等。

2. 性别伴生

这里的“性别作用”和第一节的概念相同，只有她作为主、配神的定位差异，此处她转为配神，并与其余配神透过性别产生伴生形态。

以新北市土城震安宫为例，该庙由金凤凰元母、地母至尊、金母娘娘、骊山老母和九天玄女五母同祀形成性别伴生作用。平面图如下：

年斗 四楼	五母 金凤凰元母　地母元尊　金母娘娘　骊山老母　九天玄女	年斗
年斗 三楼	五圣恩主	年斗
太岁神像 二楼	千手观音	太岁神像

事实上，从玄女与配神的伴生形态可见，相较于“职能伴生”来说，九天玄女在“性别伴生”上体现得更全面且争议较少。综览当前的采风庙宇，几乎所有庙宇的九天玄女皆与某几位女神置于一起，营造一种母性概念，且在性别发挥集中效应的同时，也会构建一个阴阳相对的男女神殿来调和彼此分量，让“性别作用”成为一种深具多元内涵的神祇共生形态。

三、无序中的有序

综览上述分析，笔者认为可从各类伴生现象中再概括出更为内在的规则。伴生可分为有序的“神灵与神灵”和无序的“神灵与信众”两类，“有序”更重视特定神灵的“单一特殊传承性”，“无序”则多表现庙宇和信众的“集体关联性”。一般而言，庙宇信仰是同时兼具这两种经营层面的，所有神祇会依照自身具备的条件适当分配有序和无序的剂量，并在调配过程中彰显该神灵的主体特征，尽管本文主要分析的是有序的伴生形态，但无序的伴生具有同等的广度和效度。本论文侧重于有序的部分，通过玄女的身世和形象特质提出形象符号化的情况，并由此发现她独特的有序伴生形态，从而印证“符号化”与“有序伴生形态”之间的互生关系。而在详细介绍与她相关的各种有序伴生形态后，笔者还想提出几个引人注目的特质。

（一）象征资本

综览目前的有序伴生情况，以九天玄女为主轴，其伴生关系可分成“主神—主神”“主神—配神”“配神—主神”“配神—配神”，并统计各自的形态数量，笔者发现一个特殊现象：即“主神—配神”“配神—主神”两类伴生形态很多，而“主神—主神”“配神—配神”的伴生形态很少，形成两头小中间大的情况。仔细分析，可看出前两类主要是九天玄女吸收其他神灵的功能，而后两类则是玄女付出于他神灵，且“主神—主神”之间只有“主神多元共生”一种形态，只是一个名号的互用，还谈不上付出；真正较为明确的付出，恐怕只有“配神—配神”时的“性别”和“职能”。职能方面，由于九天玄女的职能不够专一，职能之间又不存在密切的关联性（如兵法和炼丹医药），加上时代更替，某些职能也已逐渐丧失作用（如兵法等），导致她在职能关系上明显表现出供少于求的现象。这里充分说明，玄女相当缺乏本身可资利用的象征资本，因此才会急迫依赖伴生需求。而她唯一能长期使用的明确象征资本似乎只有“性别”。

（二）综合效应

关于九天玄女的伴生方式已分析出十种，虽然“性别”和“职能”引起较大作用，但其他如“时空”“身世”等元素亦聚合在一起综合产生作用，甚至有些庙宇，九天玄女可以依据不同的元素生发不同的伴生形态，例如台北九天玄女宫。

此综合现象不以主神为指标，而以庙宇整体神祇为观照范畴。依照神祇各自在不同层面上形成的关系分类，赋予神祇一个或一个以上的存在理由，让彼此稳定伴生在庙宇之中。台北的五股九天玄女宫就呈现了一种特殊类型组合，正殿中写有一张庙内供奉的神灵名单，笔者从它的排列顺序和重复情形发现该庙将相似类型关系的神祇置于一起，产生有趣的伴生概念，分为十一个类型，九天玄女存在于其中两类，为“玄女妈、关圣帝君、福德正神”，神祇各自在民间似乎构成一个“天女战神—人间战神—地方守护神”的序列，三者在“军政”关系上形成了“发布者—接收者—执行者”的执政差序结构；“南无观世音菩萨、五母、玄女妈”，明显是彰显对女性神的崇拜，间接让形象符号化的九天玄女能够根据多元的类型产生伴生效应，其他神灵之间也缔结了多样的关系，进一步依照神祇各自在民间信仰中的传世定位了解各类型的象征意义。

（三）建构动力

由于九天玄女自身的神性符号化，使她在伴生的建构过程中，身份和职能内容都可能面临无法明确体现的情况，导致神祇形象容易失焦甚至产生分歧矛盾，这里面亦存有各种说法的博弈关系，试举例如下。

台中市龙井朝奉宫。

该庙供奉的主神为九天玄女，配神则是八位被视为玄女姐妹的娘娘，而关于主神九天玄女的身世（大娘妈），据庙宇简介表示玄女和女娲为同一位神灵：

> 若从九天玄女即女娲化身的说法来看，可追溯至上古时代女娲炼五色石补天，折下鳖足做柱子，维持地平天成的原状，因此她的功劳上达九天，下达地府。[①]

但是庙宇负责人张咏棋[②]在接受笔者访谈时却对女娲和九天玄女的关系持否定态度，认为两者并非同一神祇，这里的老大娘娘是九天玄女而非女娲。

---

① 台中市龙井区竹坑朝奉宫九天玄女娘娘简介：竹坑里朝奉宫管理委员会编印。

② ［访谈］访谈地点：台中市龙井区朝奉宫。访谈时间：2015年2月27日。访谈对象：张咏棋，男性，55岁，高中毕业，庙宇负责人。

可是笔者重新翻阅学者刘莉燕的《九天玄女信仰与传说研究》[①]论文，并未找到质疑两者身份的叙述，且在庙宇简介中老大娘上头仍写着女娲娘娘，那么为何负责人会一再否认呢？另外，负责人之子张廷嘉[②]，基本上不参与庙中一切经营事务，但在高中时参加过佛学社，之后自修九天玄女的相关内容并自称是五府千岁的干儿子，他也认为朝奉宫弄错了女娲和九天玄女的身份，并非同一位神祇，因为两者的时代和地位相距太大。

承袭陈泳超老师在《背过身去的大娘娘：地方民间传说生息的动力学研究》中对“接姑姑迎娘娘”提出的传说动力学理论：

> 对于“接姑姑迎娘娘”传说圈内的人群来说，传说与信仰本身是一种传统象征符号，却又跟经济、地位等密切相关，这直接取决于他们对待传说与信仰的“惯习”。按照布迪厄的说法，“惯习这个概念，最主要的是确定了一种立场，即一种明确建构和理解具有其特定‘逻辑’（包含暂时性的）的实践活动的方法”。当地人对于娘娘传说信仰的“惯习”，既是其身份与资本的体现，又通过具体的实践活动，即各种惯习在场域中的博弈，反向影响着既有的身份与资本，从而不断形塑着传说的多样风貌。[③]

笔者认为朝奉宫九天玄女的身世矛盾也可视作“惯习”的一种体现，这里笔者更借用陈泳超老师书中对“文化他者”作用的概括，指“知识水平和身份地位总体上远远高出当地民众……因而他们的意见很容易被重视”[④]。由此反思负责人张咏棋提出的否定意见很可能是受到儿子（大学生）以及其他知识精英的压力影响，让他不敢大肆宣扬九天玄女就是女娲的观念，生怕受到“文化他

① 刘莉燕：《九天玄女信仰与传说研究》，逢甲大学，硕士学位论文，2009 年。

② ［访谈］访谈地点：台中市龙井区朝奉宫。访谈时间：2015 年 2 月 27 日。访谈对象：张廷嘉，男性，23 岁，本科毕业，庙宇负责人张咏棋之子。

③ 陈泳超：《背过身去的大娘娘：地方民间传说生息的动力学研究》，北京：北京大学出版社，2015 年，第 131—132 页。

④ 同上，第 137 页。

者”的质疑。但庙方又无法一夕间就推翻多年来的说法，因此简介上依然没有更动，不过庙方在口头叙述上已呈现出游移不定的态度。

由此说明玄女在寻求外在伴生元素的同时，也承担各方压力造成自身特质更加模糊化的风险。

四、结语

笔者将具上古神话背景的九天玄女分为“神话”和“信仰”两个层面进行分析。前者，由历来研究成果中提出上古神祇身世的历时性溯源疑虑，并由此发现九天玄女的形象逐渐趋向符号化，于是将研究视角置于共时态的民间信仰范畴中。区分层面主要是要明确划分研究思路，并分别指出：第一，就神话层面而言无法证明玄鸟、女魃、天女神和九天玄女有身世上的直接关联；第二，由于九天玄女多变的形象与上古时空设定，导致自身形象日渐模糊化，于是当她在进入民间信仰时需通过外在各种塑造元素，使九天玄女得以依附这些元素获取伴生的机会，而笔者将元素的塑造情形称为“伴生形态”。

跳脱过往文献的局限研究，笔者将形象模糊化的九天玄女置于活态的信仰平台中进行具象的形态分析。一方面从中探讨具上古身世的符号化神祇如何生存于庙宇中；另一方面也观察“神话”的流传情况，在依附民间信仰转型的过程中，原初的定义发生诠释和比重上的变化。笔者将九天玄女分为主神和配神两种定位，分析十四间两岸庙宇的塑造元素和情形，排除玄女的祭祀定位，提出十种伴生形态，为“主神多元共生”“职能需求”“性别作用”“拟社会关系”“身世传说的结合”“巫觋成神”“与主神的职能关系”“与主神的转世关系”“时空联想”“接受主神的放射性影响”。

归纳十种形态发现，九天玄女在进入庙宇后，“神话”发生“神”和“话”的根本分离。在庙宇中，神只是功利性的，人们追求实质的需求满足，因此带有叙事性的“话”便无法成为民间信仰的主体魅力，人们就从“话”当中萃取出认为是信仰层面的“母题”，以九天玄女为例，即抽象的“助战精神”和具象的“传授兵法、炼制丹药、观察风水”等，以最简洁的内涵来塑造神灵的具体形象。此外，由于玄女本身带有原初“上古神话”的形象背景，因此除了专项特质塑造外，还必须依赖外在的伴生形态，借由其他神祇或某抽象概念的集合来增添合理性，例如庙宇整体的时空营造、家庭观念营造、当地传说人物的香火共享等，都是为了让符号化的九天玄女能够延续其信仰香火。

另外，由“伴生形态”还可看出，看似开放式的民间信仰（庙宇）本身仍在追求一种“合理性”和“秩序化”，试图赋予庙内所有神祇都拥有合理的存在理由，且不局限在具体或抽象，庙宇甚至会同时结合两者。笔者更由此进一步指出伴生形态多元叠加的概念，即指符号化的九天玄女可能同时集合两种或两种以上的伴生形态以巩固神祇的存在必要性和香火的延续性。

而在形态分析过程中，笔者也从中证明中国民间信仰的常见现象，即对信众而言，具有崇高位阶的神祇通常职能的实践感偏低且模糊不具体，例如玉皇大帝、玄天上帝和九天玄女等。反之，身世位阶较为平易且有传说流传的神祇，如二仙、济公禅师等则相对吸引信众投靠。由此可知为何上述十四间庙宇多奉有济公、中坛元帅、注生娘娘、关圣帝君、天上圣母等神祇，除了其他一些功能外，它主要可以让抽象的至上神的精神崇拜与实际平易的职能追求达成平衡，完善庙宇实虚之间的一种秩序感。

“文化”场域的博弈与“遗产”价值的重构

——基于彝族禳灾记忆遗产化案例的思考

吴 薇[①]

摘要：彝族禳灾仪式及节日是特定人群在特定生存环境中的生活经验与集体记忆，是适应其生产生活的有效地方性知识，是少数民族对日常生活世界的意义表达。但在当下社会场域中，不同主体从自身所属利益共同体出发，赋予其形态各异的价值取向。此过程中，禳灾记忆主体的传统地位被改变，原有“价值”在新的评判标准下被重新评价和书写。

因此，本文将通过不同主体在申遗“在场”中的话语、行动和博弈，呈现申遗作为一种公共行为如何被行政权力、商业资本、地方精英、当地民众等主体进行价值重构并符号化；分析概念化的非遗保护在实践语境中的差异性及原因。在此基础上，从禳灾仪式之一的彝族儿童节“阿依蒙格”反思申遗与文化认同之间的矛盾及可能的解决路径。

关键词：非物质文化遗产 彝族 自然灾害 仪式 民间信仰

2017年4月，由雷波县人民政府、凉山州非遗保护中心、凉山熊古沙文博旅游文化产业有限责任公司共同策划并执行，雷波县雷池乡呷窝村村委会承办的凉山大型民俗文化复原工程——“雷波瓦岗彝族传统隔离自然灾害仪式习

① 吴薇，华东师范大学民俗学研究所2016级硕士研究生。

俗活动”举行，复原了包括断裂长达68年之久的7个传统自然灾害隔离仪式：儿童节“阿依蒙格”“布史灾”“鲁洛”“木瑟洛”“征丁”“征毕”“吕毕”。此次活动的主要目的是对与彝族禳灾记忆相关的7个仪式进行修复性采集，并利用此次采集资料申报非物质文化遗产，争取各级单位的文化培育支持。

我以民俗学研究者的身份全程参与了此次采集工作，通过对活动中不同立场、不同身份在场者的行为进行观察、与他们进行深度交流，深切体会到在整个仪式文化再生产的过程中，作为地方性信仰、经验、知识集合体的文化遗产构成了一张错综复杂的动态关系网络，不同的利益共同体在这个关系网中凭借各自的话语支配权进行遗产资源的博弈，积极对其进行价值重构，着力挖掘其经济利益、政治利益、文化利益等功能，形成了文化遗产化过程中惯习场域到动态场域的变化。

一、为何申遗——社会场域的主体性选择

彝族的禳灾仪式原本是为适应其复杂气候条件下自然灾害频发的生存环境而产生的地方性知识，是特定人群在特定生存环境中生活经验与集体记忆的结晶，是彝族对日常生活世界的意义表达。但是在当下不同社会场域中，不同主体从自身所属利益共同体出发对传统民族文化进行了非遗化的建构，赋予其形态各异的价值取向。在这个过程中，禳灾文化主体的传统地位被改变，原有的“价值”在新的评判标准下被重新评价和书写。

（一）灾害禳解仪式的传统意义

彝族的系列禳灾仪式，是通过不同的动物（比如鸡、羊、牛等）作为隔离物和祭品，借助毕摩的“神枝阵”与大自然进行沟通对话，从而利用“相似律”和“接触律”的原理对自然进行忏悔，祈求风调雨顺，达到隔离灾害的自卫目的。对于彝族先民而言，这些仪式的举行是警醒其自发的关注、保

护自然环境，关注人与自然的平衡和谐发展。七种仪式分别与不同的灾害进行对话。

例如彝族儿童节“阿依蒙格”原本是彝族先民们为了抵御疾病和自然灾害对儿童的侵害而发起的节庆活动。仪式通过对古老神话的叙事树立起儿童们的灾害意识，利用引导儿童们模拟与恶神勇敢抗争的巫术仪式来教授其规避瘟疫等灾害、自我保护的方法。除了为儿童祈求健康、传授灾害知识，培养卫生观念之外，也培养孩子们勇于向邪恶势力做斗争、团队协作、光明磊落、男女平等等优秀品质，在世界各民族的儿童节中，其内容及价值都是独树一帜的。

又如专门禳除滑坡泥石流灾害的“鲁洛”仪式。“鲁”在彝语里的意思是龙，神龙之意。“洛”是敬献，祭祀之意。传统彝族信仰体系中视蛇为龙，相传此为禁忌惊动之物，若受惊而使其受污，就会发生山体崩塌、滑坡等自然灾害。为将主宰大山大河的“龙”禁止在山洞，避免其带来泥石流和洪灾，仪式地点需选择在一处滑坡地段，请毕摩设置神枝，念诵祭神语，方可祈求风调雨顺。

总之，传统彝族禳灾的仪式意义是其当时、当地的生存状态下的必然呈现。是族群为了抵御强大的自然灾害进行的灾害记忆、心灵蕴藉、文化认同的必然选择。此过程也树立了彝族人民在天人合一信仰下敬畏自然、与自然和谐相处的价值观。

（二）灾害禳解仪式的现代意义——不同社会场域的价值建构

民众出于朴素的实用主义生产和使用传统文化，但是就申遗而言，他们并无有分量的话语权。与该仪式潜在利益主体顺势成为该禳灾仪式价值的重构者。

场域是社会文化动态变迁的一个基本分析单位，布迪厄的实践理论指出，文化的不断延续性受制于人的实践目的和行为选择。他提出的“再生产”概念，指明利益格局对文化现象出现或存续的作用，认为社会或文化的再生产机制的运作服务于社会结构中占支配地位的利益者。[①] 以“场”为基点，便于展开社会文化动态变迁的过程分析并揭示其内在机制。因此，考虑当代传统文化价值呈现出的消费化和符号化的特征，在考察文化变迁时，需纳入社会整体动态的场域研究“现代性”话语支配与互动建构的过程。[②] 就此次田野调查来看，复原活动的发起者和主办方（即申遗主体）主要涉及五个不同场域：权力机构、商业资本、地方精英、传播媒体以及当地群众。他们分别从自身存续角度出发，凭借不同视域积累的知识、经验对该禳灾仪式群的传统价值进行了现代性书写与重构。

1. 权力机构

当代民间文化的生存和发展空间，其实是以国家话语权的分配为主导的。当下，基于对族群认同、文化多样性、人的创造力等因素的考虑，联合国教科文组织倡导“文化遗产”和“非物质文化遗产”大行其道，激起了各级权力机构保护传统文化的积极性；处于民族国家的国家认同和团结各民族族群的政治需要，特别是在少数民族自治的凉山地区，政府机构也出台了诸多政策引导非物质文化遗产的传承与保护；在此基础上，各级地方单位如凉山州非物质文化遗产保护中心、雷波县政府等机构希望利用地域文化进行经济建设、创造政治业绩。基于上述背景，当资本精英和文化精英的代表熊总[③]、俄比老师提出复原彝族传统禳灾仪式并进行申遗活动时，得到了各级政府不同单位的支持与配合。

2. 商业资本

深谙家乡古老仪式的熊总和熊古沙文博旅游文化产业有限责任公司，发起

---

① Pierre Bourdieu, Outline of A Theory of Practice. Cambridge: Cambridge University Press, 1997 年，第 16—18 页，转引自徐赣丽，黄洁:《资源化与遗产化：当代民间文化的变迁趋势》,《民俗研究》2013 年 5 月。

② 徐赣丽、黄洁:《资源化与遗产化：当代民间文化的变迁趋势》,《民俗研究》2013 年 5 月。

③ 本文所有名字均为化名。

并全力推动了这次活动的进行。近年来，以非物质文化遗产为主要开发对象的民族文化资本化运作，逐渐被当作发展民族地区经济的一种有效途径。但在该案例中，资本化的保护重于开发。

发起并主导的中坚力量熊总不仅是商业资本的代表，也是当地精英的代表。为了此次仪式，他与彝学专家俄比老师进行了长达一年多的准备，曾先后三次进入雷波瓦岗进行田野调查，了解毕摩复原仪式的可能性，调查当地彝族群众的复原意愿和思想基础。一定程度上可以说，其个人资本为该活动的重新展演提供了可能性。基于他的资本力量、社交关系、社会影响力，非遗保护单位、当地政府、电视媒体等均一路开“绿灯”为该项目的举行群策群力。由于其身份的特殊性，在整个仪式展演过程中，他始终以一个“当地人”的身份意识参与并行动，保护仪式展演的本真性。因此，在该项目申遗的过程中，商业资本力量始终发挥着较为积极的推动作用。尽管他人都在鼓吹要将该仪式旅游资源化，但是他始终认为眼前更重要的是修复性的采集和整理、保护工作。因此商业资本对该项目的价值建构倾向于地方精英的价值取向。

3. 地方精英

文化单位和当地的文化精英有比较敏锐的嗅觉和更为开阔的视野，在非遗保护的浪潮中他们迫切地希望建构文化特殊性，希望通过对历史文化记忆的挖掘和重拾，使其在当下获得合法性地位。在本案例中，地方精英代表俄比老师、文化单位代表晓夫老师、商业资本代表熊总均是彝族[①]，在传承保护民族文化的感情驱使下，其对传统民族文化的价值建构具有同质性，合力作用于禳灾仪式这一传统民俗文化。俄比老师作为文化精英负责申遗材料的整理与撰写，为了申遗成功争取更大的可能性，其在对文化的解释中突出遗产价值、利用主流意识形态优化仪式的价值取向，以期建构出更适应社会发展的现代语境的价值。比如三人对复原该仪式意义进行阐释时均多次提到“保护生态环境”“与自然和谐相处”“调试人与自然的关系”等相似的符合主流发展价值观

① 俄比老师与熊总均来自瓦岗地区。

的字眼。

4. 传播媒体

为了更好地完成资料的采集、记录和数字化保护工作，《中国民族画报》、《凉山日报》、凉山电视台、凉山州非物质文化遗产保护中心、凉山新媒体联盟等州内外主流媒体参与了报道，并有四川省摄影家协会近10位摄影家同行。为了更好地传播和宣传效果，媒体对该仪式活动的拍摄一般具有三个主要价值取向。一是审美性。无论是电视台记者还是摄影协会，他们对仪式的拍摄似乎更讲究美感，而美感的保持可能需要一定程度上牺牲仪式的本真性、影响其灵验性。二是可传播性。在七个仪式中，凉山州电视台只对“阿依蒙格”仪式进行了网络现场直播，而对其他几个仪式采取了录播的形式。原因是其他仪式均涉及杀牲和祭祀场面，在进行传播时需要提前“把关”，避免民间信仰中比较敏感的因素被传播出去。三是文化性。在满足上述两个要求的基础上，媒体尽可能地对仪式文化性进行真实、完整的记录。可见，在媒体为该仪式遗产化的价值建构中对其中低俗和迷信的部分进行有意的淡化、抹消或重新诠释，承担着“驱魅”的作用。

5. 当地民众

民众出于朴素的实用主义创造和消费着传统文化，但是就申遗而言，他们并无经验。受交通、信息均闭塞的影响，普通民众并不能自主意识到非遗保护的必要性和重要性。因此在该项目的展演中，当地民众并不是发起传统禳灾仪式复原的主体。他们的声音和意愿通过前期进行田野调查的熊总和俄比老师表达出来。二人的调研结果表明，民众积极支持该文化的复原。我认为，当地民众前期的积极态度一方面源于维系内部文化传承机制的需要，源于民族认同与文化自信的建构的需要；另一方面也是获得外界关注以创造文化经济效益的需要。虽然是文化的创造者和消费者，但受各方面因素影响，他们无法对该文化进行现代性的价值建构。因此对传统文化的重写，主要是为了地方经济需要和政治需要，对民众的现实意义或者说如何实现对民众的意义则被淡化了。

（三）对比：概念的“非遗”与实际的“非遗”

根据联合国教科文组织的《保护非物质文化遗产公约》定义：非物质文化遗产（intangible cultural heritage），指被各社区、群体，有时是个人，视为其文化遗产组成部分的各种社会实践、观念表述、表现形式、知识、技能以及相关的工具、实物、手工艺品和文化场所。这种非物质文化遗产世代相传，在各社区和群体适应周围环境以及与自然和历史的互动中，被不断地再创造，为这些社区和群体提供认同感和持续感，从而增强对文化多样性和人类创造力的尊重。[①] 这是概念上的非遗。然而在对该禳灾仪式进行遗产化的实际操纵中，主体并非在概念中所定义的“社区”“群体”“个人”，而是产生了一个新的文化遗产化的支撑系统。这个支撑系统由认识到或参与建构了该文化的当代价值的利益共同体有机组成，形成了多重力量制衡中的民族文化保护状态。如果说，最先认识到彝族禳灾文化记忆价值的人[②]是掌控着知识话语权的学术群体的话，那么，有能力将这种价值作为资源博弈工具，使之转变成经济利益和政治资本的，则是由资本、权力等相关共同体所联结而成的利益共同体。而处于弱势地位的文化主体，则受自身条件的约束，在这场资源博弈当中不断被边缘化。[③]

二、如何申遗——不同场域“在场”的博弈

在对该项目差异性的主体选择和价值建构导向下，不同场域的代表在仪

---

① 联合国教科文组织：《保护非物质文化遗产公约》（2006 年订正本），巴黎，2003 年 10 月 17 日。

② 即当地文化精英俄比老师。

③ 吕俊彪：《非物质文化遗产保护的去主体化倾向及原因探析》，《民族艺术》2009 年第 2 期。

式的展演和申遗的过程中彰显出不同的立场，该立场引导其积极发挥主观能动性，在文化的展演场域中通过“在场”的叙事话语和行为实践进行文化资源的博弈，不同程度地影响着文化的再生产和遗产化过程。

然而，与大多数申遗过程不同，该案例打破了“政府主导”下的申遗惯例，具有相当的特殊性。从该项目展演的整体性视角来看，不同力量的博弈最终形成了良性的资本场域主导[①]、政府权力助推、传播媒体扩散、学术参与指导的“在场”话语分配权，在此过程中，各方“他者”势力均衡，但“他者”的“在场”造成当地民众“自我”话语一定程度地失声。

（一）资本场域：主导

与大多数政治权力主导的非遗生产不同，在该案例中，以熊总为代表的资本场域始终处于中坚力量，主导着该项目的进行。首先，他与俄比老师最早认识到彝族禳灾仪式的传统价值和现代意义，并向政府申请支持，从而全力发起、组织、协调，并提供一定资本支持完成了该项目，掌握了一定的政治话语权；其次，为了切实发掘该文化遗产存续的必要性和重要性，他与俄比老师曾多次进入偏僻的瓦岗地区，搜集文献资料，对当地民众、毕摩传承家族进行深度访谈，从而掌握了一定的知识话语权；最后，参与进行媒体传播的主要负责人也是熊总联络协调的，与其有一定亲属关系；此外，负责完成仪式的毕摩家族之一的沙马俄比家族与熊总也存有亲属关系。因此，在该项目中，资本场域的代表熊总，其实是各方力量的集结，其身份的特殊性和关系网络的多元性使其具备了协调和统筹不同场域价值的能力，从而对该项目的进行起着主导作用。

（二）政治权力：助推

既出于迎合国家非遗保护政策、达到“文化搭台，经济唱戏”的需要，也

① 一般情况下，大多数申遗项目是政府主导。

受熊总本人的交际能力和社会影响力影响，在资本权力的发起和申请下，当地政府同意并对该项目进行了 11 万元资金支持，县政府出资 6 万元，县委出资 5 万元。据凉山州非物质文化遗产保护中心晓夫主任估计，该活动的举办需要至少 15 万元左右资金，完成非遗申报总共需要 20 万左右。除了政府支持，非遗保护中心和熊总的公司将承担其余经费。

然而，在此次活动中，政府始终难以正面“在场”。由于该系列自然灾害隔离仪式涉及诸多杀牲祭祀要素的民间信仰，因此易受到科学话语和官方的排斥，从而使得站在维持社会安定及秩序这一政治立场上的为政者，失去了合理性上的保障来得以让他们将其“公认”为文化遗产。[①] 并且，该项目还不是官方认定的非物质文化遗产，没有专项的资金支持，因此政府的资助只能采取迂回方式，借助文化宣传部门其他文化项目作为面纱掩盖这一活动的举行。于是，在仪式活动进行中，一共有两场以“禁毒防艾、拒绝高额婚嫁彩礼、脱贫致富奔小康”并列为一个主题的宣讲活动。题虽如此，内容实则是“笑星”“歌星”进行文艺演出。将三个完全不搭边的主题放在一起展演，说明了这场活动的经费本身也需要依托不同的项目和政策。该文艺演出的地点在毕摩举行禳灾仪式的旁边，两个地点相距不到一百米。于是出现了十分滑稽又对比鲜明的场景：一边寥寥无几的专家学者、媒体摄影师在关注着毕摩进行沉重而庄严的禳灾祭祀仪式，念诵经文；另一边人山人海的群众围观着喧嚣热闹的文艺演出，欢歌笑语。这是一个极为讽刺的现实，即民俗文化的保护竟需要借力于可能影响其保护的外力来实现。

在为期三天的活动中，政府权力的在场主要是承办方——雷波县雷池乡呷窝村委会。此外还有雷波县语委主任邓老师在场，再无其他当地政府人员全程参与。可见，行政权力除了给予资金支持和认可其合法性地位之外，几乎始终“缺位”。虽然有通过此项目获得经济利益和政治业绩的价值判断，但也是呈现

① 樱井龙彦、陈爱国：《应如何思考民间信仰与文化遗产的关系》，《文化遗产》2010 年第 2 期。

出一种“甩手掌柜”坐等获利的行为和心态。因此让渡了主导的权力沦为间歇性起作用的助推力量。

（三）媒体传播：扩散

作为官方媒体，凉山州电视台“非遗之光”“五彩凉山”等三个栏目组全程参与了三天的仪式。除了承担宣传和推广任务之外，同时也负责该项目申遗资料的记录、采集和整理。然而，为了实现对该项目审美性、可传播性、文化性的价值建构，媒体与摄影协会的工作出现了与仪式本真性保护等多重矛盾。

比如，由于雷波县电信公司工作人员前期失误，导致电视台带去的设备无法进行室内的网络直播。而“阿依蒙格”仪式的几个议程如抹花脸、收粮食等需要前往各家各户进行。为了能在直播中完整呈现这些议程，电视台工作人员建议将地点改在室外，但这与传统仪式的本真性相背离。最终，经过技术调整双方协商一致选取离主会场最近的一家人作为代表进行直播，其他较远家庭由于网线不够长无法直播而采取录播形式获取完整素材。由于此次拍摄活动的电视台主要负责人商姐本身也是雷波县彝族，因此她在活动中不断地出力协调，积极寻求能均衡传统仪式本真性和媒体价值取向的有效路径，也在一定程度上缓冲了各方的矛盾，推动了该活动的顺利进行。

承担传播并扩散该仪式影响力的另一个群体是摄影协会的摄影师。他们并没有必须完成的任务，大多只因兴趣而参加了该仪式活动，其行为显得有些无所顾忌。在多个仪式的展演过程中，部分摄影师屡次对毕摩提出诸如“换个角度”“再重复一遍”等要求。这一定程度上破坏了传统禳灾仪式的秩序和伦理。

（四）学术参与：指导

项目中的学术参与力量主要分为三个类型：其一是以俄比老师、阿吉老师等为代表的纯粹的地方文化精英；其二是以凉山州非物质文化遗产保护中心晓夫老师等为代表的国家权力机构场域中的专家学者；其三是高校学术力量的调研力量，比如我。其中，俄比老师为该活动进行了长达近两年的田野调查和前期准备，掌握了丰富的一手资料，策划了整个仪式活动的流程，并对其文化内涵进行了阐释，使得各方力量能更有序、有效地参与进此次活动中各司其职。同时，他凭借敏锐的学术洞察力和社会敏感性对彝族原本分散的禳灾仪式进行打包、整合、诠释，扩展了原有禳灾文化的容量和内涵，充实了仪式文化的现代价值。但是，作为指导力量的学术参与有其视野的盲点。学者对该项目的规划设计是基于一种“想象”的或者“重构”的文化遗产，脱离了原生态的民众生活，因此，我认为掌握知识话语权的学术群体的主要任务并不在于让建构文化价值的主体去弘扬所谓的“传统文化”，而在于挖掘传统禳灾仪式对于灾害文化生产者现代生活秩序的意义和价值，使其从内部文化结构认识到保护和发展该仪式的重要性，使文化遗产得到更好的存续和传承。

（五）民间话语：失效的根本力量

根据联合国教科文组织的定义，从根本上说，全球化背景下的中国非物质文化遗产保护，首先应是对创造、享有和传承该文化遗产的人的保护，而对于这一遗产的切实有效的保护，则特别依赖于创造、享有和传承这一遗产的群体。[①]可见，民间传承人、普通民众、民间精英的合力作用才是进行传统文化遗产化的根本力量。但是由于社会的发展，科学话语的介入，民众自身为了适应新的社会语境对传统信俗进行了有意的甄选和挑剔，并在其叙事话语中呈现出来以迎合语境的需要。比如，当被问及对“吕毕”仪式复原的看法时，一位村民说道：“神都睡了这么多年了，就不要再去打扰他了。”虽然随机个体的话语并不具有代表性，但从文艺会演人山人海的对比场景，也不难推断出这些仪式所原有的生态水土已遭到一定程度的破坏了。加之多方力量出于不同场域利益考虑下的强势介入，民众与传统民俗文化的共生空间被挤压得所剩无几。

由此，当下的申遗逐渐走向“俗”的不断中心化和“民”的无限边缘化。

---

① 刘魁立：《论全球化背景下的中国非物质文化遗产保护》，《河南社会科学》2007年第1期。

（六）特殊力量：润滑

在此次彝族禳灾仪式遗产化的过程中，有一些人并不单属于某个利益共同体，而从属于多个群体，代表着不同场域的集体利益，我把他们定义为“特殊在场”，具有特殊的力量。

特殊在场的存在使得该项目与其他的文化遗产化过程有比较明显的不同。他们在实践中处于不同集合体的公共部分，是联结不同关系网络的“结”，往往具有全局视角和高度能动的协调能力及话语权，能很好地调试各方力量，是文化遗产化进程和非遗保护工作中极其重要而常被忽视的存在。

比如村支书的儿子，在西南民族大学读少数民族经济学研究生的苏古。他的存在就像一根连接当地与外界的链条，作为当地人，他曾多次在发生分歧时站出来希望能尽可能地保留和复原原汁原味的传统文化仪式，尽可能地减少“表演性”，并积极地建言献策；作为少民经济学的学习者研究者，他又希望能将其与旅游开发等手段相结合，促进当地的经济发展，虽然他深知开发会对保护造成一定威胁和损害；作为村支书的儿子，他在村民中有较高的信度，精通彝语和汉语的他不断地帮忙在当地百姓与外来者之间进行信息的沟通和传递。由于身份使然，他必然要做出使各方利益都最大化的选择，因此整个仪式中不同场域之间的矛盾通过他个人角色的复杂性不断得到缓和甚至消解。

比如既象征资本力量又是当地精英代表，同时与政治权力联系紧密的熊总，正如前文所提到的，由于自身的文化自觉和对民族文化的热爱，熊总和俄比老师一同发起了这次复原采集活动，他利用自身的社会关系向政府申请获得一定资金，为活动举办确定合法性，联系媒体参与报道并帮助完成申遗的采集记录工作，同时他与非遗保护中心关系甚好，并通过非遗中心得到专业和其他学术方面的支撑。将所有专家学者、媒体从西昌接送到瓦岗地区的近十辆左右越野车也是熊总私人提供的。一路上一行人的吃饭大多也是由他的亲戚等招待。与其他想最大限度美化文化遗产，从而从中获利的资本家不同，在每一次摄影协会或者媒体方面的人的行为可能破坏到仪式本真性和灵验性时，熊总都坚决站出来阻止并强调这不是在表演，而是在传承。

除此之外，既是电视台媒体又是当地民众代表的商姐，既是高校学术权威又代表地方文化精英的西南民族大学教授蔡老师等也都扮演着身份复杂的角色……由于身份的多样性，他们的语言和行为往往呈现出了对禳灾文化不同角度不同层面的观照与思考。在多方力量博弈的网络中他们充当着润滑剂和催化剂的双重作用，是申遗和非遗保护过程中有潜力、有影响力却容易被忽略的积极力量。

三、申遗行为与文化遗产认同之间的矛盾

总的来说，申遗行为中将文化遗产化的过程恰似做蛋糕的过程。各个场域的群体占有原始文化作为原材料后，根据自己的价值取向对蛋糕进行设计，在蛋糕上设计着自己想象的符号图式。根据其所设计和参与制作的面积的大小，决定了最后分食蛋糕的多少。而辛苦创造并提供原材料的区域民众由于并不具备做蛋糕的技术和能力，因此注定只能分食到极其有限的蛋糕。在此过程中，文化遗产认同的矛盾是“做”蛋糕过程中的矛盾所导致的，具体体现在以下三方面。

（一）主体地位不平衡的矛盾

在《保护非物质文化遗产公约》的框架里，非物质文化遗产的“保护”指确保非物质文化遗产生命力的各种措施，包括这种遗产各个方面的确认、立档、研究、保存、保护、宣传、弘扬、传承（特别是通过正规和非正规教育）和振兴。[①] 虽然官方倡导的非遗保护要求努力确保文化原始社区民众最大限度地参与，但是上述9个保护措施却是权力机构、商业资本、专家学者等“他

① 联合国教科文组织:《保护非物质文化遗产公约》(2006年订正本)，巴黎，2003年10月17日。

者”才有能力完成的。因此，教科文组织强调的保护策略在一定程度上认可了国家权力的主导。可见，受历史、技术等因素的局限，能将文化原材料加工成做蛋糕的人并不是最需要吃蛋糕的人。在该项目中，禳灾文化记忆曾经是地方性百姓的精神食粮和生存之需，但在当下，其原有的与社区群众生活世界的联系已几乎式微，此外，在非遗保护的语境中，由于资本、权力、知识等利益共同体的合力介入，动摇了传统文化主体——当地毕摩和百姓的话语权。因此，造成了保护主体地位失衡的必然结果。

（二）文化供需不平衡矛盾

由于区域群体本不具备将文化资源整合做成符合主流审美的“蛋糕”的能力和条件，而做什么样的蛋糕又由做蛋糕的人决定，因此，各方力量都能以自我需求为本对蛋糕进行设计，忽视了吃蛋糕人的需要。这就造成了保护的文化不能满足传统文化消费者需求之间的矛盾。正如彝族禳灾仪式的重新展演，仅是各方价值判断和价值重构的结果，并不能满足当下百姓对传统文化的需求。因此，无论权力、资本、知识如何建构禳灾仪式复原的意义和价值，都难以从内心触动地方群众重塑文化认同。也因此出现了为“笑星”喝彩、对“仪式”无感的讽刺对比。

（三）遗产价值分配不平衡矛盾

既不是做蛋糕的人，也不能参与对蛋糕的设计。虽然提供了原材料，但是在申遗过程中，对蛋糕分配仅以做蛋糕的人的意志为转移，对蛋糕进行怎样的设计决定了蛋糕之于分食者的价值。纵观整个过程，没有任何一个环节给予了文化原材料创造者——当地民众——以足够的观照，因此，非物质文化遗产的申请过程有比较严重的“去主体化”的倾向。

尽管联合国教科文组织对非遗保护的不遗余力看似是在给传统民俗文化确立新的合法性、合理性地位，创造适宜其生存和发展的生态环境，但在申遗的实际过程中，各方面力量的价值取向都不得不倾向各自利益的需要，一定程度上造成了文化遗产脱离与民众日常生活秩序与意义建构的现状。非物质文化遗产的概念和实践并未解决无神论的科学话语与传统民俗信仰的矛盾，因此并未真正赋予传统民族文化存在于民众日常的合理性和合法性，它只是创造了一种脱离实际情况，脱离原生态水土的“想象的合法”。如果不能改变这种文化认同的困境，非遗保护终究只是一种“出于人道主义的临终关怀”，而无法拥有自我修复、自我成长的生命力。就该案例而言，我对如何给予传统民俗文化实际的合法性，走出申遗中文化遗产认同困境进行了思考，见下。

四、一个基于主体间性的遗产化可能路径——教育资源化

根据上述论证，非物质文化遗产的传承和保护，关键在“民”。在禳灾仪式传承与保护中“民众缺位”现象，既是被动的，也是主动的。虽然以不同方式呈现于表面，但其内在的深层逻辑仅有两个方面。就内因而言，随着社会的发展，涵养生态民俗文化的水土已逐渐被破坏，现代生活实践逐渐与传统文化进行剥离，传统禳灾仪式对生活世界的传统意义已不复存在。就其外因而言，科学话语的介入瓦解了民间信俗承续的场域。资本—权力—知识利益共同体的合力介入剥削了传统文化主体的话语权。

因此，激活民众对该文化遗产的热情有两个亟待解决的问题：一是如何赋予已经脱离当地民众现代性生活的传统民族文化的现实意义？二是如何消解科学话语对民间信俗的冲击赋予传统信俗以合法性？只有解决上述两个问题，才有可能从根本上重构民众对非遗的保护和传承意念，从而使其获得存续的生命力。我就该项目 7 个禳灾仪式中的“阿依蒙格”为例，提出基于主体间性遗产化路径的看法。

旧时，彝族聚居地地理位置较为闭塞，医疗卫生条件落后，瘟疫频发，先民们为了抵御疾病对儿童的侵害而发起彝族儿童节“阿依蒙格”。在这次系列禳灾仪式展演中，乡政府及村委会与当地学校联系，想争取一天假期让更多的

儿童参加到这一仪式中。但由于教育局正在落实“均衡教育”政策，雷波县瓦岗九年一贯制学校唐校长并未获得官方对放假举办传统文化仪式的许可。当天的“阿依蒙格”抽取了该学校两个班级的学生参与。这种做法是特殊地域群体在坚持无神论的科学教育体系与万物有灵的传统民俗信仰中进退两难的妥协选择。然而，民俗的重要功能之一就是教育教化功能。究其民俗信仰的文化逻辑根源，其实与现代教育具有目的一致而内容互补的特性的。

首先，雷波瓦岗地区环境破坏严重，百姓缺乏生态环保意识；同时，特殊的地理气候条件和落后的医疗卫生条件导致瘟疫灾害频发，而地方民众缺乏现代卫生观念。这些应该也可以通过教育手段解决的问题，却在实际操作中无法实现。因为现代教育的课程教材设置是统一的，并不能因地制宜地为当地学生做出调整。这就导致了现代教育与当地学生的生存和生活需要脱节。因此，这些地方性需要的问题无法通过学校教育进行解决。

恰好，“阿依蒙格”仪式本身就是为规避瘟疫、强化儿童禳灾意识而建构的，通过该仪式对当地儿童传授先辈的灾害文化记忆与禳灾知识，是树立儿童现代卫生观念和生态保护意识的良好时机。因此，传统禳灾文化记忆在理论上可以作为地方性教育手段与现代学校教育相互补，成为彝族儿童灾害意识教育、环保意识教育以及现代卫生防疫观念教育的途径和渠道。这也正契合了《公约》中“各缔约国应竭力采取种种必要的手段使非物质文化遗产在社会中得到确认、尊重和弘扬，主要通过向公众，尤其是向青年进行宣传和传播信息的教育计划……”[①] 的要求，以及《国家级非物质文化遗产代表作申报评定暂行办法》的要旨：“要通过社会教育和学校教育等途径，使申报的物质文化遗产的传承后继有人，能够继续作为活的文化传统在相关社区尤其是青少年当中得到继承和发扬。”[②] 二者论证了现代学校教育和传统文化教育二者在理论层面

---

① 联合国教科文组织：《保护非物质文化遗产公约》（2006 年订正本），巴黎，2003 年 10 月 17 日。

② 国办发〔2005〕18 号：《国务院办公厅关于加强我国非物质文化遗产保护工作的意见》附件 1《国家级非物质文化遗产代表作申报评定暂行办法》，2005 年 3 月 26 日。

和实践层面均可以实现互补和互助的共享意义。

也有人会质疑，如果非遗的意义需要外部力量去建构，是否在一定程度上说明了它其实已经没有意义了。答案是否定的。在瓦岗调研期间认识了村上热情好客的苏大哥[①]，他曾发过一条朋友圈，从一个普通的当地民众的角度讲述了自己对复原这些仪式的另一种认识：

关于祭祖的“措毕”是为了安一家人的心，而祭天的献牛更是为了安一方人的心。有很多人对我们重新开展祭天不理解，有的认为我们是为名，也有的人以为我们是为利，当然，理解的人一直在理解，但是不理解的人你们说再多也改变不了我们的初衷，那就是“给心灵安一个家”。大家细细一想我们这延续了几百年的传统活动在中断的这近八十年，我们都发生了什么变化？不守传统规矩的越来越多，想不劳而获的也不少，吸毒贩毒危害自己和社会的人更是数不清，说不完，这是为什么？就是我们迷失了方向，再也找不回过去的自己。做这个活动，其实就是为了重塑我们民族的精神脊梁，也为了给心灵安一个家。感谢理解我们行为的朋友，也相信现在不理解的将来或者大家的后代也会理解，因为，有时候灵魂一旦迷路了就再也回不来了。

苏大哥认为，可能随着社会发展、科学进步，很多人越来越不确定这些仪式的灵验性，但是，没有这些仪式举行的几十年来，作奸犯科的人越来越多，就是因为他们没有信仰，没有一种约束的力量，于是迷失了方向，才做出了不可饶恕的坏事。在他看来，这些仪式的举办是在给当地百姓的心灵“安一个家”，虽然每一种仪式的具体作用不一样，但其背后都反映了同样一种根深蒂固的民间信仰。这个民间信仰规约着彝族人民的行为方式，维持了族群的秩序，建构着民族的认同。然而，大部分的百姓并没有认识到这一点。但是，没

---

① 苏大哥，雷波瓦岗村人，30岁左右，是一名司机，作为当地村民，他积极参与了此次活动，并一直力所能及地为大家提供方便。他受教育程度较低，当我问及时，他一直以“没有文化”“文化水平有限”来定义自己。

有认识到不代表不存在。因此，很多传统文化在当下当地并不是无用的，而是有用而百姓并不自知。信仰是一种没有经济效用没有现实的可感效用但是一旦离开它就会导致秩序被破坏的存在。

可见，将非物质文化遗产保护嵌入现代教育，实现传统民俗文化、教育资源、非物质文化遗产三者的相互转换和灵活互动，是消解科学话语与民间信俗矛盾有效的途径之一。一方面，重塑了传统民族文化和民间信仰的合法性地位，让村民和儿童能自觉、自信地践行、传承传统文化；另一方面，也弥补了现代教育与地方社会脱节，缺乏实用性和针对性的缺陷，重新赋予旧的、脱节的传统文化以当地民众生活实践新的现代意义。此外，仪式所带来的仪式感以及仪式所反映的民间信仰是一种强大的隐形的力量，有道德教化、族群维系等重要的功能。因此，我认为将传统民俗文化作为教育资源弥补现代教育空缺，并将其作为申遗的方向和路径，能切切实实地实现“让非遗进校园”的初衷和目的，是真正实现非物质文化遗产活态保护和整体性保护的有效策略。

圣王与神灵：宋金元时代的汤王形象及其演变

李梦圆[①]

摘要：历史时期山西南部地区的汤王信仰十分兴盛。以荣河汤陵为代表的官方祭祀所承载的是历代统治者的历史理性与文化自觉，与官方记忆中的商汤所不同的是，民间的汤王则具备了某种可以降雨的神力。尽管在当地民众视野中，汤王是具有降雨神能的人格神，但从北宋朝廷对析城山山神的两次敕封中可以看出，朝廷视成汤为效仿尊崇的上古圣王而非雨神。金元时期，析城山神逐渐消失在人们的视野中，与此同时汤王的神格被统治者宣扬、拔高。汤王信仰经过唐宋的初步形成，金元时期的发展壮大，在明清时期得到了普及，甚至占据了晋东南地区村社社神的地位。这期间官方与民间有冲突与差异，但更多的是合作与互动，两者相互渗透、相互依存，最终官民对汤王的崇拜趋于统一。

关键词：宋金元　汤王　汤陵　析城山　雨神

① 李梦圆，复旦大学历史地理研究中心 2016 级硕士研究生。

一、问题综述

商汤作为中华文明正统谱系的重要一环，承载着上千年的历史记忆与文化积淀，历代统治者出于宣示正统的需要，对汤王崇奉有加；而民众从自身现实需求出发，更多的是将其作为雨神甚至是地方保护神供奉。本文以山西南部的汤陵与汤庙作为主要研究对象，以宋金元三代为研究时段，重点分析国家记忆与民间记忆中汤王形象的差异性以及形成这种差异的原因，并且探讨汤王信仰中官方与民间的不同心理诉求及其互动关系。

就目前研究成果来说，对成汤文化的研究大致可分为以下三个方面。

（一）对汤王祷雨传说的考证

郑振铎将重点放置于论证汤王祷雨故事本身的真实性上，郑振铎先生认为商初的社会里发生汤以身为牲、祷雨桑林之事不足为怪，但故事在后世流传中存在一些夸张、虚构的部分，并且提出不应以当代文明人的眼光去评价古代传说。作者以古史辨的方法对古代传说进行考察，颇值得我们深思。① 此外，部分地方学者撰写大量文章论证汤祷桑林的地点就在析城山，如刘伯伦在《汤祷雨桑林即在析城山论》中认为“汤祷雨桑林之地在析城山无疑”；王家胜的《阳城商汤祷雨文化现象探析》系统介绍了阳城祈雨文化的渊源及成汤信仰在该地区的影响力，并认为“著名的商汤祷雨的故事，就发生在阳城境内”……在此不加赘述。② 当地学者为考证汤祷之事的真伪所做的辛勤工作固然值得肯定，但出于挖掘和宣传当地文化资源的意图，所做的研究往往带有很大的局限性、片面性和主观性。窃以为，研究者在面对此类研究时，应当保持既尊重又

① 郑振铎：《汤祷篇》，上海：古典文学出版社，1957 年。

② 宋镇豪：《汤风灌韵：全国首届商汤文化学术讨论会论文集》，北京：中国社会科学出版社，2012 年。

挑剔的态度，进行认真的史料鉴别和观点提炼。

（二）对成汤文化表象与特征的研究

随着人们对地方性文化资源越发重视，近年来一批地方性学者对商汤文化的研究热情尤为高涨，地方政府也加大了支持力度。2012 年“全国首届商汤文化学术研讨会”在阳城召开，中国先秦史学会会长宋镇豪及副会长宫长为出席了该会议，并都对该地区的商汤文化做过研究。宫长为分析了商汤文化的内容与特征，并提出了构成阳城商汤文化的几个代表性表象，如析城山、桑林、汤帝庙和商汤的陵墓，[①] 遗憾的是其文章仅停留于对商汤文化的表面描述。作者并未发掘出有关汤陵的更多信息，以及汤陵、汤庙所蕴含的丰富的历史记忆。

段友文等考察了晋东南成汤崇拜文化圈的形成原因，并认为成汤崇拜宗教化的原因之一是统治者对成汤的不断加封[②]，对此笔者有不同看法。官方确实在宗教化过程中起到了推动作用，但对汤王本身没有敕封过名号，并且北宋敕封的是析城山山神而非汤王，不可混为一谈。关于汤王与山神的关系问题，本文第三部分将予以详述。冯俊杰考据了析城山雩祭文化的史料，指出析城山成汤庙是太行雩祭文化的一部分[③]；邢莉论述了阳城商汤庙与当地祈雨文化的关系。[④] 二者的不足之处在于缺乏整体史观，就民俗论民俗，过于强调汤王信仰的民间性而忽视了其国家性。

郭俊红从民间传说与地方民俗的角度对遍布阳城邑内的成汤庙以及形成的成汤信仰进行综合研究。作者对具有上千年历史的成汤信仰进行系统梳理，以民俗志的方法和形式，具体描述成汤信仰既往和当今活动的基本状况，并将成

---

① 张星社:《阳城商汤文化》，太原：三晋出版社，2010 年。

② 段友文、刘彦:《晋东南成汤崇拜的巫觋文化意蕴考论》,《中国文化研究》2008 年第 3 期。

③ 张星社:《阳城商汤文化》，太原：三晋出版社，2010 年。

④ 邢莉:《商汤祈雨与阳城的求雨文化》,《中原文化研究》2014 年第 2 期。

汤信仰置于中国传统文化的大背景下，对其进行初步的理论思考。[①]但书中有关汤陵与析城山的关系，及汤王信仰的缘起问题着墨不多。

（三）以成汤信仰为中心的区域社会史研究

杜正贞论述了泽州地区的成汤信仰与村社传统之间的关系，突出了民间信仰在构建乡村基层组织秩序中的重要地位，[②]对研究明清社会基层政权的结构与秩序提供了很好的思路。但其著作主要研究的是明清山西地方社会的村社传统以及士绅在村社传统中的作用，对于汤王信仰的分析不够透彻，特别是宋元之际成汤信仰所表现出的官方和民间的差异与互动问题还有待进一步探讨。张君梅以高平市康营村成汤庙会为切入点，从庙会祭祀以及民众崇信的角度阐述了民间祠祀的变迁。[③]郭永琴对《山右石刻丛编》中有关商汤的历史记忆进行了梳理。[④]段惠丽在其硕士学位论文中系统介绍了祷雨传说的流变、神圣空间分布及雩祭传统。[⑤]以上研究多囿于山西省东南部的阳城县及其周边地区，忽视了汤王信仰的空间差异和时代差异，尤其是国家意志与民间社会在汤王信仰发展历程中各自所扮演的角色及其相互影响等问题。笔者以为，民间信仰不单是属于社会下层民众的文化，应该是属于全体社会成员共同享有的社会心理、行为习惯和文化传统。在考察山西南部的汤王信仰时，应将其置放于官民互动的关系下进行综合考察，这样有助于廓清和认识汤王信仰的多重面相及其历史变迁。

---

① 郭俊红:《沁河流域的成汤信仰》，太原：山西人民出版社，2016年6月。

② 杜正贞:《村社传统与明清士绅——山西泽州乡土社会的制度变迁》，上海：上海辞书出版社，2007年。

③ 张君梅:《民间祠祀的历史变迁——以高平市康营村成汤庙为考察中心》，《世界宗教文化》2011年第4期。

④ 郭永琴:《〈山右石刻丛编〉中的商汤记忆》，《汤风濩韵：全国首届商汤文化学术讨论会论文集》，北京：中国社会科学出版社，2012年。

⑤ 段惠丽:《山西阳城成汤信仰调察与研究》，山西师范大学，硕士学位论文，2014年。

宋燕鹏则以空间结构为视角分析了汤王信仰在晋东南、豫西北的兴起和传播过程，作者在文章第一部分论述了汤王信仰中心的变化，并对汤陵的位置变迁做了梳理。但作者将官方在汤陵进行的“圣王祭拜”与民间对汤王的“雨神崇拜”混为一谈，统而称之为“成汤信仰”。笔者认为，汤王信仰的形成与发展是一个复杂的官民互动的过程，而不同社会阶层对汤王形象的认知不尽相同，表达的诉求也不同。[①]

段建宏将以阳城“商汤信仰”为代表的民间信仰纳入社会控制的范畴，在《明清晋东南基层社会组织与社会控制》一书中，探讨国家在与地方社会力量相互角力中，如何充分发挥民间信仰的功能，整合民间信仰的各种资源，从而强化对地方社会的控制。但该书研究的时段为明清，对于唐宋以来商汤信仰的形成发展及其作用影响并未详谈。[②]

总体上讲，当前学界对山西南部成汤信仰的研究还有进一步深入挖掘的可能。汤王信仰经历了宋代的初成，金元两代的发展，明清时期的普及，最终形成了以阳城县析城山为中心，汤庙为载体的信仰圈。汤王信仰的形成与发展是上层统治者、地方知识精英与下层民众共同作用的结果，这期间官方与民间的力量相互交织、相互影响，奠定了其人格神的形象基础。笔者撰写此文的目的有二,一是就研究时段而言，过去的研究多侧重于明清时代，对于汤王信仰早期发展阶段的关注不够，本研究将研究时段从明清上延至宋金元这一汤王信仰形成的重要时期。二是从研究对象和空间而言，学界多侧重于对汤王信仰中的社会组织、祭祀文化、民俗传统等方面的研究，且研究的空间多集中在以阳城析城山为中心的晋东南地区，对于晋南的荣河汤陵则缺少关注，并且尚未厘清汤陵和析城山的关系。本文从文献出发，通过文献梳理，辅之以实地田野考察，力图对汤王信仰早期的发展过程、汤陵与汤王信仰的关系以及官民意志

---

① 宋燕鹏:《由帝王到雨神：成汤信仰的兴起与传播》,《南部太行山区祠神信仰研究：618—1368》，北京：中国社会科学出版社，2015 年。

② 段建宏:《明清晋东南基层社会组织与社会控制》，北京：中国社会科学出版社，2016 年。

中汤王功能的差异和变化进行深入探讨，希望能够对当前的汤王信仰研究有所裨益。

二、“汤陵”的认定：历代传承与将错就错

（一）荣河汤陵的历代传承

历史是过去的事实，记忆是对过去的唤起和再现[①]，官方记忆中的商汤是与尧舜禹等并列的上古圣王，“尧舜禹汤文武成康垂于典籍为万代法”[②]。作为中华正统谱系中的关键一员，祭祀成汤既是宣示本朝统治合法性的需要，也是当朝统治者凸显自己“宽仁盛德”的契机。

汤陵作为一个象征正统的历史符号，受到历代帝王的礼敬。对商汤的官方祭祀，据文献记载肇始于隋朝。《荣河县志》载：“汤庙在县北十里，考隋始祀汤于汾阴，然未有庙”[③]汾阴即汾河流入黄河的荣河县。《隋书·礼仪志》云：“祀先代王公，帝尧于平阳，以契配；帝舜于河东，咎繇配；夏禹于安邑，伯益配；殷汤于汾阴，伊尹配……各以一太牢而无乐。配者飨于庙庭。”[④]

然而，唐代官方认可的汤陵却在河南偃师——“稽古垂化，网罗前典……令三年一祭，仍以仲春之月……祭殷汤于偃师以伊尹配”[⑤]。有趣的是宋初，国家祭祀成汤的中心又回到了荣河。乾德四年（966年）宋太祖颁布《前代帝王置守陵户祭享禁樵采诏》，曰：

---

① 孙江：《新史学·第八卷·历史与记忆》，北京：中华书局，2014年，第2页。

② 《隋书》卷七，《志第二·礼仪二》。

③ 《荣河县志》，卷二·坛庙，第102页。

④ 《隋书》卷七，《志第二·礼仪二》。

⑤ 马端临：《文献通考》，卷一百三，《宗庙考十三·功臣配享》；文渊阁：《四库全书》，史部，政书类，通制之属。

自古帝王，受天眷命，功侔造化，道庇生民。咸载简编，宜崇典礼。或庙貌犹在，久废牲牢；或陵寝虽存，不禁樵采。朕顺考古道，咸秩无文，方怀景慕之心，敢怠寅恭之意。其太皞葬宛丘；炎帝葬长沙；黄帝葬乔山；颛顼葬临河；高辛葬濮阳；唐尧葬城阳；虞舜葬零陵；女娲葬赵城；夏禹葬会稽；商汤葬宝鼎县；周文王、武王葬咸阳县；汉高祖葬长陵，在长安北；后汉世祖葬洛阳界；唐高祖葬三原县东；太宗葬醴泉县北。凡已上一十六帝，各置守陵五户。每岁春秋二时，委所在长吏，各设一祭。[①]

宋建立后，不仅将举行国家祭祀的间隔由三年一次改为一年春秋两祭，在祭祀地点上也有所变动，成汤的祭祀中心就是在宋初的这次变动中迁回了荣河。

隋唐之际与唐宋之际，汤陵选址的变更可能是新王朝的统治者的刻意编排，对正统象征物（比如帝王陵寝）的“历史化”和“再符号化”[②]，是新朝代操纵历史叙述、宣示国祚转移的重要途径。这样一来，新王朝对上古先王陵寝的选址与祭祀，所要表达的也许是“天运”的承继和正统性的接力。汤陵祭汤的现实政治功能也就不言而喻了。

宋以降官方祭祀汤王的地点始终是荣河汤陵，未再变更。

金元时期，山西出现了大规模、长时间的民族融合，无论是女真族还是蒙古族，都在不同程度上借鉴和吸收了汉族的思想文化，金代统治者效仿汉人政权致祭前代帝王：

章宗泰和四年二月始祭三皇五帝四王，三月诏定前代帝王致祭者：……前代帝王三年一祭于仲春之月，祭伏羲于陈州，神农于亳州，轩辕于坊州，少合昊于兖州，颛顼于开州，高辛于归德府，陶唐于平阳府，虞舜夏禹成汤于河中府，周文王武王于京兆府，又诏定前代合致祭者从尚书省奏，三皇五帝四王已

① 《宋大诏令集》卷一百五十六，《政事九·褒崇先圣》；宝鼎县即荣河县。

② 孙江：《新史学·第八卷·历史与记忆》，北京：中华书局，2014 年，第 189 页。

行三年一祭之礼。[①]

金朝在河中府祭祀舜、禹、汤，河中府就位于今山西南部的运城地区。其中祀汤的具体地点就是府境内的荣河汤陵。与金代相比，有元一代并未对汤陵有所关注。虽然元代统治者没有在汤陵祭祀过汤王，但这并不代表官方无视或者亵渎汤王。恰恰相反，“元统有天下，圣帝明王若祠与墓，咸为加葺”[②]，入主山西的蒙古人将汉地祀典传统与本民族“万物有灵”的萨满教信仰相结合，大兴享神崇报之风，不仅“山川祀典，国有常礼”，而且“所在土神，因人而立”[③]。所以说，金元时期的商汤实现了由王到神的质变，其雨神的形象不仅被统治者认可，并得到了广泛的传播与认可。对于这一变化过程，后文将专节论述。

明代建立后，“求帝王陵寝，礼官不能辨，徒循宋元之迹而举之”[④]。明武宗在位时，“太常寺少卿乔宇祭中镇诸神还，上疏言古帝王有功德于天下者皆世享血食。商汤陵在荥河县北，相传为河水所啮，基址不存，历代皆于岸东设位而祭”[⑤]。也就是说，明代仿宋元先例仍在荣河祭祀成汤。清人入关代替了朱明王朝，清承明制“国朝祀典仍之”[⑥]，顺治初年颁布诏令，曰：

直省守土官，祭历代帝王陵寝。河南淮宁县，祭太昊伏羲氏陵。山西赵城县，祭女娲氏陵。湖南酃县，祭炎帝神农氏陵。陕西中部县，祭黄帝轩辕氏陵。山东曲阜县，祭少昊金天氏陵。河南滑县，祭颛顼高阳氏陵、帝喾高辛氏陵。山东东平州，祭帝尧陶唐氏陵。湖南宁远县，祭帝舜有虞氏陵。浙江会稽

① 《钦定续文献通考》卷八十五，《群庙考》。

② 《蒲州府志》卷十九·艺文，《元郭思真舜庙记》，第6页。

③ 熊梦祥：《析津志辑佚》，北京古籍出版社，1983年，第59页。

④ 《荣河县志》，卷十一·艺文，《国朝周景柱汤陵辨》，第624页。

⑤ 《明实录·武宗实录》，卷十九。

⑥ 《荣河县志》，卷二·坛庙，第102页。

县，祭夏王禹陵。山西荣河县，祭商王汤陵……[①]

清朝统治者对包括商汤在内的历代帝王陵庙的重视程度不亚于汉人君主，清人沿袭前朝祭祀历代帝王的传统，象征着新王朝对于正统序列的承接。作为少数民族政权的大清帝国，对历代帝王及其配飨名臣的祭祀，最根本的用意在于对治统和道统的强调，所要表达的是一种对中华光绪的认同和对中华文明的归属[②]。

（二）荣河汤陵的是与非

那么，历史上的成汤到底葬于何处，历朝历代众说纷纭，实无定论。《史记》集解中载有汉朝刘向“殷汤无葬处”[③]的言论，也就是说汉代还没有确定汤陵的具体地点。而隋朝是第一个确定祭祀成汤具体地点的朝代，在隋朝之前，国家不仅没有选定汤王陵寝的所在地，更没有对汤王进行过正式的祭典。隋代为何将汤陵选址在荣河呢？据清人孙星衍考证“汾阴之祀，实始于此，或因太和有破陵得铭之事”[④]。也就是说，汤陵的出现与北魏时“张恩破陵得铭”的故事有关。《太平寰宇记》记载了这一故事的始末：

（宝鼎县）殷汤陵在县北四十里，后魏太和中有县人张恩破陵求货，先有石弩以铜为锁盗开埏门，矢发中三人皆毙。恩更为他计卒取得墓中物，多是钟磬及诸乐器，再得其铭，恩恐人知以铭投之汾水，后事泄为主司所理，乃于水取得其铭，铭曰我死后二千年终困于张恩。由是执事不复深加其罪。[⑤]

---

① 《钦定大清会典事例》，卷四百三十五，《礼部·中祀》。

② 黄爱平：《清代的帝王庙祭与国家政治文化认同》，《清史研究》2011 年第 1 期。

③ 司马迁：《史记》，卷三，《殷本纪》，北京：中华书局，1959 年，第 98 页。

④ 孙星衍：《孙渊如先生全集》，岱南阁集卷一，《汤陵考·荣河陵》，四部丛刊景清嘉庆兰陵孙氏本。

⑤ 乐史：《太平寰宇记》，卷四十六，文渊阁《四库全书》，史部，地理类总志之属。

然而这一历史事件在历史时期就引发了不小的争议，时任蒲州府知府的周景柱认为“记汤冢于后魏时沦圮，为张恩□之于河，则果不足信欤”①。考据学家孙星衍也认为“荣河汤陵出后魏小说家言，张恩破陵得铭附会殷汤，前代沿讹列为祀典，急宜厘正”②，并且据其考证：“后魏太和六年诏祀尧舜禹周文公，尚未祀汤，自其时宝鼎县破陵得铭乃讹汤陵于此，故汤陵之在宝鼎县仅见于元和志及寰宇记，所谓单文孤证，不合于古书，不着于正史……后魏以前实无汾阴汤陵之说。”③

二人虽都不认可荣河是真实的汤陵，但对于商汤真正的葬处却各持己见，周景柱认为：

至隋文之世，乃独祀汤于汾阴，则傅记所勿闻，前儒所未说，用其不经事。诚大感唐知其非，故去汾阴而特祀汤于偃师，以为汤迁于是也。至宋不能守唐之是而用隋之非，远于汾阴更立祠庙，后世因之，遂成故事，习勿知考。于是汤陵乃竟在此矣。”④

周景柱不仅否定了荣河汤陵的真实性，并认为真实的汤陵是在河南偃师，对唐代将祭祀汤王的地点迁于偃师的做法表示了肯定。

而孙星衍认为汤王的真实陵寝在山东曹县境内，其任山东按察使期间，曾就汤陵的所在地问题与当时的山西布政使进行过争论，在其《咨覆山西布政司议汤陵稿》中逐条批驳了该地方官员认为汤陵在荣河的理由，⑤并列举了汤

① 《荣河县志》，卷十一 · 艺文，《国朝周景柱汤陵辩》，第621页。

② 孙星衍:《孙渊如先生全集》，岱南阁集卷二，《曹县成汤陵碑铭》，四部丛刊景清嘉庆兰陵孙氏本。

③ 孙星衍:《孙渊如先生全集》，岱南阁集卷一，《咨覆山西布政司议汤陵稿》，四部丛刊景清嘉庆兰陵孙氏本。

④ 《荣河县志》，卷十一 · 艺文，《国朝周景柱汤陵辩》，第618—619页。

⑤ 孙星衍:《孙渊如先生全集》，岱南阁集卷一，《咨覆山西布政司议汤陵稿》，四部丛刊景清嘉庆兰陵孙氏本。

陵在山东曹县的证据。尽管荣河汤陵的真实性受到一批考据学者的质疑，但丝毫没有动摇朝廷在荣河的祭祀传统。乾隆年间“山西蒲州荣河县，现有成汤陵庙。每岁有司肃事无缺”[①]；道光年间“特派平阳镇总兵台费音前往商汤王陵。在蒲州府属之荣河县界内”[②]，故荣河汤陵仍然是清王朝祭祀成汤的中心。

（三）荣河汤陵的象征意义

汤陵自唐宋以来如此受关注，一定程度上也是儒家学说在信仰领域的体现。汉以后的历代王朝，都十分重视自中央到地方的一整套祭祀之礼的建立，自天子、中央官员到地方州县都有相应级别的祭祀礼仪及设施，我们或者可以称其为具有中国特色的“国家宗教”的一种反映。[③]统治者通过一系列的官方祭祀仪式将儒家学说渗透于社会生活的思想领域，以此来规范民众行为、维护统治秩序。

《礼记·祭法》云：“法施于民则祀之，以死勤事则祀之，以劳定国则祀之，能御大灾则祀之，能捍大患则祀之……汤以宽治民而除其虐……此皆有功烈于民者也。”[④]很明显，汤是“有功烈于民”的圣王，是正统的象征，那么致祭汤陵的政治性社会功用也就不言而喻了。唐高宗显庆二年（657年），太尉长孙无忌议：“《祭法》‘尧、舜、禹、汤、文、武，皆有功烈于人，及日月星辰，人所瞻仰，非此族也，不在祀典。’准此，帝王合与日月同例，常加祭享，义在报功。爰及隋代，并遵斯典。”[⑤]祭祀汤王一方面是对有功烈于民者的瞻仰，宣扬其伟大的功绩与高尚的人格，树立儒家思想在社会生活的正统地位，实现教化民众的社会功能；另一方面，出于对自身政权合法性的巩固，当朝统

---

① 《清实录·高宗实录》，卷三百五十四。

② 《清实录·宣宗实录》，卷二百七十九。

③ 朱海滨：《民间信仰——中国最重要的宗教传统》，《江汉论坛》2009年第3期。

④ 《礼记注疏》，卷四十六，文渊阁《四库全书》，经部，礼类，礼记之属。

⑤ 马端临：《文献通考》，卷一百三，《宗庙考十三·功臣配享》，文渊阁《四库全书》，史部，政书类，通制之属。

治者必须显示出其对古圣先王的尊敬与认可，并以此宣示自己要以前代贤明君王为楷模的决心，这样才有可能获得民众对其政权的拥护与认可。

宋真宗年间“修成汤庙碑铭祥符中，殿中侍御史李莹撰文”[①]，也就是说，朝廷在汤陵附近创修了一座成汤庙。《宋李莹成汤庙碑》歌颂了成汤的仁德贤明并重点宣扬了商汤祷雨的功绩，“旱者天之数也，仁者汤之行也。数既有时，虽大圣而不可挽行有于巳，虽上天而不可违，则知旱不做，无以明汤之仁，仁不施无以救时之旱”[②]。“仁不施无以救时之旱”这说明旱灾的消除是汤王仁德施行的结果，可见宋代官方已将汤王与救旱联系在一起了。而真宗修此庙的目的在于“宣汤之德，祛民之戾，历古而下，其功不忘”，“展丰洁于百王，表蒸民之受赐，俾后代以知劝”[③]，这不仅塑造了儒家文化中的圣王形象，还增强了其统治的合法性。汤王以圣王明君的形象作为儒家政治、伦理的教化者，反映和维护官方意识，为社会确立政治、伦理和价值系统。可以说，历代统治阶层举行的汤陵祭祀活动，都是企图通过仪式的强化来实现在信仰领域中对象征的控制，所反映出的正是一种儒家政治、伦理信仰为核心的“国家宗教”的意识形态。

荣河的这座成汤庙建于真宗年间绝非偶然。“宋真宗大中祥符四年正月幸汾阴”[④]，大中祥符四年（1011 年）二月“改上奉祇宫曰太宁宫，设后土圣母塑像，选道士焚修”[⑤]。正因为真宗亲自来汾阴祀过后土，该地的汤陵才重新受到世人关注。如果可以把这一现象界定为“传统的再发明（re-invention of tradition）或主观历史的出现的话”，那么这种历史感的重温一定与该区域“表现出来的社会、经济、文化等方面的特点有关”，并在现实生活中发挥着某种

① 《荣河县志》，卷一 · 山川，第 72 页。

② 《荣河县志》，卷十一 · 艺文，第 573 页。

③ 《荣河县志》，卷十一 · 艺文，第 575 页。

④ 《荣河县志》卷十三 · 事纪，第 720 页。

⑤ 《宋大诏令集》，卷一百十七，《典礼二 · 封禅下》。

特殊的功能。[①] 宋初，统治者在荥河汤陵重塑汤王信仰，无疑对其政权的正统性与合法性奠定了一定的思想文化基础。

商汤的陵寝究竟在何处，自古就存在争议。尽管如此，隋之后的王朝除唐朝外，都认可荥河汤陵的真实性。无论统治者将商汤的陵墓选定在何地，祭拜汤陵都是重构历史记忆的一种举措，所体现的是当朝统治者的历史理性与文化自觉。与其讨论汤陵的真伪存无，不如从历史记忆的角度，窥视后代对汤陵“再符号化”的政治意图。不论是汉族政权还是少数民族政权都需要证明其政权的合法性，当朝统治者通过纪念、缅怀商汤的仪式，借以展示自己是天运国祚的合法继承人。所以荥河汤陵作为王朝宣示正统的工具，不单单是一座陵墓，更是国家权力的象征符号。

三、从君王到神灵：汤王与析城山神的合体

为了获得最为广泛的支持，国家在确保控制信仰话语权的同时，开放这一官方本就封闭不住的空间，允许民间对同一象征的不同解读，赋予其不同的功能，这就为汤王信仰在民间的发展提供了条件。

（一）民众和知识精英的自发崇祭行为

除了官方主导修建的成汤庙以外，在乡间里社散布的成汤庙大部分都是民间自发修建的，平日也是以民众祭拜为主，有时官员也加入其中。民国《闻喜县志》记载：“景山成汤庙见诗商颂，历来祷雨者多诣之城南，各村有社赛者。后因道险而远，宋元祐间于城南关外别建一庙。”[②] 可见闻喜县很早就有到汤庙

---

① 王铭铭：《社会人类学与中国研究》，北京：生活·读书·新知三联书店，1997 年，第 173 页。

② 《闻喜县志》，卷二十三·古迹，《中国方志丛书》，台北：成文出版社，1966—1970 年，第 1015—1016 页。

祷雨的习俗，虽然景山上的成汤庙始建年份不详，但一定早于北宋元祐年间。

立于太平兴国四年（979 年）的《大宋国解州闻喜县姜阳乡南五保重建汤庙碑铭》，是目前可以见到的最早将汤王作为祈雨对象的文字记载，碑云："当州顷因岁旱，是建行宫，逾八十年□构不辍，□以周朝世祖停废淫祠社□□神于时扫地，兹庙也，惟敕存留其□也。"[①] 由碑文可知，该庙始建于唐末，因当地干旱民间自发修建了汤王行宫，用作祈雨场所。历经后周朝，到宋朝初年得以重建。后周世宗显德三年（956 年）十一月诏曰："废天下淫祠仍禁擅兴祠宇，如有功绩灼然合建置庙貌者，奏听敕裁。"[②] 闻喜县姜阳乡这座民间自发修建的汤王行宫，因为有皇帝的敕留令而没有被划归为淫祠遭到废止。这说明比起民间自发崇奉的鬼神，汤王作为官方信仰认可的"正祀"，国家是允许民间祭祀和崇拜的，并且没有禁止民间将其神化为"雨神"进行祈雨活动。

稍晚于此的是，泽州凤台县大阳镇宋太祖乾德五年（967 年）创建成汤庙的碑刻记载。据凤台县《重修汤王殿宇记》[③] 曰："大阳成汤殿宇，自乾德五年我祖刘公之所建也。寥寥数百载，风雨侵坏，神罔攸宁。泳等念神仪之无依，恤祀事之靡严，遂命工匠重加修崇。"该碑末题有"时宣和元年岁次己亥九月十一日彭城刘泳记"。山西巡抚胡聘之在碑文后注有："凤台县志汤王庙城外数十处，其最著者大阳镇庙有宋进士刘泳石刻。"大阳镇的这座汤王庙是凤台县几十处汤王庙中最重要的，该庙始建于宋太祖乾德五年（967 年），是进士刘泳的先祖主持修建的，宣和元年（1119 年）作为地方知识精英的进士刘泳主持了重修庙宇的工作，由此可知，宋初山西南部已零星分布有民众自发修建的汤庙。

很显然，民间修建汤庙的目的在于求雨，求雨的对象就是汤王。这与当地

---

① 胡聘之：《山右石刻丛编》卷十一，《大宋国解州闻喜县姜阳乡南五保重建汤庙碑铭》，太原：山西人民出版社，1998 年，第 16 页。

② 《五代会要》，卷十六，文渊阁《四库全书》，史部，政书类，通制之属。

③ 胡聘之：《山右石刻丛编》卷十七，《重修汤王殿宇记》，第 34 页。

流传甚广的商汤祷雨传说关系密切，“祷雨析城之说，讹传已久，则桑林之说亦姑存其旧云”[①]。《阳城县志》载：“桑林，邑西南五十里近析城，古桑林传汤于此祷雨。《竹书纪年》：‘汤二十四年大旱，王祷于桑林雨，二十五年作大濩乐’。”[②]并且“县中各里皆有成汤庙以祈雨泽”[③]。民众祭祀汤王不仅仅因为其为民祈雨的赫然业绩，更重要的是人们认为汤王本身就具有为民降雨的神能；诸多汤王庙的修建“不只是对商汤的怀念和祭祀，更重要的是出于当地民众在农业生活中面临旱灾时对雨水的渴求”[④]，在民众眼中，汤王是神而非人——汤王已经成为雨水的象征符号。因为在古代社会，由于认知水平有限，绝大多数的中国人有着某种鬼神观念的泛神主义，“家族的列祖列宗，民族的圣哲先烈，他们在天之灵都可能具有巨大的法力，甚至狐仙鬼怪也能予取祸福”[⑤]。正是这样一种普遍的认知心理，为诸如黄帝、炎帝、尧、舜、禹、汤等历史人物的神化提供了空间，人们会赋予他们这样或那样的神力，并想方设法证明其灵应性。从民众对汤王形象的认知层面上，可以窥视出民间“造神运动”的一般性规律。

（二）宋代地方官员和朝廷在析城山的祈雨行动

今人研究表明，位于阳城县西南的析城山自明清以来被视为汤王信仰的中心地带。翻阅大量县志、碑刻资料后不难发现，《闻喜县志》记录的汤王庙只有两座，即景山汤庙和元祐年间城南关外汤庙，《荣河县志》记载的汤庙还是

---

① 《凤台县志》，卷十二·庙祠，第 2 页。

② 《阳城县志》，卷四·方舆，第 157 页。据县志中记载汤祷雨的地点在靠近析城山的桑林，并非在析城山顶的圣王坪，笔者认为在传说的流传过程中汤王求雨的地点可能发生了变化。关于祈雨地点变化的问题有待进一步探讨。

③ 《阳城县志》，卷四·方舆，《中国方志丛书》，台北：成文出版社，1966—1970 年，第 170 页。

④ 邢莉：《商汤祈雨与阳城的求雨文化》，《中原文化研究》2014 年第 4 期。

⑤ 金泽、陈进国：《宗教人类学·第一辑》，北京：民族出版社，2009 年，第 360—361 页。

官方祭拜的场所，今运城地区其他各县几乎没有汤王的相关文字。相反，今晋城所辖的阳城、泽州、高平、沁水、陵川五县的碑刻资料十分丰富，这说明晋东南地区的汤庙分布情况远比晋西南密集。特别是阳城地区，几乎每个中心村落和人口聚居区都建有汤王庙，全县汤王庙多达百余座[①]。以阳城县析城山为中心形成的汤王祈雨文化，乃是汤王信仰的一大特征。这一地位的形成，不仅是宋金以来民众出于农业发展需要，自发崇祭的结果，更有地方官员乃至朝廷的参与和推动。

与民间自发的建庙祈雨活动相应，宋代地方官员有时会亲自参与并主持析城山的祷雨仪式，《山右石刻丛编》收录有一通北宋大观年间河东路转运副使祈雨获应的碑刻，云：

> 惟大观四年岁次，庚寅七月戊戌朔十一日戊申，朝奉大夫权发遣河东路计度转运副使公事云骑尉赐紫金鱼袋臣王桓，谨差宣德郎权通判泽州军州管句学事兼管内劝农事借绯臣许奉世敢昭谢于汤王……惟王千载其远，眷应如响，农田膏润，良苗加秀，年成屡丰。为国上瑞，敢修故常，祇报殊贶，不任精诚，欣跃拜赐之至，谨谢。庚寅夏六月□绛闵雨，运使大夫王公按部既事躬祷，又诿通判监丞为□人有祈汤祠，于是本州岛岛雨足，翌日平阳亦□大霔。越七月庚子合境均浃，伏惟神享，克诚感彻敏速，盖乃恺悌君子之福也。”[②]

从碑文中可以得知，大观四年（1110 年）泽州地区发生干旱，河东路转运副使王桓“按部既事躬祷，之后又诿通判监丞为□人有祈汤祠”。泽州地区上自路一级的转运使下至州县两级官吏对祷雨活动无不精诚恳切，亲力亲为。在官民眼中，汤王不仅是司雨的人格神，更是庇佑当地“农田膏润，年成屡丰”的农业保护神。受传统儒家“天人感应”“天人合一”的思想影响，中国古代社会会将天道与人事普遍联系在一起。人们一方面将旱涝、地震等自然灾

① 张星社：《阳城商汤文化》，太原：三晋出版社，2010 年，第 93 页。

② 胡聘之：《山右石刻丛编》卷十六，《析山谢雨文》，第 38 页。

害视为上天对君主或是有司失德失政的惩罚；一方面将风调雨顺、五谷丰登看作各级行政长官的佳绩之兆。在这种祭祀祷福、规避天罚的社会心理下，地方官员祈雨求神、谨祀兴祭的做法乃是一种必要的施政行为。

不仅是山西地方官员，北宋朝廷对于析城山祈雨仪式也相当重视，屡次派官员亲赴祷雨并加以敕封。据方志记载，北宋年间统治者曾两度委派专员前往析城山祈雨："成汤庙在析城山上，宋熙宁九年河东旱，通判王伾祷雨获应，上言其事，诏封析城山神为诚应侯"[①]，"政和六年三月析城殷汤庙可特赐广渊之庙为额，诚应侯可特封嘉润公"[②]。同时，《阳城县志》和《山右石刻丛编》中均收录了政和年间加封析城山神诚应侯的敕文，其中写道："惟春闵雨，穑事是惧……历走群祀，靡神不举。言念析山，汤尝有祷，斋戒发使，矢于尔神。雨随水至……荡洗旱沴。"[③]碑文内容大致是说，政和六年（1116年）春发生干旱，徽宗听说汤王在此处祷雨获应，于是派官员代表自己效仿汤王前去祷雨，之后天降甘霖，旱情缓解，徽宗为致谢析城山神加封其为嘉润公。不难发现，两度敕封的对象都是析城山神，"矢于尔神"中的神自然也是指山神，也就是说官方祈雨的对象是山神。之所以选择来此祈雨，是因为"言念析山，汤尝有祷"，故当朝君主决心效仿圣帝明王，派遣使者代替自己行雩祷雨。这说明，官方认为具有降雨神力的是山神而非汤王。

需要指出的是，过去人们一直以为析城山是成汤信仰的中心，却忽略了一个基本的问题，即混淆了汤王和析城山山神两个截然不同的身份。成汤作为与尧、舜、禹并列的上古先王，只能被后代帝王崇奉和祭祀，而不能加官晋

① 《阳城县志》，卷四·方舆，《中国方志丛书》，台北：成文出版社，1966—1970年，第171页。

② 《阳城县志》，卷十四·艺文，《中国方志丛书》，台北：成文出版社，1966—1970年，第756页。

③ 《阳城县志》，卷十四·艺文，《宋封析城山神诚应侯敕》，《中国方志丛书》，台北：成文出版社，1966—1970年，第754页；《山右石刻丛编》卷十七，《赐嘉润公记》，第15页。

爵、敕封封号。成汤作为真实的个人，是客观事实，没有人有权力加封成汤。山神则不同，没有人知道其是否真实存在，这些虚构的神灵往往可以被世俗皇权所主宰，统治者往往会按照现实社会的等级秩序赐予这些神灵一定的爵位和封号，一方面将民间祭祀的这类神灵纳入正祀系统，建立一套仿效世俗等级秩序的神灵系统，显示皇权的权威性和至高无上性；另一方面，国家的政治权力可以借此渗透到地方社会，对底层民众的精神生活加以影响，达到神道设教的目的。

总而言之，“成汤祷雨”这个历史事件和析城山联系在了一起，析城山山神因为“成汤祷雨”而变得显著。随着汤王地位的提高，成汤信仰日渐兴盛，析城山神则被淡化或者说是被民众选择性遗忘。民众将汤王祷雨的历史事件与山神降雨的神力糅合在一起，认为汤王就是呼风唤雨的神灵，所以，析城山逐渐成了汤王信仰的核心。“历史是瞬时性的过程，一旦发生之后，就成为记忆或者遗忘的对象”[①]，民众选择性地记忆了汤王祷雨的神力，却淡忘了被北宋皇帝敕封过的山神。因为相较于析城山神而言，汤王是具有帝王威权的神圣象征，而“民间的权威往往与历史上的皇权意识有某种关系”，被民间尊拜的神灵经常是皇帝或者帝国官员的名称。[②]这种集体记忆的选择取舍显示了民众对威权的依附与依赖。

尽管在当地民众视野中，汤王是具有降雨神能的人格神，但在北宋朝廷看来，汤王和析城山神还是两相分别、界限分明的。北宋朝廷对析城山山神的两次敕封，使析城山山神由侯到公，地位不断上升。而成汤作为上古圣王，是宋朝君王效仿尊崇的对象，无法被超越。金元时期，这种两相分别的现象发生变化，析城山神逐渐消失在人们的视野中，与此同时汤王的神格被统治者宣扬、拔高。

---

① 孙江:《新史学·第八卷·历史与记忆》，北京：中华书局，2014年，第209页。

② 王铭铭:《走在乡土上》，北京：中国人民大学出版社，2003年，第172—173页。

（三）金元时期汤王降雨神能的放大

汤王信仰的发展壮大离不开国家和政府的支持。金元之际，由于作为统治者的女真人、蒙古人本身就是虔诚的宗教信徒，故该时期对各种宗教的宽容优礼政策，在一定程度上是优于其他王朝的。[①] 不论是儒释道还是萨满教抑或民间的鬼神信仰、祖先崇拜，都是被朝廷所允许、支持的。

与前代相同的是，作为圣王典范的成汤，仍然被异族统治者所重视。不同的是，此时的成汤不再仅仅是上古帝王，更是对传统农业社会农业生产至关重要的保护神——能够呼风唤雨，解除旱魃威胁的雩祭对象。从这个时候开始，汤王取代了析城山山神的位置，实现了由王到神的质变。

泽州各地年代较早的汤庙“集中于金代的大定（1161—1189 年）、泰和（1201—1208 年）、大安（1209—1211 年）年间。如阳城泽城村汤帝庙，创建于皇统九年（1149 年），泰和八年（1208 年）重修。东冶镇汤王庙中的碑，则立于大定二十三年（1183 年）。县城之东的下孔村成汤庙建于金泰和八年。县城西南五公里的尹庄乡南底村成汤庙，建于金大安元年（1209 年）。河北镇下交村汤帝庙，建于金大安三年”[②]。另外据河南汤王庙村的《重修汤王庙碑记》[③] 载，该庙始建于泰和四年（1204 年），由此推测汤王信仰的影响范围已经波及周边省市。

金元时期是成汤由上古帝王升华为人格神的关键时期，也是汤王由地方保护神发展为全国性雨神的阶段。这一转变是以统治者认可其主雨的神格功能为前提的，女真人和蒙古人作为虔诚的萨满教信徒和泛神主义的游牧群体，“奉行自然、灵魂、祖先与天神等多神崇拜”[④]，其宗教政策并不排斥其他神灵。随

---

① 任宜敏：《元代宗教政策略论》，《文史哲》2007 年第 4 期。

② 杜正贞：《村社传统与明清士绅——山西泽州乡土社会的制度变迁》，上海：上海辞书出版社，2007 年，第 29—30 页。

③ 该碑现存于河南省内黄县田氏乡汤王庙村的汤王庙门前。

④ 瞿大风：《元朝时期的山西地区》，沈阳：辽宁民族出版社，2006 年，第 265 页。

着少数民族的南迁，萨满教会一定程度上融入民间信仰，这使金元两代的汤王信仰增添了神秘、朴素的原始崇拜色彩。且女真人崇尚儒学，汉化严重，“舍戎狄鞍马之长，而从事中州浮靡之习”[①]。为了摆脱自己“夷”的身份，为自己寻找为“华”的理论依据，金人主中原之后，讲求礼法，尊崇儒学。商汤作为儒家经典所标榜的圣王，自然是金统治者尊崇和学习的偶像。立于金大定五年（1165 年）《晋阳里汤王庙记》[②] 对汤王的历史功绩做了高度评价：

德泽流于民深，风教被于世厚，则万世无穷之日，人仰而思之，曰古之有道之君而不可忘也……夫王之为王也，不以土地之广狭，人民之众寡。修其道行其义，鉴兹治乱明乎善恶，与天下之同利除天下之同害。明礼义以道之，致忠信以爱之，以德行仁，以宽治民，而民之归仁也，犹水之就下兽之走圹，然而卒有天下，其成汤之谓乎，故汤以七十里之地而得天下，以国齐义一日而白非权谋之所事，而利泽之所厚也。

从碑文“明礼义以道之，致忠信以爱之，以德行仁，以宽治民……”可以看出，金人已将儒家文化中的礼义、忠信、以德行仁、以宽治民等精神奉为圭臬，金代的“崇儒重道”之风可见一斑。[③] 碑文还写道：

礼之所记汤以宽治民而除其虐，去民之菑有功烈于民者也。迹其所记后世宜有祀焉。观今天下国家郡邑乡里皆立其庙信乎德泽，风教之深厚也。世虽去远，仁焉得忘，然祭有其制而民有其诚，则神亦所享焉。

杨庆堃教授曾对中国社会中的宗教做过深入的研究，他谈到“崇拜已逝的

---

① 陈亮：《陈亮集》卷二，《中兴论》，北京：中华书局，1974 年。

② 胡聘之：《山右石刻丛编》卷二十，《晋阳里汤王庙记》，第 31 页。胡聘之注：按碑记为宋元丰七年，长平赵执中撰陵川县志，执中高平人文载。今志此碑为金大定五年，本庄税户申大重立。

③ 孟古托力：《试论金朝儒家文化分期——兼议“崇儒重道”基本国策》，《满语研究》2001 年第 2 期。

杰出人物是许多文化中的共同现象，但它在中国的历史中则无疑成为中国宗教生活独一无二的特征”[①]。被神化的英雄往往具有高尚的道德情操或是较高的政治声望或是卓著的功勋业绩，人们相信这些伟大人物的在天之灵拥有护佑自己的神力，故而建庙行祀。所谓“祭有其制而民有其诚，则神亦所享焉”，正是中国古代独具特色的祀典制度的映射，汤不仅仅是一代圣王明君，更多时候他是以人格神的身份封存在人们的历史记忆中。

元代统治者并未采取汉族政权“神人同祭”的做法，毫不犹豫地将汤归入神灵序列，元皇庆二年（1313 年）九月，“京师大旱，帝问弭灾之道，翰林学士程巨夫举汤祷桑林事，帝奖谕之”[②]，之后“诏天下立成汤庙”[③]。该时期，成汤弭灾救旱的神能被进一步发扬光大，“汤之为帝也，弭灾救旱，天且弗违，况神之威灵陟降于天，德泽所加，万世永赖，可不敬乎？”[④]这与其民族自身的“万物有灵”的文化心理和萨满教的宗教传统不无关系，蒙古人重祭祀，重神灵，入主中原后泛神主义思想依然根深蒂固，其祈神的功利性心理需求大于神道设教的需要。他们在坚持自己原有宗教的同时吸收了汉族的政治伦理信仰与祀典礼仪制度，祭祀对象除了风雨水火、岳镇海渎、皇天后土等自然神外，还有汉民族尊崇的社稷神、城隍神以及圣帝明王、忠臣名士。汤王庙正是在这种崇祭好祀的潮流下得到了大规模的修建与普及。所以元朝时，汤王的神灵形象超越了圣王形象；祀汤的宗教色彩遮盖了政治功能。

无论是统治中国北方百余年的女真人亦或称霸全国近一个世纪的蒙古人，都不可避免地经历了汉化的过程。受农耕文明的熏陶，进驻中原的游牧民族都会对雨水等自然条件的要求比以往更加看重，那么汉族农业生活中的祈雨仪式自然也被纳入文化生活的一部分。元惠宗至元三年（1337 年），阳城主簿周克

① 〔美〕杨庆堃：《中国社会中的宗教：宗教的现代社会功能与其历史因素之研究》，范丽珠译，上海：上海人民出版社，2006 年，第 154 页。

② 宋濂等：《元史》，卷二四，《仁宗本纪》。

③ 《凤台县志》，卷十二·庙祠，第 2 页。

④ 胡聘之：《山右石刻丛编》卷三十五，《汤庙祷雨感应之碑》，第 2 页。

明“躬诣析城山成汤庙，恳心祈请获此休应……人皆伟之，近至乡里颂声洋溢，为公一石记功”[1]，遂立《汤庙祷雨感应之碑》云：“县邑至析城之巅路多□险……公方卧病初起，形□□悴，免冠徒步，心无少惮，宜乎灵应之捷……旋归之日，雨沐泥渍，左右扶持方能跬步，往来迎送者，感叹不已。”[2]民众对诚心步祷的官员做出了高度的赞扬，认为“周君为民祈福者旷世莫有”[3]，而对慢神虐民的官员进行了严厉的斥责：“食君之禄，□民疾□，若越肥而秦瘠，无复顾念，独何心哉？由此观之，其慢神虐民，尸位营私者，是皆周君之罪人也。”[4]

祈雨仪式不仅是泽州人民日常生活不可分割的一部分，还是地方官员的重要职责之一，官员祈雨的态度与效果也就成为衡量政绩的重要依据。在祈雨求神的活动中，不仅有汉族官员的参与，一些州、县的达鲁花赤也会“诣庙百拜”[5]，以求甘霖。元至正二十一年（1361 年），监州忽都帖木儿到析城山成汤庙祷雨获应：

监州公忽都帖木儿奉命南来，下车之始问其所以兴云雨福斯民。州治□北有山析淅城，山之□汤庙□□公□日□吉，免冠徒步……祷获惠□液，护持以归□奠于五龙之祠，未□祠而云兴至，则而雨霪越宿，祭告履还。[6]

碑文同样对忽都帖木儿祷雨的行为做了高度的褒奖：

夫公以北庭右族之贵职居监牧之任，首出庶务而倡为者民之休戚实系匪轻，而公之□□□□□□□□之诚□□□□格神。其忧民格神之念存储中而形诸外，其

---

① 胡聘之：《山右石刻丛编》卷三十五，《汤庙祷雨感应之碑》，第 1 页。

② 同上。

③ 同上。

④ 同上。

⑤ 胡聘之：《山右石刻丛编》卷三十三，《五龙王感应记》，第 31 页。

⑥ 胡聘之：《山右石刻丛编》卷四十，《忽都帖木儿祷雨获应记》，第 1 页。

所应有不期然而然者矣，是以上不负朝廷付托之意，下不失民社巩固之美矣。[①]

通过对上述两通碑刻的解读，可以看出民众似乎更关注现世祈雨仪式的灵应性而忽略了神圣象征的具体身份，所谓“天即神，神即人，人即天”[②]，人们只关注现实中的祈雨仪式是否有效，而不会区分所祈求的对象到底是汤王还是山神。在民众看来王就是神，神就是人，官员祷雨获应是“其忧民格神之念”感动了神灵，实现了“神人交感”[③]。比起古老的“成汤祷雨”传说，现实生活中的祈雨仪式可能更具魅力和吸引力。“仪式，通常被界定为象征性的、表演性的、由文化传统所规定的一整套行为方式。它可以是神圣的也可以是凡俗的活动。”[④] 元代的地方官员尊重并融入了民间的祈雨习俗中，因而在析城山有了官、民两种风格的雩祭仪式[⑤]。官办雩祭“主要是由某官员步祷上山，然后露祷于祠下，祝告于泉池旁，敬请“神水”于瓶内，手擎水瓶而还，置于县城某庙之内”。[⑥]《忽都帖木儿祷雨获应记》中“免冠徒步，祷获惠□液，护持以归□奠于五龙之祠”[⑦]，就是官方雩祭中取水仪式的表现形式。

在信仰活动中，官方雩祭大多遵循规定的仪式，极力使其合礼、神圣；而民间的雩祭活动，“恣意纵情”是其中必不可少的因素，如游街、偷神、罚神、曝龙、送龙及献戏谢雨等表演性仪式，往往使神灵祭典世俗化，被官方视为逾礼越份的“淫祀”之举。官方认为“仪式没有得以正确的表演，由此而出现失

---

① 胡聘之:《山右石刻丛编》卷四十，《忽都帖木儿祷雨获应记》，第 1 页。

② 胡聘之:《山右石刻丛编》卷三十五，《汤庙祷雨感应之碑》，第 2 页。

③ 同上。

④ 郭于华:《仪式与社会变迁》，北京：社会科学文献出版社，2000 年，第 1 页。

⑤ 雩祭传统是中国传统文化、宗教、政治的一个组成部分，大致分为常雩、大雩以及个人步祷露恳于祠三种形态，民间的雩祭之神各有其动人传说，民众在祈雨实践中形成了祷取神水、献戏谢雨等习俗。

冯俊杰:《成汤祷雨与后世雩祭礼制及民俗的形成》《汤风濩韵：全国首届商汤文化学术讨论会论文集》，北京：中国社会科学出版社，2012 年。

⑥ 张星社:《阳城商汤文化》，太原：三晋出版社，2010 年，第 62—63 页。

⑦ 胡聘之:《山右石刻丛编》卷四十，《忽都帖木儿祷雨获应记》，第 1 页。

序与不和谐，那便是一种不吉利”，而“民间仪式寻求的是魔力”[①]。民间信仰的这种民间性“确实包含着一定程度的非正统性，但非正统性并不等同于反正统性”[②]，相反，民间信仰依赖于国家正统性的支持来发展壮大，而国家依靠民间信仰安定民心、维持统治，这体现的是一种国家与民间在文化资源上的互动和共享[③]。

四、结语

汤王信仰经过唐宋的初步形成，金元时期的发展壮大，在明清时期得到了普及，甚至占据了晋东南地区村社社神的地位[④]。这期间官方与民间有冲突与差异，但更多的是合作与互动，两者相互渗透、相互依存，最终官民对汤王的崇拜趋于统一。

官方对汤王最早的祭祀活动起于隋朝，之后历代王朝都对汤王的陵寝或遣官致祭或修葺保护，虽然汤陵位于何地自古就诸多争议，但多数王朝都将祭汤的地点定在了荣河汤陵。汤王以上古圣王的形象在中华正统谱系中占有重要的一席之地，历代帝王对其陵寝的祭祀都是对自身合法性的宣示；同时也要表达自己以历史上的圣主英君为榜样，以史为鉴，学习为君之道的决心；其次，对诸如汤王等前代圣君的陵寝表达高山仰止、见贤思齐之意，可以借此显示自身

---

① 〔英〕王斯福:《帝国的隐喻：中国民间宗教》，赵旭东译，南京：江苏人民出版社，2008 年，第 59、65 页。

② 王守恩:《诸神与众生：清代、民国山西太谷的民间信仰与乡村社会》，北京：中国社会科学出版社，2009 年，第 230 页。

③ 赵世瑜:《国家正祀与民间信仰的互动——以明清京师的“顶”与东岳庙为个案》，《北京师范大学学报》1998 年第 6 期。

④ 杜正贞:《村社传统与明清士绅——山西泽州乡土社会的制度变迁》，上海：上海辞书出版社，2007 年。

的“宽仁盛德”。所以说，汤陵不仅仅是一座陵寝，它是国家权力的象征符号，映射出的是当朝帝王的历史理性与文化自觉。

与官方历史记忆中的商汤所不同的是，民间的汤王则具备了某种可以降雨的神力。民间供奉汤王的起始时间最迟出现在唐末，建庙的原因则是因为干旱。而汤王之所以与干旱联系在一起，则是因为“商汤祷雨”的传说，相传故事就发生在阳城县西南的析城山上。查阅史料我们可以发现《吕氏春秋》《墨子》《荀子》等古籍都有所记载，如《淮南子》云：“汤之时，七年旱，以身祷于桑林之际，而四海之云凑，千里之雨至。”[①] 而官方并没有禁止民间对汤王的祈雨行为，甚至还以敕额汤王庙的形式表示默许和支持，因为官方在对信仰象征进行社会控制的同时，允许不同社会阶层对神圣象征拥有不同的解读。故汤王以王和神的双重身份接受来自官方和民间的同时供奉。

析城山和汤陵相比，为何以析城山为中心的成汤信仰会远超汤陵？窃以为，荣河汤陵较之析城山，只具有官方正统意义，而不具有满足民众现实需求的功能。与民间恣意纵情、丰富多彩的祈雨活动相比，荣河汤陵的定期祭拜仅仅是一个以官方为主体的例行仪式，缺少了民众的参与故略显寥落。这就表明民众对成汤祷雨灵验性的认可远远超越了对其本人的崇拜。对于任何一个王朝而言，纪念成汤有双重意义，一个是宣示正统性的政治意义；一个是祈雨灵应性的现实意义。王朝更重视的是前者，民间重视的则是后者，无论是国家还是民众，都可以在析城山这个特殊的场合，找到各自需要的东西。尽管官、民在信仰动机、象征解读等方面存在一定的差异，但这种差异并不一定导致对立，因为两者不存在根本和体制性的矛盾与对抗。不难发现，汤陵的认定作为朝廷单方面行为，与普通民众基本无关，是一个国家意志向社会输送的单向运动；而汤王信仰中的雩祭活动则是朝廷、地方官和乡野民众共同的行为，是一个你中有我、我中有你的双向互动。

有趣的是，在朝廷的视野中，其所敕封的并非汤王本人，而是析城山神。

---

① 刘安：《淮南子》卷九，《主术训》。

但在地方官员和民众的视野中，其所祭拜的并非析城山神，而是汤王本人。从朝廷的角度来说，汤王是先古圣王，当下的朝廷是没有资格去敕封前代帝王的，因此只有敕封神灵；但对于普通民众来说，汤王作为具有帝王权威的人格神，比虚构的山神更可靠、更灵验，也更加符合其对威权的依赖和崇拜心理。在以往的学术研究中，人们总是把北宋年间敕封的析城山山神与汤王混为一谈，但实际上是两个截然不同的身份。析城山山神是因为“成汤祷雨”而被关注，民众将汤王祷雨的历史事件与山神降雨的神力糅合在一起，认为汤王就是具备呼风唤雨的神灵。随着汤王信仰的日渐壮大，析城山神被选择性遗忘，所以，析城山逐渐成了汤王信仰的核心。

“汤王祷雨”作为一个历史事件，其生命力不在于故事本身，而在于后世的解读与演绎。雩祭仪式是沟通历史文本与现实社会的桥梁，它使过去作用于现实，强化了权力秩序和社会结构。正如涂尔干所说，宗教产生于社会生活，同时又表现了社会生活。[①] 中国民间的宗教信仰通过神圣象征的隐喻来实现对中央权威的模仿，实质上仍然是民间信仰国家性和正统性的反映。

金元两代是汤王信仰发展壮大的关键阶段，汤王实现了人神合一。女真、蒙古两族之所以崇尚汤王司雨的超自然神力，与其自身“万物有灵”的文化心理和萨满教的宗教传统不无关系。这使金元两代的汤王信仰增添了神秘、朴素的原始崇拜的色彩。元朝官方正式认可了汤王的雨神形象，并在全国范围普及汤王庙，这使汤王的雨神形象得到了巩固与发展。商汤祷雨的行为堪称以德治天下的典型事例，商汤祷雨的历史记忆伴随着一座座汤王庙的修建与一次次的祈雨、谢雨仪式得以流传和强化，最终，汤王神灵的身份超越了圣王的身份并固化在集体意识中。由此观之，汤王作为上古圣王因其仁德贤明以及甘为社稷献身的儒家品质而被官方尊崇，又因其以身祷雨、心系苍生的事迹被神化、升华，使其逐渐兼具了“司雨”的神职。汤王的“雨神”职能与古代圣王形象二

① 〔美〕罗伯特·F. 墨菲：《文化与社会人类学引论》，王卓君、吕迺基译，北京：商务印书馆，1991 年，第 211—212 页。

者融为一体，使得成汤崇拜兼具了宗教性与纪念性的双重性质。成汤不仅是民众信仰之神，更是国家神道设教之神，在信仰领域同时为民众和官方服务。

总之，民间信仰的地方性、民间性与国家性、正统性两个方面可以同时共存、并行不悖，统一于官民对汤王的共同信仰。“民间社会利用了国家，国家也利用了民间社会；前者这样做依然是为了自己的壮大，后者这样做则仍是为了控制前者，只不过表现出来的不是激烈的冲突，而是温和的互动而已”[①]。尽管官民对汤王的解读不尽相同，表达诉求的方式也有所区别，但二者并非长期处于冲突、对抗之中，而是相互依存、彼此互动，山西南部独特的汤王信仰在社会力量的整合与协调中发挥着不可忽视的作用与影响。

---

① 赵世瑜:《狂欢与日常——明清以来的庙会与民间社会》，北京：生活·读书·新知三联书店，2002年，第372页。

从原生样态到汉文改造
——论“另类”阿凡提的显扬与隐没

路童越①

摘要：阿凡提故事，是新疆维吾尔族最知名的民间文学作品之一。经过多年来的翻译改编，汉文语境下的阿凡提，凭借诸多优秀品质和强烈斗争意识，成为劳动人民智慧与力量的象征。但追溯更为原始的文本，阿凡提的故事箭垛上，却还包纳着呆愣愚蠢、狡黠诡诈、阴郁消沉等“另类”成分，与大众记忆中的英雄形象迥然不同。而本文将围绕这些悖逆主流的差异点展开思考：一方面，从维吾尔族的文化生态切入，通过呈现其特有的反省哲学、现实认知、叛逆态度、平衡理念，论证“另类”阿凡提存在的合理性；另一方面，则以故事在汉语传播中的具体作品为例，明晰编创者消解神秘感、灌注普遍性、构建审判权的“同一”链条，从而探寻“另类”阿凡提屡屡被隐匿的原因。

关键词：阿凡提故事 维吾尔族 民间文学 原生样态 汉文改造

一、绪论

缘起于10世纪朱哈的笑话，抑或承自13世纪纳斯列丁的逸闻，关于阿凡

---

① 路童越，复旦大学中文系2017级硕士研究生。

提的渊源与原型，学术界的论争从未止息。与寻常公认的“纯维吾尔血统”不同，阿凡提其人其事，纵横广袤疆土，跨越纷繁民族，从小亚细亚半岛、高加索至地中海沿岸，推及巴尔干、中近东到西伯利亚荒原；从伊朗、土耳其、阿拉伯与乌兹别克斯坦，辗转希腊、南斯拉夫、保加利亚与罗马尼亚。阿凡提之“世界级形象”的地位，凭当初哈萨克斯坦、塔吉克斯坦、吉尔吉斯斯坦等四十多种语言的口口相传奠基，亦被如今英、法、俄、日等十几种语言的书面译本赞美。然而，即便其形象的发祥地众说纷纭，纵使其故事的传播链错综复杂，我们熟知的阿凡提，也仅以维吾尔族的流传为基底——阿凡提走进汉语文学，渡的是维文汉译的桥，借的是民族团结的力。1955 年 7 月号的《民间文学》上，译者李元玫以一则《纳斯尔丁·阿凡提的故事》，令汉文语境下的读者大开眼界，也为汉语文学中的阿凡提立派开山：报刊或书籍，大银幕或小荧屏，儿童读物或成人读本，自此一去七十年，阿凡提故事在汉语民间文学的各类出版物上发荣滋长、枝繁叶茂，缩减外界同新疆文化的心理距离，建构汉族对维吾尔人的最初观感，也塑造我们，于阿凡提的共同认识：

“他总是站在广大人民一边，对统治者们无情嘲讽和鞭挞”[①]——理所当然，阿凡提惯常是纯善的，审判长喀孜贪赃枉法，他打抱不平而仗义执言；

“他完全是一个机智勇敢的斗士，十全十美的民间英雄”[②]——毋庸置疑，阿凡提向来是机敏的，教长伊玛目道貌岸然，他嬉笑怒骂就一举揭穿；

“他具有劳动人民的乐观精神，其斗争艺术体现人民对自己事业必胜的心理”[③]——证据确凿，阿凡提平素是达观的，稽查长乡约百般刁难，他身处困顿仍初心不改。

---

① 袁舍利:《阿凡提与有传统幽默性格的维吾尔族人》,《民族文学研究》1995 年第 3 期，第 44—50 页。

② 田欢:《生成过程中的民间英雄——试述阿凡提形象的变化特征》,《民族文学研究》2006 年第 1 期，第 41—46 页。

③ 朱宜初:《论阿凡提故事的思想艺术特色》,《思想战线》1984 年第 3 期，第 70—76 页。

然后，“在情节的发展中、矛盾的冲突中，假恶丑和真善美的对比中，一个幽默、乐观、智慧的阿凡提形象诞生了”[①]，他可爱与可敬兼具，生活化与理想化并行，似乎世间一切高妙的语词，都不足以将其独到的魅力修饰。

二、“另类”阿凡提的浮现

但且慢，追溯原初的阿凡提故事文本，虽“理所当然、毋庸置疑、证据确凿”貌似提供了万无一失的保证，可“惯常、向来、平素”却分明暗藏着必有一失的可能，正如多数替代不了全部，也总有另类，企图颠覆主流。若为阿凡提的汉语传播者论功行赏，赵世杰、戈宝权两位前辈必当仁不让。前者是维语文学研究的先驱，于 1958 年发掘、搜集并编译了我国首部《阿凡提的故事》汉文本，其后不断增补修订，再版十余次，发行逾百万册；后者是外文汉译领域的翘楚，于 1981 年主持整理及审订了《阿凡提的故事》，将中华人民共和国成立以来阿凡提相关的所有出版物结集成册，意图全面反映其整体概貌。赵世杰与戈宝权笔下的阿凡提篇章，以其时间久远、内容原始、文本丰富、取材广泛而远胜后人，虽不加润色的直译、平铺直叙的情节似乎枯燥乏味，却远比自我发挥的后来者，更接近故事本真、阿凡提本源和维吾尔族本身。然而，也正是在今人不晓得赵世杰、戈宝权本《阿凡提的故事》中，一个几近陌生的“另类阿凡提”，出乎意料却光明正大地浮现——

与纯善截然相反，他不乏奸诈油滑：

阿凡提的邻居选了些上好的苹果装进褡裢藏到库房里。阿凡提知道了，夜里提了筐子溜去邻居家偷苹果。他正往筐子里装时，邻居走进来，嘲弄阿凡提

① 姜忠亚:《智慧和正义的化身——谈故事片〈阿凡提〉》,《电影评介》1981 年第 7 期，第 10—11 页。

道：“你好啊！这么晚了您还在我家的库房里干什么？”

阿凡提回答道：“这褡裢里的苹果是挑选出的最好苹果，我担心被耗子啃坏了，正在往筐子里转移，我是在为您效劳呀！”①

与机敏判若云泥，他亦有痴愚憨傻：

阿凡提当喀孜时，两个人前来告状。原告说：“他揪掉了我的耳朵。”被告不承认。

阿凡提让他们在外面等一会儿，自己走进里屋。为了亲自试一试，他用手狠狠地揪自己的耳朵，结果不仅揪下了耳朵，头还猛碰在墙壁上，碰了个大口子。他马上回去对原告说：“你的诉讼是假的。如果这个人真的揪了你的耳朵，为什么他的头没有在墙壁上碰破？”②

与达观天壤之别，他也曾颓唐喟叹：

有人问阿凡提：“阿凡提，你已经是耄耋之年的人啦，你的孩子们来不来看你呀？”

“经常来看。”阿凡提回答。

那人又问：“怎么个看法呢？”

“他们来看看我有哪些东西，并数数屋里有几根檩子、几根椽子，再探问探问我将如何向他们分配这些遗产。”③

如此一位阿凡提，不是无中生有故弄玄虚的借口，更非吹毛求疵精挑细选的个例：赵世杰翻译 718 篇，戈宝权编纂 393 例，1111 个阿凡提故事当中，至少 154 则有违常言堪称另类。而故事文本的归纳数据之外，“另类”阿凡提

---

① 赵世杰：《阿凡提》，乌鲁木齐：新疆人民出版社，2009 年，第 70 页。

② 同上书，第 85 页。

③ 同上书，第 151 页。

也并非什么开天辟地绝无仅有的发掘，寻溯阿凡提研究的蛛丝马迹，早有前人对此各抒己见：“阿凡提的穷、贪小便宜，颇有‘不打自招’的意味，但这类故事全是风趣和幽默，不会损害他的整体形象”[①]；“阿凡提的‘糊里糊涂’不是真糊涂，它是其幽默的体现和智慧的象征，从表面上看他的确像对方一样傻傻的，其实内在思想却充满着高度的机智和敏锐”[②]；“由于剥削阶级的偏见，阿凡提因智慧而逾越的当时社会的传统观念和世俗看法，竟被当作一种‘似愚’的行为”[③]……学界各家争相替阿凡提申辩，动用“平易近人、难得糊涂、大智若愚或大巧若拙”诸般辞藻为其开脱，立足“恶即是善、愚实为智、沉郁刹那而信念永久”捍守正面人物的尊严，而他们勉力论证的，无非“另类”阿凡提的“其实合乎主流”。然，另类未必要替主流鞍前马后，坦荡大方的奸猾、痴傻、消沉，也未必该被冠冕堂皇的纯善、机敏、达观号令驱策。抛先入为主的逻辑，解维吾尔族的原意，就算篇幅仅占十分之一，“另类”阿凡提，也不为成全其他，而只为昭彰自己。

三、“另类”显扬：原生样态下的阿凡提

（一）惰性投射——反省哲学的示警

“箭垛式人物”是民间文学的术语之一：“群众很自然地把与一类性格或品质有关的种种事件堆积到一个人物身上，使之成为聚集同类之矢的箭垛。”[④]披

① 丛怀光：《浅论阿凡提故事中的幽默》，《新疆教育学院学报》1998 年第 1 期，第 21—27 页。

② 王宇：《倒骑毛驴聪明人——阿凡提》，长春：东北师范大学出版社，2012 年，第 109 页。

③ 薛宝琨：《论阿凡提形象的美学价值》，《新疆大学学报·哲学人文社会科学版》1988 年第 2 期，第 94—99 页。

④ 姜彬：《中国民间文学大辞典》，上海：上海文艺出版社，1992 年，第 28 页。

肝沥胆屈原、清正廉明包拯、神机妙算诸葛亮、狷介狂放徐文长，群众意识的雕琢，漫长岁月的打磨，凝聚出代表，更浓缩成典型。而阿凡提的故事，其吸附力之强悍、包容性之深广，集体加工的“箭垛式”过程不言而喻：他曾耕地、放牧、求学、经商，行军打仗也周游四方；他有年幼、年轻、年长、年迈，英俊潇洒也其貌不扬；他是伯克的马夫、巴依的长工、国王的谋士、县官的文书，也偶尔是居曼日的麦曾和清真寺的伊玛目；他做泥瓦匠、钉鞋匠、理发匠、染布匠，也间或做不纯熟的医生和不高明的法官……这形形色色、林林总总、时空各异、来源不同，被阿凡提素有的智慧与幽默统纳，化成如藤如蔓的诸多异文，缠绕依附在鲜明特征的主干上，再合力牵引故事之树的生长。但是，智慧与奸猾皆聪颖、幽默与痴愚皆可笑，彼此之间，不也只有善或恶、高明或拙劣的一墙之隔。而“箭垛式人物”，除了吴晗所言“许多人民理想中的好事都被堆砌到他们身上了”[①]，却也还有“纣之不善……天下之恶皆归焉”[②]的前车之鉴。阿凡提自然不算天下首恶，却也并不妨碍其承担些许“天下之恶”。民间文学的创作、积累与融合中，人上一千无边无沿，既然我们允许纷纭经历、身份、年龄、职业于阿凡提一人的集聚，为何就不愿承认那些另类，正是顽习劣根存在于人之本性的证据。《闹着玩呢》中恃强凌弱，《裤裆里重得多了》中怯懦畏缩，《没有亲眼所见》中色厉内荏，《讹驴》中怨天尤人，《白口吃蜜》中恬不知耻，《有种的过来》中心浮气躁，《筛里盛水》中斤斤计较，《不好意思不吃》中好逸恶劳……“另类”阿凡提劣迹斑斑罪责累累，我们尽可以讶异，尽可以鄙夷，但却不能斩钉截铁地撇清，那可能就是某时、某地或某个真实毫不掺假的你我。而这样的阿凡提又何须遮掩，惰性致使的行为是错，但人格本原的复杂非过，既然故事生于复杂，那么惰性理应投射。

可若惰性的滞留只为无意识投射，那么传唱不衰的经典或许失之浅薄，民

① 北京市历史学会：《吴晗史学论著选集》第三卷，北京：人民出版社，1988年，第215页。

② 钱逊：《论语读本》，北京：中华书局，2007年，第231页。

间文学含明隐迹的深意，远比旁人想象的睿智许多。正如天鹅仙女型故事，不吝投注至美至善的畅想，却终究留下两相分离的结局：织女含泪归天，田螺姑娘飘然远去，幻梦与清醒分庭抗礼，天马行空后重返人间，皆仰赖集体创作对幻想程度的精准把握。阿凡提的故事精妙亦如此，“另类”的形象身负惰性，而惰性的投射则出于反省。

古尔邦节又名宰牲节，为伊斯兰教的传统节日之一，可比之其他地域的穆斯林群众，突厥语系的维吾尔族显然对此更为重视。在这段被称为“大年”的时日里，他们阖家欢聚、屠宰牛羊、扶危济困、相约会礼，但至关重要的，还是“回忆一年中的错事与罪行”。维吾尔族视古尔邦节为一次反省的最佳契机，在一年一度透彻而诚恳的自我审视后，“洗刷灵魂的罪恶，达到净化精神的追求”[①]。反省，维吾尔族一生贯穿始终的主题。当我们已无法求证，散落于人海的“另类”创作者们，当初是有心还是无意；但他们的投射最终得以保留，则依凭反省哲学助力的默许：误以为大海是被水淹没的绿原，阿凡提呆愣痴傻，但他说：“要是这儿没有被水淹了，那可真是一个放牧牛羊的天然牧场”——沿途再动人的风景，也不敌赖以生存的活计；不解方块糖作为商品买卖，阿凡提笨拙迟钝，但他说：“与其把如此香甜的东西卖掉，你还不如拿回家去，跟你的妻儿老小含在嘴里”——幸福无须金玉满堂的豪奢，只要家小丰衣足食的和乐；把地震等同胡大的惩罚，阿凡提谨小慎微，但他说：“我刚才向胡大祈祷一块钱，他舍不得，还把我的驴圈也毁坏了，你祈祷要一百块，他更不会给你”——命运归属个人的掌控，从未依凭上天的裁夺……这些“另类”阿凡提坦陈的“但”，不该是智者的故作憨态，却就是愚人之朴讷诚笃，因为最大范围也最为基本的反省，不为追逐高深的奥义，却必先谨守朴素的道理，而道理的底线、朴素的标杆，就是连愚人甚至另类们，都看得明、做得到、想得通。阿凡提背负惰性，并非作为千夫所指的标靶、万人唾弃的对象，再让读者从居

① 朱贺琴：《维吾尔民俗与文化生态研究》，北京：光明日报出版社，2015年，第103页。

高临下的说教中攫取心满意足。惰性，只为民间淳朴经验的施展，只为构筑反省底线的根基。毫无保留倾诉人性的难言之隐，从而正视一个个并不陌生的自己，笑过、嘲过、警醒过、叩问过、将心比心过、自叹弗如过，然后从茫然四顾自我以外，回归静默端凝自我以内。

“另类”阿凡提，那是凡人皆有惰性，更是凡人皆需自省。

（二）牵强慰藉——残酷现实的暗语

抚慰，民间文学得天独厚的效用，在大众亲自创作与品鉴的一去一来中，“使人娱乐放松，宣泄内心苦闷，以精神安慰补偿现实不足”[①]。什么天网恢恢疏而不漏、魔高一尺道高一丈、多行不义必自毙、人善人欺天不欺，大千世界万象包罗，此未必是颠扑不破的真理，但文本空间随心所欲，其便可为岿然不动的准则——世事多艰，渴求慰藉，既然无人牵挂，只得自我舔舐。阿凡提故事，本就是安慰、宣泄与补偿的极致：飞扬跋扈盛气凌人的上位者如何，横征暴敛巧取豪夺的剥削者如何，一则则故事读罢，皆不过阿凡提手下的败将，每每气急败坏，却偏偏束手无策。而对战敌人的穷凶极恶，自然是主流阿凡提策马提枪，可对抗生活的无可奈何，那就该“另类”阿凡提登台上场。他冀望一笑了之以释放压力，寻求心灵的暂时解脱，为惨淡人生依旧勾勒状似美好的轮廓：家徒四壁却债台高筑怎么办？等待，阿凡提说：“要债的催命鬼是会老的，等他老了，就没有力气讨债了”；行路途中得捡马掌怎么办？感恩，阿凡提说：“要是再捡三个马掌和四条马腿，那不就成了匹好马”；鞋子掉进河里，他说：“活该，现在我舒舒服服地光着脚丫子走”，帽子被风吹走，他说：“本来我就有些嫌小，现在可以买顶新的了”；偶然获赠酸奶，他说：“酸奶是好东西，可以给人增加气力”，酸奶很快喝完，他说：“喝完了也好，酸奶对胃和牙齿都有害处”……凡此种种，是阿凡提对我们说，又何尝不是我们对自己说，就算说得憨又傻、别扭又荒谬、气鼓鼓又酸溜溜，却比那些义正词严的“战胜型”安

① 万建中：《新编民间文学概论》，上海：上海文艺出版社，2011年，第45页。

慰，更细腻琐碎，更亲切慈柔。而“另类”阿凡提最为常见的安慰，当数念念不忘的“幸亏”：“幸亏我不在屋里，不然垮塌的房顶岂不把我压死了”“幸亏掉的是核桃，要是南瓜岂不把我砸死了”“幸亏我光着脚，否则扎进脚底的刺岂不把鞋也戳破了”——幸亏，这就是自我安慰的最后一条退路，虽然眼前已是境况糟糕，却总还有一种想象里的“更为糟糕”，而有了“更加”的假如，似乎就能忍了“幸亏”的现在。于是，极点之上又添极点，忍受之后仍能忍受，这相当实用，却也难免悲凉——悲于“自我舔舐”的频繁，凉于纵使频繁，也拯救无能的“世事多艰”。

听罢阿凡提的故事，读者不免有所困惑：他聪明绝顶，却为何始终一贫如洗；他足智多谋，却为何依旧受尽欺凌；每回反抗和斗争、每次睿智与犀利、每章战无不胜威风凛凛，难道就从未扭转些许世道，或是震慑些许人心？很遗憾，群众的智谋或仇视，无法抑制恶的层出不穷，所以世道如初，人心亦如故；故事中就算翻天覆地，可现实里终究无能为力。当主流的阿凡提筋疲力尽也要强颜欢笑，另类的阿凡提，则坦露心扉如实以告。

那时，阿凡提年幼无知，他是财主宅邸帮佣的童工，女主人生不出儿子迁怒于他，寻衅滋事动辄打骂，可他也只能低眉顺眼《走开为好》；那时，阿凡提离家闯荡，他身无分文又食不果腹，刚出炉的烤馕热气腾腾，可他也只能顶着白眼尴尬地《问一问》；那时，阿凡提初为人父，亲朋好友纷纷向他《报喜》，可他急得满头大汗、愁得华发早生：孩子生得出，却未必养得起；那时，阿凡提已近中年，寒冬腊月冰天雪地，一家老小却衣食无着，他举起双手虔诚祈祷：“胡大啊！请让世界的末日别在冬天来到”，否则人间的生灵为了暖和拥向地狱的火焰，《天堂就会变成废墟》空空落落；那时，阿凡提命不久矣，旁人询问他的遗言，他期盼张榜发文《乡约的大伯死啦》，因为“一生清贫，没有显赫的靠山”，毛拉和众人恐怕不会出席他的葬礼……谁愿污泥铸身，谁愿命如草芥，可是若非如此，就无从应付世上艰难。《最后的愿望》里，阿凡提在伶仃孤苦中亡故，人们悲戚哀号：“保护神阿凡提再也不会到我们中间来了！”可是恍然梦醒，他又何曾来过？主流的阿凡提英明神武，故事的抚慰行之有效，所以我们总被短暂的慰藉麻痹，忽略满目疮痍的现实，才是宣泄与补偿的初因。然而，我们时常忘记，维吾尔族的先民，却始终保持警醒——男孩行割礼，女孩扎耳洞，这皆为“激活成人意识”① 的传统维吾尔族礼俗，虽男女生而不同，可是在长大成人的节点，却均以“对肉体痛苦地承受”，作为他们诀别童年的界限。象征成熟的仪式过后，他们尽可畅享独立自主的未来，可一切的前提，却是对人生并不平顺世界也并不温柔的了然于心。旷远边疆，荒凉大地，身微命贱，踽踽独行，“在险恶的自然环境和频繁的社会灾害中搏击，使这里的人民在多舛的命运中锻造了坚韧的气质……闪射着凝重的忧患意识光彩”②。这世界的确残酷，可直面苦楚而非耽溺慰藉，是维吾尔族通晓勇敢的第一步；其正视了生而为人固有且不可解的悲剧因素，全然深知厄运却又倔强抵抗厄运，马不停蹄奔赴终点却又心知肚明通向灭亡，这是枉然而清醒，这也是崇高与伟大。再读阿凡提的故事，另类们痛苦的剖白，更让民间文学包孕深沉的内涵：

阿凡提看见一群孩子在玩核桃，想逗逗他们，于是走过去说道：“喂！孩子们！街道那边有人正在给大家分核桃，给每人送一花帽窝呢！”

孩子们听了，立刻高兴地喊叫着朝前面跑去。

阿凡提望着欢蹦乱跳的孩子，心想：“也许真的有人在给大家分核桃！”自己也紧跟在孩子们后面跑了过去。③

逗弄孩童的阿凡提，居然还希冀分核桃的玩笑弄假成真。我们有感而发，思虑那故事里蕴藏的三层。其一嘲笑他痴心妄想的愚鲁，其二感慨他由心而发的热望，其三，则怜悯那求而不得的自欺欺人——这与阿Q的精神胜利法何

---

① 朱贺琴：《维吾尔民俗与文化生态研究》，北京：光明日报出版社，2015年，第95页。

② 王宇：《倒骑毛驴聪明人——阿凡提》，长春：东北师范大学出版社，2012年，第88页。

③ 赵世杰：《阿凡提》，乌鲁木齐：新疆人民出版社，2009年，第93页。

异：只剩自己醉在慰藉里，却让众人醒于心酸中，然后悲喜交加，笑中含泪，剑指现世，耐人寻味。

“另类”阿凡提，那是失意贪恋慰藉，更是现实逼迫清醒。

（三）狂欢内核——既定庸常的叛逆

相传，维吾尔的先祖乌古斯可汗，一生南征北战，立下汗马功劳，甫一出生，其英雄气质就已不同凡响：“他只吸吮了一口母亲的初乳，就开始吃肉、吃饭、喝麦酒，并能够说话，四十天后就能走路玩耍。”[①] 听来啧啧称奇，却又似曾相识：拉伯雷的高康大和庞大固埃，不也如是天赋异禀且滑稽荒诞。而《巨人传》与“荒诞”，恰恰关涉巴赫金“狂欢化”学说的论据与论点，原来，古早到时空都混沌的年代，维吾尔族民间文学就已然与“狂欢”联系。所谓“狂欢”，拆分二字，全神贯注你我皆然为“狂”，纵情投入不管不顾为“欢”，后者强调无所保留的参与，前者探求无所羁绊的自由——此虽貌似极难，却难不倒维吾尔人向来如此的世世代代：他们“四人聚，必有歌乐之声”[②]，大型娱乐吉庆活动“麦西来普”则是舞乐的顶点，成百上千高歌齐放，男女老少欣然共舞，全民皆是演员，演得奔放且张扬、浓郁而热烈，不在乎美丑优劣，只在于群情踊跃；他们“跳丸剑之挥霍，走索上而相逢”[③]，古老的高空走绳游艺“达瓦孜”极尽刺激惊险，一道长索劈空高悬，索上人蒙眼、踩碟、倒立，索下人凝神、惊叫、喝彩，上下共为表演的全体，不只万众一心，甚至连呼吸都同步了频率；他们素喜烟熏火燎的烧烤，红是炽热炭火，黄是油滴光泽，在红黄碰撞的暖意与漫长等待的攀谈中，在肉的大力撕扯和馕的大口咀嚼后，从素未谋面、投契熟络、肝胆相照到生死之交，只消一餐一席的时间；他们热衷通宵达旦的宴饮，亲戚相邀友邻宴请，寒冬酷暑从无休憩，女子必浓妆艳抹花枝

---

① 古丽巴哈尔：《维吾尔族》，北京：中国人口出版社，2013年，第1页。

② 王宇：《倒骑毛驴聪明人——阿凡提》，长春：东北师范大学出版社，2012年，第93页。

③ 韩顺发：《汉唐高絙艺术考》，《中原文物》1991年第3期，第91—95页。

招展，男人则推杯换盏称兄道弟，金碧辉煌的会厅让晚霞也失色，心花怒放的欢颜令朝晖都蒙尘……维吾尔人，一个连血液都在流淌狂欢的民族，何人不是自由得肆无忌惮，不是参与得酣畅淋漓，声嘶力竭也要投合“狂欢”二字的要义。于是，我们终能解读那一部分稍显晦涩的另类：为愿望被牦牛甩死也甘愿的阿凡提，与朋友一起把花帽当球踢的阿凡提，在公众澡堂引吭高歌的阿凡提，井底捞月还沾沾自喜的阿凡提，信口开河以吹牛为乐的阿凡提——这些故事之所以不知所云，是因为怪异滑稽之余，似乎无甚品咂的意义。但，它们又何须传达意义，或是记录聚集与专注的满足，或是留存恣意与放纵的快感，如同“麦西来普”“达瓦孜”和烧烤、宴饮以及太多的其余，“另类”阿凡提，不过维吾尔人又一次撩拨狂欢的神经。

然而，即使故事仅为狂欢性格的一笔镌刻，可探寻狂欢的内里，却并非全无意义。巴赫金早已有言：“狂欢节具有宇宙的性质，这是这个世界的一种特殊状态，这是人人参与的世界的再生和更新。”[①] 可再生之前必有衰亡，更新之际总有淘汰，那些被荒诞颠覆的，那些为新生让位的，又究竟是陈腐迂滞的什么？少安毋躁，就算尽情狂欢的另类们笑而不语，桀骜不驯的阿凡提，也自会赋予我们答案。

我们钦羡“麦西来普”热火朝天，可为了一段相遇，他们已在荒漠枯寂中穿行千里；我们惊艳“达瓦孜”出神入化，可为了一瞬凌空，他们遍体鳞伤却依旧咬牙坚挺；我们向往烧烤自在逍遥，可为了一顿犒赏，那牧草之下的贫瘠土壤、粮田之畔的干涸水源，又要耗费多少心力讨好；我们渴慕宴饮光鲜亮丽，可为了一霎尽兴，那租赁借贷的锦衣华服、透支赊欠的珍馐美馔，又要困苦多少日夜偿还……狂欢的时光固然欢畅，狂欢的代价却也高昂，但“不合理”与“不应该”皆抛诸脑后，他们千里迢迢奔赴、经年累月酸辛、倾其所有招待、忘乎所以纵享，任性到近乎偏执地，追逐那逃离烦冗庸常的片刻——大

---

① 〔俄〕巴赫金:《拉伯雷研究》，李兆林、夏忠宪译，石家庄：河北教育出版社，1998 年，第 8 页。

抵维吾尔人，只问快不快乐，不计值不值得。可狂欢何以使其快乐？因为这个民族的基因里烙印叛逆，而民间诙谐文化中颠覆与降格的狂欢，恰是成就叛逆的媒介之一。叛逆，阿凡提的故事俯拾皆是：以幽默智慧为刀枪剑戟，与丑恶搏杀，同权威周旋，皆是底层人民反叛与悖逆信念的凝聚；而既定权威体系中盘根错节的统治者与恶势力，无疑就沦为其口诛笔伐之标的。可若有朝一日，国泰民安海晏河清，维吾尔人，难道就偃旗息鼓鸣金收兵，从此后温良忍让安分守己？不，恶势力或统治者，至多只算咬牙切齿的条件，却并非势不两立的根源，隔绝了对象也抽离了阶级，“既定”暗示的庸常本身，才是维吾尔族矢志不渝的抗拒：《实践常言》对抗板滞的民间经验、《偏偏就听话了》悖逆机械的性格划分、《骑驴人走路》抵抗顽固的世俗眼光、《不要离开大门》忤逆僵化的礼教规矩、《你吃过鞍垫》反抗陈旧的行业条例、《嘴里容不下三块》违逆正统的语言逻辑……而为支持维吾尔人一以贯之的叛逆态度，“另类”阿凡提还将概念化的庸常延伸、具象，再以夸张化的情境铺陈、反讽，其间故作咄咄逼人地宣称、刻意振振有词的刁蛮，显然不为争取共鸣，而只为触发读者“常规何以缚人”的质问——阿凡提曾说：“大雁，经我的一番手术后，你才像只家禽一样中看了！”或是“大海，你的水咸溜溜的，真不害羞！水，就应该像泉水才对！”虽大雁家禽都属鸟之种族，虽海水泉水都冠水之名姓，可追究群体盈千累万的根底，毕竟还是每个独立的千万分之一。那凭什么，以雁之高、以海之博，居然还要逢迎“中看”的姿态、饱受“顺眼”的指摘；那雁直入青云、那海巍巍荡荡，又如何屈就家禽的方寸之地、效仿泉水的稀松平常。如是，当我们为常规扼杀的异数不平，为短浅断送的伟大愤激，早已于不自知间，同维吾尔尖锐与乖张、开放与变易的反叛态度遥隔时空呼应。

“另类”阿凡提，那是血统浸润癫狂，更是反骨天生叛逆。

（四）幽默教育——平衡理念的承继

幽默，“阿凡提性格中最主要的、贯串全部活动的、统摄其整个生命的总的性格特征”[①]，作为汉文语境的受众，这也通常是我们认知并熟识阿凡提的初始。可同为引人发笑，阿凡提的幽默却不止一种目的：太多时候，那是凌厉尖刻的武器，一旦出击，必然曝光丢人现眼的世间丑态，匹配洋相百出的伯克巴依，而故事结尾大快人心的哄笑，则通常来自被捉弄者的狼狈周章、面红耳赤和讷讷不能语；但为数不多的篇幅，幽默也并非时刻剑拔弩张、专擅冷嘲热讽，却只为让阿凡提憨态可掬、让另类故事趋向“蠢萌”。所谓“蠢萌”，即愚蠢行为的恰到好处，“自娱自乐”之余，旁人不至心生鄙夷，却又因其活泼俏皮而格外关注——这就是“另类”阿凡提的幽默，也为愉悦教化驱使的幽默。“维吾尔族喜欢将教育和对伦理道德的宣传置于娱乐当中，运用幽默的力量，激起人们‘兴感愉悦’的感情，达到‘寓教于乐’的目的”[②]，此类化庄于谐的法门，不只置放在种种滑稽怪诞的人生礼俗或节日习俗，更分派至口耳相传的人物、憨直淳朴的对答：“新月亮升起，那旧月亮去哪儿了？”“胡大把旧月亮切碎做成星星啦”；“太阳落山时，怎么总是红彤彤的？”“太阳走了一天，到傍晚可不得涨红脸”；“河水是淡的，海水怎么会是咸的？”“海水总是停在那儿不流动，祖先怕他沤臭了，就拿盐腌起来了”。阿凡提的答案自然错漏百出，但母亲为睡前的稚儿讲一个入梦的故事，不为探求宇宙洪荒严谨的真相，而只要一场单纯的奇思妙想：若旧月碎为星辰，是书写亘古绵延生生不息的相伴；若烈日亦会疲惫，是渲染万物有灵神明佑护的鲜活；若海水可被操控，又是刻画人类微妙却也能撼天动地力拔山河——无论相信抑或不信，故事超越答案寄寓想象的内涵，才是教化真正赋予幽默的承担。况且，除却孩童耳边的呢喃絮语，“另类”阿凡提的憨厚可爱，也令饱经世故的成人不禁莞尔，并在莞尔的顷刻间，卸下平日因羞涩感和自尊心构筑的堤防：《一面镜子》诲人路不拾遗、

---

① 李四成：《统摄整个生命的性格特征——阿凡提幽默文学形象论析》，《民族文学研究》2006 年第 4 期，第 97—100 页。

② 王宇：《倒骑毛驴聪明人——阿凡提》，长春：东北师范大学出版社，2012 年，第 95 页。

《为贼忧愁》赞颂宽容善良、《别惊动野狼》敬畏生态循环、《追山羊羔》示范未雨绸缪、《小鸡吊孝》提醒恭谦孝顺、《待贼讲理》勉励执着天真……虽以上皆为教化，却绝无经义灌输的强迫，而只有温暖平和的幽默；纵使听众或读者仅仅一笑而过，但只要脑海响几下叩击，心底泛几波微澜，到此一游的“另类”阿凡提，就算经世致用不虚此行。

传闻中，地域的自然环境，很大程度上雕琢着人类的脾气性情：阴冷潮湿的纽约与冰雪覆盖的北欧，人们彬彬有礼却克制淡漠；风和日丽的加州与阳光灿烂的南欧，人们落拓不羁却率性殷勤——大相径庭的气候，果然就孕育出泾渭分明的性格，可之于孔雀河畔天山南北，此番头头是道却未免进退不得：这里数九寒天与三伏酷热并行不悖，那里凛冬风雪与苦夏灼阳兼而有之，若如此，祖祖辈辈生息于斯的维吾尔族，是豪爽外放，是沉静内敛，抑或是，两相持衡。

诚然，大众记忆的维吾尔人热情爽朗，一个能歌善舞的民族，既然敢于且乐于以夸张姿态、响亮歌喉自我表达，又怎会再时时瞻前顾后、事事谨慎稳妥。但我们不曾深知：维吾尔的舞蹈，尤其女性，并不一味追求粗犷、急骤、奔放，而也常以细腻、轻柔、含蓄显胜；维吾尔的音乐，虽因地而异，却在鲜明跳荡之外，更以古朴深沉雍容大气见长。上溯至公元前 3 世纪的漫长历史中，这个民族开创了以体液和气质为核心的独特医学理论体系，钻研出以艾德莱斯和帕拉孜为代表的高超印染织造工艺，“火、气、水、土”四要素学说是他们对宇宙微观构成的探究，古典长诗《福乐智慧》是他们对理想社会架构的追寻。维吾尔族智慧闪耀的时刻，离不开静谧、孤独与持久的思索，旁人不可用寥寥几语“豪放热忱”“纯粹简单”，就轻易将他们的性格定夺。是以，若维吾尔人既稳重又率性，既张扬又敏感，使其脾性似西域天气一般“并行不悖”“兼而有之”的，就只能是他们众所周知却视若珍宝的秘密——平衡。维吾尔族的民居建筑布局有平衡：天地人大系统的协调互补，庭院间小系统的偕同共生[①]，内外环境的设计与支配皆要彼此关联相互作用；维吾尔的体育娱乐习俗有平衡：托包克游戏放任个体意志、开放平等交流，萨尔迪运动引领集体归属、倡导自我约束，“在一抑一扬中均匀了获得与输出”[②]；维吾尔的生养禁忌有平衡：他们“忌讳旁人当众赞美自己的孩子”[③]，反而将注意分寸的揶揄视为亲昵，源于过分夸耀限定了高度也投放着压力，远不及似贬实褒的玩笑亲和；维吾尔的生死观念有平衡：他们“相信生命的有始有终是自然给予人最好的礼物”[④]，既然兴衰悲喜离合都属万物波动却守恒的规律，人死灯灭也无甚不同，死亡确是你的结尾，却又为其他新生盛大开幕……生活的行进兼有低谷和高潮，而平衡的操作，即是将独占鳌头独领风骚都消磨，由此低谷有盼头而不致煎熬，高潮也有价值而不落俗套。那么，我们用同样的平衡，去拆解另类的阿凡提和他另类的幽默：金刚怒目相对已疲倦，或许也要不为制敌而只求愉悦的笑，将疲累或焦灼缓解中和：妻子分娩痛苦，阿凡提以筛核桃的傻气、以出洋相的戏谑调和产妇的紧张；褡裢被偷懊丧，阿凡提以“钥匙还在我这儿”的理由、以“偷走也打不开”的臆想调和倒霉的烦恼；他用一两银子买九个鸡蛋，又以十个鸡蛋卖一两银子，虽是折本的买卖，但以老实吃亏是福的憨厚，调和人人皆为利往的精明；儿子的馕饼掉在井里，他呵斥井水倒映的自己不该抢孩子的东西，虽是无济于事的指责，但以糊里糊涂的风趣，调和平白丢失的伤心……此刻，如若我们将前文的“另类”阿凡提缀连，也许会察觉自相矛盾的所在：外放的投射却又内向的自省，对现实苦难不抱幻想却又以叛逆狂欢偶尔逃避。如此南辕北辙的用意，如何能在同一位阿凡提身上消弭分歧？除了民间话语自发的多异性，也是平衡思维在暗暗调和两极：何以投射总有节制何以

---

① 朱贺琴:《维吾尔民俗与文化生态研究》，北京：光明日报出版社，2015年，第81页。

② 同上书，第116页。

③ 古丽巴哈尔:《维吾尔族》，北京：中国人口出版社，2013年，第56页。

④ 朱贺琴:《维吾尔民俗与文化生态研究》，北京：光明日报出版社，2015年，第121页。

自省并非苛责何以苦难临头而不至崩溃，何以狂欢肆意却仅限偶尔——不过是平衡，把控着各自的尺度和频率，让他们的此消彼长，终成势均力敌。

“另类”阿凡提，那是幽默统率命运，更是平衡留有余地。

少数服从多数，多数统纳少数，在这场少与多争夺故事篇幅的战役里，“另类”阿凡提显然一败涂地。可输了阵地，却未必失了人心：阿凡提惯常的纯善、机敏、达观，在招摇鲜明的宣告中，却也不得不走向单调扁平；而倾诉的同时反省，安慰的背后警惕，平衡的沉着包容狂欢的恣肆，锋利的叛逆又不乏温润的教育——“另类”阿凡提，俨然一个自洽的民间文学系统，延伸了推敲斟酌的视角、延展了立体复调的可能；其虽在伟光正、高大全的主流之外低调黯淡，却也因此不受单一标签的掣肘阻碍，我们大可追捧他的对手，却也不该忽略他的存在。

四、“另类”隐没：汉文改造后的阿凡提

然而，在讨论“该不该”之前，“另类”阿凡提就已经被忽略，我们越是再三声明他的显扬，其实越是变相承认：隐没才是他的常态。时至今日，阿凡提的相关出版物比比皆是，经过接连的复制、改编与再创作，其声名与形象亦已广为人知。但这个“广为人知”，却鲜少为阿凡提之另类保留位置，取而代之的，或是隐而不见，或是改头换面——前者直接删节有悖于主流的部分，而后者，则以主流的框架去规约潜在的威胁：当阿凡提行窃，要铺垫“他实在经不住无花果的诱惑”[①] 为借口；当阿凡提疯癫，要设计“他想教训这个贪财的磨坊主”[②] 为理由；当阿凡提憨傻，要凸显“他是一个喜欢思考的孩子，满脑

① 李松：《阿凡提的故事（青少版）》，北京：人民日报出版社，2008 年，第 11 页。

② 同上书，第 118 页。

子稀奇古怪的想法”[①]为衬托……如若这些借口、理由、衬托是故事的本来面目也就作罢，可更为直观朴素的赵、戈著作，却皆可寻情节相似而毫无添枝加叶的另类“本色”。如此，究竟是什么，打压着“另类”阿凡提的显扬，操纵着“另类”阿凡提的隐没？

民间文学确为“活”的文学，其变异性源于流传过程中动态的加工与改造。但阿凡提故事在汉语语境的传播略有区别：不是直接搜集自普罗大众的开放文本，而是经知识分子权衡筛选的普及读物——就在这汉语体系内部选择的过程中，另类往往被剔除否决。申说另类流光溢彩，强调另类无可替代，但“另类”阿凡提最终被堂而皇之地遗弃，那或许有更为强硬的其他，在占据另类本来的位置。过往的学者曾不遗余力，尝试以“阶级斗争论、英雄主义论、读者期待视野”[②]“宗教意识变化”[③]等特定时代的社会历史必然性，来解释这不容置喙的“强硬”。但除了外部背景提供的证据，文本的白纸黑字，亦不乏无声的证词。即使他们并未直白吐露革除另类的因由，可呈现什么、隐匿什么，却均受同一创作意图的指派，均被同一整体内在贯连。自阿凡提汉文改造中最具代表意义的三部起始，当我们能够透视其附着于阿凡提刻意的“多”，或许也就得以探测，其中百思不得其解的“另类”阿凡提之“少”。

（一）被消解的神秘感：《智慧的葫芦》

就主观程度而言，黄瑞云《智慧的葫芦》尤为出众。

虽全书故事仅69篇，但作者对其严格遴选的精华却颇为自得：“都是比较优秀的作品，我相信它们一定会受到少年儿童读者的欢迎，就是大人看看也会

---

① 李松：《阿凡提的故事》（青少版），北京：人民日报出版社，2008年，第34页。

② 柳鹏飞：《“阿凡提的故事”系列动画片与维吾尔民间故事比较研究》，《新疆职业大学学报》2014年第5期，第51—54页。

③ 田欢：《生成过程中的民间英雄——试述阿凡提形象的变化特征》，《民族文学研究》2006年第1期，第41—46页。

感到高兴的。"[①]精华的盛誉从何而来，依照该书序言：在排除了"平庸浅陋甚至低级的"、作为糟粕而"没多大意思"的"另类"阿凡提之后，提炼的那些"特别表现了对贪婪、残暴与愚蠢的统治者的憎恨与藐视"[②]，即为黄瑞云赞声不绝的优秀。《智慧的葫芦》中，阿凡提的苦大仇深和斗志昂扬前所未有：67次将国王、巴依、伯克、阿訇、乡约、喀孜、将军、沙皇和侵略兵之恶形恶状浓墨重彩，余下两次也愤愤不平诃谴盗窃和抢劫——根据作者的一厢情愿，阿凡提的战斗激情必须高涨，而迸射的激情不可无处安放，是以其所在的世界也必须险恶非常：若没有敌人，那就创造敌人，《丢了一只好猫》模仿赵世杰笔下的《猫哪儿去啦》，但阿凡提对妻子之馋嘴的诙谐调侃，却被转化为阿凡提对巴依之刻薄的冷眼讥嘲；若没有苦难，那就添置苦难，《黄金和烤饼》复刻戈宝权书中的《金币和馕》，可一次金钱与食物重要性之比较的单纯讨论，却被附加了世事动荡不安、百姓流离失所的凄惨景况；黄瑞云将阿凡提铿锵有力的发言用作每篇故事的收尾，反面人物则无一例外置于失语状态，"心服口服""闷声不响"这等稍显悔意的字眼决不允许，甚至"窘相毕露""无言以对"也因挤占正面英雄的表现舞台而属多余，似乎为烘托阿凡提好得无坚不摧，这世间所有，就定要配合他坏得无可动摇。

的确，善恶两极的人性刻画、举世混浊的想象模板，太多次为现实的阶级认同提供精准而有力的指向，阿凡提也是这么被审核、被纳入广大人民的队伍。但若世道多艰让文本之外的读者字字感同身受，阿凡提还是那位原初的阿凡提吗？或者说，故事流传的异族还是那个陌生的异族、故事源发的异域还是那个遥远的异域吗？ 19世纪的欧洲文学风潮中，浪漫主义热衷描摹异国风光：美洲茂密丛林、非洲空阔莽原、阴森哥特城堡、颓圮古代遗墟，不可及尽笔墨书写异域情调，或标举自然抛却眼前负累，为的哪里是踏足荒蛮的远方，不过是纾解湮郁的当下。黄瑞云改造的阿凡提亦如是，虽其衣食住行处处彰显的维

① 黄瑞云编译：《智慧的葫芦》，武汉：湖北人民出版社，1980年，第72页。

② 同上书，第71页。

吾尔族符号貌似在标注异域的神秘，却也仅为徒增新奇的点缀，如若他们的悲惨世界与我们的曾经无甚分别，他们的统治阶级与我们的仇敌别无二致，那单薄贫乏而浮于表面的神秘，又怎能不被如出一辙的熟悉消解。

《智慧的葫芦》还不时模糊民间文学概念中“故事”与“传说”的界限，将阿凡提以外本来的泛指，黏附现实的纪念物作为基点：安西、塔里木博格达峰、疏勒河东，作者对主人公的行迹了若指掌；阿訇哈八、厨师沙达、巴依阿拉汉、沙皇尼古拉，作者对恶势力的名姓如数家珍。如此一来，含混的指称骤然清晰，飘忽的踪影也有迹可循，我们离阿凡提越来越近，近得连语际的隔膜都几乎隐形——可若维汉的隔膜不复存在，又何必徒惹那位异族异域的阿凡提；任何一个汉语民间文学的英雄，皆可轻松胜任反抗封建压迫、寄托人民情感的代替。在黄瑞云及诸多阿凡提故事编创者的运作下，维吾尔族“边缘身份的原始和神秘被解构了”[①]，粗莽荒寒西域对温文尔雅汉土的逆向输送成功了，可这样的解构与成功，却也早已从新疆特有的自然与人文场域架空。维吾尔族的阿凡提，已然转化为汉族的阿凡提，他只有一个有别于汉语的名字，却过着与你我相去无几的日子。

细细想来，当我们在脑海勾勒阿凡提的样貌，难道他会是垂和顺眉目、讲低沉维语、扛坎土曼默默耕耘的佝偻老者吗？恐怕不然，他似乎更该是翘山羊胡须、说生硬汉语、撒着孜然烤着羊肉串儿的浮夸表演式角色——阿凡提的汉化是我们自行完成的“维吾尔族想象”，但说来遗憾，我们常常无法识别自己的想象，却还将其奉若千辛万苦才求得的真相。而时至今日，汉化的假想绑架依旧未曾停止，于阿凡提处发生过的，又一次在众目睽睽下生发：古力娜扎、迪丽热巴都是现今公众视野中相当活跃的维吾尔族演员代表，挺秀鼻梁、高耸眉骨以及欧化平行式双眼皮就是西域血统的证明。可是，她们拥有汉人艳羡的精致面孔，却实在并非典型的维吾尔长相，那白皙的肤色、小巧的脸庞、圆

① 杨亦军：《阿凡提“话语”空间的自然—生态和历史—文化视域》，北京：人民出版社，2012年，第75页。

滑而无棱角的下颌、几近标准的三庭五眼，哪一处都不合维吾尔美人素来的成熟、丰腴和英气硬朗，那所谓的异域风情，又有多少，是汉族审美眼光于不自知间主导并强加的定义。那么，无论女艺人抑或阿凡提，我们极尽言辞渲染他们的神秘，又因那神秘与我们的想象严丝合缝而暗自窃喜，却不曾明了，在茫然“未知”到自认为“已知”的鸿沟里，真正的神秘悄然被过滤消弭。

（二）被灌注的普遍性:《阿凡提的故事》

就影响广度而言，木偶动画电影《阿凡提的故事》无出其右。

这部由上海美术电影制片厂发行于20世纪80年代的影片，由14则颇为著名的阿凡提故事有机组合而成。剧组曾亲赴新疆观摩采风，素材准备充分，制作水平精良，影片一经上映即广受好评。而从文本转为影像，自笔墨迈向荧屏，覆盖领域的推广和传播途径的便易，也迅速擢升着阿凡提的文学地位，令其挺进西域以外的神州，尊享家喻户晓的待遇。但明快风格和轻松氛围之外，一如既往的，主流阿凡提受尽万千宠爱，“另类”阿凡提则孤独泯灭尘埃：“对于文本中反映阿凡提的愚蠢、可笑、占小便宜、戏弄普通民众的幽默诙谐笑话，影片或是弃之不用，或是进行一定的改动，将这些原本表现阿凡提傻气的笑话都改编成阿凡提的有意为之。”[①] 但所幸，剧组的拍摄札记还添附了这样一句说明：编创的人物安置、场景布置、事件设置，皆向心于最终“价值观的统一”[②]。阿凡提改造并非简易工程，不止坦露外在的现象，更要输入内在的反应，而伴随异域环境之神秘感的消解，思维模式之普遍性也悄然灌注，虽神秘是伪消解，但普遍却是真灌注；若说前者剖析“他们的世界什么样”，那么后者即彰明“他们的心中怎么想”——当然，“他们”的背后，决计不乏思忖度量的我们。

---

① 柳鹏飞:《“阿凡提的故事”系列动画片与维吾尔民间故事比较研究》,《新疆职业大学学报》2014年第5期，第51—54页。

② 段晓婧:《〈从聪明的阿凡提〉看少数民族特色动画的创作》,《电影文学》2010年第18期，第29—30页。

前文的设问还尚未解答：如果真正的神秘已被置换，那么穷荒绝徼的阿凡提又何以仍为必然。动画片《阿凡提的故事》用剧情回应——“异在”的内涵无关紧要，但“异在”的旗帜不可或缺，因为距离造就了新鲜，而新鲜则备受瞩目。阿凡提之他者身份犹如化腐朽为神奇的魔法，把千篇一律打造得别开生面，将司空见惯包装成焕然一新，于是老生常谈摆脱索然无味的尴尬，在兴味盎然的欢呼中，注入本民族文学无法企及的延伸性，进阶为超越人类地域与血统的广泛共情，从而在反作用力的推动下，更能巩固读者之于主流观念的信服度和认同感。

第一集《卖树荫》：巴依与阿凡提订立买卖树荫的条约，可利欲熏心蒙蔽了双眼，当时间的陷阱生效，贫民们按条约许可占领他的宅邸，巴依也只能独自吞咽当初贪婪酿造的苦果。但若贫民一直群情激愤，又何必率先确保条约的庇护？若巴依一向横行霸道，又怎会乖顺听凭条约的裁夺？贫民名正言顺、巴依无计可施，但前提是故事默认双方均不会也不能违逆“契约意识”。

第二集《兔子送信》：愚昧无知的伯克向前来巡视的上司炫耀仙兔的本领，殊不知仙兔只是阿凡提早有预谋的骗局，果然他卖弄失败，还反遭上级责难。但智慧步步诱使伯克受骗，却并非直接导致伯克下台，处置这一层级的当权者，最终还要借助更为有力之权势的良心发现。那么无往而不利的就并非人民智慧，“青天官员”的明智与威势，才是故事由始至终的歌颂弘扬。

第七集《巧断案》：为洗脱监守自盗的嫌疑，国库大臣污蔑一时贪心的乞丐为偷窃金币的贼人；第十一集《宝驴》：税官爱慕钦差之女，平日一毛不拔，征税变本加厉，只盼钱财的累计能唤回嫌贫爱富的情人。但何需替乞丐担忧、因税官气恼，无所不能的阿凡提自会及时出现，不但解救了百姓惩治了官员，还令乞丐均分大臣贪污的赃款，让税官彻底失去追求爱人的可能。但“一时贪心”就直接被原谅了，“一毛不拔”就断然被批判了，原来故事偏袒人民、拷问邪恶的主题既仁爱又冷酷，仁爱到包庇人民所有的瑕疵，冷酷到漠视邪恶任何的苦衷。

而“契约意识”即尊奉公理，“青天官员”即依附权威，正邪不两立的主题即爱憎分明，这些传统观念早已融入汉语民间文学的骨髓经络里，此刻只是换了副新奇的躯壳演绎。但既然这躯壳已被固有的思维框架衡量、占有和掌控，以“貌离”之巨大反差，反而能让“神合”事半功倍。阿凡提的汉语编创者们纷纷推崇这种普遍性的旁敲侧击，因其不但“大大提升了自身文化的整合能力，更凸显了主体对他者文化改造的能动性”①。然而，文化中心主义的一叶障目亦膨胀于此，当我们皆以自身的经验资源去诠释他者的所见所闻，皆以自身的处世哲学去指摘他者的所思所想，认知类同的贸然假定，会否致使价值判断的草率谬误；而长此以往，唯我独尊的意识，又是否将肆意裹挟弱势的陌生和遥远？答案尚不明朗，但行为在得寸进尺：当衡量、占有和掌控一路畅通无阻，规划、安排和支配也就整装待发；当潜移默化的浸渐已不堪负荷阿凡提的行进，自觉兼顾观念与旗号的我们，亦自行明目张胆地再创造。

（三）被构建的审判权:《小阿凡提》

就改编力度而言，冉红《小阿凡提》首屈一指。

剖析异域，消解神秘感为外向之力；渗透他者，灌注普遍性为内向之力，而内外之力皆集结就绪，再进一步即如何使力——儿童文学作家冉红，选择以力为刃，雕镂独一无二的《小阿凡提》；选择以力为笔，让文人文学把民间文本重塑彻底。所谓“力”，其实就是掩盖差别与凸显类似后获取的“相同”，又凭借“相同”不断吸纳成员壮大群体，从而在群体声势的扩张和荫庇下，加诸自我对异己指手画脚的权力。这样的权力企图判定是非曲直的分界，企图决断孰善孰恶的纷争，是以其为高高在上凌驾众生的，审判权。而《小阿凡提》，不满于附加环境流露想法，直接就更换时空指挥行为，作为汉文语境将他者归化处理的极致，更堪称一部审判权既得并行使的范例：虽依然沿用耳熟能详的名号，但冉红书中的故事，早已远离原文而在当代中国延伸开去，之所以称

① 杨亦军:《阿凡提“话语”空间的自然—生态和历史—文化视域》，北京：人民出版社，2012 年，第 180 页。

其为“小”，就是作者在声明对陈旧落后之“老”的敬谢不敏。他比阿凡提年轻，如日方升的年纪不识愁郁；他比阿凡提崭新，为“独特个性的新时代少年典型”[①]；至关重要的，他还比阿凡提“前进”[②]。冉红理解的“前进”，起初要将原生的不幸通通取缔，创设文明昌繁的国家、欣欣向荣的社会、和睦开明的父母、志同道合的友人，共同呵护这位小阿凡提的神采飞扬与风发意气；然后再将先祖的经历审慎筛取，没有威胁生存的深重苦难令其沉沦挣扎，只有调剂生活的微末困境用以砥砺成长，他受殷殷期盼拳拳爱宠的眷顾而来，绝不沾染丝毫另类们于肮脏世间摸爬滚打的泥泞；而美化了世界，也优化了命运，精准把握时代脉搏的得意、不与糟粕同流合污的优越，终于要发布在这煞费苦心的字里行间。

其一，伦理道德的训导。传统的阿凡提故事，意义极少跃居情节的表面，精悍内容来不及苦口婆心地一一叙说道理，潜藏内蕴要依靠读者个人的神会心领。但小阿凡提毫无顾忌地撕裂这层隔绝意义的纱，动辄将人生哲理横陈眼前：“做好事切莫张扬”“要自立必先读书”“为人不干亏心事”“不达目的不甘心”“损人利己只有苦果”“道听途说必会上当”……未满十岁的幼童，俨然一位洞悉世事人情练达的智者，怀着对庸碌俗世的忧悯循循善诱，焉能不天资过人的“前进”。

其二，时代恩典的强调。“真是庆幸赶上了一个好时代”——作者的授意下，小阿凡提敏锐感知了世道为他铺就的坦途，且不吝将真挚感恩随时宣之于口：“天安门是我心中最美丽的圣地”，“改革开放让人们不再闭关自守”，什么是沙金、哪里有玉矿、魔鬼城的成因、荷尔蒙的原理、流经绿洲的无源之河、大漠深处的海市蜃楼，都仰赖时代“不用让我和巴依伯克们斗争，而将聪明才智发挥到科学知识上”，甘言好词源源不断，却又句句发自肺腑，焉能不审时度势的“前进”。

---

① 王仲明:《新生代的阿凡提形象》,《文学自由谈》1990 年第 4 期，第 120—123 页。

② 同上。

其三，圆满氛围的托举。皑皑冰峰、苍松白雪、金闪闪的天鹅湖、黄灿灿的沙枣林、朝霞抹红了天边、沙浪推远了广漠，老阿凡提的简朴沉闷远不能及，但小阿凡提的故事里，只有此情此景才有资格烘托结局。而景美若斯，结局又怎可不尽如人意:“恍然大悟”之醍醐灌顶、“不打不相识”之冰释前嫌、“发出和解信号”之重归于好、“浩浩荡荡进发”之大有可为，还有那些相亲相爱、其乐融融、潸然泪下、苦尽甘来，都是作者三令五申让小阿凡提务必升华、讴歌的主题，通篇前景光明的昂扬，绝无一星半点的阴影，焉能不皆大欢喜的“前进”。

其四，颠覆本能的遏制。暗无天日的乱世固然可悲，可沧海横流方显英雄本色，举世黯淡才有一盏孤灯之明，昔日权力体系的每一个组成部分，都是阿凡提时刻准备发难的逆反对象，且除了淬炼自身的智能与坚忍，阿凡提也毫无其他可堪倚仗。太平盛世的小阿凡提则不然，虽享受着岁月静好现世安稳，但既已背负了维持这份安宁的使命，就必然把先辈的叛逆活成顺从:《幸福跟着祖国生》，之于国家公信的驯顺;《交给乡干部处理》，之于干部权威的恪顺;《只怪你没事先声明》，之于社会风气的依顺;《国民党放火烧房》，之于历史呈现的听顺;《影响不好》，之于秩序规则的和顺;《公鸡下蛋》，之于思维定式的沿顺……他身体力行事无巨细，遵守着克己奉公的每一条旨意，焉能不毕恭毕敬地“前进”。

事已至此，判决的结果一目了然，“年轻”被誉美，“崭新”被提倡，“前进”被颂扬，一位有理想、有文化、有道德、有纪律的社会主义事业接班人如愿以偿跃然纸上——可这样一个洗心革面的小阿凡提，与源远流长的故事还有何干系；既然已为不肯认同的传统执行死刑，又何必再惺惺作态珍视那副落满灰尘的名姓？当《小阿凡提》的审判落幕，老迈而真切的阿凡提已死，民间文本浑厚的根底已失，只剩下浑然不觉而自命不凡的文人在高唱，高唱光彩夺目却缥缈悬浮的主旋律。

现在，我们终能开解“另类”阿凡提的隐没。神秘感的消解是起点，普遍性的灌注是过程，审判权的构建则是终极目的，均有阶级斗争和人民力量的突出，均有改造者主观情感与立场的输入。可纵有程度上的阶段性，此三点却皆指向改编者们孜孜以求的同一：阿凡提与汉语文学的同一，维吾尔族与汉民族的同一，令所有彼方皆为我所用的同一。而“另类”消失，即源于其妨碍了同一链条的演进：“另类”之语词因抗拒主流而生，本就是背离同一的结果，且阿凡提的另类又承载太多维吾尔先民的复杂，根本无法与山水迢迢离散的汉文语境重合、与期许他发扬光大的优良品质重合。而既然不可趋同，那就只能选择放弃，所以，纯善、机敏、达观这些相对没有那么驳杂深奥的标签被树立，流水线作业一般大规模生产，分割了前后两个阿凡提，亦分割了“另类”显扬与隐没的时代。

五、结语

但分割再突兀，事实却不可罔顾：正是形象单一，才为阿凡提的声名远扬奠定基础；正是显著标签，才生成旁人于他最初也最深的记忆点。阿凡提故事从此遍及开来，玉门东去深化感知维吾尔族的所在，因为单一和标签令文本集中，而文本集中方能传播迅猛。无人能信手就将标签以污名化、妖魔化统概，更何况主流的阿凡提恰恰“证明倾向性、政治性、教育性可以寓于趣味之中、审美之中”[①]，就算其标签不可避免附带了政治宣传的倾向，那也宣传得全然不见拙劣肤浅。但利用标签的力量，却不等于臣服标签的裹挟——讨论另类的显扬与隐没何以值得，并非在于反驳阿凡提“不为”标签所说，而是在于追加阿凡提“不止”标签所说，我们竭力挽回被排挤的异数，是呼唤悬空的神重归踏实的人，是召唤庙堂之上的英雄重回江湖之远。尤其于今时今日，在审判之目标完成后，在同一的集中足矣后，我们是否还该拓宽眼光敞开胸怀，至少

① 朱宜初：《论阿凡提故事的思想艺术特色》，《思想战线》1984 年第 3 期，第 70—76 页。

一次，去面对另类们潜藏的原始与本真、复杂与深沉。改编者们常言：“另类”阿凡提是“泥沙俱下”里有碍观瞻的泥沙；但以我所见，主流阿凡提才是“洗尽铅华”中修饰太过的铅华。哪一座万丈高楼不是起于世俗泥沙之上，反而粉黛铅华之下，总有天生丽质的容颜。于阿凡提的故事，那另类的种种“世俗”即为文学的一般“丽质”，那是不固化、不封闭、不雷同、不凝滞，不似笑容僵硬的小丑，不若庙里端坐的菩萨。

我们常将阿凡提的“倒骑毛驴”视为其故作滑稽的幽默手段之一，但透视维吾尔的历史现实环境，这一表面上的反逻辑行为，却与“缓解旅途疲劳的生理需要”“直视说话对方的视听习惯”“背不对人的礼貌民俗”[①]息息相关。而诸如此类的理解偏差不在少数，这是一知半解和孤陋寡闻造就了以讹传讹，更是狭隘的角度和主观的臆断在想当然。而多思的角度，正是阿凡提之倒骑毛驴施予我们最最关键的启迪：维吾尔族的前身是回鹘，而回鹘文化的核心特征，即为“融合混成”[②]——这个民族仅用半个世纪的开放交流，就完成了草原游牧文化到城市农业文化的变迁，若非悦纳多元，若非包容庞杂，又如何将异在的文明皆向自己转化？而这样融合混成的他们，这样多元庞杂的他们，我们不可再用主流的唯一角度去审视；我们针对维吾尔的了解，也不该仅仅停留于“存在”而已。强调“另类”阿凡提的显扬，就是在给困入瓶颈的现状，给闭目塞听的大众，一方公平宽广的视野，一次从头再来的机会。不要擅自为一位人物乃至一个民族定性，不应武断为一类故事乃至一种文化定调，一旦定性，则主动扼杀了焕发新生的活力，一旦定调，则亲手断送了秉持客观的严谨。所以，“另类”阿凡提是时候重出江湖了，那痴愚的，那奸猾的，那郁郁寡欢的，那不知所云的，让反省哲学、现实认知、叛逆态度、平衡理念皆有体现，这才

① 王宇：《倒骑毛驴聪明人——阿凡提》，长春：东北师范大学出版社，2012 年，第 103 页。

② 阿不都克里木·热合满、马德元：《维吾尔族文化简史》，乌鲁木齐：新疆人民出版社，2011 年，第 7 页。

是全体创作且集体参与的故事，这才是万千变幻中，真正且唯独守恒的同一。

而民间文学的庞大类属下，另类，又何止于阿凡提：暗黑的童话、血腥的神话、艳俗的笑话，不都是曾经甚至如今还在被抵制压抑的文辞。很多时候，常人所能触碰的民间文学，早已不复其诞生之初的样态，精英知识分子作为话语权力的继承人，以他们概念中的“合适”和更为纯熟的技巧，规限了故事表达的意义，也控制着人物形象的走向。纵然我们不去评价意义和走向本身的好坏，但至少整齐的步伐、统一的步调，将致使刻板印象泛滥成灾。他们似乎时常呼吁对通俗文学或是民间文学的关注，并以此标榜身为文人、身处文坛却绝无自矜自傲的谦逊与平等。可如果经其推介和改造的民间文本，皆是规行矩步与千人一面，只阐释一类主题，只反映一种情绪，拒绝泥沙俱下，拒绝晦暗淆杂，这又何尝不是打压和歧视之举。但不幸之中的大幸，刻板印象固然是身份特质的静态确认，可若无标签就没有对标签的突破，若无固化身份的认同，也就没有反抗束缚的力量。刻板印象实在该被批判，但批判之前，我们也应感谢：感谢他们树立了箭靶也扶持了极致，让我们的抗拒始终有的放矢；感谢他们倾情演绎主流登上神坛又封闭孤立的警示，自此以后，天高海阔山高水远，但我们却总能谨记，孕育另类、洗尽铅华、容留泥沙的世界，从来不止一种样子：

这狡猾的世界如此无常，变化多端，表面上老态龙钟，性格却犹如少女，善良人啊，莫让她将你欺哄。①

——维吾尔族古典长诗《福乐智慧》

① 蔡灿津：《〈福乐智慧〉哲学思想初探》，北京：东方出版社，1992年，第70页。

附 1 第十二届民间文化青年论坛奖获奖名单

2017 年 4 月初启动第十二届民间文化青年论坛奖评奖活动。本届征文活动在 2017 年 6 月 10 日截止，共收到 63 篇应征论文。经 11 位评委的认真评选与讨论，共评选出第十二届民间文化青年论坛奖 10 篇和论坛特别奖 1 篇，其中前 6 篇颁发证书并提供每篇 2000 元人民币的奖金，后 4 篇和论坛特别奖只颁发获奖证书。

本届文化青年论坛奖：

1. 从蛮夷想象到妖魔建构

——晚清西人食人传说初探

北京大学中文系 2015 级博士研究生，程梦稷

2. 为了学问和事功：20 世纪二三十年代民俗调查的多样实践及其意义

北京师范大学文学院 2016 级硕士研究生，程浩芯

3. “两家并一家”之传宗接代的另类解读

——阴间与阳间的联结

华东师范大学民俗学研究所 2016 级博士研究生，沈燕

4. 二十四节气在琉球的传播与演变

北京外国语大学日本学研究中心 2014 级硕士研究生，徐仕佳

5. 民众日常交流实践中的个人叙事研究

山东大学文化遗产研究院 2015 级博士研究生，毛晓帅

6. “关公”何以战“秦琼”：从英雄召唤类电子游戏说起

北京大学中文系 2016 级创意写作硕士研究生，项蕾

7. 清代河北地区火神庙的空间分布规律及其原因探析

山东大学儒学高等研究院尼山学堂 2014 级本科生，杜凯月

8. 九天玄女：作为信仰符号的伴生策略

北京大学中文系 2016 级博士研究生，陈姵瑄

9. “文化”场域的博弈与“遗产”价值的重构

——基于彝族禳灾记忆遗产化案例的思考

华东师范大学民俗学研究所 2016 级硕士研究生，吴薇

10. 圣王与神灵：宋金元时代的汤王形象及其演变

复旦大学历史地理研究中心 2016 级硕士研究生，李梦圆

本届论坛特别奖：

从原生样态到汉文改造

——论“另类”阿凡提的显扬与隐没

复旦大学中文系 2017 级硕士研究生，路童越

民间文化青年论坛第二季组委会

2017 年 6 月 23 日

附2 第十二届民间文化青年论坛奖评委名单（以姓氏拼音为序）

1. 刁统菊副教授，山东大学
2. 李牧讲师，东南大学
3. 宋颖助理研究员，中国社会科学院
4. 孙正国教授，华中师范大学
5. 周福岩教授，辽宁大学
6. 赵李娜副教授，上海应用技术学院
7. 宣炳善副教授，浙江师范大学
8. 杨秀副研究员，中国艺术研究院
9. 张勃研究员，北京联合大学
10. 吴新锋副教授，石河子大学
11. 王尧讲师，北京师范大学

民间文化青年论坛第二季组委会

2017年6月23日

后　记

这是一篇姗姗来迟的后记。

2017 年 7 月 7 日，第十四届民间文化青年论坛（第二季）暨 2017 年年会在石河子大学举行，论坛主题为“文化多样性与网络时代的民俗学理论、方法与实践”。论坛由民间文化青年论坛主办，中国民俗学会协办，石河子大学文学艺术学院、石河子大学新疆非物质文化遗产研究中心承办。在学界前辈和各位青年同仁的大力帮助和支持下，笔者有幸担任第十四届民间文化青年论坛坛主，负责组织了本届论坛会议和第十二届民间文化青年论坛奖的评选工作。

本届论坛的主题是经过多次研讨确定的，2016 年中国民俗学南京年会期间，笔者组织了“网络时代民间文学”的主题专场研讨，倾向于将主题确定为“网络时代民俗学的理论、方法与实践”，经过与第二季前三届坛主张勃教授、杨秀副研究员、宣炳善教授，以及宋颖副研究员、孙正国教授、赵李娜副教授、周福岩教授、刁统菊教授、王加华教授、李牧副教授等同仁商议，并结合新疆多民族文化的特点，最终确定了“文化多样性与网络时代的民俗学理论、方法与实践”论坛主题。一个时代有一个时代关注的学术命题，网络时代的民俗学研究与民间文学研究是一个全新学术领域，值得民俗学、民间文学学科领域的青年学人关注和研究。技术进步与媒介变迁影响了民众的日常生活与行为方式，面对这些新变化，青年学人如果能够透过纷繁的现象探索未来的道路，那么便达成了本届论坛主题的愿景。我们从本届的几篇学术讨论中初步看到了青年学人的这种探索与努力，希望关于此问题的讨论能够持续深入。宋颖博士主持的第十五届民间文化青年论坛以“技术与民俗”为主题，我想便是这个话题的一种深化与推进。

本届论坛共收到30多篇会议投稿，收到63篇第十二届民间文化青年论坛奖的投稿。共有来自北京大学、复旦大学、中国社科院、浙江师范大学、内蒙古大学等全国各高校的30余位青年学者参加了本次论坛。中国民俗学会副会长、北京大学中文系陈泳超教授出席论坛，并发表了题目为《新世纪以来的学术史及学术精神——以民间文化青年论坛为中心》的主题演讲，兵团民间文艺家协会主席、石河子大学薛洁教授出席会议并发言，石河子大学文学艺术学院副院长郑亮教授（现任集美大学文学院院长）主持论坛，石河子大学吴新锋副教授宣读了第十二届民间文化青年论坛奖获奖名单。论坛期间举行了民间文化青年论坛印章的交接仪式，本届坛主吴新锋副教授将论坛大印郑重交付给中国社科院民族文学所宋颖副研究员，宋颖博士做了表态发言。第十三届民间文化青年论坛坛主、浙江师范大学宣炳善教授，石河子大学中文系主任杨向奎教授（现为石河子大学文学艺术学院副院长）出席论坛开幕式和第十二届民间文化青年论坛奖颁奖仪式。论坛期间，我的研究生林英、张放放、袁一航、陈修歌承担了会务的大部分工作，学院培训部马彬丽老师、靳晨老师予以很多协助，郑亮教授的研究生毕瑞同学纂写了论坛的新闻通告，本科生姚丽丽、马楠、翟玉跃通过一直播、映客直播等直播平台做了网络直播。在此，对论坛工作人员一并表示感谢。本次采取论坛直播的方式赢得了各界的关注，其中只一直播平台就吸引力5500多人在线观看，这也算是学科史上第一次。因此，网络直播会议的方式正回应了本届论坛有关“网络时代”的学术主题设计。特别感谢我的博士导师陈泳超教授同意将其《新世纪以来的学术史及学术精神——以民间文化青年论坛为中心》的讲话稿作为本书的代序言，这篇讲话稿是由我的研究生胡港同学根据现场直播视频整理的，最后由陈泳超教授修订成稿。

近三年过去啦，论坛期间各位青年才俊学术交流的精彩瞬间仍历历在目。由于本人的原因，会议论文集未能及时结集出版，本人实在愧疚、惶恐。本人向学院申请，希望能够支持出版论文集，得到了学院领导的大力支持，最终由石河子大学新疆非遗研究中心资助出版。在此特别感谢陈玲书记、杨向奎副院长、朱秋德教授、李钦曾副教授的大力支持。

本书由学苑出版社出版，感谢老朋友洪文雄副社长的大力支持。感谢学苑出版社乔素娟老师对本书出版所做的精细工作。

本书论文作者共有十六人，感谢你们的大力支持。由于时间仓促，如果书中出现编辑错漏之处，本人愿意承担相关责任。本书关于网络时代民俗学、民间文学的诸多议题仍有很多不成熟或者值得继续讨论的地方和空间，在此诚恳读者提出宝贵批判意见。

特别感谢两年来关心帮助我的众多师友！感谢单位同事！我且安好，君莫挂念；你们懂的！

最后，由衷感谢我的妻子韩静和所有家人！两年来，我们携手共担、心心相依度过了最艰难的时刻，有你们相伴共度岁月美好是我最幸福的事。

吴新锋
2020 年 5 月 11 日
石河子大学北区寓所